suhrkamp taschenbuch 4384

Aurora del Valle, aufgewachsen im pompösen Haus ihrer Großmutter, hat eine bewegte Kindheit und Jugend zwischen dem Europa der Belle Époque, Kalifornien und Chile hinter sich. Je mehr sie aber von der Welt kennenlernt, um so deutlicher wächst in ihr das Bedürfnis, aus eigener Kraft zu leben. Eine Kamera, die sie als Kind geschenkt bekommt, wird ihr zum Mittel der Suche nach ihrer persönlichen Wahrheit. Als sie auf einem Foto, das sie selbst gemacht hat, mit dem Verrat des Mannes konfrontiert wird, den sie liebt, entschließt sie sich, das Geheimnis ihrer Vergangenheit zu erforschen.

»Bildmächtig und leidenschaftlich entwickelt die passionierte Erzählerin eine mitreißende Saga.« *Focus*

Isabel Allende, geboren 1942 in Lima, ist eine der weltweit beliebtesten Autorinnen. Ihre Bücher haben sich millionenfach verkauft und sind in mehr als 40 Sprachen übersetzt worden. 2018 wurde sie für ihr Lebenswerk mit der *National Book Foundation's Medal for Distinguished Contribution to American Letters* ausgezeichnet. Ihr gesamtes Werk ist im Suhrkamp Verlag erschienen, zuletzt *Violeta*. Roman (2022), *Was wir Frauen wollen* (st 5232), *Dieser weite Weg*. Roman (st 5088) und *Ein unvergänglicher Sommer*. Roman (st 5001).

Isabel Allende
Porträt in Sepia

Roman
Aus dem Spanischen von
Lieselotte Kolanoske

Suhrkamp

Die Originalausgabe erschien 2000 unter dem Titel
Retrato en Sepia
bei Plaza & Janés, Barcelona.

3. Auflage 2023

Erste Auflage 2012
suhrkamp taschenbuch 4384
© Isabel Allende, 2000
© Suhrkamp Verlag Frankfurt am Main 1984
Alle Rechte vorbehalten. Wir behalten uns auch
eine Nutzung des Werks für Text und Data Mining
im Sinne von § 44b UrhG vor.
Umschlaggestaltung: cornelia niere, münchen
Umschlagillustration: © RHS, Lindley Library
Satz: Satz-Offizin Hümmer GmbH, Waldbüttelbrunn
Druck: CPI books GmbH, Leck
Printed in Germany
ISBN 978-3-518-46384-0

www.suhrkamp.de

Porträt in Sepia

Drum muß ich noch einmal
zurück an so viele Orte,
um mich wiederzufinden
und rastlos zu prüfen,
zum Zeugen einzig den Mond,
und danach munter zu pfeifen;
Steine und Erdbrocken zu kicken,
einzig damit betraut zu leben,
einzig verwandt mit dem Weg.

Pablo Neruda, *Der Wind*

ERSTER TEIL

1862-1880

Ich kam an einem Dienstag im Herbst 1880 in San Francisco zur Welt, im Haus meiner Großeltern mütterlicherseits. Während in dem labyrinthischen Holzbau meine Mutter mit tapferem Herzen und verzweifelnden Gliedern sich keuchend mühte, mir einen Ausgang zu öffnen, kochte auf der Straße das ungezügelte Leben des Chinesenviertels mit seinem untilgbaren Geruch nach exotischer Küche, seinem lärmenden Sturzbach gebrüllter Dialekte, seinem hastenden Hin und Her unerschöpflicher Massen menschlicher Bienen. Ich wurde im ersten Morgenlicht geboren, aber in Chinatown gehen die Uhren anders, und um diese Stunde fängt das Handelsgeschäft an, rumpeln unablässig die Lastkarren durch die Straßen, tönt aus den Käfigen das traurige Jaulen der Hunde, die auf das Messer des Kochs warten. Ich habe die Einzelheiten um meine Geburt erst ziemlich spät im Leben erfahren, aber es wäre schlimmer gewesen, wenn ich sie nie entdeckt hätte; sie hätten für immer auf den Irrwegen des Vergessens verlorengehen können. Es gibt so viele Geheimnisse in meiner Familie, daß mir vielleicht die Zeit nicht reicht, sie alle aufzuklären: die Wahrheit ist vergäng-

lich, Wolkenbrüche schwemmen sie fort. Meine Großeltern empfingen mich tief bewegt – wenn auch
einige Augenzeugen behaupten, ich sei ein gräß-
liches Baby gewesen – und legten mich meiner Mutter an die Brust, wo ich einige Minuten verblieb, die
einzigen Minuten, die ich je mit ihr zusammensein
konnte. Danach blies mir mein Onkel Lucky seinen
Atem ins Gesicht, um sein Glück auf mich zu übertragen. Wie großmütig die Absicht, so unfehlbar die
Methode, denn zumindest in diesen ersten dreißig
Jahren meines Lebens ist es mir gutgegangen. Aber
halt, ich darf nicht vorgreifen. Diese Geschichte ist
lang und beginnt weit vor meiner Geburt; es braucht
Geduld, sie zu erzählen, und noch mehr Geduld, ihr
zuzuhören. Wenn unterwegs der Faden verlorengeht
– nicht verzweifeln, ein paar Seiten weiter erwischt man ihn todsicher wieder. Weil wir ja irgendwann anfangen müssen, nehmen wir das Jahr 1862
und sagen einfach, die Geschichte beginnt mit einem Möbelstück von unglaublichen Proportionen.

Das Bett Paulina del Valles wurde in Florenz verladen ein Jahr nach der Krönung Viktor Emanuels,
als in dem neuen Königreich Italien noch der Widerhall von Garibaldis Schüssen in der Luft hing;
es überquerte auseinandergenommen und verpackt
das Meer auf einem Genueser Ozeanschiff, landete

in New York mitten in einem blutigen Aufstand und wurde weiterverfrachtet auf einen Dampfer der Reederei meiner Großeltern väterlicherseits, der Rodríguez de Santa Cruz, in den Vereinigten Staaten lebender Chilenen. Kapitän John Sommers war beauftragt, die Kisten in Empfang zu nehmen, die auf italienisch nur mit einem einzigen Wort gekennzeichnet waren: *Ninfe*. Dieser robuste Seemann, von dem lediglich eine verblichene Fotografie geblieben ist und ein von unzähligen Seefahrten verbeulter, abgeschabter Lederkoffer voller bemerkenswerter Manuskripte, war mein Urgroßvater, wie ich vor kurzem herausfand, als meine Vergangenheit nach vielen geheimnisumwitterten Jahren sich endlich zu lichten begann. Ich habe Kapitän John Sommers, den Vater von Eliza Sommers, meiner Großmutter mütterlicherseits, nicht gekannt, aber eine gewisse Neigung zum Vagabundieren, die habe ich von ihm geerbt. Diesem Mann des salzigen Meeres und der klaren Horizonte fiel die Aufgabe zu, das florentinische Bett im Kielraum seines Schiffes auf die andere Seite des amerikanischen Kontinents zu bringen. Er mußte der Blockade der Yankees und den Angriffen der Konföderierten ausweichen, die südlichen Ausläufer des Atlantik erreichen, die trügerischen Wasser der Magellanstraße durchqueren, in den Pazifischen Ozean einfahren und, nach kurzen Halts in einigen südamerikanischen Häfen, Nordkalifornien, das alte Goldland, ansteuern. Er hatte genaue Order, wie er am Kai von San Francisco zu verfahren hatte: Er mußte die Kisten öffnen, den Schiffszimmermann überwachen, während der die einzelnen Teile wie ein Puzzlespiel zusammensetzte und dabei sorgfältig auf die Schnitzereien achtgab, dann mußte er die Roßhaarmatratze und darüber die Decke aus rubinrotem Brokat auflegen, das ungefüge Möbel auf einen Wagen heben lassen und in die Stadt hineinschicken. Der Kutscher hatte Anweisung, langsam zu fahren, zweimal den Union Square zu umrunden und dann noch zweimal, wobei er unter dem Balkon der Geliebten meines Großvaters mit einer Glocke läuten sollte, um schließlich sein Endziel zu erreichen, das Haus von Paulina del Valle. Diese logistische Großtat mußte der Kapitän mitten im Bürgerkrieg bewerkstelligen, während die Heere der Yankees und der Konföderierten sich im Süden des Landes gegenseitig massakrierten und niemandem der Sinn nach Scherzen oder Glöckchengeklingel stand. John Sommers erteilte seine Anordnungen unter Flüchen, denn in den Monaten der Überfahrt war das Bett schließlich zum Symbol dessen geworden, was er bei seiner Arbeit am meisten haßte: die Launen seiner Chefin Paulina del Valle. Als er das Bett auf dem Wagen davonfahren sah, seufzte er tief auf und beschloß, dies solle das letzte sein, was er für sie tat; er stand seit zwölf Jahren unter ihrem Befehl und hatte die Grenzen seiner Geduld erreicht. Das Möbel gibt es heute noch in seiner ganzen Pracht, ein schwergewichtiger Dinosaurier aus mehrfarbig bemaltem Holz; am Kopfende thront Gott Neptun, umgeben von schäumenden Wellen und Meeresgeschöpfen in Basrelief, während am Fußende Delphine und Najaden spielen. Halb San Francisco konnte das olympische Lager ausgiebig würdigen, aber die Geliebte meines Großvaters, der das Spektakel zugedacht war, hielt sich versteckt, als der Wagen vorbeifuhr und mit seinem Gebimmel wieder und noch einmal vorbeifuhr.

»Mein Triumph hielt nicht lange vor«, gestand Paulina mir viele Jahre später, als ich das Bett unbedingt fotografieren und Genaueres darüber wissen wollte. »Der Spaß kehrte sich gegen mich. Ich hatte geglaubt, sie würden sich über Feliciano lustig machen, aber sie lachten über mich. Ich hatte die Leute falsch eingeschätzt. Wer hätte sich auch soviel Heuchelei vorstellen können? Zu jener Zeit war San Francisco ein Wespennest aus korrupten Politikern, Banditen und Dirnen.«

»Vielleicht gefiel ihnen die Herausforderung nicht«, schlug ich vor.

»Nein. Man erwartet, daß wir Frauen das Ansehen des Ehemannes sorglich pflegen, mag der auch noch so schlecht sein.«

»Ihr Ehemann war nicht schlecht«, widersprach ich.

»Das nicht, aber er machte Dummheiten. Jedenfalls ist es mir um das berühmte Bett nicht leid, ich habe vierzig Jahre darin geschlafen.«

»Was hat Ihr Mann getan, als er sich entdeckt sah?«

»Er sagte, während das Land im Bürgerkrieg ausblute, kaufte ich römische Lotterpfühle. Und leugnete natürlich alles. Keiner, der auch nur zwei Fingerbreit Verstand im Schädel hat, wird einen Treuebruch zugeben, und wenn man ihn aus den fremden Bettlaken zerrte.«

»Sagen Sie das aus eigener Erfahrung?«

»Ach, wenn's doch so wäre, Aurora!« erwiderte Paulina del Valle, ohne zu zögern.

Auf dem ersten Foto, das ich von ihr aufnahm, als ich dreizehn war, sitzt sie in einem Spitzennachthemd und mit einem halben Kilo Schmuck darüber in ihrem mythologischen Bett, gegen Kissen mit bestickten Satinbezügen gelehnt. So habe ich sie viele

Male erlebt, und so hätte ich sie auch gerne gesehen, als sie starb und ich Totenwache bei ihr hielt, aber sie wollte im tristen Habit der Karmeliterinnen begraben werden und wünschte, daß mehrere Jahre hindurch Singmessen für den Frieden ihrer Seele gehalten würden. »Ich habe genug Skandale eingerührt, es ist an der Zeit, zu Kreuze zu kriechen«, erklärte sie, als sie in der winterlichen Schwermut ihrer letzten Tage versank. Sie sah das Ende nahen und war zutiefst verstört. Sie verbannte das Bett in den Keller und ließ an seiner Stelle eine Holzpritsche aufstellen mit einer Seegrasmatratze, um nach all der Üppigkeit ohne Luxus zu sterben, vielleicht würde Sankt Petrus ja ein Auge zudrücken und im Buch der Sünden eine neue Seite aufschlagen, wie sie sagte. Aber die Angst reichte doch nicht aus, daß sie sich von anderen materiellen Gütern getrennt hätte, und bis zum letzten Atemzug behielt sie die Zügel ihres Finanzimperiums in den Händen, das damals schon sehr viel kleiner geworden war. Vom Schneid ihrer Jugend war zum Schluß wenig übriggeblieben, selbst die Ironie ging ihr verloren, aber meine Großmutter hatte ihre eigene Legende geschaffen, und keine Seegrasmatratze und kein Karmeliterinnenhabit würden sie darin irremachen. Das florentinische Bett, das sie aus purem Vergnügen durch die Hauptstraßen der Stadt fahren ließ, um ihren Mann zu bestrafen, gehörte zu ihren glorreichen Momenten.

Zu jener Zeit lebte die Familie in San Francisco unter einem anderen Namen – Cross –, weil kein Nordamerikaner das hochtönende Rodríguez de Santa Cruz y del Valle aussprechen konnte, was jammerschade ist, denn es hat so hübsch altertümliche Anklänge an die Inquisition. Sie zogen in das Viertel Nob Hill, wo sie sich ein riesiges Haus bauten, eines der prächtigsten der Stadt, was sich zum Delirium für mehrere rivalisierende Architekten der Stadt auswuchs, die nacheinander angestellt und bald darauf wieder weggeschickt wurden. Die Familie hatte ihr Vermögen nicht beim Goldrausch von 1849 gemacht, wie Feliciano es gern gehabt hätte, sondern dank dem hervorragenden unternehmerischen Instinkt seiner Frau, die auf den Gedanken kam, frische Lebensmittel aus Chile in antarktischem Eis gelagert nach Kalifornien schicken zu lassen. In jenen wildbewegten Tagen kostete ein Pfirsich eine Unze Gold, und sie wußte diese Zustände zu nutzen. Der Versuch war erfolgreich, und schließlich unterhielten sie eine richtige kleine Flotte von Schiffen, die zwischen Valparaíso und San Francisco verkehrten; im ersten Jahr fuhren sie noch leer zurück, aber dann wurden sie mit kalifornischem Mehl beladen.

Damit stürzte Paulina etliche chilenische Landwirte in den Ruin, darunter ihren eigenen Vater, den gefürchteten Agustín del Valle, dessen Weizen in den Scheuern verrottete, weil er nicht mit dem schneeweißen Mehl der Yankees konkurrieren konnte. Durch die Wut verrottete auch seine Leber. Als das Goldfieber verebbte, kehrten Tausende und Abertausende Abenteurer zurück in ihre Heimat, ärmer, als sie einst aufgebrochen waren, an Körper und Seele krank geworden bei der Verfolgung eines Traums; aber Paulina und Feliciano hatten ihr Glück gemacht. Sie stiegen auf in die Spitzen der Gesellschaft von San Francisco, obwohl ihr spanischer Akzent ein nicht leicht zu umschiffendes Hindernis bot. »In Kalifornien sind alle neureich und niederer Herkunft, unser Stammbaum dagegen reicht zurück bis zu den Kreuzzügen«, murmelte Paulina dann trotzig, ehe sie sich geschlagen gegeben hätte und nach Chile zurückgekehrt wäre. Jedoch waren es nicht nur Adelstitel oder Bankkonten, die ihnen die Türen öffneten, sondern vielmehr Felicianos sympathisches Wesen, wodurch er unter den mächtigsten Männern der Stadt rasch Freunde fand. Dagegen erwies es sich als ziemlich schwierig, seine Frau gern zu haben – aufgeputzt, unmanierlich, respektlos und beleidigend, wie sie war. Ich muß es aussprechen: Paulina flößte zu Anfang die Mischung aus Faszination und Schaudern ein, die man vor einem Leguan empfindet; erst wenn man sie besser kannte, entdeckte man ihre empfindsame Ader. 1862 trieb sie ihren Mann an, sich in dem Geschäft mit den neuen Eisenbahnlinien quer durch den amerikanischen Kontinent zu engagieren, was das Paar endgültig reich machte. Ich begreife nicht, wo diese Frau ihren Spürsinn fürs Geschäft hernahm. Sie kam aus einer Familie von engstirnigen, geistig eher beschränkten chilenischen Grundbesitzern; in den Mauern des elterlichen Hauses in Valparaíso war sie mit Rosenkranzbeten und Stickereiarbeiten aufgezogen worden, denn ihr Vater glaubte, Unwissenheit garantiere die Folgsamkeit der Frauen wie der Armen. Sie beherrschte nur eben die Grundbegriffe des Schreibens und Rechnens, las nicht ein Buch in ihrem Leben und zählte an den Fingern zusammen – abziehen konnte sie nicht –, aber alles, was ihre Hände berührten, verwandelte sich in Geld. Hätten ihre Kinder und Verwandten nicht so verschwenderisch gelebt, wäre sie mit dem Prunk einer Kaiserin gestorben. In jenen Jahren wurde die Eisenbahnlinie gebaut, die den Westen mit dem Osten der Vereinigten Staaten verbinden sollte. Während alle Welt in Aktien der beiden Gesellschaften investierte und Wetten abschloß, welche von ihnen die Schienen schneller legen werde, breitete Paulina, unberührt von diesem läppischen Wettrennen, eine Karte auf dem Speisezimmertisch aus und studierte mit der Geduld eines Topographen die zukünftige Linienführung des Zuges und die Orte, wo es reichlich Wasser gab. Lange bevor die billigen chinesischen Hilfsarbeiter den letzten Nagel eingeschlagen hatten und so die beiden Strecken in Promontory, Utah, vereinigten, lange bevor die erste Lokomotive mit Eisengeklirr, vulkanische Rauchwolken ausstoßend und brüllend wie ein Schiff in Seenot den Kontinent überquerte – lange vorher schon hatte sie ihren Mann überredet, an den Stellen, die sie auf ihrer Karte mit roter Tinte gekennzeichnet hatte, Land zu kaufen.

»Hier werden sie Dörfer bauen, weil es Wasser gibt, und in jedem werden wir einen Laden haben«, erklärte sie.

»Das ist viel Geld«, rief Feliciano entsetzt.

»Sieh zu, daß du es dir leihst, dazu sind Banken da. Wozu sollen wir das eigene Geld riskieren, wenn wir über fremdes verfügen können?« erwiderte Paulina, wie sie es in solchen Fällen immer tat.

Und damit waren sie beschäftigt, verhandelten mit den Banken und kauften Grundstücke über das halbe Land hin, als die Geschichte mit der Geliebten platzte. Sie war eine Schauspielerin mit Namen Amanda Lowell, eine appetitliche Schottin mit milchweißer Haut, spinatgrünen Augen und dem Duft nach Pfirsich, wie diejenigen versicherten, die sie gekostet hatten. Sie sang und tanzte miserabel, aber mit Feuer, trat in belanglosen Lustspielen auf und verschönerte die Feste der Reichen. Sie besaß eine Schlange aus Panama, lang, dick und zahm, aber gräßlich anzusehen, die sich ihr während ihrer exotischen Tänze um den Leib wand und nie bösartig wurde, bis eines unglücklichen Abends Amanda mit einem Diadem aus Pfauenfedern auftrat – die Schlange hielt den Kopfputz für einen verirrten Papagei und hätte in ihrer Gier, ihn zu verschlingen, fast ihre Herrin erwürgt. Die schöne Lowell war keineswegs eine unter den Tausenden »befleckter Tauben« des galanten Lebens in Kalifornien; sie war eine stolze Edelhure, deren Gunst durch Geld allein nicht errungen wurde, sie verlangte dazu auch gute Manieren und etwas Charme. Durch die Großzügigkeit ihrer Gönner lebte sie gut und hatte genügend Mittel, einem bunten Schwarm talentloser Künstler weiterzuhelfen; ihr war bestimmt, arm zu sterben, denn sie war verschwenderisch wie ein Fürst, und was noch übrigblieb, verschenkte sie. In der Blüte ihrer Jugend hatte sie mit der Anmut ihrer Bewegungen und mit ihrer roten Löwenmähne den Verkehr auf der Straße durcheinandergebracht, aber sie hatte zuviel Spaß am Skandal, und damit verscherzte sie ihr Glück: in einer plötzlichen Laune konnte sie einen guten Namen und eine Familie zerstören. Für Feliciano war das Risiko nur ein Anreiz mehr; er hatte das Gemüt eines Korsaren, und die Vorstellung, mit dem Feuer zu spielen, verführte ihn ebenso wie die herrlichen Hinterbacken der Lowell. Er richtete ihr mitten in der Stadt eine Wohnung ein, zeigte sich aber niemals öffentlich mit ihr, denn er kannte den Charakter seiner Frau nur allzugut, die schon einmal in einem Anfall von Eifersucht an all seinen Anzügen die Ärmel und Hosenbeine zerschnitten und sie ihm dann vor die Tür seines Büros geworfen hatte. Für einen so eleganten Mann wie ihn, der seine Kleidung bei dem Hofschneider von Prince Albert in London in Auftrag gab, war das ein geradezu tödlicher Schlag.

In San Francisco, dieser Stadt der Männer, war die Frau immer die letzte, die von einem Treubruch ihres Ehemannes erfuhr, aber in diesem Fall war es die Lowell selbst, die ihn aufdeckte. Kaum hatte der jeweilige Gönner die Tür hinter sich geschlossen, malte sie einen Strich auf die Bettpfosten, je einen pro empfangenen Liebhaber. Sie war eine Sammlerin, die Männer interessierten sie nicht so sehr als Einzelwesen, sondern nur als weiterer Strich in ihrer Kollektion; sie war wild entschlossen, den Mythos der faszinierenden Lola Montez zu übertreffen, der irischen Kurtisane, die in den Zeiten des Goldrausches San Francisco wie ein strahlender Meteor durchzogen hatte. Das Gerede über die Striche der Lowell ging von Mund zu Mund, und die Herren stritten sich um den Besuch bei ihr, sowohl wegen der Reize der Schönen, die viele von ihnen bereits im biblischen Sinne erkannt hatten, als auch um der Gunst willen, mit der Geliebten einer hochgestellten Persönlichkeit der Stadt zu schlafen. Die Neuigkeit von Amanda Lowells Strichvergnügen erreichte auch Paulina del Valle, als sie bereits durch ganz Kalifornien gereist war.

»Das Demütigendste daran ist, du läßt dir von dieser Nutte Hörner aufsetzen, und alle Welt klatscht darüber, daß ich mit einem Kapaun verheiratet bin«, schrie Paulina ihren Mann in der wenig feinen Gossensprache an, die sie bei solchen Gelegenheiten benutzte.

Feliciano Rodríguez de Santa Cruz hatte von diesen Sammleraktivitäten Amandas nichts gewußt, und die Wut brachte ihn fast um. Niemals hätte er gedacht, daß seine Freunde und Bekannten und andere, die ihm beträchtliche Gefälligkeiten verdankten, sich so über ihn lustig machen könnten. Seiner Geliebten dagegen gab er keine Schuld, resigniert nahm er die Gelüste des anderen Geschlechtes hin, es waren zauberhafte Geschöpfe, nur ohne moralisches Gerüst, immer bereit, der Versuchung nachzugeben. Sie gehörten der Erde, dem Humus, dem Blut, den organischen Funktionen, die Männer waren für Heldentum, die großen Ideen und, wenn das auch nicht sein Fall war, für die Heiligkeit bestimmt. Von seiner Frau zur Rede gestellt, verteidigte er sich, so gut er konnte, und dann nutzte er eine Gefechtspause, als ihr der Atem ausging, um ihr vorzuwerfen, daß sie die Tür zu ihrem Zimmer vor ihm verschlossen hielt. Verlangte sie, daß ein Mann wie er in Abstinenz lebe? Alles sei ihre Schuld, weil sie ihn zurückgestoßen habe, behauptete er. Das mit der verschlossenen Tür stimmte, Paulina hatte der stürmischen Wollust entsagt, nicht weil sie frei von Gelüsten war, wie sie mir vierzig Jahre später gestand, sondern aus Scham. Es stieß sie ab, sich im Spiegel näher zu betrachten, und sie schloß daraus, daß jeder Mann das gleiche fühlen müsse, wenn er sie nackt sah. Sie erinnerte sich genau an den Augenblick, als ihr bewußt wurde, daß ihr Körper sich in ihren Feind verwandelte. Ein paar Jahre zuvor, als Feliciano von einer langen Geschäftsreise aus Chile zurückgekehrt war, hatte er sie um die Taille genommen, bester Laune wie immer, um sie hochzuheben und ins Bett zu tragen, aber er schaffte es nicht.

»Donnerwetter, Paulina! Hast du Steine im Schlüpfer?« fragte er lachend.

»Das ist Fett«, erwiderte sie seufzend.

»Das muß ich sehen!«

»Auf gar keinen Fall! Von jetzt an darfst du nur noch nachts und ohne Licht in mein Zimmer kommen.«

Eine Zeitlang liebten sich diese beiden, die das sonst ohne Scham getan hatten, nur noch im Dunkeln. Paulina blieb ungerührt gegen die Bitten und die Wutanfälle ihres Mannes, der sich niemals damit abfinden wollte, sie im schwarzdusteren Zimmer unter einem Berg von Bettzeug zu finden und sie dann mit Missionarshast zu umarmen, während sie ihm die Hände festhielt, damit er nicht ihr Fleisch abtastete. Dieses Drauf-und-weg erschöpfte sie beide und zermürbte ihre Nerven. Endlich verschaffte der Umzug in das neue Haus auf Nob Hill Paulina eine Lösung: sie ließ den von ihren Räumen am weitesten entfernten Flügel für Feliciano einrichten und verriegelte ihre Tür. Der Widerwille gegen ihren eigenen Körper war stärker als das Verlangen, das sie nach ihrem Mann empfand. Ihr Hals verschwand unter dem Doppelkinn, Brüste und Bauch waren eine unförmige Masse, ihre Beine trugen sie kaum länger als ein paar Minuten, sie konnte sich weder alleine anziehen noch sich die Schuhe zubinden; dennoch, wenn sie in ihren Seidengewändern und mit den prachtvollen Juwelen auftrat, bot sie immer einen grandiosen Anblick. Ihre größte Sorge war der Schweiß zwischen den Speckfalten, und sie fragte mich oft und oft flüsternd, ob sie schlecht rieche, aber ich nahm an ihr nie einen anderen Geruch wahr als den nach Eau de Gardénias und Talkpuder. Entgegen dem damals weitverbreiteten Glauben, Wasser und Seife seien der Gesundheit abträglich, verbrachte sie ganze Stunden in ihrer emaillierten Eisenbadewanne, wo sie sich wieder leicht fühlte wie in ihrer Jugend. Sie hatte sich in Feliciano verliebt, als der ein hübscher und ehrgeiziger Junge war, dazu Besitzer einiger Silberminen im Norden Chiles, nur leider forderte sie mit dieser Liebe den Zorn ihres Vaters heraus – Agustín del Valle erscheint übrigens in der Geschichtsschreibung Chiles als Gründer einer winzigen, ärmlichen, ultrakonservativen Partei, die seit mehr als zwei Jahrzehnten verschwunden ist, aber gelegentlich wieder auflebt wie ein kläglicher gerupfter Vogel Phönix. Diese Liebe zu ihrem Mann war weiter in ihr lebendig, als sie ihm das Betreten ihres Schlafzimmers verbot in einem Alter, in dem ihre Natur mehr denn je nach einer Umarmung verlangte. Im Gegensatz zu ihr wurde Feliciano mit Anmut älter. Sein Haar war grau geworden, aber er war immer noch dasselbe fröhliche, leidenschaftliche und leichtsinnige Mannsbild. Paulina mochte seine vulgäre Ader, der Gedanke gefiel ihr, daß dieser Mann von Welt mit den hochtönenden Namen von sephardischen Juden abstammte und daß unter seinen Seidenhemden mit eingesticktem Monogramm wie bei einem gewöhnlichen Kneipengänger eine Tätowierung prangte, die er sich im Hafen bei einem Besäufnis hatte antun lassen. Sie sehnte sich danach, wieder die Ferkeleien zu hören, die er ihr in den Zeiten zugeflüstert hatte, als sie noch bei Lampenschein im Bett schaukelten, und sie hätte alles dafür gegeben, wenn sie noch einmal ihren Kopf auf den blauen Drachen hätte legen können, der mit unlöschbarer Tinte in die Schulter ihres Mannes eingestichelt war. Niemals hätte sie geglaubt, daß er sich das gleiche wünschte. Für Feliciano war sie immer die kecke junge Braut geblieben, die einst mit ihm geflohen war, die einzige Frau, die er bewunderte und fürchtete. Ich denke, daß diese beiden nie aufgehört haben, sich zu lieben, trotz der stürmischen Wucht ihrer Streitereien, bei denen alle im Haus zitterten. Die Umarmungen, die sie früher so glücklich gemacht hatten, verwandelten sich in Kämpfe, die in langfristigen Waffenruhen und denkwürdigen Racheakten wie dem florentinischen Bett endeten, aber keine Beschimpfung, keine Bezichtigung konnte ihre Beziehung zerstören, und bis zum Schluß, als er von einem Schlaganfall tödlich getroffen wurde, waren beide vereint durch eine beneidenswerte Komplizenschaft zweier Gauner.

Als Kapitän Sommers sich versichert hatte, daß das mythologische Möbelstück gut befestigt auf dem Wagen stand und der Kutscher seine Anweisungen begriffen hatte, machte er sich zu Fuß auf den Weg nach Chinatown, wie er es bei jedem seiner Besuche in San Francisco tat. Diesmal jedoch reichten seine Kräfte nicht aus, und zwei Straßen weiter mußte er eine Mietdroschke anhalten. Mühsam kletterte er hinein, gab dem Fahrer die Richtung an und lehnte sich schwer atmend im Sitz zurück. Schon vor einem Jahr hatten die Symptome begonnen, sich bemerkbar zu machen, aber in den letzten Wochen hatten sie sich verschärft; die Beine wollten ihn kaum tragen, und der Kopf war ihm wie vernebelt, er mußte ständig gegen die Versuchung ankämpfen, sich der wattigen Gleichgültigkeit zu ergeben, die sein Gemüt zu übermannen drohte. Seine Schwester Rose hatte als erste bemerkt, daß etwas nicht stimmte, als er noch gar keine Schmerzen hatte. Er dachte mit einem Lächeln an sie: Rose war der Mensch, der ihm am nächsten stand und den er am meisten liebte, der Polarstern seines Wanderlebens, wirklichkeitsbewußter in ihrer Zuneigung als seine Tochter Eliza oder eine der Frauen, die er auf seiner langen Reise von Hafen zu Hafen umarmte.

Rose Sommers hatte ihre Jugend bei ihrem älteren Bruder Jeremy in Chile verbracht, aber als er gestorben war, kehrte sie nach England zurück, alt werden wollte sie doch lieber im eigenen Land. Sie wohnte in London in einem kleinen Haus nur wenige Straßen von den Theatern und der Oper entfernt; es war ein etwas heruntergekommenes Viertel, in dem sie behaglich und ganz nach ihren Wünschen leben konnte. Sie war nicht länger die fürsorgliche Haushälterin ihres Bruders Jeremy, jetzt konnte sie ihrer exzentrischen Ader freien Lauf lassen. Sie kleidete sich gern als aus der Mode geratene Schauspielerin, um im Savoy Tee zu trinken, oder als russische

Gräfin, wenn sie mit ihrem Hund spazierenging, sie war die Freundin von Bettlern und Straßenmusikanten und gab ihr Geld für wohltätige Zwecke oder unnütze Spielereien aus. »Nichts macht so frei wie das Alter«, sagte sie und zählte glücklich ihre Falten. »Es ist nicht das Alter, Schwester, sondern die Finanzen, die du dir mit deiner Feder erarbeitet hast«, entgegnete John Sommers. Diese ehrbare weißhaarige alte Jungfer hatte ein kleines Vermögen mit dem Schreiben unanständiger Bücher gemacht. Das Putzigste daran war, dachte der Kapitän, daß Rose gerade jetzt, wo sie sich nicht mehr verstecken mußte wie seinerzeit, als sie in Bruder Jeremys Schatten lebte, die erotischen Geschichten aufgegeben hatte und ganz darin aufging, romantische Romane zu verfassen, und das in einem atemberaubenden Tempo und immer mit einem außerordentlichen Erfolg. Es gab keine Englisch sprechende Frau, Königin Victoria eingeschlossen, die nicht mindestens einen Roman von *Dame* Rose Sommers gelesen hätte. Der Adelstitel krönte nur eine Stellung, die Rose sich schon vor Jahren erobert hatte. Wenn Königin Victoria auch nur geahnt hätte, daß ihre Lieblingsautorin, der sie persönlich den Titel Dame verliehen hatte, verantwortlich war für eine umfassende Sammlung unanständiger, mit *Eine Anonyme Dame* firmierter Literatur, sie wäre auf der Stelle ohnmächtig geworden. Der Kapitän hatte die Pornographie köstlich gefunden, aber diese neuen Liebesgeschichten waren Mist. Jahrelang hatte er sich damit befaßt, die verbotenen Bücher zu verbreiten, die Rose vor der Nase ihres älteren Bruders verfertigte – und Jeremy starb zutiefst überzeugt, daß sie eine tugendhafte Lady sei und nur die eine Aufgabe gekannt habe, ihm das Leben angenehm zu machen. »Gib auf dich acht, John, schau, du kannst mich doch nicht allein lassen auf dieser Welt! Du magerst immer mehr ab, und eine Farbe hast du, also die ist schon sehr merkwürdig«, hatte Rose dem Kapitän täglich vorgehalten, als er sie in London besuchte. Seither verwandelte eine erbarmungslose Metamorphose ihn nach und nach in eine Eidechse.

Tao Chi'en hatte eben seine Akupunkturnadeln aus den Ohren und Armen eines Patienten gezogen, als sein Assistent ihm meldete, sein Schwiegervater sei gekommen. Der *zhong yi* legte die goldenen Nadeln sorgfältig in reinen Alkohol, wusch sich die Hände, zog sein Jackett an und ging hinaus, um den Besucher zu empfangen. Er war ein wenig verwundert, weil Eliza ihm nicht mitgeteilt hatte, daß ihr Vater heute kommen werde. Die Familie erwartete ihn immer sehnsüchtig, vor allem die Kinder, die nicht müde wurden, seine exotischen Mitbringsel zu bewundern und den Geschichten dieses fabelhaften Großvaters über Seeungeheuer und malaiische Piraten zu lauschen. Hochgewachsen, massig, die Haut vom Salz aller Meere gegerbt, war der Kapitän mit seinem wild wuchernden Bart, der dröhnenden Stimme und den unschuldigen klaren Kinderaugen eine imposante Gestalt in seiner blauen Uniform, aber der Mann, den Tao jetzt in einem Sessel seines Wartezimmers sitzen sah, war so zusammengeschrumpft, daß er ihn kaum erkannte. Er begrüßte ihn ehrerbietig, er hatte die Gewohnheit, sich vor ihm nach chinesischem Brauch zu verneigen, nie ablegen können. Er hatte John Sommers in seiner Jugend kennengelernt, als er auf seinem Schiff als Koch gearbeitet hatte. »Mich hast du mit Sir anzureden«, hatte der Kapitän ihn angewiesen, als er das erste Mal mit ihm sprach. Damals hatten wir beide noch schwarzes Haar, dachte Tao jäh beklommen angesichts dieser Todesmahnung. Der Engländer arbeitete sich mühsam hoch, reichte ihm die Hand und drückte ihn dann in einer kurzen Umarmung an sich. Der *zhong yi* stellte fest, daß jetzt er der Größere und Schwerere von ihnen war.

»Weiß Eliza, daß Sie heute angekommen sind, Sir?« fragte er.

»Nein. Ich muß mit Ihnen allein sprechen, Tao. Ich sterbe.«

Der *zhong yi* hatte das bereits begriffen, kaum daß er ihn erblickt hatte. Wortlos führte er ihn ins Sprechzimmer, wo er ihm half, sich auszuziehen und sich auf einer Liege auszustrecken. Sein nackter Schwiegervater bot einen erschütternden Anblick: die Haut schwammig, kupferfarben, die Fingernägel gelb, die Augen blutunterlaufen, der Bauch geschwollen. Er hörte ihn ab und fühlte ihm dann den Puls am Handgelenk, am Hals und an den Knöcheln, um sich dessen zu vergewissern, was ihm längst klar war.

»Ihre Leber ist zerstört, Sir. Trinken Sie immer noch?«

»Muten Sie mir nicht zu, daß ich eine lebenslange Gewohnheit aufgebe, Tao. Glauben Sie, irgend jemand könnte als Seemann durchhalten ohne einen Schluck ab und zu?«

Tao Chi'en lächelte. Der Engländer trank eine halbe Flasche Gin an normalen Tagen und eine ganze, wenn es etwas zu feiern oder zu beklagen gab, ohne daß es ihn auch nur im geringsten anzufechten schien; er roch nicht einmal danach, weil der starke Knaster, den er rauchte, seine Kleidung und seinen Atem tränkte.

»Außerdem ist es jetzt wohl auch zu spät, es zu bereuen, stimmt's?« fügte John Sommers hinzu.

»Sie können ein wenig länger und in besserer Verfassung leben, wenn Sie das Trinken aufgeben. Warum legen Sie nicht eine Ruhepause ein? Kommen Sie für einige Zeit zu uns, Eliza und ich werden Sie pflegen, bis Sie sich erholt haben«, schlug der *zhong yi* vor, ohne seinen Schwiegervater anzusehen, damit der nicht merkte, wie aufgewühlt er war. Wie so oft in seinem Arztberuf mußte er gegen das entsetzliche Gefühl der Machtlosigkeit ankämpfen, das ihn überwältigte, wenn er wieder einmal bestätigt sah, wie kümmerlich die Hilfsmittel seiner Wissenschaft waren und wie ungeheuer groß das menschliche Leiden.

»Wie kommen Sie bloß auf den Einfall, ich würde mich freiwillig in Elizas Hände begeben, damit sie mich zur Abstinenz verurteilt! Wieviel Zeit bleibt mir noch, Tao?« fragte John Sommers.

»Das kann ich nicht mit Sicherheit sagen. Dazu müßten wir eine weitere Meinung einholen.«

»Ihre Meinung ist die einzige, die ich respektiere. Seit Sie mir auf halbem Wege zwischen Indonesien und der afrikanischen Küste schmerzlos einen Zahn gezogen haben, hat kein anderer Arzt seine verdammten Finger an mich gelegt. Wie lange ist das her?«

»Gut fünfzehn Jahre. Danke für Ihr Vertrauen, Sir.«

»Nur fünfzehn Jahre? Wieso kommt es mir vor, als hätten wir uns ein Leben lang gekannt?«

»Vielleicht haben wir uns in einem anderen Dasein kennengelernt.«

»Also die Sache mit der Wiedergeburt ist mir gräßlich, Tao. Stellen Sie sich vor, ich müßte in meinem nächsten Leben ein Moslem sein. Wissen Sie, daß die armen Kerle keinen Alkohol trinken?«

»Genau das wird Ihr Karma sein. Bei jeder Wiedergeburt müssen wir bewältigen, was aus dem vorhergehenden Leben noch zu bewältigen übrigbleibt«, sagte Tao lächelnd.

»Da ist mir die christliche Hölle doch lieber, die ist weniger grausam. Na schön, Eliza werden wir nichts von alldem erzählen«, schloß John Sommers, während er sich wieder anzog und mit den Knöpfen kämpfte, die ihm aus den zittrigen Fingern rutschten. »Da dies mein letzter Besuch sein kann, ist es nur recht und gut, daß sie und meine Enkel mich als fröhlich und gesund in Erinnerung behalten. Ich gehe in Frieden, Tao, weil niemand meine Tochter Eliza besser behüten könnte als Sie.«

»Niemand könnte sie mehr lieben als ich, Sir.«

»Wenn ich nicht mehr bin, wird jemand sich um

meine Schwester kümmern müssen. Sie wissen, daß Rose wie eine Mutter zu Eliza war . . .«

»Machen Sie sich keine Sorgen, Eliza und ich werden immer für sie dasein und sie beschützen.«

»Der Tod . . . ich meine . . . kommt er rasch und mit Würde? Wie werde ich wissen, wann das Ende kommt?«

»Wenn Sie Blut erbrechen, Sir«, sagte Tao Chi'en traurig.

Es geschah drei Wochen später, mitten im Pazifik, in der Abgeschlossenheit der Kapitänskajüte. Sowie der alte Seemann aufstehen konnte, säuberte er sich von den Spuren des Erbrochenen, spülte sich den Mund, tauschte das blutbefleckte Hemd gegen ein sauberes, zündete seine Pfeife an und ging hinaus an den Bug seines Schiffes. Dort stand er eine Weile und blickte zum letztenmal hinauf zu den Sternen, die am samtschwarzen Himmel funkelten. Mehrere Matrosen sahen ihn und blieben in einiger Entfernung stehen, die Mützen in der Hand. Als der Tabak aufgeraucht war, schwang Kapitän John Sommers die Beine über die Reling und ließ sich ohne Lärm und Laut ins Wasser fallen.

Severo del Valle lernte Lynn Sommers 1872 kennen, als er mit seinem Vater von Chile nach Kalifornien reiste, um Paulina und Feliciano zu besuchen, die in den schönsten Klatschgeschichten der Familie immer die Hauptrolle spielten. Severo hatte seine Tante Paulina ein paarmal bei ihren gelegentlichen Auftritten in Valparaíso erlebt, aber bis er sie in ihrer nordamerikanischen Umgebung kennenlernte, hatte er die Seufzer christlicher Unduldsamkeit seiner Familie nicht begriffen. Fern von dem religiösen, konservativen Umfeld in Chile, fern von dem in seinem Paralytikerlehnstuhl eingeklemmten Großvater Agustín, von Großmutter Emilia mit ihren unheilvoll düsteren Spitzen und den Leinsamenklistieren, fern von ihren übrigen so neidischen wie furchtsamen Verwandten war Paulina erst zur eigentlichen Amazone, ja Walküre aufgeblüht. Auf seiner ersten Reise war Severo del Valle noch zu jung, um die Macht oder das Vermögen dieses berühmten Paares zu ermessen, aber ihm entgingen nicht die Unterschiede zwischen ihnen und dem Rest des Stammes del Valle. Erst als er Jahre später wiederkam, sollte er begreifen, daß sie zu den reichsten Familien San Franciscos gehörten, auf gleicher Stufe wie die Magnaten des Silbers, der Eisenbahn, der Banken und des Transports. Auf dieser ersten Reise saß der Fünfzehnjährige auf dem Fußende des vielfarbigen Bettes seiner Tante Paulina, und während sie die Strategie ihrer nächsten Handelskriege plante, entschied Severo über seine eigene Zukunft.

»Du solltest Anwalt werden, damit du mir helfen kannst, meine Feinde nach allen Regeln des Gesetzes zu vernichten«, riet ihm an diesem Tag Paulina zwischen zwei Happen Blätterteiggebäck mit Karamelfüllung.

»Ja, Tante. Großvater Agustín sagt immer, in jeder achtbaren Familie muß man einen Anwalt, einen Arzt und einen Bischof haben«, erwiderte ihr Neffe.

»Man muß auch einen Kopf für Geschäfte haben.«

»Großvater meint, Handel treiben ist nicht Sache des Adels.«

»Dann sag du ihm, vom Adel wird man nicht satt, er soll ihn sich in den Arsch stecken.«

Der Junge hatte dieses schmutzige Wort bisher nur von dem Kutscher der Familie gehört, einem aus dem Gefängnis in Teneriffa geflohenen Madrilenen, der aus unerfindlichen Gründen auch auf Gott und auf eine bestimmte Flüssigkeit zu scheißen pflegte.

»Nun hab dich nicht so zimperlich, Jungchen, einen Arsch haben wir doch schließlich alle!« rief

Paulina aus und wollte sich schier totlachen über den Gesichtsausdruck ihres Neffen.

An diesem Nachmittag nahm sie ihn mit in die Konditorei von Eliza Sommers. San Francisco hatte Severo schon vom Schiff aus auf den ersten Blick faszíniert: eine strahlende Stadt in einer grünen Landschaft von Hügeln, die über und über mit Bäumen bewachsen waren und sich in Wellen hinabsenkten bis zum Ufer einer Bucht mit ruhigem Wasser. Von weitem wirkte sie streng mit ihrem spanischen Grundriß von parallel und quer verlaufenden Straßen, aber von nahem hatte sie den Zauber des Unerwarteten. Der Junge, gewöhnt an den schläfrigen Anblick des Hafens von Valparaíso, wo er aufgewachsen war, starrte verwirrt auf das wahnwitzige Drunter und Drüber von kleinen Häusern und großen Bauten in den verschiedensten Stilarten, Luxus und Armut bunt durcheinander, als wäre es in aller Eile hochgezogen worden. Er sah ein totes, mit Fliegen übersätes Pferd vor der Tür eines eleganten Geschäfts liegen, das Geigen und Klaviere anbot. Durch den lärmenden Verkehr von Tieren und Kutschen bahnte sich eine kosmopolitische Menge den Weg: Amerikaner, Spanier, Franzosen, Iren, Italiener, Deutsche, einige Indios und auch ehemalige Negersklaven, jetzt zwar frei, aber noch immer arm und verachtet. Sie wendeten sich nach Chinatown, und augenblicklich fanden sie sich in einem fremden Land wieder, von »Söhnen des Himmels« bevölkert, wie die Chinesen genannt wurden, die nun der Kutscher mit Peitschenknallen scheuchte, während er den Fiaker auf den Union Square lenkte. Er hielt vor einem Haus in viktorianischem Stil, einem einfachen Bau im Vergleich zu den Verirrungen an Simsschnörkeln, Reliefs und Rosetten, die man hier überall sah.

»Dies ist der Teesalon der Señora Sommers, der einzige in dieser Gegend«, erklärte Paulina. »Kaffee kannst du trinken, wo du Lust hast, aber für eine Tasse Tee mußt du schon hierherkommen. Die Yankees verabscheuen dieses edle Getränk seit dem Unabhängigkeitskrieg, als die Rebellen den englischen Tee in Boston ins Meer schütteten.«

»Aber liegt das nicht schon hundert Jahre zurück?«

»Da siehst du's, Severo, wie dämlich Patriotismus sein kann.«

Nicht der Tee war der Grund für Paulinas häufige Besuche in diesem Salon, sondern Eliza Sommers' berühmte Konditorkunst, die das Innere mit dem köstlichen Duft von Vanille und karamelisiertem Zucker erfüllte. Das Haus – wie so viele andere in den ersten Jahren San Franciscos aus England herübergeschafft, versehen mit einem Handbuch voller Anweisungen, nach denen man es zusammenbauen konnte wie ein Spielzeug – hatte zwei Stockwerke, von einem Turm gekrönt, womit es aussah wie eine Dorfkirche. Im ersten Stock hatte man zwei Räume miteinander verbunden, um einen größeren Speisesaal zu erhalten, es gab mehrere Sessel mit geschwungenen Beinen und fünf runde, weiß gedeckte Tischchen. Im zweiten Stock wurden aus bester belgischer Schokolade handgefertigte Pralinen in Schachteln verkauft wie auch Marzipan und mehrere Sorten Süßigkeiten nach chilenischer Art, die Paulina del Valle besonders liebte. Die Bedienung versahen zwei Mexikanerinnen mit langen Zöpfen, schneeweißen Schürzen und gestärkten Häubchen, telepathisch gelenkt von der kleinen Señora Sommers, die kaum anwesend zu sein schien verglichen mit Paulinas gewichtiger Präsenz. Die Mode der schmalen Taillen und der bauschigen Röcke begünstigte erstere, vervielfältigte dagegen den Umfang der anderen; außerdem sparte Paulina del Valle nicht am Stoff, an Troddeln, Pompons und Gefälteltem. An diesem Tag war sie als Bienenkönigin aufgeputzt, in Gelb und Schwarz vom Kopf bis zu den Füßen, dazu trug sie einen Hut mit Federbusch und ein Mieder mit Streifen. Mit viel Streifen. Als sie in den Salon einmarschierte, schien die Luft für alle andern dünner zu werden, und bei jedem Schritt, den sie tat, klirrten die Tassen und ächzten die dünnen Holzwände. Die Serviermädchen, die sie hereinkommen sahen, rannten, eines der zerbrechlichen Stühlchen gegen einen standfesteren Sessel einzutauschen, in den die Dame sich anmutig niederließ. Sie bewegte sich achtsam, denn sie fand, nichts mache so häßlich wie Eile; sie vermied auch die Geräusche, die alten Leuten unterlaufen, niemals ließ sie in der Öffentlichkeit ein Keuchen, Husten, Schnaufen oder einen Seufzer der Erschöpfung entschlüpfen, auch wenn die Füße sie noch so sehr plagten. »Ich will keine grobe Stimme bekommen«, sagte sie und gurgelte täglich mit Zitronensaft, in dem Honig aufgelöst war, um ihre Stimme weich zu erhalten. Eliza Sommers, klein und gerade wie ein Degen, in einem dunkelblauen Rock und einer melonenfarbenen, an Handgelenken und Hals geknöpften Bluse, mit einem unauffälligen Perlenhalsband als einzigem Schmuck, sah bemerkenswert jung aus. Sie sprach ein aus Mangel an Gebrauch etwas eingerostetes Spanisch und das Englische mit britischem Akzent und sprang innerhalb eines Satzes von einer Sprache zur andern, genau wie auch Paulina. Ihr Geld und ihr aristokratisches Blut hoben Señora del Valle weit über den gesellschaftlichen Stand Elizas. Bei einer Frau, die aus Spaß an der Sache arbeitete, konnte etwas nicht stimmen, aber Paulina wußte, daß Eliza nicht in das Milieu gehörte, in dem sie in Chile aufgewachsen war, und daß sie nicht aus Spaß arbeitete, sondern aus Notwendigkeit. Sie hatte auch gehört, daß sie mit einem Chinesen zusammenlebte, aber ihre verheerende Taktlosigkeit reichte doch nie so weit, daß sie sie geradeheraus danach gefragt hätte.

»Señora Eliza Sommers und ich haben uns 1840 in Chile kennengelernt; sie war damals acht und ich siebzehn, aber heute sind wir gleichaltrig«, erklärte Paulina ihrem Neffen.

Während die Mexikanerinnen den Tee servierten, lauschte Eliza Sommers vergnügt dem unaufhörlichen Redefluß, den Paulina nur unterbrach, um sich einen weiteren Happen Gebäck in den Mund zu stopfen. Severo vergaß die beiden, als er an einem anderen Tisch ein bildhübsches Mädchen entdeckte, das Bilder in ein Album klebte, während das Licht der Gaslampen und die sanfte Helligkeit der Fensterscheiben sie golden umflimmerten. Das war Lynn Sommers, Elizas Tochter, ein Geschöpf von so seltener Schönheit, daß die Fotografen der Stadt die damals Zwölfjährige bereits als Modell verwende-

ten; ihr Gesicht prangte auf Postkarten und Plaka-
ten und in Kalendern mit Leier spielenden Engeln
und kecken Nymphen in Wäldern aus Pappmaché.
Severo war noch in dem Alter, in dem Mädchen
ein für Jungen eher abstoßendes Mysterium sind,
er aber ließ sich von der Verzauberung einfangen,
mit offenem Mund stand er vor ihr und starrte sie
an, ohne zu begreifen, was ihn da so schmerzte in
der Brust und wieso er am liebsten geweint hätte.
Eliza Sommers riß ihn aus seiner Entrücktheit, als
sie die beiden zum Schokoladetrinken rief. Das
Mädchen schloß das Album, ohne ihn zu beachten,
gerade als sähe sie ihn gar nicht, und erhob sich mit
einer leichten, fließenden Bewegung. Sie setzte sich
wortlos vor ihre Tasse Schokolade – ohne auch nur
den Blick zu heben, schickte sie sich in das dreiste
Anstarren des Jungen, sie wußte nur zu gut, daß
ihr Aussehen sie von den übrigen Sterblichen trennte. Sie nahm ihre Schönheit hin wie eine Verunstal-
tung, in der geheimen Hoffnung, daß sie mit der
Zeit vergehen werde.

Ein paar Wochen später schiffte Severo sich mit
seinem Vater zur Rückreise nach Chile ein und
nahm im Gedächtnis mit sich die Weite Kaliforniens und das Bild Lynns, das sich fest in sein Herz
gepflanzt hatte.

Severo del Valle sah Lynn erst sehr viel später wieder, als er nach Kalifornien und zu seiner Tante Paulina zurückkehrte, aber seine Beziehung zu Lynn begann erst an einem Mittwoch im Winter 1879, und da war es bereits zu spät für die beiden. 1876, bei seinem zweiten Besuch in San Francisco, der diesmal vier Jahre dauern sollte, hatte er seine endgültige Körpergröße erreicht, aber er war noch sehr knochig gewesen, blaß, tolpatschig und in seinen Bewegungen so ungeschickt, als hätte er einige Ellbogen und Knie zuviel. Drei Jahre später, als er wortlos, bestürzt vor Lynn stand, war er schon ein ganzer Mann mit den edlen Gesichtszügen seiner spanischen Vorfahren, dem geschmeidigen Körperbau eines andalusischen Toreros und der asketischen Haltung eines Seminaristen. Vieles hatte sich verändert in seinem Leben, seit er Lynn zum erstenmal gesehen hatte. Das Bild dieses schweigsamen Mädchens, dessen lässige Bewegungen an die einer Katze erinnerten, hatte ihn in den schwierigen Entwicklungsjahren und im Schmerz der Trauer begleitet, als sein Vater, den er angebetet hatte, frühzeitig in Chile verstarb. Seine Mutter, die der zwar noch bartlose, aber allzu klarsichtige und wenig ehrerbietige Sohn verwirrte, schickte ihn auf ein katholisches Internat in Santiago. Schon bald jedoch wurde er wieder nach Hause verfrachtet, versehen mit einem Begleitbrief, der in trockenem Ton erklärte, ein fauler Apfel im Faß stecke alle anderen an, oder etwas in diesem Stil. Da wallfahrte die opferbereite Mutter auf Knien zu einer wundertätigen Höhle, wo die Heilige Jungfrau, einfallsreich wie immer, ihr die Lösung zuraunte: den Sohn zum Militär melden, damit ein Sergeant sich des Problems annehme. Ein Jahr lang marschierte Severo mit der Truppe, ertrug die Härte und den Stumpfsinn des Regimentsalltags und wurde im Rang eines Reserveoffiziers entlassen – fest entschlossen, niemals in seinem ganzen Leben auch nur in die Nähe einer Kaserne zu kommen. Kaum hatte er den Fuß auf die Straße gesetzt, kehrte er zu seinem alten Bekanntenkreis und zu seinen gelegentlichen Stimmungsschwankungen zurück. Diesmal griffen seine Onkel ein. Sie versammelten sich zur Beratung in dem schmucklos strengen Speisesaal im Haus Großvater Agustíns, und zwar in Abwesenheit des Jungen und seiner Mutter, die am Patriarchentisch keine Stimme hatten. In ebendiesem Raum hatte vor fünfunddreißig Jahren Paulina del Valle, ein Diamantdiadem auf dem geschorenen Kopf, den Männern ihrer Familie getrotzt und Feliciano Rodríguez de Santa Cruz geheiratet, den Mann, den sie selbst gewählt hatte. Hier wurden jetzt vor dem Großvater die Beweise gegen Severo vorgebracht: Er weigerte sich, zur Beichte zu gehen und das Abendmahl zu empfangen, er trieb sich mit Bohemiens herum, in seinem Besitz waren Bücher entdeckt worden, die auf der Schwarzen Liste standen – kurz und gut, sie hatten den Verdacht, daß er sich von den Freimaurern oder, schlimmer noch, von den Liberalen hatte anwerben lassen. Chile durchlebte gerade eine Periode unversöhnlicher ideologischer Kämpfe, und je mehr Regierungsposten die Liberalen gewannen, um so mehr wuchs die Wut der von messianischer Inbrunst durchdrungenen Ultrakonservativen wie die del Valles, die ihre Vorstellungen mit Hilfe von Bannflüchen und Gewehrkugeln verankern, Freimaurer und Antiklerikale erledigen und alle Liberalen ein für allemal in den Boden stampfen wollten. Die del Valles waren nicht bereit, einen Dissidenten ihres eigenen Blutes im Schoß der Familie zu dulden. Der Einfall, ihn in die Vereinigten Staaten zu schicken, kam von Großvater Agustín: »Die Yankees werden ihm die Lust am Krawallmachen schon austreiben«, prophezeite er. Ohne nach Severos Meinung zu fragen, setzten sie ihn aufs Schiff, und so fuhr er nach Kalifornien in seiner Trauerkleidung, die goldene Uhr seines verstorbenen Vaters in der Jackentasche, mit spärlichem Gepäck, das einen großen dornengekrönten Christus einschloß, und einem versiegelten Brief an Tante Paulina und Onkel Feliciano.

Severos Proteste waren rein formaler Art, denn diese Reise stimmte haargenau mit seinen eigenen Plänen überein. Ihm fiel es nur schwer, sich von Nívea zu trennen, dem Mädchen, das er, wie alle erwarteten, eines Tages heiraten würde gemäß dem alten Brauch der chilenischen Oberschicht, Vetternehen zu schließen. In Chile erstickte er. Er war aufgewachsen in einem Dickicht von Dogmen und Vorurteilen, aber die Berührung mit anderen jungen Leuten in dem Internat in Santiago hatte seine Vorstellungskraft aufgeschlossen und einen Strahl Patriotismus in ihm geweckt. Bislang hatte er geglaubt, es gebe nur zwei soziale Klassen, die seine und die der Armen, getrennt durch eine unscharfe Grauzone aus Beamten und anderen »kleinen Chilenen vom großen Haufen«, wie Großvater Agustín sie nannte. In der Kaserne erkannte er, daß die Menschen von seiner Klasse, die mit weißer Haut und wirtschaftlicher Macht, nur eine Handvoll waren, die überwiegende Mehrheit war von gemischter Rasse und arm, aber in Santiago entdeckte er dann, daß es noch eine starke, zahlreiche Mittelklasse gab, gebildet und politisch interessiert und das eigentliche Rückgrat des

Landes, der vor Krieg oder Elend geflohene Einwanderer, Wissenschaftler, Lehrer, Philosophen, Buchhändler angehörten, Menschen mit fortschrittlichen Ideen. Er staunte die Beredsamkeit seiner neuen Freunde an wie einer, der sich zum erstenmal verliebt. Er wünschte Chile zu verändern, völlig um und um zu kehren, es zu reinigen. Er war schon fast überzeugt, daß die Konservativen – ausgenommen die in seiner eigenen Familie, die in seinen Augen nicht aus Schlechtigkeit, sondern aus einem Irrtum heraus handelten – zu den Anhängern Satans gehörten, angenommen, Satan wäre mehr als eine pittoreske Erfindung, und er hielt sich bereit, in der Politik mitzuwirken, sowie er sich selbständig machen konnte. Ihm war klar, daß es dazu noch einiger Jahre bedurfte, deshalb betrachtete er die Reise in die Vereinigten Staaten als einen kräftigen Lungenzug frischer Luft: er würde die beneidenswerte Demokratie der Nordamerikaner beobachten und davon lernen können, würde lesen, worauf er Lust hatte, ohne sich um die katholische Zensur zu kümmern, und sich über die Fortschritte des modernen Lebens unterrichten. Während in der übrigen Welt Monarchien stürzten, neue Staaten entstanden, Kontinente kolonisiert und die erstaunlichsten Dinge erfunden wurden, diskutierte in Chile das Parlament über das

Recht von Ehebrechern, in geweihter Erde beerdigt zu werden. Vor seinem Großvater hätte er es sich nie erlaubt, die Theorie Darwins zu erwähnen, der dabei war, das menschliche Bewußtsein zu revolutionieren, dagegen konnte man im Kreis der Familie einen ganzen Abend damit vergeuden, über die unwahrscheinlichsten Wundertaten von Heiligen und Märtyrern zu reden. Ein weiterer Anreiz für die Fahrt war die Erinnerung an die kleine Lynn Sommers, die sich mit überwältigender Beharrlichkeit in seine Liebe zu Nívea mischte, was er freilich nicht einmal im geheimsten Winkel seiner Seele zugegeben hätte.

Severo del Valle wußte weder wann noch wie der Gedanke aufgekommen war, Nívea zu heiraten, vielleicht hätten sie selbst das auch nicht entschieden, sondern die Familie, aber keiner der beiden begehrte gegen dieses Los auf, denn sie kannten und liebten einander seit ihrer Kindheit. Nívea gehörte einem Zweig der Familie an, der vermögend gewesen war, als der Vater noch lebte, aber nach seinem Tode verarmte die Witwe. Ein reicher Onkel, der während des Krieges eine prominente Gestalt werden sollte, nämlich Don José Francisco Vergara, half die Kinder erziehen. »Es gibt keine schlimmere Armut, als wenn man vorher alles hatte, weil man dann etwas vorspiegeln muß, was einfach nicht mehr da ist«, hatte Nívea ihrem Vetter Severo bekannt in einem jener Augenblicke plötzlicher Klarsicht, die für sie bezeichnend waren. Sie war vier Jahre jünger als er, aber sehr viel reifer; sie war es, die den Ton angab in dieser Kinderliebe, sie hatte ihn mit fester Hand in die schwärmerische Beziehung geführt, die sie zu der Zeit verband, als Severo in die Vereinigten Staaten abreiste. In den riesigen Häusern, in denen sie lebten, gab es eine Unzahl Ecken und Winkel, die zum Lieben hervorragend geeignet waren. Tastend im Dunkel entdeckten Vetter und Cousine mit der Tolpatschigkeit junger Hunde die Geheimnisse ihrer Körper. Sie liebkosten sich voller Neugier, machten die Unterschiede ausfindig, ohne zu wissen, weshalb er dies hatte und sie jenes, waren verwirrt von Scham und Schuldgefühl, und immer schwiegen sie dabei, denn was sie nicht in Worte faßten, das war ja, als wäre es nie geschehen und deshalb weniger sündig. Sie erkundeten einander hastig und voll Angst, denn sie waren sich bewußt, daß sie diese Spiele keinesfalls in der Beichte bekennen durften, obwohl sie sich dadurch zur Hölle verdammten. Es gab tausend Augen, die ihnen nachspionierten. Die alten Dienstboten, die sie hatten zur Welt kommen sehen, beschützten die unschuldige Liebelei, aber die unverheirateten Tanten waren wachsam wie die Krähen; nichts entging diesen frostigen Augen, deren einzige Aufgabe es war, jede Sekunde des Familienlebens zu registrieren, nichts diesen mitternachtsfinsteren Zungen, die jedes Geheimnis verbreiteten und jeden Streit schürten, aber natürlich immer im Schoß der Sippe. Nie drang etwas durch die Mauern dieser Häuser. Die erste Pflicht aller war es, die Ehre und den guten Namen der Familie zu bewahren. Nívea hatte sich spät entwickelt, mit fünfzehn Jahren hatte sie noch den Körper eines Kindes und ein unschuldiges Gesicht, nichts an ihrem Aussehen verriet die Stärke ihres Charakters: sie war klein und rundlich, die großen, dunklen Augen waren das einzige Bemerkenswerte an ihr, im übrigen wirkte sie unbedeutend, bis sie den Mund aufmachte. Während ihre Schwestern sich mit dem Lesen frommer Bücher den Himmel verdienten, las sie heimlich die Artikel und Bücher, die Vetter Severo ihr verstohlen zuschob, und die Klassiker, die ihr Onkel José Francisco Vergara ihr lieh. Als noch so gut wie niemand in ihrem gesellschaftlichen Umkreis vom Frauenwahlrecht sprach, packte sie diesen Gedanken während eines gemeinsamen Essens im Haus Don Agustín del Valles unbekümmert auf den Familientisch, was helles Entsetzen hervorrief. »Wann werden die Frauen und die armen Leute in diesem Land wählen können?« fragte sie unvermittelt, ohne zu bedenken, daß Kinder in Gegenwart von Erwachsenen zu schweigen haben. Der alte Patriarch del Valle hieb mit der Faust auf den Tisch, daß die Gläser hüpften, und befahl ihr, auf der Stelle beichten zu gehen. Nívea unterzog sich schweigend der Buße, die der Priester ihr auferlegte, und schrieb dann in ihr Tagebuch, und das mit ungebrochener Leidenschaft, sie denke nicht daran, aufzugeben, bis die elementaren Rechte für die Frauen durchgesetzt seien, auch wenn die Familie sie deshalb ausstoßen würde. Sie hatte das Glück gehabt, auf eine einzigartige Lehrerin zu treffen, Schwester María Escapulario, eine Nonne mit einem Löwenherzen unter dem Habit, die Níveas Intelligenz bemerkt hatte. Dieses Mädchens wegen, das alles begierig in sich aufsog, das Dinge in Frage stellte, nach denen nicht einmal sie selber sich je gefragt hatte, das sie zu ungewöhnlichen Gedankengängen herausforderte und das in der gräßlichen Schuluniform schier strotzte vor Lebenskraft und Gesundheit – dieses Mädchens wegen fühlte sie sich als Lehrerin für vieles andere entschädigt. Nívea allein war die Mühe wert, mit der sie jahrelang eine Menge reicher Mädchen mit armem Verstand unterrichtet hatte. Aus zärtlicher Zuneigung zu ihr verletzte Schwester María Escapulario systematisch die Schulordnung, die geschaffen worden war, um die Schülerinnen zu gehorsamen weiblichen Wesen zu erziehen. Sie führte mit Nívea Gespräche, die die Oberin und den Beichtvater der Schule entsetzt hätten.

»Als ich so alt war wie du, gab es nur zwei Möglichkeiten: heiraten oder ins Kloster gehen«, sagte Schwester María Escapulario.

»Und warum haben Sie die zweite gewählt, Schwester María?«

»Weil sie mir mehr Freiheit verhieß. Christus ist ein duldsamer Bräutigam ...«

»Wir Frauen sind arm dran, Kinder kriegen und gehorchen, und damit Schluß«, seufzte Nívea.

»So muß es nicht sein. Du kannst die Dinge ändern«, erwiderte die Nonne.

»Ich alleine?«

»Nicht alleine, da sind noch mehr Mädchen wie du, die ein bißchen Grips im Köpfchen haben. Ich habe in einer Zeitung gelesen, daß es schon ein paar Frauen gibt, die Ärzte geworden sind, stell dir das vor!«

»Wo?«

»In England.«

»Das ist weit von hier.«

»Gewiß, aber wenn sie das dort machen können, dann wird man das eines Tages auch in Chile schaffen. Verlier nur nicht den Mut, Nívea.«

»Mein Beichtvater sagt, ich denke zuviel und bete zuwenig, Schwester María.«

»Gott hat dir dein Gehirn gegeben, damit du es benutzt; aber ich sage dir gleich, der Weg der Rebellion ist mit Gefahren und Schmerzen übersät, man braucht viel Mut, um ihn zu gehen. Da sollte es dir nicht zuviel werden, die göttliche Vorsehung zu bitten, daß sie dir ein bißchen hilft«, riet ihr Schwester María Escapulario.

So fest entschlossen zur Rebellion war Nívea schließlich, daß sie in ihr Tagebuch schrieb, sie werde auf die Ehe vezichten, um sich ganz dem Kampf für das Frauenwahlrecht zu widmen. Dabei übersah sie, daß ein solches Opfer nicht nötig sein würde, denn sie würde ja einen Mann heiraten, der sie in ihren politischen Zielen unterstützte.

Severo bestieg das Schiff mit beleidigter Miene, damit seine Verwandten nicht ahnten, wie froh er war, aus Chile fortzukommen – sie hätten am Ende noch ihre Meinung geändert –, und war gewillt, den größtmöglichen Vorteil aus diesem Abenteuer zu ziehen. Von Cousine Nívea hatte er sich mit einem geraubten Kuß verabschiedet, nachdem er ihr geschworen hatte, daß er ihr interessante Bücher schikken werde, natürlich durch einen Freund, um die Zensur der Familie zu umgehen, und daß er ihr jede Woche schreiben werde. Sie hatte sich mit einer Trennung von einem Jahr abgefunden, ohne zu ahnen, daß seine Pläne dahin gingen, die längstmögliche Zeit in den Vereinigten Staaten zu bleiben. Severo wollte den Abschied nicht dadurch bitterer machen, daß er ihr diese Absichten offenbarte – er würde es Nívea schon schriftlich erklären, entschied er. Ohnedies waren beide noch zu jung zum Heiraten. Er sah sie, umgeben vom Rest der Familie, am Kai von Valparaíso stehen in ihrem olivfarbenen Kleid und passenden Barett, wie sie ihm mit der Hand Lebewohl winkte und mühsam lächelte. »Sie weint nicht und sie klagt nicht, deshalb liebe ich sie und werde sie immer lieben«, sagte Severo laut gegen den Wind und war fest entschlossen, die launischen Gelüste seines Herzens und die Versuchungen der Welt mit äußerster Hartnäckigkeit zu besiegen. »Heilige Jungfrau, gib ihn mir heil und gesund wieder zurück!« flehte Nívea und biß sich die Lippen wund, von der Liebe überwältigt und ohne sich auch nur entfernt daran zu erinnern, daß sie geschworen hatte, ledig zu bleiben, bis sie ihre Pflicht als Frauenrechtlerin erfüllt hätte.

Von Valparaíso bis Panama drehte und wendete der junge del Valle Großvater Agustíns Brief um und um in dem verzweifelten Wunsch, ihn zu öffnen, getraute es sich aber doch nicht, denn ihm war strengstens eingetrichtert worden, ein Ehrenmann hält das Auge von fremden Briefen und die Hand von fremdem Gelde fern. Aber endlich siegte doch die Neugier über das Ehrgefühl – schließlich ging es um sein Schicksal, rechtfertigte er sich –, und mit dem Rasiermesser löste er vorsichtig das Siegel, hielt dann den Umschlag in den Dampf aus einem Wasserkessel und öffnete ihn unter tausend Vorsichtsmaßnahmen. Und so entdeckte er, daß die Pläne des Großvaters unter anderem dahin gingen, ihn auf eine nordamerikanische Militärakademie zu schicken. Es sei jammerschade, fügte der Großvater hinzu, daß Chile keinen Krieg gegen ein benachbartes Land führe, damit sein Enkel mit der Waffe in der Hand zum Manne würde, wie es sich gehöre. Severo warf den Brief ins Meer und schrieb einen anderen, der seine eigenen Wünsche enthielt, steckte ihn in denselben Umschlag und strich geschmolzenen Lack über das aufgebrochene Siegel. In San Francisco erwartete ihn seine Tante Paulina auf dem Kai, begleitet von zwei Lakaien und von Williams, ihrem hochvornehmen Majordomus. Sie hatte sich groß herausgeputzt, trug einen irrwitzigen Hut und verschwenderisch viele Schleier dran und drum, die im Winde wehten, und wäre sie nicht so vollgewichtig gewesen, wäre sie mit ihnen durch die Luft gesegelt. Sie brüllte vor Lachen, als sie den Neffen mit dem Christus im Arm den Laufsteg herunterkommen sah, dann preßte sie ihn an ihren Opernsängerinnenbusen und erstickte ihn schier zwischen ihren riesigen Brüsten und mit ihrem Gardenienparfum.

»Als erstes werden wir uns von diesem Ungetüm trennen«, sagte sie und zeigte auf den Christus. »Und dann werden wir dir auch Kleidung kaufen müssen, hier geht kein Mensch in so einer Aufmachung«, fügte sie hinzu.

»Der Anzug hat Papa gehört«, erklärte Severo gekränkt.

»Das merkt man, du siehst aus wie ein Leichenbestatter«, stellte Paulina fest, aber kaum hatte sie es ausgesprochen, als ihr einfiel, daß der Junge erst vor kurzem seinen Vater verloren hatte. »Oh, verzeih mir, Severo, ich wollte dich nicht verletzen. Dein Vater war mein Lieblingsbruder, der einzige in der Familie, mit dem man reden konnte.«

»Ein paar von seinen Sachen wurden für mich passend gemacht, weil wir sie nicht wegschmeißen wollten«, erklärte Severo mit zitternder Stimme.

»Das war nicht gerade ein guter Anfang. Kannst du mir verzeihen?«

»Ist schon gut, Tante.«

Bei der ersten sich bietenden Gelegenheit übergab er ihr den gefälschten Brief von Großvater Agustín. Sie warf einen eher zerstreuten Blick darauf.

»Was stand in dem anderen?« fragte sie.

Mit hochroten Ohren wollte Severo abstreiten, was er getan hatte, aber sie ließ ihm keine Zeit, sich in Lügen zu verstricken.

»Ich hätte es genauso gemacht, Junge. Ich möchte doch nur wissen, was im Brief meines Vaters stand, um ihm antworten zu können, nicht um mich danach zu richten.«

»Du sollst mich auf eine Militärakademie schikken oder in den Krieg, wenn es in dieser Gegend einen gibt.«

»Da kommst du zu spät, den hat es schon gegeben. Aber jetzt bringen sie die Indianer um, falls es dich interessiert. Die verteidigen sich nicht schlecht, die Indianer; stell dir vor, in Wyoming haben sie den General Custer und mehr als zweihundert Soldaten des Siebenten Kavallerieregiments getötet. Hier wird von nichts anderem geredet. Es heißt, ein Indianer mit Namen *Regen im Gesicht* – denk nur, wie poetisch! – habe geschworen, sich am Bruder des Generals zu rächen, und habe ihm in dieser Schlacht das Herz aus der Brust gerissen und verschlungen. Hast du immer noch Lust, Soldat zu werden?« fragte Paulina del Valle grinsend.

»Ich habe niemals zum Militär gehen wollen, das sind so Ideen von Großvater Agustín.«

»In dem Brief, den du gefälscht hast, lese ich, daß du gern Rechtsanwalt werden möchtest. Ich sehe, der Rat, den ich dir vor Jahren gab, war nicht ins Leere geredet. So gefällt mir das, Junge. Die amerikanischen Gesetze sind andere als die chilenischen, aber das ist unwichtig. Du wirst Rechtsanwalt. Du wirst als Lehrling in die beste Anwaltskanzlei von Kalifornien eintreten, für etwas müssen meine Beziehungen doch gut sein«, versicherte Paulina.

»Ich werde mein ganzes Leben in deiner Schuld stehen, Tante«, sagte Severo beeindruckt.

»Sicher doch. Ich hoffe nur, du vergißt es nicht, schau, das Leben ist lang, und man kann nie wissen, wann ich einmal in die Lage komme, dich um eine Gefälligkeit bitten zu müssen.«

»Du kannst auf mich zählen, Tante.«

Am Tag darauf erschien Paulina mit Severo im Büro ihrer Anwälte, derselben, die ihr über fünfundzwanzig Jahre dienlich gewesen waren und ihr saftige Kommissionen verdankten, und verkündete ihnen ohne große Vorrede, sie erwarte, ab kommenden Montag ihren Neffen bei ihnen arbeiten zu sehen, damit er den Beruf erlerne. Das konnten sie nicht ablehnen. Die Tante brachte den jungen Mann in einem sonnigen Zimmer im zweiten Stock ihres Hauses unter, kaufte ihm ein gutes Pferd, setzte ein monatliches Taschengeld fest, besorgte ihm einen Englischlehrer und ging daran, ihn in die Gesellschaft einzuführen, denn, wie sie sagte, es gab kein besseres Kapital als gute Kontakte.

»Zwei Dinge erwarte ich von dir, Zuverlässigkeit und gute Laune.«

»Erwartest du nicht auch, daß ich tüchtig lerne?«

»Das ist dein Problem, Bursche. Was du aus deinem Leben machst, geht mich nichts an.«

Dennoch merkte Severo in den folgenden Monaten, daß Paulina seine Fortschritte in der Anwaltskanzlei genau verfolgte, über seinen Bekanntenkreis im Bilde war, seine Ausgaben verbuchte und seine Unternehmungen kannte, noch bevor er dazu aufbrach. Wie sie es anstellte, um soviel zu wissen, war ein Rätsel, es sei denn, Williams, der undurchdringliche Butler, hätte ein umfassendes Überwachungsnetz gesponnen. Der Mensch leitete ein Heer von

Bediensteten, die ihre Aufgaben wie schweigende Schatten erfüllten, in einem alleinstehenden Gebäude in der Tiefe des Parks wohnten, die Herren des Hauses nicht ansprechen durften, es sei denn, sie wurden dazu aufgefordert. Auch mit dem Butler konnten sie nur über die Wirtschafterin verhandeln. Severo fiel es schwer, diese Rangordnungen zu begreifen, in Chile waren die Dinge doch sehr viel einfacher. Die Herrschaften, auch die despotischsten wie sein Großvater, behandelten ihre Angestellten zwar mit Härte, aber sie sorgten für ihre Bedürfnisse und betrachteten sie als Teil der Familie. Nie hatte er erlebt, daß ein Dienstbote entlassen worden wäre; die Mädchen kamen als Halbwüchsige ins Haus und blieben bis zu ihrem Tode. Das Palais auf Nob Hill unterschied sich sehr stark von den Häusern, in denen seine Kindheit verlaufen war, klösterlichen Klotzbauten mit dicken Ziegelmauern und düsteren verriegelten Türen, die wenigen Möbel standen an den nackten Wänden. Im Haus seiner Tante Paulina wäre es eine unlösbare Aufgabe gewesen, eine Liste über all das aufzustellen, was es enthielt, von den Klinken und Schlüsseln aus massivem Silber bis zu den Sammlungen von Elfenbeinschnitzereien, russischen Lackdosen, chinesischen Porzellanfiguren und was sonst als Gegenstand der Kunst oder der Besitzgier in Mode war. Feliciano Rodríguez de Santa Cruz kaufte alles, was seine Besucher beeindrucken konnte, aber er war kein Barbar wie andere befreundete Geldmagnaten, die sich Bücher nach dem Gewicht zulegten und Gemälde nach der Farbe, damit sie zu den Sesseln paßten. Paulina hatte keinerlei Neigung zu jenen Schätzen; das einzige Möbel, das sie in ihrem Leben in Auftrag gegeben hatte, war ihr Bett gewesen, und das hatte sie aus Gründen getan, die nichts mit Ästhetik oder Schaustellung zu tun hatten. Was sie interessierte, war Geld, schlicht und einfach Geld; die Herausforderung bestand darin, es mit List zu gewinnen, mit Zähigkeit anzuhäufen und mit Schläue zu investieren. Sie kümmerte sich nicht darum, was für Dinge ihr Mann erwarb oder wo er sie anbrachte, und das Ergebnis war ein protziges Bauwerk, in dem seine Bewohner sich fremd fühlten. Die Gemälde waren riesig, die Rahmen wuchtig, die Themen gesucht – *Alexander der Große bei der Eroberung Persiens* –, aber es gab auch Hunderte kleinerer, nach Inhalt gegliederter Bilder, die dem jeweiligen Raum seinen Namen gaben: das Jagdzimmer, der Ozeansalon, der Aquarellsaal. Die Vorhänge waren aus schwerem Samt mit unzähligen Fransen, und die venezianischen Spiegel strahlten den Prunk bis ins Unendliche zurück: die Marmorsäulen, die hohen Krüge aus Sèvres-Porzellan, die bronzenen Statuen, die von Blumen und Früchten überquellenden Schalen. Es gab zwei Musiksalons mit edlen italienischen Instrumenten – wenn auch in dieser Familie keiner sie zu spielen verstand und Paulina von Musik Kopfschmerzen bekam – und eine zweistöckige Bibliothek. In jedem Winkel standen Spucknäpfe aus Silber mit goldenen Initialen, denn in dieser Grenzstadt war es völlig in Ordnung, wenn einer sich öffentlich seiner Spucke entledigte. Feliciano hatte seine Wohnung im Ostflügel und seine Frau die ihre auf dem gleichen Stockwerk, aber am anderen Ende des Gebäudes. Dazwischen reihten sich, durch einen breiten Korridor verbunden, die Räume der Kinder und der Gäste, alle leer bis auf die von Severo und die von Matías, dem ältesten Sohn, dem einzigen, der noch zu Hause wohnte. Severo del Valle, gewöhnt an Unbequemlichkeit und Kälte, die in Chile als gut für die Gesundheit angesehen wurden, brauchte mehrere Wochen, bis er sich an die allumfassende Umarmung der Federkissen in seinem Bett gewöhnt hatte oder an den ewigen Sommer der Öfen und an die tagtägliche Überraschung, im Bad beim Aufdrehen des Hahns mit einem Schauer heißen Wassers begrüßt zu werden. Im Haus seines Großvaters waren die Klosetts übelriechende Buden hinten im Patio, und an den Wintermorgen war das Wasser in den Waschschüsseln mit einer dünnen Eisschicht bedeckt.

Die Stunde der Siesta überraschte den jungen Neffen und die unvergleichliche Tante gewöhnlich in dem mythologischen Bett, sie zwischen den Laken mit ihren Rechnungsbüchern auf der einen und ihrem Gebäck auf der anderen Seite, und er am Fußende zwischen der Najade und dem Delphin, wie sie Familienangelegenheiten und Geschäfte besprachen. Nur bei Severo erlaubte Paulina sich einen solchen Grad an Vertraulichkeit, nur sehr wenige Leute hatten Zugang zu ihren Privaträumen, aber mit ihm fühlte sie sich im Nachthemd völlig wohl und behaglich. Dieser Neffe verschaffte ihr Stunden voll Zufriedenheit, die sie bei ihren Söhnen nicht fand. Die beiden jüngeren führten das Leben von reichen Erben und erfreuten sich symbolischer Beschäftigungen in der Leitung der Unternehmen des Clans, der eine in London und der andere in Boston. Matías, der Erstgeborene, sollte einmal dem Geschlecht der Rodríguez de Santa Cruz y del Valle vorstehen, aber dafür ging ihm jegliche Berufung ab; weit entfernt davon, dem Beispiel seiner tüchtigen Eltern zu folgen, Anteil an ihren Unternehmen zu zeigen oder selber Söhne in die Welt zu setzen, um den Namen fortzuführen, hatte er aus Hedonismus und Junggesellentum eine Kunstform gemacht. »Er ist weiter nichts als ein gutgekleideter Trottel«, sagte Paulina einmal über ihn zu Severo, aber als sie merkte, wie prächtig ihr Sohn und ihr Neffe miteinander auskamen, versuchte sie eifrig, die hier entstehende Freundschaft zu fördern. »Meine Mutter macht Nägel mit Köpfen, sie muß sich vorgenommen haben, daß du mich vor dem flotten Leben retten sollst«, spottete Matías. Severo hatte nicht vor, sich in eine derartige Aufgabe zu stürzen, er wollte seinen Vetter gar nicht anders haben, im Gegenteil, er wäre froh gewesen, wenn er ihm hätte ähnlich sein können, im Vergleich zu Matías fühlte er sich steif und farblos. Alles an Matías verblüffte ihn, sein untadeliger Umgangsstil, seine eisige Ironie, die Leichtigkeit, mit der er bedenkenlos Geld verschwendete.

»Ich möchte, daß du dich mit meinen Geschäften vertraut machst. Diese Gesellschaft ist materialistisch und vulgär und hat wenig Achtung vor Frauen. Hier zählen nur Vermögen und Beziehungen, deshalb brauche ich dich: du wirst mein Auge und mein Ohr sein«, hatte Paulina ihrem Neffen wenige Monate nach seiner Ankunft verkündet.

»Von Geschäften verstehe ich gar nichts.«

»Aber ich um so mehr. Ich bitte dich nicht, zu *denken,* das ist meine Sache. Du schweigst, beobachtest, hörst zu und berichtest mir. Dann tust du, was ich dir sage, ohne groß Fragen zu stellen, alles klar?«

»Verlange nicht von mir, daß ich irgendwelche Intrigen spinne, Tante«, entgegnete Severo würdevoll.

»Ich sehe, du hast einigen Klatsch über mich gehört ... Paß auf, Junge, die Gesetze wurden von den Starken erfunden, um die Schwachen zu beherrschen, die sehr viel zahlreicher sind. Ich bin nicht verpflichtet, sie zu befolgen. Ich brauche einen Anwalt, dem ich voll vertraue, damit ich tun kann, was mir paßt, ohne mich in Schwierigkeiten zu bringen.«

»Auf ehrenhafte Art, hoffe ich«, warnte Severo sie.

»He, Bursche! So kommen wir nie zu Rande. Deine Ehre wird nicht gefährdet, sofern du nicht übertreibst«, erwiderte Paulina.

So besiegelten sie einen Pakt so stark wie die Blutsbande, die sie vereinten. Paulina, die ihn ohne große Erwartungen in Empfang genommen hatte, überzeugt, daß er ein faules Ei sein müsse – der einzige Grund, weshalb sie ihn aus Chile fortschickten –, erlebte eine freudige Überraschung, als sie herausfand, was für einen klugen, fein empfindenden Neffen sie da hatte. In wenigen Jahren lernte Severo

Englisch mit einer Leichtigkeit sprechen, die sonst niemand in seiner Familie je hatte aufbringen können, kannte die Unternehmungen seiner Tante bald so gut wie seine Westentasche, durchquerte die Vereinigten Staaten zweimal mit der Eisenbahn – das eine Mal wurde durch angreifende mexikanische Banditen gepfeffert –, und die Zeit reichte ihm sogar, um Anwalt zu werden. Mit Cousine Nívea unterhielt er einen wöchentlichen Briefwechsel, der mit den Jahren eher als geistiger denn als schwärmerischer Austausch zu bezeichnen war. Sie erzählte ihm von der Familie und dies und das aus der chilenischen Politik; er kaufte ihr Bücher und schnitt für sie Zeitungsartikel aus über die Fortschritte der Frauenrechtler in Europa und den Vereinigten Staaten. Die Nachricht, daß im nordamerikanischen Kongreß ein Antrag vorgelegt worden sei, der das Frauenwahlrecht genehmigen sollte, wurde von beiden begeistert begrüßt, wenn sie sich auch darin einig waren, daß es dem Wahnsinn gleichkäme, sich etwas Ähnliches in Chile vorzustellen. »Was gewinne ich mit dem vielen Lesen und Studieren, Severo, wenn es im Leben einer Frau keinen Platz zum Handeln gibt? Meine Mutter sagt, es wird unmöglich sein, mich zu verheiraten, weil ich die Männer abschrecke, ich soll mich gefälligst hübsch machen und den Mund halten, wenn ich einen Mann abkriegen will. Meine Familie lobt meine Brüder über den grünen Klee beim geringsten Anzeichen von Wissen – und ich sage geringsten, Du weißt ja, wie dumm sie sind –, aber bei mir ist es dann Prahlerei. Der einzige, der mich duldet, ist mein Onkel José Francisco, weil ich ihm Gelegenheit gebe, zu mir über Naturwissenschaft, Astronomie und Politik zu sprechen, über die Themen läßt er sich nur zu gerne stundenlang aus, bloß daß meine Ansichten ihm völlig egal sind. Du kannst Dir nicht vorstellen, wie sehr ich Männer wie Dich beneide, die die ganze Welt als Schauplatz haben«, schrieb das junge Mädchen. Die Liebe nahm in Níveas Briefen nur ein paar Zeilen ein und ein paar Worte in denen Severos, als wären sie stillschweigend übereingekommen, die heftigen, hastigen Liebkosungen in den Zimmerwinkeln zu vergessen. Zweimal im Jahr schickte Nívea ihm ein Foto von sich, damit er sah, wie sie sich nach und nach in eine Frau verwandelte, und er versprach zwar, ihr auch eins von sich zu schicken, vergaß es aber immer wieder, so wie er es jedesmal vergaß, ihr zu schreiben, daß er auch diese Weihnachten nicht nach Hause kommen werde. Eine andere, mehr aufs Heiraten versessene Frau als Nívea hätte nun die Fühler ausgestreckt, um einen weniger unzuverlässigen Bräutigam ausfindig zu machen, aber sie zweifelte niemals daran, daß Severo einmal ihr Ehemann sein werde. Dessen war sie sich so sicher, daß diese über Jahre hinausgezogene Trennung sie nicht zu sehr beschäftigte; sie war bereit zu warten bis ans Ende aller Zeiten. Severo seinerseits bewahrte die Erinnerung an seine Cousine wie an ein Symbol alles Guten, Edlen und Reinen.

Matías' Erscheinung hätte die Meinung seiner Mutter, er sei weiter nichts als ein gutgekleideter Trottel, bestätigen können, nur hatte er im Grunde ganz und gar nichts von einem Trottel. Er hatte alle bedeutenden Museen Europas besucht, kannte sich in Kunst aus, konnte jeden klassischen Dichter rezitieren und war der einzige, der die Bibliothek des Hauses benutzte. Er kultivierte seinen eigenen Stil, eine Mischung aus Bohemien und Dandy; von ersterem hatte er den Hang zum Nachtleben, vom zweiten das Vernarrtsein in genau aufeinander abgestimmte Einzelheiten seiner Kleidung. Er wurde als beste Partie von San Francisco angesehen, aber er bekannte sich entschieden zum Junggesellentum; eine nichtssagende Unterhaltung mit dem schlimmsten seiner Feinde war ihm angenehmer als eine Verabredung mit der reizvollsten seiner Verehrerinnen.

Das einzige, was man mit den Frauen gemeinsam haben könne, sei die Fortpflanzung, ein in sich absurder Zweck, wie er sagte. Um den Zwängen der Natur entgegenzukommen, zog er eine Berufshure vor, eine der vielen, die immer greifbar waren. Ein munterer Herrenabend, der nicht mit einem Brandy in der Bar und einem Besuch im Bordell beschlossen worden wäre, war unvorstellbar. Es gab mehr als eine viertel Million Prostituierte im Lande, und ein guter Prozentsatz davon verdiente sich seinen Lebensunterhalt in San Francisco, von den elenden Sing Song Girls in Chinatown bis zu feinen jungen Damen aus den Südstaaten, die der Bürgerkrieg ins Erwerbsleben verschlagen hatte. Der junge Erbe, der so wenig nachsichtig gegen weibliche Schwächen war, zeigte eine unendliche Geduld mit der Rüpelhaftigkeit seiner Kumpane. Das war eine weitere seiner Eigentümlichkeiten, wie seine Vorliebe für die dünnen schwarzen Zigaretten, die er sich aus Ägypten schicken ließ, und für literarische und wirkliche Verbrechen. Er wohnte in dem elterlichen Palais auf Nob Hill und verfügte über eine luxuriöse Wohnung im Stadtzentrum, gekrönt von einem geräumigen Dachgeschoß, das er seine Garçonnière nannte und wo er gelegentlich malte und häufig Feste feierte. Er verkehrte in der Welt der Bohemiens, armer Teufel, die in stoischer und unabänderlicher Dürftigkeit lebten, Dichter, Journalisten, angehende Schriftsteller und Künstler, Männer ohne Familie, die ihr Dasein mehr oder weniger krank mit Husten und Reden verbrachten, auf Pump lebten und keine Uhr besaßen, denn für sie war die Zeit nicht erfunden worden. Hinter dem Rücken des chilenischen Aristokraten machten sie sich lustig über seine Kleidung und seine Manieren, aber sie duldeten ihn, weil sie immer zu ihm kommen konnten, sei es für ein paar Dollars, einen Schluck Whisky oder einen Platz in der Mansarde, um dort eine vernebelte Nacht zu verbringen.

»Hast du schon mal gemerkt, daß Matías sich wie ein Schwuler benimmt?« fragte Paulina ihren Mann.

»Wie kannst du etwas so Ungeheuerliches von deinem eigenen Sohn sagen! Niemals hat es einen von der Sorte in meiner oder in deiner Familie gegeben!«

»Kennst du einen normalen Mann, der den Farbton des Halstuchs mit dem der Tapete abstimmt?« fauchte Paulina.

»Na schön, verdammt noch mal! Du bist seine Mutter, und es ist deine Sache, ihm eine Braut zu suchen. Der Junge ist schon dreißig und noch immer unverheiratet. Besser, du findest bald eine, ehe er uns noch Alkoholiker wird oder Tuberkulose kriegt oder etwas noch Schlimmeres«, warnte Feliciano, ohne zu ahnen, daß es für sanfte Rettungsmittel bereits zu spät war.

In einer dieser Nächte mit eisigem Wind, wie sie im Sommer in San Francisco vorkommen können, klopfte Williams, der Butler im Schwalbenschwanzjackett, an Severos Schlafzimmertür.

»Entschuldigen Sie die Belästigung, Sir«, murmelte er diskret hüstelnd, während er eintrat, einen dreiarmigen Kerzenleuchter in der behandschuhten Hand.

»Was ist los, Williams?« fragte Severo aufgeschreckt, denn es war das erste Mal, daß in diesem Haus jemand seinen Schlaf störte.

»Ich fürchte, es gibt eine kleine Unannehmlichkeit. Sie betrifft Don Matías«, erwiderte Williams mit jener in Kalifornien unbekannten hochgestochenen britischen Ehrerbietung, die stets eher ironisch als respektvoll klang.

Er erklärte, um diese späte Stunde sei eine Botschaft eingetroffen, gesandt von einer Dame zweifelhaften Rufes, einer gewissen Amanda Lowell, die der junge Herr zu besuchen pflege, jemand aus einem »anderen Milieu«, wie Williams sagte. Im Licht der Kerzen las Severo die Nachricht: nur drei Zeilen, die um sofortige Hilfe für Matías baten.

»Wir müssen Onkel und Tante Bescheid sagen, Matías kann einen Unfall gehabt haben«, rief Severo erschrocken.

»Beachten Sie die Adresse, Sir, das ist mitten in Chinatown. Mir scheint, es wäre vorzuziehen, daß die Herrschaften nichts von dieser Angelegenheit erführen«, meinte der Butler.

»Na hören Sie! Ich dachte, Sie hätten keine Geheimnisse vor Tante Paulina.«

»Ich bemühe mich, ihr Ärgernisse zu ersparen, Sir.«

»Was schlagen Sie also vor?«

»Wenn es nicht zuviel verlangt ist – daß Sie sich ankleiden, zu Ihren Waffen greifen und mich begleiten.«

Williams hatte einen Stallburschen geweckt, damit er eine der Kutschen bereitstellte, aber weil er die Sache so heimlich wie möglich durchführen wollte, nahm er selbst die Zügel und lenkte die Pferde ohne Zaudern durch dunkle, leere Straßen zum Chinesenviertel, unterstützt vom Instinkt der Tiere, denn der Wind löschte immer wieder die Wagenlampen aus. Severo hatte den Eindruck, daß der Mann nicht zum ersten Mal durch diese Gassen fuhr. Irgendwann ließen sie die Kutsche stehen und gingen zu Fuß durch eine enge Passage, die in einen stockfinsteren Hinterhof mündete, in dem ein seltsamer süßer Geruch wie nach gerösteten Nüssen hing. Keine Menschenseele war zu sehen, kein Geräusch außer dem Wind zu hören, und das einzige bißchen Licht sickerte durch die Gitter zweier Fensterluken auf Bodenhöhe. Williams entzündete ein Wachsstreichholz, las noch einmal die Adresse auf dem Papier und stieß dann ohne Umstände eine der Türen auf, die in das Gebäude führten. Severo folgte ihm, die Hand an der Waffe. Sie traten in einen kleinen Raum ohne Lüftung, aber sauber und ordentlich, wo man des dichten Opiumgeruches wegen kaum atmen konnte. Um einen Tisch in der Mitte standen an den Wänden aufgereiht hölzerne Liegen, immer zwei übereinander wie Kojen auf einem Schiff, jede mit einer Strohmatte und einem ausgehöhlten Stück Holz als Kopfkissen. Sie waren von Chinesen besetzt, manchmal mit zweien auf einmal, sie lehnten auf der Seite vor kleinen Tabletts, auf denen jeweils eine Dose mit einer schwarzen Paste und ein brennendes Lämpchen standen. Die Nacht war schon ziemlich weit vorgeschritten, und die Droge hatte auf die meisten ihre Wirkung getan; die Männer lagen erschlafft, in ihren Träumen wandelnd, nur zwei oder drei hatten noch die Kraft, einen kleinen Metallstab im Opium zu drehen, es in der Lampe zu erhitzen, den winzigen Fingerhut der Pfeife zu stopfen und durch ein Bambusröhrchen tief einzuatmen.

»Mein Gott!« murmelte Severo, der zwar schon davon gehört, es aber noch nie von nahem gesehen hatte.

»Besser als Alkohol, wenn Sie mir die Bemerkung gestatten«, erwiderte Williams. »Es führt nicht zur Gewalt und schadet keinem anderen, nur dem, der raucht. Sehen Sie nur, wieviel sauberer und friedlicher es hier ist als in einer Bar.«

Ein alter Chinese in Tunika und weiten Baumwollhosen humpelte zu ihrer Begrüßung heran. Die roten Augen waren zwischen den tiefen Falten im Gesicht kaum auszumachen, sein Schnurrbart war so welk und grau wie der Zopf, der ihm schlaff auf den Rücken hing, die Fingernägel außer an Daumen und Zeigefinger waren so lang, daß sie sich zusammenrollten wie die Schwänze einer frühzeitlichen Molluske, der Mund war ein schwarzes Loch, und die wenigen verbliebenen Zähne waren von Tabak und Opium verfärbt. Dieser Urgroßvater redete die Neuankömmlinge auf chinesisch an, und zu Severos Verblüffung antwortete ihm der englische Butler in derselben Sprache, die sich bei ihm anhörte wie Hundegebell. Es gab eine sehr lange Pause, in der sich keiner rührte. Der Chinese hielt den Blick stier auf Williams gerichtet, als müsse er ihn überprüfen. Endlich streckte er die Hand aus, in die Williams ihm mehrere Dollarscheine legte, der Alte verwahrte sie unter der Tunika an der Brust, ergriff einen Kerzenstumpf und winkte ihnen, ihm zu folgen. Sie durchquerten einen zweiten Raum, einen dritten, einen vierten, alle dem ersten gleich, gingen einen gewundenen Flur entlang, stiegen eine kurze Treppe hinab und fanden sich in einem weiteren Gang. Ihr Führer bedeutete ihnen zu warten und verschwand für einige Minuten, die Severo endlos dünkten. Er war schweißnaß und hielt den Finger auf dem Hahn der geladenen Waffe, wachsam und ohne auch nur einen Laut zu äußern. Endlich kehrte der Urgroßvater zurück und führte sie durch ein Ganglabyrinth bis zu einer geschlossenen Tür, vor der er stehenblieb und mit unerklärlicher Aufmerksamkeit darauf starrte, als müßte er eine Landkarte entziffern, bis Williams ihm noch ein paar weitere Dollars gab und er sie endlich öffnete. Sie traten in einen Raum, der noch kleiner war als die anderen, noch düsterer, noch verräucherter, noch bedrückender, denn er lag unter Straßenniveau, aber sonst glich er den vorherigen. Auf den Holzpritschen lehnten fünf weiße Amerikaner, vier Männer und eine schon reifere, aber noch bildhübsche Frau, deren rotes Haar sich in einer Kaskade um sie herum ausbreitete wie ein aufreizender Umhang. Der guten Kleidung nach handelte es sich um zahlungskräftige Leute. Alle waren im gleichen Stadium seliger Entrückung, nur einer lag flach ausgestreckt, die Arme zum Kreuz ausgebreitet, das Hemd aufgerissen, die Haut kreidefarben, die Augen verdreht, und atmete kaum. Es war Matías Rodríguez de Santa Cruz.

»Kommen Sie, Sir, helfen Sie mir«, wies Williams Severo an.

Gemeinsam hoben sie ihn mühsam hoch, legten sich jeder einen Arm des Bewußtlosen über den Nacken, und so schleppten sie ihn fort wie einen Gekreuzigten, der Kopf hing herab über dem kraftlosen Körper, die Füße schleiften über den Boden aus gestampfter Erde. Sie kämpften sich den langen Weg zurück über die schmalen Treppen, durch die engen Gänge, die stickigen Räume, einen nach dem andern, bis sie sich unverhofft in der unglaublichen Reinheit der Nacht wiederfanden und begierig und halb betäubt die frische Luft einsogen. Sie brachten Matías so gut es ging in der Kutsche unter, und Williams fuhr sie zur Garçonnière, dabei hatte Severo gedacht, der Angestellte seiner Tante wisse gar nichts von ihrer Existenz. Er sah verdutzt, wie Williams einen Schlüssel hervorzog, die Haustür aufschloß und dann mit einem zweiten die Tür zum Dachgeschoß.

»Das ist doch nicht das erste Mal, daß Sie meinem Vetter aus der Patsche helfen, stimmt's, Williams?«

»Sagen wir, es wird nicht das letzte Mal sein«, erwiderte der.

Sie legten Matías auf das Bett, das hinter einem japanischen Wandschirm in der Ecke stand, und Severo machte sich daran, ihm Gesicht und Brust mit feuchten Tüchern abzuwischen und ihn zu schütteln, damit er zurückkehrte aus dem Himmel, in dem er sich niedergelassen hatte, während Williams ging, den Arzt der Familie zu holen, nicht ohne vorher zu mahnen, es sei auch weiterhin unangemessen, den Herrschaften mitzuteilen, was geschehen war.

»Aber mein Vetter kann sterben!« rief Severo, immer noch zitternd vor Angst.

»In diesem Fall wird man es den Herrschaften sagen müssen«, gab Williams höflich zu.

Matías war fünf Tage lang sterbenskrank, von Krämpfen geschüttelt, vergiftet bis ins Mark. Williams holte einen Krankenpfleger ins Dachgeschoß und wußte es einzurichten, daß die Abwesenheit des Sohnes keinen Aufruhr im Haus hervorrief. Dieser Vorfall knüpfte ein merkwürdiges Band zwischen Severo und Williams, schuf eine stillschweigende Komplizenschaft, die sich niemals in Worten oder Gesten äußerte. Bei einem anderen, weniger verschlossenen Menschen, als es der Butler war, hätte Severo geglaubt, zwischen ihnen gäbe es so etwas wie Freundschaft oder wenigstens Sympathie, aber der Engländer hatte eine undurchdringliche Mauer der Zurückhaltung um sich errichtet. Severo begann ihn zu beobachten. Williams behandelte die seiner Weisung unterstellten Bediensteten mit der gleichen so kalten wie tadellosen Höflichkeit, die er seiner Herrschaft zukommen ließ, und hielt sie damit in Schach. Nichts entging seiner Aufmerksamkeit, weder das Schimmern der silbernen Eßbestecke noch die Geheimnisse eines jeden, der in diesem riesigen Hause lebte. Sein Alter zu schätzen oder seine Herkunft zu erraten war unmöglich, er schien ein ewiger Vierziger zu sein, und außer dem britischen Akzent gab es keinerlei Hinweise auf seine Vergangenheit. Dreißigmal am Tag wechselte er seine weißen Handschuhe, sein Anzug aus schwarzem Tuch sah immer frisch gebügelt aus, sein schneeweißes Hemd aus bestem holländischem Leinen war stets gestärkt, und die Schuhe glänzten spiegelblank. Er lutschte Pfefferminzpastillen für den Atem und betupfte sich mit Eau de Cologne, aber so diskret, daß Severo nur ein einziges Mal den Duft nach Minze und Lavendel wahrnahm, und das war in jener Opiumhöhle, als sich ihre Gesichter streiften, während sie den ohnmächtigen Matías hochhoben. Bei dieser Gelegenheit hatte er auch seine harten Muskeln unter dem Jackett, die straffen Sehnen im Nacken und seine Kraft und Geschmeidigkeit bemerkt, und nichts davon wollte zu dem verarmten englischen Lord passen, als der dieser Mann sich gab.

Die Vettern Severo und Matías hatten außer den aristokratischen Gesichtszügen und der Vorliebe für den Sport und für die Literatur nichts gemein, in allem übrigen schienen sie nicht vom gleichen Blut zu sein; so ritterlich, tatenlustig und arglos Severo war, so zynisch, träge und ausschweifend war Matías, aber trotz ihrer gegensätzlichen Temperamente und obwohl Jahre sie trennten, waren sie Freunde. Matías gab sich die größte Mühe, Severo das Fechten beizubringen – nur fehlte es dem an der Eleganz und Schnelligkeit, die für diese Kunst unerläßlich sind –, er versuchte auch, ihn in die Freuden von San Francisco einzuführen, aber der junge Mann erwies sich als schlechter Gefährte bei feuchtfröhlichen Vergnügungen und schlief einfach ein; er arbeitete oft bis zu vierzehn Stunden am Tag in der Anwaltskanzlei, und wann immer er konnte, las und studierte er. Sie tobten beide gern nackt im Schwimmbecken des Hauses und forderten sich zu Kämpfen Körper an Körper heraus. Sie tanzten herum, abwartend, angriffsbereit, und stürzten sich dann aufeinander, sprangen eng umschlungen, wälzten sich, bis es endlich dem einen gelang, den andern gegen den Boden zu drücken und zu besiegen. Dann lagen sie schweißüberströmt da, keuchend, hoch erregt. Severo machte sich mit einem kräftigen Stoß los, ehrlich verwirrt, als wäre die Ringerei eine unzulässige Umarmung gewesen. Sie setzten sich auch zusammen und sprachen über Bücher und erklärten sich die Klassiker. Matías liebte die Dichtkunst, und wenn sie allein waren, rezitierte er aus dem Gedächtnis und war so bewegt von der Schönheit der Verse, daß ihm die Tränen über die Wangen liefen. Auch das beunruhigte Severo, die heftige Gemütsbewegung schien ihm eine unter Männern verbotene Form der Vertraulichkeit. Ihn fesselten wissenschaftliche Fortschritte und Forschungsreisen, und er erzählte Matías davon in dem vergeblichen Versuch, ihn dafür zu interessieren, aber die einzigen Neuigkeiten, die seinen Vetter in Wallung zu bringen vermochten, waren die Greueltaten in der Umgebung. Matías unterhielt eine seltsame, auf manchen Liter Whisky gegründete Beziehung zu Jacob Freemont, einem alten und wenig von Skrupeln geplagten, ewig geldbedürftigen Zeitungsmenschen, mit dem er die gleiche krankhafte Faszination für das Verbrechen teilte. Freemont schaffte es immer noch, Polizeireportagen in den Zeitungen zu veröffentlichen, aber er hatte schon vor Jahren seinen guten Ruf endgültig eingebüßt, als er die Geschichte von Joaquín Murieta erfand, einem angeblichen mexikanischen Banditen, der zur Zeit des Goldfiebers seine Untaten verübte. Seine Artikel erschufen eine mythische Gestalt, die willentlich oder unwillentlich den Haß der weißen Bevölkerung gegen die Hispanos aufreizte. Um die Gemüter zu besänftigen, boten die Behörden einem gewissen Captain Harry Love eine Belohnung an, wenn er Jagd auf Murieta machte. Nachdem der Captain drei Monate lang ganz Kalifornien vergeblich abgesucht hatte, beschloß er, die Sache ein für allemal zu beenden: er tötete aus dem Hinterhalt sieben Mexikaner und kam mit einem Kopf und einer Hand zurück. Niemand konnte diese Überbleibsel identifizieren, aber Loves Heldentat beruhigte die Gemüter der Weißen. Die makabren Trophäen wurden sogar in einem Museum zur Schau gestellt, obwohl mittlerweile Einverständnis darüber herrschte, daß Murieta eine monströse Schöpfung der Presse im allgemeinen und Jacob Freemonts im besonderen war. Diese und andere Episoden, bei denen die erfinderische Feder des Zeitungsmannes der Wirklichkeit einiges hinzufügte, verschafften ihm endlich den wohlverdienten Ruf eines Schwindlers, vor dem sich alsbald die Türen schlossen. Dank seiner merkwürdigen Beziehung zu Freemont, dem Kriminalreporter, konnte Matías sich die ermordeten Opfer ansehen, bevor sie fortgebracht wurden, und den Autopsien im Leichenschauhaus beiwohnen – Schauspiele, die sein Empfindungsvermögen ebenso abstießen, wie sie es erregten. Von diesen Ausflügen in die Unterwelt der Verbrechen kam er betrunken vor Entsetzen zurück, ging sofort ins Türkische Bad, wo er Stunden damit verbrachte, den an seiner Haut haftenden Geruch des Todes auszuschwitzen, und dann schloß er sich in seiner Garçonnière ein und malte grauenvolle Szenen mit erschlagenen und zerstückelten Menschen.

»Was bedeutet das alles?« fragte Severo, als er zum erstenmal die dantesken Bilder sah.

»Fasziniert dich der Gedanke an den Tod nicht?

Mord ist ein ungeheures Abenteuer, und Selbstmord ist eine praktische Lösung. Ich spiele mit beiden Ideen. Es gibt ein paar Leute, die es verdienten, umgebracht zu werden, findest du nicht? Und was mich angeht, na ja, Vetter, ich gedenke nicht, an Altersschwäche zu sterben, ich ziehe es vor, meinem Leben selbst ein Ende zu setzen, und das mit der gleichen Sorgfalt, mit der ich meine Anzüge auswähle. Und deshalb studiere ich Verbrechen – um mich zu üben.«

»Du bist verrückt, und außerdem hast du kein Talent zum Malen«, entschied Severo.

»Um Künstler zu sein, braucht man kein Talent, nur Kühnheit. Hast du schon mal von den Impressionisten gehört?«

»Nein, aber wenn die armen Teufel so malen, werden sie nicht weit kommen. Kannst du dir nicht zumindest ein angenehmeres Thema suchen? Ein hübsches Mädchen zum Beispiel?«

Matías lachte auf und kündigte ihm an, kommenden Mittwoch werde ein wahrhaft hübsches Mädchen in seine Garconnière kommen, das schönste Mädchen von San Francisco nach allgemeiner Beifallsbekundung, fügte er hinzu. Sie sei ein Modell, um das seine Freunde sich prügelten, um sie in Ton oder auf der Leinwand oder auf Fotografien unsterblich zu machen, mit der zusätzlichen Hoffnung, sie ins Bett zu kriegen. Wetten würden abgeschlossen, wer wohl der erste sein werde, aber bis jetzt sei es noch keinem geglückt, auch nur ihre Hand zu berühren.

»Sie leidet an einem gräßlichen Defekt, der Tugend. Sie ist die einzige Jungfrau, die es in Kalifornien noch gibt, dabei wäre das doch so leicht zu kurieren. Würdest du sie gerne kennenlernen?«

So kam es, daß Severo Lynn Sommers wiedersah. Bis zu diesem Tage hatte er sich darauf beschränkt, in den Touristenläden heimlich Postkarten mit ihrem Bild zu kaufen und sie zwischen den Seiten seiner Gesetzesbücher zu verstecken wie einen Schatz, dessen man sich schämt. Viele Male war er schon am Union Square um den Teesalon herumgestrichen, um sie wenigstens von weitem zu sehen, er hatte auch vorsichtig den Kutscher ausgehorcht, der täglich die Näschereien für Tante Paulina holte, aber nie hatte er gewagt, sich brav und wie es sich gehört vor Eliza Sommers hinzustellen und sie um die Erlaubnis zu bitten, ihre Tochter besuchen zu dürfen. Jede direkte Handlung erschien ihm als Verrat an Nívea, seiner süßen Braut auf Lebenszeit, aber Lynn zufällig zu treffen wäre etwas ganz anderes, entschied er, in dem Fall würde es ein Schelmenstreich des Schicksals sein, und niemand würde ihm einen Vorwurf machen können. Er hatte nicht die geringste Ahnung, unter welch merkwürdigen Umständen er sie ausgerechnet im Studio seines Vetters sehen würde.

Lynn Sommers war das geglückte Ergebnis vermischter Rassen. Sie hätte eigentlich Lin Chi'en heißen sollen, aber ihre Eltern beschlossen, die Namen ihrer Kinder zu anglisieren und ihnen den Nachnamen ihrer Mutter zu geben, um ihnen das Leben in den Vereinigten Staaten zu erleichtern, wo die Chinesen wie Hunde behandelt wurden. Den Erstgeborenen benannten sie Ebanizer, um einen alten Freund des Vaters zu ehren, aber sie riefen ihn Lukky, weil der Junge mehr Glück hatte, als man in Chinatown je gesehen hatte. Die Tochter, die sechs Jahre später geboren wurde, hieß Lin zum Gedenken an die erste Frau ihres Vaters, die vor vielen Jahren in Hongkong beigesetzt worden war, aber amtlich eingetragen wurde sie als Lynn. Tao Chi'ens erste Ehefrau, die dem Kind ihren Namen vererbte, war ein zartes Geschöpf mit winzigen eingeschnürten Füßen gewesen, das von ihrem Mann angebetet wurde und sehr jung an Auszehrung starb. Eliza Sommers lernte mit der beharrlichen Erinnerung an Lin zu leben und betrachtete sie schließlich als Mitglied der

Familie, eine unsichtbare Beschützerin, die über das Wohlergehen ihrer Familie wachte. Zwanzig Jahre zuvor, als sie entdeckte, daß sie wieder schwanger war, hatte sie Lin um Hilfe gebeten, damit diese Schwangerschaft gut ablief, denn sie hatte bereits mehrere Fehlgeburten hinter sich und nicht mehr viel Hoffnung, daß ihr ausgelaugter Körper das Ungeborene festhalten könne. So hatte sie es Tao Chi'en erklärt, der seiner Frau bei jeder Gelegenheit als *zhong yi* beistand und sie außerdem zu den besten in westlicher Medizin praktizierenden Spezialisten Kaliforniens brachte.

»Diesmal wird ein gesundes Mädchen zur Welt kommen«, hatte sie ihm versichert.

»Woher weißt du das?« hatte er gefragt.

»Weil ich Lin darum gebeten habe.«

Eliza glaubte fest daran, daß Taos erste Frau ihr während der Schwangerschaft zur Seite gestanden, ihr Kraft gegeben habe, die Tochter zur Welt zu bringen, um sich dann wie eine gute Fee über die Wiege zu beugen und dem Kind die Gabe der Schönheit zu schenken. »Sie wird Lin heißen«, erklärte die erschöpfte Mutter, als sie endlich ihre Tochter im Arm hielt, aber Tao Chi'en erschrak: es war kein guter Einfall, ihr den Namen einer so jung verstorbenen Frau zu geben. Sie einigten sich schließlich darauf, die Schreibweise zu ändern, um das Unheil nicht herauszufordern. »Gesprochen wird es genauso, das ist das einzige, was zählt«, schloß Eliza.

Von ihrer Mutter hatte Lynn Sommers englisches und chilenisches Blut, durch ihren Vater stammte sie von den hochgewachsenen Nordchinesen ab. Tao Chi'ens Großvater, ein schlichter Heiler, hatte seinen männlichen Nachkommen seine Kenntnisse von medizinisch wirksamen Pflanzen und von magischen Beschwörungen verschiedener körperlicher und geistiger Leiden vermacht. Tao Chi'en, der Letzte dieses Stammes, bereicherte das väterliche Erbe, indem er sich in Kanton bei einem Weisen als *zhong yi* schulen ließ sowie durch lebenslanges Studium nicht nur der traditionellen chinesischen Medizin – er nahm auch alles in sich auf, was ihm an westlicher Wissenschaft in die Hände fiel. In San Francisco hatte er sich einen soliden Ruf geschaffen, amerikanische Ärzte zogen ihn zu Rate, und seine Patienten gehörten allen möglichen Völkerstämmen an, aber ihm war nicht erlaubt, in Krankenhäusern zu arbeiten, und sein Tätigkeitsfeld war auf das Chinesenviertel beschränkt, wo er sich ein großes Haus gekauft hatte, das im ersten Stock seine Praxis enthielt und im zweiten die Wohnung der Familie. Sein Ansehen schützte ihn: niemand mischte sich in sein

Wirken bei den Sing Song Girls ein, wie in China-town die beklagenswerten Sklavinnen des Sexgeschäfts genannt wurden, alles sehr junge Mädchen, fast noch Kinder. Tao Chi'en hatte es auf sich genommen, so viele wie nur möglich vor den Bordells zu bewahren. Die *Tongs* – Banden, die im chinesischen Viertel alles kontrollierten und überwachten und Schutzgelder einzogen – wußten, daß er die kleinen Prostituierten kaufte, um ihnen fern von Kalifornien eine neue Existenzmöglichkeit zu geben. Sie hatten ihm einige Male gedroht, aber sie verzichteten auf drastischere Mittel, denn schließlich konnte jeder von ihnen früher oder später die Dienste des berühmten *zhong yi* benötigen. Solange Tao Chi'en nicht zu den amerikanischen Behörden lief, solange er handelte, ohne Lärm zu schlagen, und die Mädchen eine nach der andern herausholte, konnten sie seine geduldige Ameisenarbeit hinnehmen, denn damit tat er den enormen Gewinnen aus ihren üblen Geschäften keinen Abbruch. Die einzige Person, die Tao Chi'en wie eine öffentliche Gefahr behandelte, war Ah Toy, die erfolgreichste Kupplerin von San Francisco, Besitzerin mehrerer auf junge asiatische Mädchen spezialisierter Salons. Sie allein importierte jährlich Hunderte von Kindern unter den gleichgültigen Augen der gehörig geschmierten Yankeebeamten. Ah Toy haßte Tao Chi'en und wäre, wie sie oft genug gesagt hatte, lieber gestorben, als ihn zu konsultieren. Sie hatte es ein einziges Mal getan, von einem hartnäckigen Husten besiegt, und bei diesem Anlaß hatten beide begriffen, daß sie für alle Zeiten Todfeinde sein würden. Jedes von Tao Chi'en gerettete Sing Song Girl war ein Dorn, unter Ah Toys Fingernägel getrieben, auch wenn ihr das Mädchen nicht gehört hatte. Für sie wie für ihn war das eine Prinzipienfrage.

Tao Chi'en erhob sich vor Sonnenaufgang und ging in den Garten, wo er seine martialisch anmutenden Übungen ausführte, um den Körper in Form und den Geist frei zu halten. Danach meditierte er eine halbe Stunde und zündete dann das Feuer unter dem Teekessel an. Er weckte Eliza mit einem Kuß und einer Tasse grünen Tee, den sie langsam im Bett schlürfte. Dieser Augenblick war beiden heilig: die Tasse Tee, die sie gemeinsam tranken, besiegelte die Nacht, die sie in enger Umarmung verbracht hatten. Was zwischen ihnen hinter der geschlossenen Tür ihres Zimmers geschah, entschädigte sie für alle Mühen des Tages. Die Liebe der beiden hatte als behutsame Freundschaft begonnen, die sich unmerklich weiterspann inmitten eines Gestrüpps aus Hindernissen, von der Notwendigkeit, einander auf englisch zu verstehen und sich über kulturelle und rassenbedingte Vorurteile hinwegzusetzen, bis zu dem nicht unerheblichen Altersunterschied. Drei Jahre lang hatten sie unter demselben Dach miteinander gelebt und gearbeitet, ehe sie endlich wagten, die unsichtbare Grenze, die sie trennte, zu überschreiten. Bis zu diesem Ziel hatte Eliza Tausende von Meilen einer nicht enden wollenden Reise zurücklegen müssen, auf der Suche nach einem phantomgleichen Geliebten, der ihr wie ein Schatten durch die Finger schlüpfte, wobei ihre Vergangenheit und ihre Unschuld sich in Fetzen auflösten. Bis sie schließlich vor dem abgeschlagenen und in Gin eingelegten Kopf des legendären Banditen Joaquín Murieta ihrer eigenen Besessenheit gegenüberstand und begriff, daß ihr Schicksal sie an Tao Chi'ens Seite sah. Der *zhong yi* hingegen wußte das bereits sehr viel eher und wartete mit der schweigenden Beharrlichkeit einer reifen Liebe.

Die Nacht, in der Eliza sich endlich traute, die acht Meter zu gehen, die ihr Zimmer von dem Tao Chi'ens trennte, veränderte ihrer beider Leben so gründlich, als hätte ein Beilhieb die Vergangenheit bis zur Wurzel abgetrennt. Von dieser Nacht an gab es weder die kleinste Möglichkeit noch die mindeste

Versuchung umzukehren, es gab nur noch die Herausforderung, sich einen Raum zu schaffen in einer Welt, die die Vermischung von Rassen nicht duldete. Eliza kam barfuß, im Nachthemd, tastend im Dunkel, und stieß Tao Chi'ens Tür auf, überzeugt, sie unverschlossen zu finden, denn sie war sich sicher, daß er sie genauso begehrte wie sie ihn, aber trotz dieser Gewißheit ängstigte sie das Unwiderrufliche ihres Entschlusses. Sie hatte lange gezögert, diesen Schritt zu tun, denn der *zhong yi* war ihr Beschützer, ihr Vater, ihr Bruder, ihr bester Freund, ihre einzige Familie in diesem fremden Land. Sie fürchtete, all das zu verlieren, wenn sie seine Geliebte wurde; aber nun stand sie bereits auf seiner Schwelle, und das Verlangen, ihn zu berühren, war stärker als die Spitzfindigkeiten der Vernunft. Sie betrat das Zimmer, und im Licht einer Kerze, die auf dem Tisch stand, sah sie ihn in Tunika und weißer Baumwollhose mit gekreuzten Beinen auf dem Bett sitzen und sie erwarten. Eliza war außerstande, zu überlegen, wie viele Nächte er so verbracht haben mochte, auf das Geräusch ihrer Schritte im Flur wartend, sie war zu verwirrt von ihrer eigenen Kühnheit und schauderte vor Scheu und Vorahnung. Tao Chi'en ließ ihr keine Zeit zurückzuweichen. Er kam ihr entgegen, breitete die Arme aus, und sie stolperte blindlings weiter, bis sie gegen seine Brust stieß, wo sie das Gesicht barg, den so wohlbekannten Geruch dieses Mannes nach Meerwasser einatmend, und sich, weil ihre Knie nachgaben, mit beiden Händen an seine Tunika klammerte, während ein unaufhaltsamer Strom von Erklärungen aus ihr hervorbrach und sich mit seinen gemurmelten chinesischen Liebesworten vermischte. Sie fühlte die Arme, die sie hochhoben und weich auf das Bett niederlegten, spürte den warmen Atem an ihrem Hals und die Hände, die sie festhielten, dann bemächtigte sich ihrer ein nicht zu unterdrückendes Zittern.

Nachdem seine Frau Lin in Hongkong gestorben war, hatte Tao Chi'en sich von Zeit zu Zeit mit schnellen Umarmungen von käuflichen Frauen getröstet. Seit mehr als sechs Jahren hatte er nicht mehr wirklich geliebt, aber er ließ nicht zu, daß Hast ihn zu unbesonnenem Ungestüm hinriß. So gut kannte er Elizas Körper und war in Gedanken über ihre sanften Mulden und kleinen Hügel gewandert, daß er jetzt warten konnte. Sie hatte geglaubt, die Liebe in den Armen ihres ersten Liebhabers kennengelernt zu haben, aber die Vereinigung mit Tao Chi'en offenbarte ihr das ganze Ausmaß ihrer Ahnungslosigkeit. Die Leidenschaft, die sie als Sechzehnjährige aufgewühlt hatte, um derentwillen sie die halbe Welt durchquert und mehrmals ihr Leben aufs Spiel gesetzt hatte, war Blendwerk gewesen, das ihr heute unsinnig vorkam; damals hatte sie sich in die Liebe verliebt, hatte sich mit den Brosamen zufriedengegeben, die ihr ein Mann zukommen ließ, dem mehr daran gelegen war, fortzugehen als bei ihr zu bleiben. Vier lange Jahre hatte sie ihn gesucht in der Überzeugung, daß der idealistische Hitzkopf, als den sie ihn in Chile gekannt hatte, sich in Kalifornien in den sagenumwobenen Banditen Joaquín Murieta verwandelt habe. Während jener Zeit hatte Tao Chi'en auf sie gewartet, weil er sicher war, daß sie früher oder später die Schwelle, die sie trennte, überschreiten werde. An ihm war es, sie zu begleiten, als Joaquín Murietas Kopf ausgestellt wurde – zur Belustigung der Amerikaner und als Abschreckung für die Latinos. Er hatte geglaubt, Eliza werde den Anblick der abstoßenden Trophäe nicht ertragen, aber sie stellte sich vor das Gefäß, in dem der Kopf des vermeintlichen Verbrechers ruhte, und betrachtete ihn so ungerührt, als handelte es sich um eingelegten Weißkohl, bis sie ganz sicher war, daß dies nicht der Mann war, den sie jahrelang gesucht hatte. Im Grunde war seine Identität ihr gleichgültig, denn während sie so lange der Spur einer unmöglichen Romanze gefolgt war, hatte sie etwas erworben, was ebenso kostbar wie die Liebe war: Freiheit. »Jetzt bin ich frei«, war alles, was sie sagte, nachdem sie den Kopf gesehen hatte. Tao Chi'en erkannte, daß sie sich endlich von dem ehemaligen Geliebten losgemacht hatte, daß es sie kaltließ, ob er noch lebte oder beim Goldschürfen in den Bergen der Sierra Nevada umgekommen war – sie würde jedenfalls nicht mehr nach ihm suchen, und sollte der Mensch eines Tages auftauchen, würde sie imstande sein, ihn in seinen wirklichen Maßen zu sehen. Tao Chi'en hatte sie bei der Hand genommen, und sie hatten die sinistre Ausstellung verlassen. Draußen hatten sie die frische Luft tief eingeatmet und waren friedlich davongegangen, bereit, eine neue Etappe in ihrer beider Leben zu beginnen.

In der Nacht, in der Eliza in Tao Chi'ens Zimmer trat, entdeckte sie einige der zahlreichen Möglichkeiten der Lust und ließ sich einführen in die Tiefe einer Liebe, die für den Rest ihres Lebens ihre einzige sein sollte. Langsam und ruhig nahm Tao Chi'en Schichten von angehäuften Ängsten und unnützen Erinnerungen von ihr, streichelte und küßte sie unermüdlich, bis sie die Augen öffnete und sich unter seinen Händen entspannte, bis er spürte, wie sie sich wand, sich öffnete, aufleuchtete; er hörte sie stöhnen, ihn anrufen, ihn bitten; er sah sie bezwungen

und feucht, bereit, sich hinzugeben und ihn zu empfangen; bis keiner von beiden mehr wußte, wo sie
waren noch wer sie waren, noch wo er endete und
sie begann. Tao Chi'en führte sie weit über den Orgasmus hinaus in eine Dimension, wo Liebe und
Tod gleich sind. Sie fühlten, wie der Geist sich ausdehnte, wie Wünsche und Erinnerungen schwanden, wie sie sich einer ungeheuren Klarheit überlie
ßen. Sie umarmten sich in diesem geheimnisvollen
Raum und erkannten einander, denn vielleicht waren sie dort schon in früheren Leben vereint gewesen
und würden es in zukünftigen Leben viele Male wieder sein, wie Tao Chi'en sagte. Sie seien ewige Liebende, sich ein ums andere Mal zu suchen und zu
finden sei ihr Karma, sagte er bewegt; aber Eliza antwortete lachend, etwas so Feierliches wie das Karma
sei es bestimmt nicht, nur einfache Lust am Vögeln,
was sie, ehrlich gesagt, schon seit einigen Jahren liebend gern mit ihm getan hätte, und sie hoffe, daß
von nun an Tao ihr an Schwung dabei nicht nachstehen werde, denn dies werde den ersten Platz in ihrem Leben einnehmen. Sie spielten ausgelassen die
ganze Nacht und weit in den folgenden Tag hinein,
bis Hunger und Durst sie aus dem Haus zwangen,
und sie gingen schwankend, berauscht und glücklich, ohne die Hand des andern loszulassen, aus

Angst, sie könnten plötzlich erwachen und entdek-
ken, daß sie sich in eine Halluzination verirrt hatten.

Die Leidenschaft, die sie seit jener Nacht vereinte
und die sie mit äußerster Sorgfalt pflegten, erhielt
sie aufrecht und schützte sie in den unvermeidbaren
Augenblicken, wenn Widrigkeiten drohten. Mit der
Zeit besänftigte sich diese Leidenschaft zu Zärtlichkeit und Gelächter, sie hörten auf, die zweihundert-
zweiundzwanzig Arten des Beischlafs zu erforschen,
denn drei oder vier reichten ihnen aus, und letztlich
hatten sie es ja nicht mehr nötig, sich gegenseitig zu
überraschen. Je besser sie sich kennenlernten, um so
mehr wuchs ihre Zuneigung. Von dieser ersten Liebesnacht an schliefen sie eng umschlungen, atmeten
den gleichen Atem und träumten die gleichen Träume. Aber einfach war ihr Leben dann nicht gewesen,
fast dreißig Jahre waren sie miteinander verbunden
in einer Welt, in der kein Platz war für ein Paar ihres-
gleichen. Im Verlauf der Zeit waren die zarte weiße
Frau und der hochgewachsene Chinese ein vertrau-
tes Bild in Chinatown geworden, aber richtig akzeptiert wurden sie noch immer nicht. Sie lernten es,
sich in der Öffentlichkeit nicht zu berühren, setzten sich im Theater auf getrennte Plätze und gingen
auf der Straße mehrere Schritte voneinander entfernt. Bestimmte Restaurants und Hotels konnten

sie nicht gemeinsam betreten, und als sie nach England fuhren – Eliza, um ihre Adoptivmutter Rose Sommers zu besuchen, und Tao, um in der Hobbs-Klinik Vorträge über Akupunktur zu halten –, durften sie weder in der ersten Klasse des Schiffes reisen noch die Kabine teilen, was Eliza nicht abhielt, sich verstohlen zu ihrem Mann zu schleichen und bei ihm zu schlafen. Sie hatten heimlich nach buddhistischem Ritus geheiratet, aber ihre Verbindung war legal nicht gültig. Lucky und Lynn waren registriert als uneheliche Kinder, vom Vater anerkannt. Tao Chi'en hatte es geschafft, nach unzähligen Formalitäten und mit reichlich Bestechungsgeldern Bürger der Vereinigten Staaten zu werden, damit war er einer der wenigen, denen es gelang, die »Akte zum Ausschluß der Chinesen« zu umgehen, ein weiteres der diskriminierenden Gesetze Kaliforniens. Er brachte seiner Adoptivheimat bedingungslose Bewunderung und Treue entgegen, wie er sie auch während des Bürgerkrieges bewies, als er den Kontinent durchquerte, um sich an der Front als Freiwilliger zu melden, und die ganzen vier Kriegsjahre als Gehilfe der Yankeeärzte arbeitete, aber im tiefsten Innern fühlte er sich als Fremder und wünschte, auch wenn sein Leben bis zum Ende in Amerika verlaufen sollte, daß sein Leib in Hongkong beigesetzt werde.

Eliza Sommers' und Tao Chi'ens Familie wohnte in einem geräumigen und behaglich ausgestatteten Haus, das solider und besser ausgeführt war als in Chinatown üblich. In seiner Umgebung wurde hauptsächlich Kantonesisch gesprochen, und alles, vom Essen bis zu den Zeitungen, war chinesisch. Mehrere Straßen entfernt lag La Misión, das Hispanoviertel, in dem Eliza gern ein wenig herumschlenderte um des Vergnügens willen, Spanisch sprechen zu können, aber im übrigen verlief ihr Tag zwischen Amerikanern in der unmittelbaren Nähe des Union Square, wo sich ihr eleganter Teesalon befand. Mit ihrem Gebäck hatte sie von Anfang an zum Unterhalt der Familie beigetragen, denn Tao Chi'ens Einkünfte landeten zumeist in fremden Händen: was nicht dahinging, um chinesischen Arbeitern in Krankheit oder Unglück zu helfen, konnte in den heimlichen Versteigerungen von Sklavenmädchen enden. Diese Geschöpfe vor einem Leben der Schande zu retten, hatte Tao Chi'en sich zur Aufgabe gemacht, und so hatte es Eliza auch von Anfang an verstanden und als ein weiteres Wesensmerkmal ihres Mannes gebilligt, einen weiteren der vielen Gründe, derentwegen sie ihn liebte. Sie hatte ihren Kuchenverkauf aufgezogen, um ihn nicht mit Bitten um Geld zu plagen; sie brauchte Unabhängigkeit, um ihren Kindern die bestmögliche amerikanische Erziehung zu verschaffen, denn sie wünschte, daß sie sich völlig in die Vereinigten Staaten eingliederten und ohne die Beschränkungen leben konnten, die den Chinesen oder den Hispanos auferlegt waren. Mit Lynn gelang ihr das auch, aber bei Lucky scheiterten ihre Pläne, denn der Junge war stolz auf seine Herkunft und hatte nicht vor, aus Chinatown fortzugehen.

Lynn betete ihren Vater an – wie sollte man auch diesen sanften und großzügigen Mann nicht lieben –, aber sie schämte sich seiner Rasse. Schon als Kind war ihr klargeworden, daß der einzige Ort für Chinesen ihr Viertel war, in der übrigen Stadt wurden sie verabscheut. Der Lieblingssport der weißen Jungen war es, die »Schlitzaugen« mit Steinen zu bewerfen oder ihnen die Zöpfe abzuschneiden, nachdem sie sie gründlich verprügelt hatten. Wie ihre Mutter lebte Lynn mit einem Bein in China und mit dem andern in den Vereinigten Staaten, die beiden sprachen nur Englisch und frisierten und kleideten sich nach der amerikanischen Mode, wenn sie auch zu Hause Tunika und Seidenhose trugen. Lynn hatte im Aussehen wenig von ihrem Vater, außer dem langen Knochenbau und den orientalischen Augen, und noch weniger von ihrer Mutter;

niemand konnte sich erklären, woher ihre seltene Schönheit stammte. Ihr wurde niemals erlaubt, auf der Straße zu spielen, wie es ihr Bruder Lucky tat, denn in Chinatown lebten die Frauen und Mädchen aus anständigen Familien gänzlich zurückgezogen. Bei den wenigen Gelegenheiten, da sie sich im Viertel zeigte, ging sie an der Hand ihres Vaters und hielt den Blick fest auf den Boden gerichtet, um die fast ausschließlich männliche Menge nicht zu provozieren. Beide erregten sie Aufmerksamkeit, sie wegen ihrer Schönheit und er wegen seiner Yankeeaufmachung. Tao Chi'en hatte schon vor Jahren auf den typischen Zopf verzichtet und trug das Haar kurz und mit Pomade nach hinten gekämmt, sein schwarzer Anzug war makellos, das Hemd hatte einen steifen Kragen, der Hut eine Krempe. Außerhalb von Chinatown bewegte Lynn sich völlig frei wie jedes weiße Mädchen. Sie besuchte eine von Presbyterianern geleitete Schule, wo sie die Grundzüge des Christentums lernte, die zusammen mit den buddhistischen Übungen ihres Vaters sie schließlich zu der Überzeugung brachten, Christus sei die Reinkarnation Buddhas. Einkaufen ging sie allein, ebenso wie zu ihrer Klavierstunde oder wenn sie ihre Schulfreundinnen besuchte, nachmittags richtete sie sich im Teesalon ihrer Mutter ein, wo sie ihre Schulaufgaben erledigte und sich damit vergnügte, immer wieder die romantischen Geschichten zu lesen, die sie sich für zehn Cent kaufte oder die ihre Großtante Rose ihr aus London schickte. Elizas Bemühungen, sie für das Kochen oder irgendeine andere häusliche Tätigkeit zu gewinnen, waren fruchtlos: ihre Tochter schien nicht gemacht für die alltäglichen Arbeiten.

Als Lynn heranreifte, behielt sie weiter ihr Gesicht eines Engels aus der Fremde, aber ihr Körper rundete sich zu verwirrenden Kurven. Schon seit Jahren waren hübsche Fotos von ihr in Umlauf gewesen, aber alles änderte sich, als mit fünfzehn Jahren ihre endgültigen Formen zutage traten und ihr bewußt wurde, welch zerstörerische Anziehung sie auf die Männer ausübte. Ihre Mutter, in Angst wegen der möglichen Folgen dieser ungeheuren Macht, versuchte, den Verführungsdrang ihrer Tochter zu bändigen, predigte ihr Zurückhaltung und wollte ihr beibringen, wie ein Soldat zu gehen, nämlich ohne Schultern und Hüften zu schwenken, aber alles blieb vergeblich: die Männer jeden Alters, jeder Rasse und Herkunft verdrehten sich die Hälse nach ihr. Als Lynn die Vorzüge ihrer Schönheit begriffen hatte, schimpfte sie nicht länger darauf, wie sie es als Kind getan hatte, und beschloß, Malermodell zu werden – für eine kurze Zeit, bis ein Prinz auf seinem geflügelten Roß kommen und sie ins eheliche Glück führen würde. Die Eltern hatten während ihrer Kindheit die Fotos von Unschuldsgeschöpfen auf Schaukeln als harmlose Laune geduldet, aber sie sahen dann doch eine große Gefahr darin, wenn Lynn vor den Kameras ihre neue Weiblichkeit vorführte. »Das Posieren ist kein anständiger Beruf, sondern die pure Verderbnis«, behauptete Eliza betrübt, denn ihr war bewußt, daß es ihr nicht gelingen würde, ihrer Tochter diese Phantastereien auszureden oder sie vor der Falle der Schönheit zu beschützen. Sie trug Tao ihre Besorgnis vor in einem jener vollkommenen Augenblicke, als sie nach dem Lieben ausruhten, und er erklärte ihr, jeder Mensch habe sein Karma und es sei unmöglich, das Leben eines anderen zu lenken, man könne nur bisweilen den Weg des eigenen berichtigen, aber Eliza war nicht bereit, dem Unheil zu erlauben, daß es sie unvorbereitet erwischte. Immer hatte sie Lynn begleitet, wenn sie für die Fotografen posierte, hatte den Anstand gewahrt – nichts da mit nackten Beinen unter irgendeinem künstlerischen Vorwand –, und nun, wo das Mädchen neunzehn war, gedachte sie ihren Eifer zu verdoppeln.

»Es gibt da einen Maler, der hinter Lynn her ist. Er will, daß sie ihm für ein Gemälde der Salome

Modell steht«, verkündete sie eines Tages ihrem Mann.

»Von wem?« fragte Tao und hob kaum den Blick von seinem medizinischen Nachschlagewerk.

»Salome, die mit den sieben Schleiern, Tao. Lies die Bibel.«

»Wenn es etwas aus der Bibel ist, muß es in Ordnung sein, nehme ich an«, murmelte er zerstreut.

»Weißt du, wie die Mode war zu Zeiten Johannes' des Täufers? Wenn ich nicht achtgebe, malen sie deine Tochter mit nackten Brüsten!«

»Dann gib acht!« sagte Tao lächelnd, nahm seine Frau um die Taille, setzte sie auf den Wälzer, den er auf den Knien hielt, und ermahnte sie, sich nicht von der eigenen Einbildungskraft ängstigen zu lassen.

»Ach Tao! Was machen wir bloß mit Lynn?«

»Nichts, Eliza, sie wird bestimmt heiraten und uns Enkel bescheren.«

»Sie ist doch noch ein halbes Kind!«

»In China wäre sie schon zu alt, um noch einen Bräutigam abzubekommen.«

»Wir sind aber in Amerika, und sie wird keinen Chinesen heiraten«, entschied sie.

»Warum nicht? Magst du die Chinesen nicht?« fragte Tao lachend.

»Es gibt keinen zweiten Mann wie dich auf dieser Welt, Tao, aber ich glaube, Lynn wird einen Weißen heiraten.«

»Die Amerikaner verstehen nicht zu lieben, wie ich hörte.«

»Vielleicht kannst du es ihnen beibringen«, sagte Eliza, das Gesicht am Hals ihres Mannes.

Unter dem wachen Blick ihrer Mutter posierte Lynn für das Gemälde der Salome mit einem Trikot aus fleischfarbener Seide unter den Schleiern. Aber Eliza konnte sich nicht mit der gleichen Beharrlichkeit durchsetzen, als ihrer Tochter die ungeheure Ehre geschah, als Modell für die Statue der »Republik« zu dienen, die sich mitten auf dem Union Square erheben sollte. Die Kampagne zum Aufbringen des nötigen Geldes war Monate gelaufen, die Leute spendeten, was sie irgend konnten, die Schüler ein paar Cents, die Witwen ein paar Dollars, und die Reichen wie Feliciano Rodríguez de Santa Cruz üppige Schecks. Die Zeitungen veröffentlichten täglich die am Tag zuvor erreichte Summe, bis genügend beisammen war, um das Monument einem berühmten Bildhauer zu übertragen, der für das ehrgeizige Projekt eigens aus Philadelphia geholt wurde. Die vornehmsten Familien wetteiferten mit Festen und Bällen, um dem Künstler Gelegenheit zu geben, unter ihren Töchtern zu wählen; es war bereits bekannt, daß das Modell der Republik zugleich Symbol von San Francisco sein werde, und alle jungen Mädchen drängten nach einer solchen Auszeichnung. Der Bildhauer, ein moderner Mann mit kühnen Ideen, suchte wochenlang nach dem idealen Modell, aber keins der Mädchen genügte ihm. Um die mächtige amerikanische Nation darzustellen, die von tüchtigen Einwanderern aus allen vier Himmelsrichtungen geformt worden sei, wünsche er eine Person von gemischter Rasse, verkündete er. Die Finanziers des Projekts und die Obrigkeiten der Stadt waren entsetzt, die Weißen konnten sich nicht vorstellen, daß Andersfarbige wirklich richtige Menschen seien, und keiner wollte von einem Mischlingswesen hören, das von dem Obelisken auf dem Union Square aus die Stadt beherrschte, wie es dieser Mensch verlangte. Kalifornien war zwar Avantgarde in Dingen der Kunst, fanden die Zeitungen, aber das mit der Mulattin sei doch reichlich viel verlangt. Der Bildhauer war schon drauf und dran, dem Druck nachzugeben und sich für die Nachfahrin einer dänischen Familie zu entscheiden, als er zufällig Elizas Teesalon betrat, um sich mit einem Schokoladenéclair zu trösten, und Lynn erblickte. Das war die Frau für seine Statue, nach der er so lange gesucht hatte: hochgewachsen, wohlgeformt, langgliedrig, verfügte sie nicht nur über die Würde einer Kaiserin und ein Gesicht von klassischen Zügen, sie besaß auch das exotische Etwas, das er sich wünschte. In ihr war etwas, das über Harmonie hinausging, etwas Einzigartiges, eine Mischung von Orient und Okzident, von Sinnlichkeit und Unschuld, von Kraft und Zartheit, die ihn völlig bezauberte. Als er der Mutter mitteilte, er habe ihre Tochter als Modell ausgewählt, völlig überzeugt, daß er dieser bescheidenen Kuchenbäckerfamilie damit eine ungeheure Ehre erwies, sah er sich felsenfestem Widerstand gegenüber. Eliza Sommers war es satt, ihre Zeit mit der Überwachung Lynns in den Ateliers der Fotografen zu vergeuden, deren einzige Arbeit darin bestand, mit der Faust einen Gummiball zu drücken. Die Vorstellung, stundenlang neben diesem Männchen zu sitzen, das vorhatte, eine Bronzestatue von mehreren Metern Höhe zu schaffen, war einfach zuviel; aber Lynn war so stolz über die Aussicht, Die Republik zu sein, daß Eliza es nicht über sich brachte, ihr das zu verweigern. Der Bildhauer hatte erhebliche Schwierigkeiten, die Mutter zu überzeugen, daß ein kurzer Chiton das in diesem Fall angemessene Gewand sei, denn sie konnte keine Beziehung zwischen der nordamerikanischen Republik und der Kleidung der alten Griechen sehen, aber schließlich einigten sie sich dahingehend, daß Lynn mit nackten Armen und Beinen, aber mit keusch bedeckten Brüsten Modell stehen würde.

Lynn waren die Sorgen ihrer Mutter um ihre Tugend fremd, sie ging ganz auf in ihren romantischen Phantasien. Abgesehen von ihrem beunruhigenden Aussehen zeichnete sie sich durch nichts besonders aus; sie war ein gewöhnliches, alltägliches junges Mädchen, das Gedichte in Hefte mit rosafarbenen Seiten abschrieb und Porzellanfigürchen sammelte. Ihre Lässigkeit war nicht Eleganz, sondern Trägheit, und ihre Melancholie war nicht voller Geheimnis, sondern schlicht Leere. »Laßt sie in Frieden, solange ich lebe, wird es Lynn an nichts fehlen«, hatte Lucky oftmals versprochen, denn er war der einzige, der genau wußte, wie dumm seine Schwester war.

Lucky, einige Jahre älter als seine Schwester, war Chinese durch und durch. Außer bei den seltenen Gelegenheiten, wo es um irgendeine Formalität ging oder er ein Foto von sich brauchte, zog er einen Kittel, weite Hosen, eine Schärpe um die Taille und Schuhe mit Holzsohlen an, aber seinen Cowboyhut trug er immer dazu. Er hatte nichts von dem würdevollen Auftreten seines Vaters, nichts von der zarten

Schlankheit seiner Mutter oder der Schönheit seiner Schwester. Er war untersetzt, kurzbeinig, hatte einen Quadratschädel und gelbliche Haut, dennoch wirkte er anziehend durch sein unwiderstehliches Lächeln und seinen ansteckenden Optimismus, der aus der Gewißheit kam, daß er für das Glück bestimmt war. Nichts Böses konnte ihm geschehen, dachte er, ihm waren Glücklichsein und Reichtum von Geburt an zugesprochen. Diese Gabe hatte er mit neun Jahren entdeckt, als er auf der Straße mit anderen Jungen *fan tan* spielte; an jenem Tag kam er nach Hause und verkündete, von nun an sei sein Name Lucky – statt Ebanizer –, und er antwortete nicht mehr, wenn man ihn bei dem alten Namen rief. Das Glück folgte ihm überall, er gewann in allen Glücksspielen, die es nur gab, und obwohl er rebellisch und verwegen war, hatte er nie Schwierigkeiten mit den *Tongs* oder mit den Behörden der Weißen. Selbst die irischen Polizisten erlagen seinem Charme, und während seine Kumpels Prügel einstecken mußten, kam er aus jedem Schlamassel mit einem Witz oder einem Zauberkunststück davon, einem der vielen, die er mit seinen wunderbaren Gauklerhänden beherrschte. Tao Ch'en konnte sich mit der Leichtlebigkeit seines einzigen Sohnes nicht abfinden und verfluchte den guten Stern, der ihm erlaubte, sich den Mühen der gewöhnlichen Sterblichen zu entziehen. Nicht Glück war es, was er sich für ihn wünschte, sondern Transzendenz. Es beängstigte ihn, zu sehen, daß Lucky zufrieden wie ein Vogel durch diese Welt ging, denn dadurch würde er bloß sein Karma verletzen. Tao glaubte, die Seele gehe durch Barmherzigkeit und Leiden dem Himmel zu, indem sie durch Edelmut und Großherzigkeit alle Hindernisse überwinde, aber wenn Luckys Weg immer der einfache war, wie sollte er sich selbst überwinden? Er fürchtete, sein Sohn würde in seinem zukünftigen Leben als elender Lump geboren werden. Tao Chi'en wollte, daß sein Erstgeborener, der ihm im Alter beistehen und nach seinem Tode sein Andenken ehren sollte, die edle Familientradition des Heilens fortführte, er träumte sogar davon, ihn als ersten chinesisch-amerikanischen Arzt mit Diplom zu erleben; aber Lucky grauste es vor den übelriechenden Arzneitränken und den Akupunkturnadeln, nichts stieß ihn mehr ab als die Krankheiten anderer, und er begriff einfach nicht, wie sein Vater Geschmack daran finden konnte, eine Blasenentzündung oder ein mit Pusteln bedecktes Gesicht zu behandeln. Bis er sechzehn wurde und sein Straßenleben begann, mußte er Tao Chi'en in der Praxis assistieren, wo der ihm die Namen der Medikamente und ihre Anwendung einzuprägen suchte und sich bemühte, ihm so unerklärliche Künste beizubringen wie den Pulsschlag deuten, die Energie ins Gleichgewicht bringen, Körpersäfte aufeinander abstimmen, Feinheiten, die dem Jungen zum einen Ohr herein und zum andern hinaus gingen, aber wenigstens verursachten sie ihm kein Trauma wie die wissenschaftlichen Schriften der westlichen Medizin, die sein Vater so eifrig studierte. Die Illustrationen von hautlosen Körpern mit freigelegten Muskeln, Venen und Knochen sowie die in den grausamsten Einzelheiten beschriebenen chirurgischen Operationen entsetzten ihn. Es fehlte ihm nie an Vorwänden, um den Praxisräumen fernzubleiben, aber er war immer zur Stelle, wenn es darum ging, eines der unglücklichen Sing Song Girls zu verstecken, die sein Vater nach Hause mitbrachte. Dieses heimliche und gefährliche Tun war wie auf ihn zugeschnitten. Keiner verstand es besser als er, die verängstigten kleinen Mädchen an der Nase der Tongs vorbeizulotsen, keiner war geschickter, sie aus dem Viertel zu schaffen, sobald sie sich ein wenig erholt hatten, keiner einfallsreicher, wenn es schließlich galt, sie in den vier Himmelsrichtungen der Freiheit verschwinden zu lassen. Er tat das nicht aus innigem Erbarmen wie Tao Chi'en, sondern angestachelt von dem

Drang, die Gefahr zu bändigen und sein Glück auf die Probe zu stellen.

Bevor Lynn Sommers neunzehn wurde, hatte sie bereits mehrere Bewerber abgewiesen und war an männliche Huldigungen gewöhnt, die sie mit der Verachtung einer Königin zurückwies, denn keiner ihrer Verehrer paßte zu dem Bild des Prinzen, keiner sagte die Worte, die ihre Großtante Rose Sommers in ihren Romanen schrieb, alle waren sie ihrem Urteil nach gewöhnlich und ihrer nicht würdig. Sie glaubte, dem auserwählten Schicksal zu begegnen, auf das sie ein Recht hatte, als sie den einzigen Mann kennenlernte, der sie nicht zweimal ansah – Matías Rodríguez de Santa Cruz. Sie hatte ihn bei verschiedenen Gelegenheiten von fern erblickt, auf der Straße oder in der Kutsche mit Paulina del Valle, aber sie hatten kein Wort gewechselt, er war soviel älter als sie, lebte in Kreisen, zu denen sie keinen Zugang hatte, und wäre es nicht der Statue der Republik wegen gewesen, wären sie sich vielleicht niemals begegnet.

Unter dem Vorwand, das kostspielige Projekt zu beaufsichtigen, trafen sich im Atelier des Bildhauers die Politiker und Magnaten, die zur Finanzierung der Statue beitrugen. Der Künstler liebte den Ruhm und das gute Leben, und während er arbeitete, scheinbar vertieft in die Herstellung der Form, in die die

Bronze gegossen werden würde, genoß er die derbe männliche Gesellschaft, die von den Gästen mitgebrachten Flaschen Champagner, die frischen Austern und die guten Zigarren. Auf einem Podium, in dem natürlichen Licht, das von einer Luke in der Decke hereinfiel, balancierte Lynn Sommers auf den Zehenspitzen, die Arme hochgereckt, in einer Stellung, die sie unmöglich länger als ein paar Minuten durchstehen konnte, dabei hielt sie in einer Hand einen Lorbeerkranz und in der andern ein Pergament mit der amerikanischen Verfassung. Bekleidet war sie mit einer leichten, in Falten gelegten Tunika, die ihr von einer Schulter bis auf die Knie herabfiel und den Körper ebenso verhüllte, wie sie ihn enthüllte. San Francisco war ein guter Markt für weibliche Akte, jede Bar zeigte Bilder von fülligen Odalisken, Fotos von Prostituierten mit nacktem Hintern und Gipsfresken mit Nymphen, die von unermüdlichen Satyrn verfolgt wurden; ein völlig nacktes Modell hätte weniger Neugier erregt als dieses Mädchen, das sich weigerte, unbekleidet Modell zu stehen, und sich dem beobachtenden Blick seiner Mutter nicht zu entziehen gedachte. Eliza Sommers, dunkel gekleidet und steif auf einem Stuhl neben dem Podium sitzend, auf dem ihre Tochter posierte, hielt Wache, ohne die Austern oder den

Champagner anzurühren, womit die Herren sie abzulenken versuchten. Diese alten Knaben kamen von Lüsternheit getrieben hierher, nicht aus Liebe zur Kunst, das war ja wohl sonnenklar. Sie hatte zwar nicht die Macht, ihre Anwesenheit zu verhindern, aber sie konnte sich wenigstens versichern, daß ihre Tochter keine Einladungen annahm und, soweit möglich, nicht über die Witze lachte oder auf dumme Fragen antwortete. »Auf dieser Welt gibt's nichts umsonst. Für solchen Plunder würdest du einen hohen Preis bezahlen müssen«, warnte sie das Mädchen, als Lynn bockig wurde, weil sie sich genötigt sah, ein Geschenk zurückzuweisen. Das Posieren für die Statue erwies sich als endloser, langweiliger Vorgang, der Lynn Wadenkrämpfe einbrachte, während sie vor Kälte erstarrte. Es war in den ersten Januartagen, und die Öfen in den Nischen konnten diesen Raum mit der hohen Decke kaum erwärmen, zumal immer wieder ein kalter Luftzug hindurchstrich. Der Bildhauer arbeitete im Mantel und mit nervtötender Langsamkeit, zerstörte heute, was er gestern zustande gebracht hatte, als habe er gar keine voll durchdachte Idee trotz der Hunderte von Skizzen der »Republik«, die an den Wänden hingen.

Eines unheilvollen Dienstags erschien Feliciano

Rodríguez de Santa Cruz mit seinem Sohn Matías im Atelier. Er hatte von dem exotischen Modell gehört und wollte es kennenlernen, bevor das Monument auf dem Platz aufgestellt wurde, das Mädchen mit Namen in der Zeitung erschien und sich in eine unerreichbare Beute verwandelte in dem hypothetischen Fall, daß das Monument wirklich eingeweiht wurde. Bei dem Schneckentempo, in dem die Sache ablief, konnte es leicht passieren, daß noch vor dem Bronzeguß die Gegner des Projekts die Schlacht gewannen und alles sich in nichts auflöste; es gab viele, die den Gedanken einer nicht angelsächsischen »Republik« ablehnten. Felicianos altes Schlawinerherz schlug noch immer aufgeregt, wenn eine Eroberung in der Luft lag, und genau deshalb war er hier. Er war schon über siebzig, aber die Tatsache, daß das Modell noch nicht einmal zwanzig war, schien ihm kein unüberwindliches Hindernis; er war überzeugt, daß es kaum etwas auf der Welt gab, was mit Geld nicht zu kaufen wäre. Ein Augenblick genügte ihm, um die Situation einzuschätzen: er sah Lynn auf dem Podium, so jung und verletzlich, zitternd unter ihrer unanständigen Tunika, und das Atelier voller Kerle, bereit, sie zu verschlingen. Aber nicht Mitleid mit dem Mädchen oder die Scheu vor einem Wettstreit unter Kannibalen waren es, die seinen ursprünglichen Impuls, sie zu verführen, zunichte machten – sondern Eliza Sommers. Er erkannte sie sofort, obwohl er sie nur ein paarmal gesehen hatte. Er hatte ja nicht geahnt, daß das Modell, um das er soviel Gerede gehört hatte, die Tochter einer Freundin seiner Frau war.

Lynn erblickte Matías erst eine halbe Stunde später, als der Bildhauer die Sitzung für beendet erklärte und sie den Lorbeerkranz und das Pergament forttun und vom Podium heruntersteigen konnte. Ihre Mutter legte ihr eine Decke um die Schultern und reichte ihr eine Tasse heiße Schokolade, während sie sie hinter den Wandschirm führte, wo sie sich anziehen sollte. Matías lehnte am Fenster und schaute geistesabwesend auf die Straße; seine Augen waren die einzigen, die in diesem Augenblick nicht auf Lynn geheftet waren. Sie erkannte sofort die männliche Schönheit, die Jugend und gute Herkunft dieses Mannes, seine makellose Kleidung, die stolze Haltung, die kastanienbraune Haartolle, die ihm sorgfältig-nachlässig in die Stirn fiel, die gepflegten Hände mit den goldenen Ringen an den Fingern. Verwundert, daß er sie so gar nicht beachtete, täuschte sie ein Stolpern vor, um ihn aufmerksam zu machen. Mehrere Hände streckten sich aus, um sie zu halten, nur nicht die des Dandys am Fenster, der sie völlig gleichgültig mit dem Blick bloß streifte, als wäre sie Teil der Einrichtung. Und da entschied Lynn, deren Einbildungskraft davongaloppierte und sich nicht im geringsten um Wahrscheinlichkeit kümmerte, daß dieser Mann der Liebhaber war, der ihr seit Jahren in den Liebesromanen angekündigt wurde: sie war endlich ihrem Schicksal begegnet. Als sie sich hinter dem Wandschirm ankleidete, waren ihre Brustwarzen hart wie Kieselsteine.

Matías' Gleichgültigkeit war nicht vorgetäuscht, er hatte das junge Mädchen tatsächlich nicht bemerkt, er war aus ganz anderen Gründen hier, die mit lüsternen Trieben rein gar nichts zu tun hatten. Er mußte mit seinem Vater über Geld reden und hatte dafür keine andere Gelegenheit gefunden. Ihm stand das Wasser bis zum Hals, er brauchte sofort einen Scheck, um seine Schulden in einer Spielhölle in Chinatown zu bezahlen. Sein Vater hatte ihn gewarnt, er denke nicht daran, solcherlei Vergnügungen weiterhin zu finanzieren, und wäre es nicht eine Angelegenheit auf Leben oder Tod gewesen, hätte er sie schon geregelt, dann hätte er nämlich das Nötige nach und nach aus seiner Mutter herausgeholt. In diesem Fall jedoch waren die Chinesen nicht bereit, zu warten, und Matías hatte ganz richtig vermutet, daß der Besuch bei dem Bildhauer seinen Vater in gute Laune versetzen und es leicht sein werde, das dringend Gewünschte von ihm zu erhalten. Erst ein paar Tage später auf einer Bummeltour mit seinen Freunden erfuhr er, daß er im selben Raum mit Lynn Sommers gewesen war, dem im Augenblick am hitzigsten begehrten jungen Mädchen. Es kostete ihn Anstrengung, sich an sie zu erinnern, und er fragte sich, ob er sie wohl wiedererkennen würde, wenn er ihr auf der Straße begegnete. Als Wetten abgeschlossen wurden, wer sie wohl als erster verführen werde, ließ er sich aus purer Trägheit ebenfalls eintragen und verkündete dann überheblich wie gewohnt, er werde es in drei Etappen tun. In der ersten wolle er sie dazu bringen, daß sie allein in die Garçonnière kam, wo er sie seinen Kumpanen vorstellen werde, in der zweiten gedenke er sie zu überreden, nackt vor ihnen zu posieren, in der dritten werde er sie verführen, und das alles innerhalb eines Monats. Als er seinen Vetter Severo del Valle einlud, am kommenden Mittwochabend die schönste Frau von San Francisco kennenzulernen, bereitete er gerade die erste Etappe vor. Es war sehr einfach gewesen, Lynn mit einem diskreten Wink ans Fenster des Teesalons ihrer Mutter zu locken, sie an der Ecke zu erwarten, als sie nach irgendeiner Ausrede herauskam, mit ihr ein, zwei Häuserblocks weiterzugehen, ihr ein paar Komplimente zu sagen, die eine Frau mit mehr Erfahrung nur erheitert hätten, und sie in sein Atelier einzuladen, nicht ohne sie zu ermahnen, doch ja allein zu kommen. Er fühlte sich enttäuscht, er hatte angenommen, die Herausforderung würde interessanter werden. Vor dem bewußten Mittwoch brauchte er sich nicht einmal besondere Mühe zu geben, sie zu verführen, einige schmachtende Blicke, ein Berühren ihrer Wange mit den Lippen, ein paar in ihr Ohr gehauchte gängige Phrasen genügten, um das vor ihm zitternde Mädchen wehrlos zu machen, bereit für die Liebe. Matías fand diesen weiblichen Wunsch, sich hinzugeben und zu leiden, lachhaft, es war genau das, was er an den Frauen am meisten verabscheute; deshalb verstand er sich auch so gut mit Amanda Lowell, die seine rücksichtslose Haltung gegenüber Gefühlen und seine Achtung vor der Lust teilte. Lynn, hypnotisiert wie das Kaninchen vor der Schlange, hatte endlich einen Empfänger für die blumige Kunst der Liebesbriefchen und die Bilder von traurigen Jungfrauen und pomadisierten Galanen. Sie konnte nicht ahnen, daß Matías diese romantischen Botschaften mit seinen Kumpanen gemeinsam genoß. Als er sie Severo del Valle zeigen wollte, lehnte der ab. Noch wußte er nicht, daß Lynn Sommers sie geschickt hatte, aber die Vorstellung, sich über die Verliebtheit eines unschuldigen jungen Mädchens lustig zu machen, stieß ihn ab. »Offensichtlich bist du immer noch ein echter Ritter, Vetter, aber keine Sorge, das heilt sich so leicht wie die Jungfernschaft«, sagte Matías.

Severo del Valle folgte an jenem denkwürdigen Mittwoch der Einladung seines Vetters und stellte fest, daß er nicht der einzige zu der Gelegenheit Gebetene war: in der Garçonnière tummelte sich mindestens ein halbes Dutzend Bohemiens, rauchend und trinkend, und da war auch die rothaarige Frau, die er etwa zwei Jahre zuvor einige Sekunden in der Opiumhöhle gesehen hatte, als er mit Williams seinen Vetter herausholte. Er wußte, wer sie war, weil Matías ihm von ihr erzählt hatte und ihr Name in der Welt der frivolen Amüsierbetriebe und des Nachtlebens wohlbekannt war. Das war Amanda Lowell, eine gute Freundin von Matías, mit dem gemeinsam sie gern lachend über den Skandal herzog, den sie als die Geliebte von Feliciano Rodríguez de Santa Cruz entfesselt hatte. Matías hatte ihr versprochen, nach dem Tode seiner Eltern werde er ihr das Neptun-Bett schenken, das Paulina del Valle in ihrem Zorn eigens aus Florenz hatte kommen lassen. Von der

Halbweltdame war der Lowell nicht viel geblieben, mit zunehmender Reife hatte sie entdeckt, wie eitel und eingebildet die meisten Männer sind, aber mit Matías verband sie ein tiefes verwandtschaftliches Gefühl trotz grundsätzlicher Unterschiede. An diesem Mittwoch hielt sie sich abseits, saß auf dem Sofa, trank Champagner und war sich bewußt, daß diesmal nicht sie der Mittelpunkt der Aufmerksamkeit war. Sie war eingeladen worden, damit Lynn Sommers sich nicht beim ersten Rendezvous allein unter lauter Männern sah und vielleicht eingeschüchtert zurückgeschreckt wäre.

Wenige Minuten nach Severos Ankunft klopfte es an der Tür, und es erschien das berühmte Modell der »Republik«, eingehüllt in einen Umhang aus schwerer Wolle und mit einer Kapuze auf dem Kopf. Als sie den Umhang ablegte, sahen sie ein jungfräuliches Gesicht, gekrönt von schwarzem, in der Mitte gescheiteltem Haar, das zu einem einfachen Knoten zurückgebunden war. Severo fühlte, wie sein Herz einen Sprung tat, wie alles Blut ihm zu Kopf strömte und in den Adern hämmerte wie ein Regimentstambour. Niemals hätte er vermutet, daß das Opfer der Wette Lynn Sommers sein könnte. Er war unfähig, auch nur ein Wort zu sprechen, sie gar noch zu begrüßen, wie es die andern taten. Er zog sich in einen

Winkel zurück und blieb dort auch die ganze Stunde, die der Besuch des jungen Mädchens dauerte, ohne den Blick von ihr zu wenden, gelähmt vor Besorgnis. Er hatte nicht den geringsten Zweifel, wie die Wette dieser Männermeute ausgehen sollte. Er sah Lynn Sommers wie ein Lamm auf dem Opferstein, ahnungslos ihrem Geschick entgegenblickend. Eine Welle von Haß gegen Matías und seine Kumpane stieg in ihm auf, gemischt mit einer dumpfen Wut auf Lynn. Er konnte nicht begreifen, wieso das Mädchen nicht merkte, was vor sich ging, wieso sie die Falle in diesen doppeldeutigen Schmeicheleien nicht erkannte, in dem Glas Champagner, das sie ihr immer wieder füllten, in der ausgesucht schönen roten Rose, die Matías ihr ins Haar steckte – alles so voraussagbar und vulgär, daß einem übel wurde. Sie muß rettungslos dumm sein, dachte er, von ihr ebenso angewidert wie von den übrigen, aber dennoch überwältigt von einer Liebe, der er nicht ausweichen konnte und die jahrelang auf die Gelegenheit gewartet hatte, sich zu entwickeln, und jetzt zu seiner Verwirrung aufblühte.

»Fehlt dir was, Vetter?« fragte Matías grinsend und reichte ihm ein Glas.

Er konnte nicht antworten und mußte das Gesicht abwenden, um seine mörderische Wut nicht zu zeigen, aber Matías hatte seine Gefühle erraten und beschloß, den Scherz weiterzutreiben. Als Lynn erklärte, sie müsse jetzt gehen – nicht ohne zu versprechen, daß sie in der kommenden Woche wiederkommen werde, um vor den Kameras dieser »Künstler« Modell zu stehen –, bat er seinen Vetter, sie zu begleiten. Und so kam es, daß Severo sich allein fand mit der Frau, der es gelungen war, die stetige Liebe Níveas an den Rand zu drängen. Er ging mit Lynn die wenigen Straßen, die Matías' Studio vom Teesalon Elizas trennten, und war so aufgewühlt, daß er nicht wußte, wie er eine noch so banale Unterhaltung beginnen sollte. Es war zu spät, ihr die Sache mit der Wette zu verraten, er wußte, daß Lynn mit derselben Verblendung in Matías verliebt war wie er selbst in sie. Sie würde ihm nicht glauben, würde sich beleidigt fühlen, und selbst wenn er ihr erklärte, daß sie für Matías nur ein Spielzeug war, würde sie doch geradenwegs zur Schlachtbank gehen, blind vor Liebe. Sie war es dann, die das ungemütliche Schweigen brach und ihn fragte, ob er der chilenische Vetter sei, den Matías erwähnt habe. Severo begriff, daß dieses Mädchen sich nicht im mindesten an ihre erste, Jahre zurückliegende Begegnung erinnerte, als sie, beleuchtet vom Widerschein eines Fensters, Bilder in ein Album klebte,

sie ahnte nicht, daß er sie seither liebte mit der Hartnäckigkeit der ersten Liebe, wie sie auch nie bemerkt
hatte, daß er um den Teesalon herumgestrichen und
ihr häufig auf der Straße begegnet war. Ihre Augen
hatten ihn einfach nicht wahrgenommen. Als sie
sich voneinander verabschiedeten, reichte er ihr seine Visitenkarte, verbeugte sich zur Andeutung eines
Handkusses und stotterte, wenn sie ihn einmal brauche, möge sie bitte nicht zögern, ihn zu rufen. Von
diesem Tag an mied er Matías und stürzte sich in
sein Studium und die Arbeit, um Lynn Sommers
und die schamlose Wette aus seinen Gedanken zu
streichen. Als sein Vetter ihn am nächsten Mittwoch
zur zweiten Sitzung einlud, in der das Mädchen sich
nackt ausziehen sollte, antwortete er ihm mit einem
Schimpfwort. Mehrere Wochen hindurch konnte er
nicht eine Zeile an Nívea schreiben, und auch ihre
Briefe konnte er nicht lesen und bewahrte sie
ungeöffnet auf, von Schuldgefühl erdrückt. Er fühlte sich schmutzig, als hätte auch er teil an dem Hel-
denstückchen, Lynn Sommers zu schänden.

Matías gewann die Wette mühelos, aber inzwischen versagte sein Zynismus, und ohne es zu wollen, sah er sich gefangen in dem, was er auf der Welt
am meisten fürchtete: einer gefühlsbetonten Beziehung. Zwar verliebte er sich nicht in die schöne

Lynn, aber die bedenkenlose Liebe und die Unschuld, mit der sie sich hingab, rührten ihn endlich doch. Das Mädchen lieferte sich seinen Händen so vertrauensvoll aus, so bereit, alles zu tun, worum er sie bat, ohne über seine Absichten zu urteilen oder die Folgen zu bedenken. Matías konnte die absolute Macht ermessen, die er über sie hatte, als er sie nackt in seinem Dachstudio stehen sah, rot vor Verlegenheit, Schamhügel und Brüste mit den Armen bedeckend, im Mittelpunkt des Kreises seiner Kumpane, die sich stellten, als fotografierten sie sie, ohne die Gier von deckungsgeilen Hunden zu verhehlen, die dieser üble Schabernack in ihnen erregte. Lynns Körper hatte nicht die Form einer Sanduhr, wie sie damals in Mode war – üppige Hüften und schwellender Busen, dazwischen eine unglaubliche Taille –, sie war schlank und zart geformt, hatte lange Beine und runde Brüste, die Haut hatte die Farbe einer Sommerfrucht, und eine Mähne von glattem schwarzem Haar fiel ihr über den halben Rücken. Matías bewunderte sie wie irgendeines der vielen Kunstgegenstände, die er sammelte, er fand sie erlesen schön, aber er spürte befriedigt, daß sie keinerlei Anziehung auf ihn ausübte. Ohne an sie zu denken, nur um vor seinen Freunden großzutun und ein bißchen Grausamkeit zu proben, wies er sie an, die Arme auszubreiten. Lynn sah ihn sekundenlang an, dann gehorchte sie langsam, während ihr Tränen der Scham über die Wangen liefen. Diese unerwartete stumme Wehklage schuf eine eisige Stille im Raum, die Männer wandten den Blick ab, und eine ganze Zeit lang standen sie da mit ihren Kameras, ohne zu wissen, was sie tun sollten. Da nahm Matías reumütig – ein Gefühl, das ihn zum ersten Mal in seinem Leben heimsuchte – einen Mantel, wickelte Lynn darin ein und nahm sie in die Arme. »Verschwindet! Jetzt ist Schluß!« herrschte er seine Gäste an, die einer nach dem andern verlegen den Raum verließen.

Allein mit ihr, zog Matías sie auf seine Knie und begann sie zu wiegen wie ein Kind, und in Gedanken bat er sie um Verzeihung, aber die Worte auszusprechen war er nicht fähig, während sie still weiterweinte. Schließlich führte er sie sanft hinter den Wandschirm zum Bett, legte sich Arm in Arm mit ihr wie ein Bruder hinein, strich ihr über den Kopf, küßte ihr die Stirn, von einem unbekannten und übermächtigen Gefühl verwirrt, das er nicht zu benennen wußte. Ihn verlangte nicht nach ihr, er wollte sie nur beschützen und ihre unberührte Unschuld schonen, aber die samtige Geschmeidigkeit ihrer Haut, ihr weiches Haar, das ihn umhüllte, und ihr Duft nach reifen Äpfeln besiegten ihn. Die rückhaltlose Hingabe dieses lebensvollen Körpers, der sich der Berührung seiner Hände öffnete, überrumpelte ihn, und ohne zu wissen, wie ihm geschah, begann er sie zu erforschen, küßte sie mit einer Begierde, wie sie noch keine Frau je in ihm erregt hatte, schob ihr die Zunge in den Mund, in die Ohren, überallhin, preßte sie in die Kissen, drang in sie ein in einem Strudel unbezähmbarer Leidenschaft, ritt auf ihr ohne Erbarmen, blind, zügellos, bis er sich in einem ungeheuren Orgasmus entlud. Einen ganz kurzen Augenblick befanden sie sich in einer anderen Dimension, schutzlos, nackt in Körper und Geist. Matías war soeben eine tiefe Vertraulichkeit offenbart worden, die er bislang vermieden hatte, ohne auch nur zu wissen, daß es sie gab, er hatte eine letzte Grenze überschritten und fand sich auf der anderen Seite, allen Wollens beraubt. Er hatte mehr Geliebte gehabt – Frauen und Männer –, als sich zu erinnern sinnvoll war, aber nie hatte er so die Kontrolle verloren, so gründlich die Ironie, die Distanz, das Bewußtsein der eigenen unberührbaren Individualität eingebüßt, um schlicht mit einem anderen menschlichen Wesen zu verschmelzen. In gewisser Weise hatte auch er in dieser Umarmung die Jungfräulichkeit verloren. Die Abirrung dauerte nur eine winzige Zeitspanne, aber sie reichte aus, ihn mit Entsetzen zu erfüllen; er kehrte zurück in seinen erschöpften Körper und verschanzte sich sofort in der Rüstung seines gewöhnlichen Sarkasmus. Als Lynn die Augen öffnete, war er schon nicht mehr der Mann, mit dem sie sich geliebt hatte, sondern wieder der, der er vorher gewesen, aber sie war nicht erfahren genug, das zu erkennen. Mit schmerzendem Schoß, blutend, glücklich überließ sie sich dem Trugbild einer illusorischen Liebe, während Matías sie im Arm hielt, wiewohl sein Geist ferne Wege ging. So lagen sie, bis die Helligkeit hinter dem Fenster völlig vergangen war und Lynn begriff, daß sie zu ihrer Mutter zurückmußte. Matías half ihr, sich anzuziehen, und begleitete sie bis in die Nähe des Teesalons. »Wart auf mich, morgen um dieselbe Zeit komme ich wieder«, flüsterte sie beim Abschied.

Severo erfuhr erst drei Monate später, was an diesem Tag geschehen und was darauf gefolgt war. Im April 1879 erklärte Chile seinen Nachbarn Peru und Bolivien den Krieg – es ging um Land, Salpeter und Großmannssucht. Der Salpeterkrieg war ausgebrochen. Als die Nachricht San Francisco erreichte, eilte Severo zu seiner Tante und kündigte ihr an, daß er abreisen werde, um in den Kampf zu ziehen.

»Waren wir uns nicht einig, daß du nie wieder eine Kaserne betreten würdest?« erinnerte ihn Tante Paulina.

»Dies ist etwas anderes, mein Vaterland ist in Gefahr.«

»Du bist Zivilist.«

»Ich bin Reserveoffizier«, erklärte er.

»Der Krieg wird zu Ende sein, ehe du auch nur in Chile landest. Warten wir ab, was die Zeitungen schreiben und was deine Familie meint. Überstürz es nicht«, riet sie.

»Es ist meine Pflicht«, entgegnete Severo und dachte an seinen Großvater, den Patriarchen Agustín del Valle, der vor kurzem verstorben war, auf Schimpansengröße zusammengeschrumpft, aber mit unverminderter Bösartigkeit.

»Deine Pflicht ist hier, bei mir. Der Krieg ist gut für die Geschäfte. Dies ist der Augenblick, in Zucker zu spekulieren«, erwiderte Paulina.

»Zucker?«

»Keines dieser drei Länder produziert ihn, und in schlechten Zeiten essen die Leute mehr Süßes«, versicherte Paulina.

»Woher wissen Sie das, Tante?«

»Aus eigener Erfahrung, Junge.«

Severo ging seine Koffer packen, aber er sollte nicht, wie er vorgehabt hatte, mit dem Schiff abfahren, das in wenigen Tagen in Richtung Süden in See stechen würde, sondern erst mehrere Monate später. Am Abend dieses Tages eröffnete ihm seine Tante, sie müßten einen seltsamen Besuch empfangen und sie hoffe, daß er dabeisein werde, denn ihr Mann sei auf Reisen, und diese Angelegenheit könne den guten Rat eines Anwalts erfordern. Um sieben Uhr abends ließ Williams mit der frostigen Miene, die er aufsetzte, wenn er sich genötigt sah, Leute von niederer gesellschaftlicher Stellung zu bedienen, besagten Besuch ein – einen hochgewachsenen, weißhaarigen, in strenges Schwarz gekleideten Chinesen sowie eine kleine, jugendlich und nichtssagend wirkende Frau, die aber ebenso hochmütig blickte wie Williams selbst. Tao Chi'en und Eliza Sommers traten in den Salon der Bestien, wie er genannt wurde, und sahen sich umgeben von Löwen, Elefanten und anderen wilden Tieren, die sie aus ihren vergoldeten Rahmen von den Wänden aus musterten. Paulina traf Eliza häufig im Teesalon, aber sie begegneten einander sonst nie an anderen Orten, sie gehörten verschiedenen Welten an. Diesen merkwürdigen Chinesen kannte sie nicht, er mußte Elizas Mann oder ihr Liebhaber sein. Sie kam sich etwas lächerlich vor in ihrem Palais mit den fünfundvierzig Zimmern, und sie in schwarzem Atlas und mit Diamanten behängt, gegenüber diesem schlicht auftretenden Paar, das, die Distanz wahrend, die Hausherrin ungekünstelt begrüßte. Sie bemerkte, daß ihr Sohn Matías die beiden mit einiger Bestürzung empfing, sie mit einem Kopfneigen bedachte, ohne ihnen die Hand zu reichen, und sich im übrigen von der Gruppe fernhielt, sich hinter einen Palisanderschreibtisch setzte und offensichtlich vom Reinigen seiner Pfeife völlig in Anspruch genommen wurde. Severo seinerseits erriet ohne den geringsten Zweifel den Grund, aus dem Lynn Sommers' Eltern gekommen waren, und wünschte sich, er wäre tausend Meilen fern von hier. Paulina, beunruhigt und alle Fühler auf Alarm gestellt, verlor keine Zeit damit, Getränke anzubieten, sie machte Williams ein Zeichen, sich zurückzuziehen und die Türen zu schließen. »Was kann ich für Sie tun?« fragte sie. Da erklärte Tao Chi'en, unumwunden und ohne sich zu erregen, seine Tochter Lynn sei schwanger, der Urheber des Übels sei Matías, und er erwarte die einzig mögliche Wiedergutmachung. Dieses eine Mal in ihrem Leben blieb der Matriarchin del Valle die Sprache weg. Sie saß da, schnappte nach Luft, und als ihr endlich die Stimme wiederkam, gelang ihr nur ein schwaches Krächzen.

»Mutter, ich habe mit diesen Leuten nichts zu schaffen. Ich kenne sie nicht und weiß nicht, wovon sie reden!« sagte Matías von seinem Palisanderschreibtisch aus, seine Pfeife aus geschnitztem Elfenbein in der Hand.

»Lynn hat uns alles erzählt«, unterbrach ihn Eliza mit bebender Stimme, aber ohne Tränen, und stand auf.

»Wenn es Geld ist, was Sie wollen ...«, begann Matías, aber seine Mutter unterbrach ihn mit einem wütenden Blick.

»Ich bitte Sie um Verzeihung«, sagte sie, an Tao Chi'en und Eliza gewandt. »Mein Sohn ist ebenso überrascht wie ich. Ich bin sicher, wir können dies mit Anstand regeln, wie es sich gehört ...«

»Lynn wünscht natürlich die Heirat. Sie hat uns erzählt, daß Sie beide sich lieben«, sagte Tao Chi'en, der ebenfalls aufgestanden war, zu Matías, aber der antwortete mit einem Auflachen, das sich anhörte wie Hundegebell.

»Sie scheinen anständige Leute zu sein«, sagte er.

»Aber Ihre Tochter ist das nicht, wie Ihnen jeder meiner Freunde bescheinigen kann. Ich weiß nicht, welcher von ihnen für das Unglück verantwortlich ist, aber ich bin es sicherlich nicht.«

Elizas Gesicht hatte alle Farbe verloren, sie war kreidebleich und zitterte, als würde sie gleich zu Boden sinken. Tao packte sie fest beim Arm, stützte sie wie eine Schwerkranke und führte sie zur Tür. Severo meinte vor Betrübnis und Scham zu sterben, als wäre er der einzig Schuldige an dem Ganzen. Er lief, ihnen die Tür zu öffnen, und begleitete sie zum Ausgang, wo eine Mietkutsche auf sie wartete. Ihm fiel nichts ein, was er ihnen hätte sagen können. Als er in den Salon zurückkam, hörte er nur noch das Ende der Auseinandersetzung.

»Ich dulde nicht, daß es hier herum von Bastarden meines Blutes wimmelt!« schrie Paulina.

»Entscheiden Sie sich für Ihre Loyalität, Mutter. Wem werden Sie glauben, Ihrem eigenen Sohn oder einer Kuchenbäckerin und einem Chinesen?« erwiderte Matías und ging türenknallend hinaus.

An diesem Abend stellte Severo seinen Vetter zur Rede. Er wußte genug, um sich die Geschehnisse zusammenzureimen, und wollte Matías durch ein hartnäckiges Verhör entwaffnen, aber das war nicht nötig, denn der ließ sofort alles vom Stapel. Er fühle sich in einer blödsinnigen Situation gefangen, für die er nicht verantwortlich sei, sagte er; Lynn Sommers habe ihn verfolgt, habe sich ihm quasi auf dem Tablett überreicht; er habe nie wirklich die Absicht gehabt, sie zu verführen, die Wette sei nur Aufschneiderei gewesen. Seit zwei Monaten versuche er von ihr loszukommen, ohne ihr Schaden zuzufügen, er fürchte, sie könne eine Dummheit begehen, sie sei eins von diesen hysterischen jungen Dingern, die imstande wären, sich aus Liebe ins Meer zu stürzen, erklärte er. Er gab zu, daß Lynn fast noch ein Kind war und als Jungfrau in seinen Armen gelandet, den Kopf voller verzuckerter Gedichte und völlig ahnungslos, was alles Geschlechtliche anging, aber er wiederholte, er sei ihr in keiner Weise verpflichtet, nie habe er zu ihr von Liebe gesprochen und schon gar nicht von Heirat. Mädchen wie sie brächten immer Komplikationen, deshalb meide er sie wie die Pest. Niemals habe er sich vorgestellt, daß seine kurze Begegnung mit Lynn solche Folgen haben könne. Sie seien nur ein paarmal zusammengewesen, und er habe ihr immer geraten, hinterher Sitzbäder mit Essig und Senf zu nehmen, er habe ja nicht ahnen können, daß sie so erstaunlich fruchtbar sei. Auf jeden Fall sei er bereit, die Ausgaben für das Kleine zu übernehmen, die Kosten seien das wenigste, aber er denke nicht daran, ihm seinen Namen zu geben, schließlich habe er keinerlei Beweis, daß es wirklich sein Kind sei. »Ich werde weder heute noch überhaupt jemals heiraten, Severo. Kennst du jemanden, der weniger zum braven Bürger berufen ist als ich?« schloß er.

Eine Woche später begab sich Severo in Tao Chi'ens Praxis, nachdem er die heikle Aufgabe, mit der sein Vetter ihn betraut hatte, tausendmal im Kopf um und um gewälzt hatte. Der *zhong yi* hatte eben den letzten Patienten des Tages behandelt und empfing Severo allein in seinem Wartezimmer. Gelassen hörte er sich sein Angebot an.

»Lynn braucht kein Geld, dafür hat sie ihre Eltern«, sagte er ohne jede Erregung. »Jedenfalls danke ich Ihnen für Ihre Mühe, Mr. del Valle.«

»Wie geht es Miss Sommers?« fragte Severo, von der würdigen Haltung des Arztes beschämt.

»Meine Tochter glaubt immer noch, daß hier ein Mißverständnis vorliegt. Sie ist sicher, daß Mr. Rodríguez de Santa Cruz sehr bald kommen und sie um ihre Hand bitten wird, nicht aus Pflichtgefühl, sondern aus Liebe.«

»Mr. Chi'en, ich gäbe wer weiß was drum, wenn ich die Umstände ändern könnte. Offen gesagt, mein Vetter ist nicht sehr gesund, er kann nicht heiraten. Ich bedaure das unendlich«, murmelte Severo.

»Wir bedauern es noch mehr. Für Ihren Vetter ist

Lynn nur ein Zeitvertreib; für Lynn ist er ihr Leben«, sagte Tao Chi'en sanft.

»Ich würde Ihrer Tochter so gern eine Erklärung abgeben. Dürfte ich sie bitte sehen?«

»Das muß ich Lynn fragen. Im Augenblick will sie niemanden sehen, aber ich werde es Sie wissen lassen, wenn sie ihre Meinung ändert«, erwiderte der *zhong yi*, während er ihn zur Tür geleitete.

Severo wartete drei Wochen, ohne auch nur ein Wort von Lynn zu hören, bis er die Ungeduld nicht länger ertrug und in den Teesalon ging, um von Eliza Sommers die Erlaubnis zu erbitten, mit ihrer Tochter zu sprechen. Er hatte erwartet, auf heftigen Widerstand zu stoßen, aber Eliza, in ihren Duft nach Karamel und Vanille gehüllt, empfing ihn mit der gleichen Gelassenheit, die auch Tao Chi'en ihm entgegengebracht hatte. Anfangs hatte Eliza sich die Schuld an dem Geschehenen gegeben: sie war nachlässig gewesen, war nicht fähig gewesen, ihre Tochter zu beschützen, und jetzt war Lynns Leben ruiniert. Sie weinte in Taos Armen, bis der sie daran erinnerte, daß sie mit sechzehn Jahren eine ähnliche bittere Erfahrung hatte durchleiden müssen: die gleiche maßlose Liebe, der Verrat des Geliebten, die Schwangerschaft und das Entsetzen; der Unterschied lag darin, daß Lynn nicht allein war, nicht aus dem Haus fliehen und im Laderaum eines Schiffes um die halbe Welt reisen mußte auf der Suche nach einem ehrlosen Mann, wie sie es getan hatte. Lynn hatte sich an ihre Eltern gewandt, und sie hatten das große Glück, ihr helfen zu können, hatte Tao Chi'en gesagt. In China oder in Chile wäre seine Tochter verloren, die Gesellschaft würde ihr nicht verzeihen, aber in Kalifornien, einem Land ohne Tradition, gebe es Raum für alle. Der *zhong yi* rief seine kleine Familie zusammen und erklärte, das Kind sei ein Geschenk des Himmels, und sie müßten es voller Freude erwarten; Tränen seien schlecht für das Karma, schadeten dem Kind im Leib der Mutter und zeichneten es für ein Leben in Ungewißheit. Dieser Junge oder dieses Mädchen sei ihnen willkommen; Lucky als künftiger Onkel und er selbst, der Großvater, würden den abwesenden Vater würdig vertreten. Und was Lynns enttäuschte Liebe angehe, nun, daran würden sie später denken. Er schien so begeistert von der Aussicht, Großvater zu werden, daß Eliza ihre Tränen trocknete und aufhörte, sich anzuklagen. Wenn für Tao das Mitleid mit seiner Tochter mehr zählte als die Familienehre, mußte es für sie genauso sein; ihre Pflicht war es, Lynn zu beschützen, alles übrige war dagegen bedeutungslos.

Das erklärte sie Severo freundlich an diesem Tag im Teesalon. Sie verstand zwar nicht, weshalb der Chilene so darauf beharrte, mit ihrer Tochter zu sprechen, aber sie legte bei Lynn ein gutes Wort für ihn ein, und endlich stimmte das Mädchen zu. Lynn erinnerte sich kaum an ihn, aber sie empfing ihn in der Hoffnung, daß Matías ihn gesandt habe.

In den folgenden Monaten wurden Severos Besuche im Heim der Chi'ens zur Gewohnheit. Er kam am Abend, wenn seine Arbeit beendet war, band sein Pferd an der Tür an und trat ein, in der einen Hand den Hut und in der andern irgendein Geschenk, wodurch Lynns Zimmer sich mit Spielzeug und Kleidung für Babys füllte. Tao Chi'en lehrte ihn Mah-Jongg, und sie saßen stundenlang mit Eliza und Lynn und zogen die schönen Elfenbeinsteine über das Brett. Lucky beteiligte sich nicht daran, er hielt es für Zeitvergeudung, ohne Einsatz zu spielen, Tao dagegen spielte nur im Schoß der Familie, in seiner Jugend hatte er damit aufgehört, um Geld zu spielen, und er war sicher, wenn er dieses Gelübde bräche, würde ihn ein Unheil treffen. Die Chi'ens gewöhnten sich so an Severo, daß sie unruhig auf die Uhr schauten, wenn er sich einmal verspätete. Eliza nutzte sein Kommen, um mit ihm ihr Spanisch aufzupolieren und Erinnerungen an Chile auszutauschen, dieses ferne Land, in das sie seit dreißig Jahren nicht mehr den Fuß gesetzt hatte, das sie aber immer noch als ihre Heimat betrachtete. Sie sprachen über die Kriegsereignisse und über die politischen Veränderungen: nachdem mehrere Jahrzehnte hindurch die Konservativen regiert hatten, waren jetzt die Liberalen am Ruder, und der Kampf, die Macht des Klerus zu mindern und Reformen durchzusetzen, hatte jede chilenische Familie gespalten. Die Männer, so katholisch sie auch sein mochten, strebten in der Mehrheit danach, das Land zu modernisieren, aber die Frauen, die sehr viel frommer waren, wandten sich gegen ihre Väter und ihre Ehemänner, um die Kirche zu verteidigen. Wie Nívea in ihren Briefen schrieb, war das Schicksal der Armen, so liberal sich die Regierung auch gebärdete, immer noch das gleiche, und sie fügte hinzu, wie immer hätten die Frauen der Oberklasse und der Klerus weiterhin die Fäden der Macht in der Hand. Die Kirche vom Staat zu trennen sei zweifellos ein großer Schritt vorwärts, schrieb dieser unerschrockene Sproß des del Valle-Clans, bei dem dieserart Ideen verpönt waren, aber es seien eben immer wieder dieselben Familien, die die Lage kontrollierten. »Laß uns eine neue Partei gründen, Severo, eine, die Gerechtigkeit und Gleichheit sucht«, schrieb sie, angeregt von ihren heimlichen Gesprächen mit Schwester María Escapulario.

Im Süden des Kontinents ging der Salpeterkrieg weiter und wurde immer blutiger, während die chilenischen Streitkräfte sich bereit machten, den Kampf in die Wüste im Norden zu verlegen, ein Territorium so öde und unwirtlich wie der Mond, wo die Versorgung der Truppen sich als Aufgabe für Titanen erwies. Die einzige Möglichkeit, die Soldaten an die Schauplätze der zukünftigen Kämpfe zu bringen, war der Seeweg, aber die peruanische Flotte war nicht bereit, das zu gestatten. Severo meinte, der Krieg werde zugunsten Chiles entschieden werden, weil die Organisation und Wildheit seiner Truppen unschlagbar seien. Nicht nur Bewaffnung und kriegerische Wesensart würden den Ausgang des Konflikts bestimmen, erklärte er Eliza, sondern vor allem das Beispiel einer Handvoll heldenhafter Männer, denen es gelungen sei, die Seele der Nation zu entflammen.

»Ich glaube, der Krieg ist bereits im Mai entschieden worden, Señora, in einer Seeschlacht vor dem Hafen von Iquique. Dort hat eine uralte chilenische Fregatte gegen eine peruanische Übermacht gekämpft. Den Oberbefehl hatte Arturo Prat, ein junger, sehr religiöser und eher schüchterner Kapitän, der sich nicht an den in Militärkreisen üblichen Besäufnissen und sonstigen Ausschweifungen beteiligte und sich so wenig hervorgetan hatte, daß seine Vorgesetzten ihm nicht viel Mut zutrauten. An jenem Tag wurde er zum Helden, der den Geist aller Chilenen elektrisierte.«

Eliza kannte die Einzelheiten, sie hatte sie in einem älteren Exemplar der Londoner *Times* gelesen, wo der Vorfall geschildert wurde als »eine der glorreichsten Schlachten, die jemals stattgefunden haben: ein altes hölzernes Schiff, das schon fast auseinanderfiel, hielt den Kampf gegen eine vom Land aus feuernde Geschützbatterie und einen riesigen Panzerkreuzer dreieinhalb Stunden durch und ging dann mit wehender Flagge unter.« Das peruanische Schiff unter dem Kommando des Admirals Miguel Grau, auch er ein Held seines Landes, rammte die chilenische Fregatte in voller Fahrt und durchbohrte sie mit dem Schiffsschnabel, und das war genau der Augenblick, den Prat sich zunutze machte, um, gefolgt von einem seiner Männer, den Kreuzer zu entern. Beide starben wenige Minuten später auf dem feindlichen Deck, von Kugeln durchsiebt. Beim zweiten Rammstoß sprangen, ihrem Kapitän und Anführer nacheifernd, noch mehrere Männer hinterher, und auch sie endeten tödlich getroffen;

zum Schluß waren drei Viertel der Besatzung tot, bevor die Fregatte versank. So besinnungsloses Heldentum machte seinen Landsleuten Mut und beeindruckte seine Feinde dermaßen, daß Admiral Grau immer wieder verblüfft ausrief: »Teufel, wie diese Chilenen sich schlagen!«

»Grau ist ein Ehrenmann. Er hat Prats Degen persönlich an sich genommen und der Witwe übersandt«, erzählte Severo und fügte hinzu, seit dieser Schlacht laute die geheiligte Losung in Chile »kämpfen, siegen oder sterben« wie jene Tapferen.

»Und Sie, Severo, wollen Sie nicht in den Krieg ziehen?« fragte ihn Eliza.

»Doch, das werde ich schon sehr bald«, erwiderte der junge Mann verlegen, ohne selbst zu wissen, worauf er eigentlich noch wartete, um seine Pflicht zu erfüllen.

Inzwischen wurde Lynn langsam recht rundlich, ohne auch nur ein Tüpfelchen ihrer Anmut oder ihrer Schönheit einzubüßen. Sie hörte auf, ihre gewohnten Kleider zu tragen, die ihr schon nicht mehr paßten, und gewöhnte sich an die fröhlichen, in Chinatown gekauften seidenen Tuniken. Sie ging sehr selten aus, obwohl ihr Vater sie drängte, sich viel zu bewegen. Manchmal holte Severo sie mit der Kutsche ab und fuhr sie in den Park oder an den Strand, wo sie spazierengingen, sich auf eine Decke setzten und eine Kleinigkeit aßen oder lasen, er seine Zeitungen oder Gesetzesbücher, sie die romantischen Romane, an deren Handlung sie schon nicht mehr glaubte, die ihr aber immer noch eine Zuflucht waren. Severo lebte in den Tag hinein, von einem Besuch bei den Chi'ens zum nächsten, ohne anderes Ziel als das eine: Lynn zu sehen. Er schrieb auch nicht mehr an Nívea. Viele Male hatte er schon die Feder in die Hand genommen, um ihr zu gestehen, daß er eine andere liebe, aber jedesmal zerriß er die Briefe wieder – er fand einfach nicht die Worte, mit seiner Verlobten zu brechen, ohne sie tödlich zu verletzen. Zudem hatte er an Lynn nie welches Anzeichen auch immer entdeckt, das ihm als Ausgangspunkt hätte dienen können, sich eine Zukunft gemeinsam mit ihr vorzustellen. Sie sprachen nicht von Matías, wie der auch niemals Lynn erwähnte, aber die Frage hing ständig in der Luft. Severo hütete sich, im Haus seiner Tante von seiner neuen Freundschaft mit den Chi'ens zu reden, von der, wie er annahm, niemand außer dem vornehmen Butler Williams etwas ahnte, dem man das nicht extra zu sagen brauchte, denn er wußte es ebenso, wie er alles wußte, was die Bewohner des Palais taten oder unterließen. Severo war schon zwei Monate lang erst spät und mit einem idiotischen Lächeln im Gesicht heimgekommen, als Williams ihn eines Abends in eine Bodenkammer führte und ihm im Licht einer Spirituslampe ein in Laken eingehülltes Bündel zeigte. Als sie es auswickelten, sahen sie eine glänzende Wiege.

»Sie ist aus gehämmertem Silber, Silber aus den Minen der Herrschaft in Chile. Hierin haben alle Kinder dieser Familie geschlafen. Wenn Sie wollen, nehmen Sie sie mit«, war alles, was er sagte.

Paulina del Valle schämte sich so sehr, daß sie nicht mehr im Teesalon erschien, sie war einfach nicht imstande, die in Scherben gegangene lange Freundschaft mit Eliza wieder zu kitten. Sie mußte auf die chilenischen Leckereien verzichten, die viele Jahre ihre Schwäche gewesen waren, und sich mit dem französischen Gebäck ihres Kochs begnügen. Ihre alles überwältigende Kraft, die ihr immer so nützlich gewesen war, um Hindernisse beiseite zu räumen und ihre Ziele durchzusetzen, verwandelte sich jetzt ins Gegenteil; sie fühlte sich gelähmt, verzehrte sich vor Ungeduld, das Herz klopfte wie unsinnig in ihrer Brust. »Meine Nerven bringen mich noch um, Williams«, klagte sie, die zum erstenmal in ihrem Leben plötzlich eine kränkliche Frau geworden war.

Sie überlegte, daß bei einem untreuen Ehemann und drei verrückten Söhnen höchstwahrscheinlich eine gute Anzahl illegitimer Kinder ihres Blutes hier und da herumschwirrten, deswegen brauchte man sich doch nicht so aufzuregen; trotzdem, diese hypothetischen Bastarde hatten weder Namen noch Gesicht, diesen einen dagegen hatte sie direkt vor der Nase. Wenn es wenigstens nicht Lynn Sommers gewesen wäre! Sie konnte Elizas Besuch mit diesem Chinesen nicht vergessen, an dessen Namen sie sich einfach nicht erinnerte; das Bild dieses würdigen Paares in ihrem Salon peinigte sie. Matías hatte das Mädchen verführt, weder spitzfindiges Räsonieren noch gesellschaftliche Übereinkunft konnten diese Wahrheit aus der Welt schaffen, die ihre eigene Eingebung gleich im ersten Augenblick akzeptiert hatte. Das Leugnen ihres Sohnes und seine sarkastischen Bemerkungen über Lynns schwach entwickelte Tugend hatten ihre Überzeugung nur noch gestärkt. Das Kind, das dieses junge Mädchen im Leib trug, bewirkte in ihr einen Orkan zwiespältiger Gefühle, einerseits einen dumpfen Zorn auf Matías und andererseits eine nicht zu unterdrückende Zärtlichkeit für dieses erste Enkelkind. Kaum war Feliciano von seiner Reise heimgekehrt, erzählte sie ihm, was vorgefallen war.

»Solche Sachen passieren dauernd, Paulina, nicht nötig, daraus eine Tragödie zu machen. Die Hälfte aller Kinder Kaliforniens sind Bastarde. Das einzig Wichtige ist, einen Skandal zu vermeiden und fest zu Matías zu halten. Die Familie geht vor«, war Felicianos Meinung.

»Dieses Kind gehört zu unserer Familie«, beharrte Paulina.

»Es ist noch gar nicht geboren, und schon schließt du es mit ein! Ich kenne diese Lynn Sommers. Ich habe sie gesehen, wie sie fast nackt im Atelier eines Bildhauers posierte, wie sie sich in einem dichten Kreis von Männern zur Schau stellte, jeder von denen kann ihr Liebhaber sein. Siehst du das denn nicht?«

»Du willst es nicht sehen, Feliciano.«

»Das Ganze kann sich zu einer Erpressung ohne Ende auswachsen. Ich verbiete dir, mit diesen Leuten auch nur den geringsten Kontakt zu unterhalten, und wenn sie hierherkommen, werde ich mich der Sache annehmen«, beschloß Feliciano kurz angebunden.

Von diesem Tag an erwähnte Paulina das Thema nicht mehr, weder vor ihrem Sohn noch vor ihrem Mann, aber sie konnte es einfach nicht für sich behalten und vertraute sich schließlich dem getreuen

Williams an, der sie wohlerzogen wie immer bis zu Ende anhörte und mit seiner Meinung sowieso zurückhielt, sofern man sie nicht von ihm verlangte. Wenn sie Lynn Sommers helfen könnte, würde sie sich ein bißchen besser fühlen, dachte sie, aber dieses eine Mal war ihr Geld zu nichts nütze.

Für Matías waren diese Monate schrecklich, nicht nur, daß die Geschichte mit Lynn seine Galle aufregte, auch seine Gelenke schmerzten so sehr, daß er nicht einmal mehr seine geliebte Fechtkunst betreiben konnte und auch auf andere Sportarten verzichten mußte. Morgens wachte er mit so starken Schmerzen auf, daß er sich fragte, ob nun nicht doch der Augenblick gekommen sei, sich mit dem Gedanken an Selbstmord näher zu befassen, eine Idee, die er nährte, seit er den Namen seiner Krankheit kannte, aber wenn er aus dem Bett aufstand und sich bewegte, fühlte er sich besser, dann kehrte mit neuem Schwung seine Lebensfreude zurück. Seine Handgelenke und Knie schwollen an, ihm zitterten die Hände, und das Opiumrauchen in Chinatown war nicht länger eine Lustbarkeit, sondern wurde zur Notwendigkeit. Amanda Lowell war es, seine gute Gefährtin in allen Vergnüglichkeiten und einzige Vertraute, die ihn überzeugte, wieviel vorteilhafter es sei, sich Morphium zu spritzen, es war wirkungsvoller, sauberer und eleganter als eine Pfeife Opium: eine winzige Dosis, und augenblicklich verflüchtigte sich die Angst und machte tiefem Frieden Platz. Aber der Skandal um den kommenden Bastard zerrüttete schließlich doch sein Gemüt, und mitten im Sommer verkündete er plötzlich, er werde in den nächsten Tagen nach Europa abreisen, vielleicht könnten eine Luftveränderung, die Thermalbäder in Italien und die englischen Ärzte seine Symptome lindern. Er sagte allerdings nicht, daß er sich in New York mit Amanda Lowell treffen werde, um mit ihr gemeinsam den Atlantik zu überqueren, denn ihr Name wurde in der Familie nie ausgesprochen, wo die Erinnerung an die rothaarige Schottin Feliciano Verdauungsstörungen einbrachte und Paulina in dumpfe Wut versetzte. Doch nicht nur seine Kränklichkeit, nicht nur der Wunsch, so weit wie möglich aus Lynns Nähe zu kommen, waren der Grund für Matías' plötzliche Reiselust, sondern neue Spielschulden, wie seine Eltern bald nach seiner Abfahrt erfuhren, als zwei sehr reserviert auftretende Chinesen in Felicianos Büro erschienen, um ihm mit äußerster Höflichkeit mitzuteilen, entweder, er zahle die Summe, die sein Sohn ihnen schulde, oder es werde einem Mitglied seiner ehrenwerten Familie etwas höchst Unangenehmes zustoßen.

Statt einer Antwort ließ der Magnat sie aus seinem Büro hinaus auf die Straße werfen, dann rief er Jacob Freemont zu sich, den Journalisten, der sich in der Unterwelt der Stadt auskannte. Der hörte ihn verständnisvoll an, er war ja ein guter Freund von Matías, und begleitete ihn dann zum Chef der Polizei, einem Australier mit nicht sehr sauberem Ruf, der ihm einige Gefälligkeiten schuldete, und bat ihn, die Angelegenheit auf seine Art zu regeln. »Die einzige Art, die ich kenne, heißt zahlen«, antwortete der Beamte und machte sich daran, ihnen zu erklären, weshalb sich mit den Tongs niemand anlegte. Er hatte schon Leichen einsammeln müssen, deren Körper von oben bis unten aufgeschlitzt waren, die Eingeweide lagen ordentlich verpackt in einem Karton daneben. Das waren natürlich Racheakte von »Schlitzaugen« untereinander, bei den Weißen sorgten sie wenigstens dafür, daß es wie ein Unfall aussah. Ob er denn nie darauf geachtet habe, wie viele Leute in unerklärlichen Bränden umkamen, in einsamen Straßen von Pferdehufen zertrampelt wurden, in den ruhigen Wassern der Bucht ertranken oder von Ziegelsteinen erschlagen wurden, die unerfindlicherweise von einem Baugerüst herabfielen? Feliciano Rodríguez de Santa Cruz zahlte.

Als Severo Lynn erzählte, Matías sei nach Europa

abgereist, ohne in naher Zukunft zurückkehren zu wollen, begann sie zu weinen und weinte fünf Tage lang, trotz der Beruhigungsmittel, die Tao Chi'en ihr verabreichte, bis ihre Mutter ihr zwei Ohrfeigen gab und sie zwang, der Wirklichkeit ins Gesicht zu sehen: Sie hatte eine Dummheit begangen, und jetzt gab es weiter kein Mittel dagegen, als die Folgen zu tragen; sie war kein kleines Mädchen mehr, sie wurde Mutter und sollte dankbar sein, daß sie eine Familie hatte, die ihr beistand, andere in ihrer Lage wurden auf die Straße gesetzt und verdienten sich ihren Lebensunterhalt auf üble Weise, während ihre Bastarde im Waisenhaus aufwuchsen; es war an der Zeit, sich damit abzufinden, daß ihr Liebster sich verdrückt hatte, sie mußte Vater und Mutter für das Kind sein und endlich einmal reif werden, denn in diesem Haus hatte man ihre Launen langsam satt; zwanzig Jahre war ihr mit vollen Händen gegeben worden; sie sollte nicht denken, daß sie ihr Leben jammernd im Bett verbringen werde, »und jetzt putz dir die Nase und zieh dich an, wir werden spazierengehen, und das werden wir von nun an eisern zweimal jeden Tag tun, ob's regnet oder donnert, hast du gehört?« Ja, Lynn hatte gehört, hatte bis zum Ende zugehört mit vor Verblüffung weit aufgerissenen Augen, die Wangen brennend von den einzigen Ohrfeigen, die sie in ihrem Leben bekommen hatte. Sie zog sich an und gehorchte schweigend. Dies war der Augenblick, da sie unversehens zur Vernunft kam, ihr Los von nun an mit erstaunlicher Gelassenheit hinnahm, sich nie wieder beklagte, Taos Medikamente schluckte, lange Spaziergänge mit ihrer Mutter machte und sogar schallend lachte, als sie erfuhr, daß das Projekt mit der Statue der Republik zum Teufel gegangen war, wie ihr Bruder Lucky ihr erklärte, aber nicht nur, weil sie kein Modell mehr hatten, sondern weil der Bildhauer sich mit dem üppigen Vorschuß nach Brasilien abgesetzt hatte.

Ende August wagte Severo es endlich, zu Lynn von seinen Gefühlen für sie zu sprechen. Inzwischen kam sie sich vor wie ein Elefant so schwer und erkannte ihr eigenes Gesicht im Spiegel nicht wieder, aber in Severos Augen war sie schöner denn je. Sie kamen erhitzt von einem Spaziergang zurück, und er zog sein Taschentuch, um ihr die Stirn und den Hals abzutrocknen, aber er brachte die Bewegung nicht zu Ende, ohne zu wissen, wie es geschah, beugte er sich über sie, packte sie fest bei den Schultern und küßte sie mitten auf der Straße auf den Mund. Er bat sie, ihn zu heiraten, und sie antwortete sehr schlicht, sie werde niemals einen anderen Mann lieben als Matías Rodríguez de Santa Cruz.

»Ich bitte Sie nicht, mich zu lieben, Lynn, die Zärtlichkeit, die ich für Sie empfinde, reicht für uns beide«, erwiderte Severo in der ein wenig zeremoniellen Form, mit der er sie immer behandelte. »Das Kind braucht einen Vater. Geben Sie mir die Möglichkeit, Sie beide zu beschützen, und ich verspreche Ihnen, mit der Zeit werden Sie mich Ihrer Zuneigung würdig finden.«

»Mein Vater sagt zwar, in China heiraten die Paare, ohne sich zu kennen, und lernen später, sich zu lieben, aber ich bin sicher, daß das bei mir nicht so wäre, Severo. Es tut mir sehr leid . . .«

»Sie brauchen nicht mit mir zu leben, Lynn. Sowie Sie das Kind zur Welt gebracht haben, gehe ich nach Chile. Mein Land ist im Krieg, und ich habe meine Pflicht schon allzu lange aufgeschoben.«

»Und wenn Sie aus dem Krieg nicht heimkehren?«

»Dann wird Ihr Kind wenigstens meinen Namen haben und das Erbe meines Vaters, das ich noch besitze. Es ist nicht viel, aber es wird für eine gute Ausbildung reichen. Und Sie, Lynn, werden Ihre Ehre nicht verloren haben . . .«

Noch in derselben Nacht schrieb Severo an Nívea den Brief, den er vorher nicht hatte schreiben können. Er sagte es ihr in vier Sätzen, ohne Vorrede oder

Entschuldigungen, weil er wußte, daß sie es anders nicht ertrüge. Er wagte nicht einmal, sie um Verzeihung zu bitten für die Verschwendung von Liebe und Zeit, die diese vier Jahre papiernen Brautstandes sie gekostet hatten, denn solche armselige Rechnerei waren des großmütigen Herzens seiner Cousine nicht würdig. Er rief einen Diener, damit der den Brief am folgenden Tag mit der Post wegschickte, und warf sich dann erschöpft aufs Bett, ohne sich auszuziehen. Zum erstenmal seit langer Zeit schlief er fest und traumlos. Einen Monat später heirateten Severo del Valle und Lynn Sommers in einer kurzen Zeremonie in Gegenwart ihrer Familie, und auch Williams war dabei, das einzige Mitglied seines Hauses, das Severo eingeladen hatte. Er wußte, der Butler würde es Tante Paulina erzählen, und beschloß, abzuwarten, daß sie den ersten Schritt tat und ihn befragte. Er verschickte keine Hochzeitsanzeigen, denn Lynn hatte ihn um die größtmögliche Zurückhaltung gebeten, bis das Kind geboren war und sie selbst ihr normales Aussehen zurückgewonnen hatte; sie wage es nicht, sich mit diesem Bauch und dem Gesicht voller Flecken der Menschheit zu zeigen, sagte sie. An diesem Abend verabschiedete sich Severo von seiner frischgebackenen Frau mit einem Kuß auf die Stirn und ging wie immer zum Schlafen in sein Junggesellenzimmer auf dem Nob Hill.

In derselben Woche entbrannte in den Wassern des Pazifik eine weitere Seeschlacht, und die chilenische Flotte schlug die beiden feindlichen Panzerkreuzer vernichtend. Der peruanische Admiral Miguel Grau, derselbe, der Monate zuvor den Degen Kapitän Prats an dessen Witwe übersandt hatte, starb so heldenhaft wie damals jener. Für Peru war das eine Katastrophe, denn dadurch, daß es die Kontrolle über die Seewege einbüßte, waren die Verbindungen abgeschnitten und seine Heere zersplittert und isoliert. Die Chilenen beherrschten das Meer, sie konnten nun ihre Truppen bis zu den neuralgischen Punkten im Norden schaffen und den Plan ausführen, durch feindliches Gebiet vorzurücken und Lima zu erobern. Severo verfolgte die Nachrichten genauso leidenschaftlich wie seine übrigen Landsleute in den Vereinigten Staaten, aber seine Liebe zu Lynn wog schwerer als sein Patriotismus, und so beschleunigte er seine Rückreise nach Chile noch immer nicht.

In der Morgenfrühe des zweiten Montags im Oktober erwachte Lynn mit einem durchweichten Nachthemd und schrie auf vor Entsetzen, weil sie glaubte, sie habe eingenäßt. »Pech, die Fruchtblase ist zu früh geplatzt«, sagte Tao Chi'en zu seiner Frau, aber seiner Tochter zeigte er sich lächelnd und ruhig. Zehn Stunden später, als die Kontraktionen noch immer kaum wahrnehmbar waren und die Familie es müde wurde, weiter Mah-Jongg zu spielen, um Lynn abzulenken, entschloß Tao sich, zu seinen Kräutern zu greifen. Die werdende Mutter lachte herausfordernd: waren das die Wehen, vor denen man ihr soviel Angst gemacht hatte? Sie seien erträglicher als die Leibschmerzen, die man vom chinesischen Essen bekam, sagte sie eher verdrossen als ängstlich. Außerdem hatte sie Hunger, aber ihr Vater erlaubte ihr nur, Wasser und die Aufgüsse aus Heilkräutern zu trinken, während er sie mit Akupunktur behandelte, um die Entbindung zu beschleunigen. Die Kombination von Pflanzenextrakten und goldenen Nadeln tat ihre Wirkung, und gegen Abend, als Severo zu seinem täglichen Besuch erschien, fand er Lucky verstört vor der Tür und das Haus erschüttert von Lynns Stöhnen und dem Wortschwall einer chinesischen Hebamme, die kreischte, statt zu sprechen, und mit Wasserkrügen und Tüchern hin und her rannte. Tao Chi'en duldete sie, weil sie in diesen Dingen mehr Erfahrung hatte als er, aber er erlaubte ihr nicht, Lynn zu quälen, indem sie sich auf sie setzte und ihren Bauch mit Fausthieben bearbeitete, wie sie vorhatte. Severo blieb im Wohnzimmer, drückte sich gegen die Wand und bemühte sich, von niemandem bemerkt zu werden. Jeder Klagelaut von Lynn bohrte sich ihm in die Seele, er wünschte zu fliehen, so weit fort wie möglich, aber er konnte sich aus seiner Ecke nicht fortrühren. Endlich erblickte er Tao Chi'en, ruhig wie immer, mit der gewohnten Sorgfalt gekleidet.

»Darf ich hier warten? Störe ich auch nicht? Wie kann ich helfen?« stammelte Severo und trocknete sich den Schweiß ab, der ihm den Hals hinunterlief.

»Sie stören durchaus nicht, junger Mann, aber helfen können Sie Lynn nicht, sie muß ihre Arbeit alleine machen. Dafür könnten Sie jedoch Eliza helfen, sie ist ein bißchen aufgeregt.«

Eliza hatte die Qualen des Gebärens durchgemacht und wußte wie jede Frau, daß man dabei an der Schwelle des Todes stand. Sie kannte den mühsamen und geheimnisvollen Weg, bei dem der Körper sich öffnet, um ein anderes Leben hinauszulassen; sie erinnerte sich an den Augenblick, in dem man beginnt, haltlos einen Abhang hinunterzurollen, regellos kämpfend und pressend, an die Angst, an die Schmerzen und an das maßlose Staunen, wenn das Kind sich endlich löst und am Licht erscheint. Tao Chi'en mit all seinem Wissen eines *zhong yi* brauchte länger als Eliza, um zu erkennen, daß in Lynns Fall etwas sehr böse lief. Die Mittel der chinesischen Medizin hatten starke Kontraktionen bewirkt, aber das Kind lag schlecht und wurde vom Knochenbau seiner Mutter eingeklemmt. Es sei eine harte und schwere Geburt, erklärte Tao Chi'en, aber seine Tochter sei stark, und alles hänge davon ab, daß Lynn die Ruhe behielt und sich nicht mehr als nötig anstrengte; bei diesem Wettlauf komme es auf Ausdauer, nicht auf Schnelligkeit an, fügte er hinzu. In einer Pause verließ Eliza, genauso abgekämpft wie Lynn selbst, das Zimmer und traf im Gang Severo. Sie winkte ihm, und er folgte ihr verwundert in das kleine Altarzimmer, in dem er vorher noch nie gewesen war. Auf einem niedrigen Tisch standen ein einfaches Kreuz, eine kleine Statue von Kuan Yin, der chinesischen Göttin des Erbarmens, und eine schlichte Tuschzeichnung einer Frau in grüner Tunika und mit einer Blume über jedem Ohr. Er sah zwei brennende Kerzen und mehrere kleine Schalen mit Wasser, Reis und Blütenblättern. Eliza kniete vor diesem Altar auf ein Kissen aus orangefarbener Seide nieder und betete zu Christus, zu Buddha und zu Lins Geist, sie möchten herbeieilen und ihrer Tochter bei der Geburt helfen. Severo stand hinter ihr und murmelte mechanisch die katholischen Gebete, die er in seiner Kindheit gelernt hatte. So blieben sie eine ganze Zeit lang, vereint durch die Liebe zu Lynn und die Angst um sie, bis Tao seine Frau rief; weil er ihre Hilfe brauchte. Er hatte die Hebamme verabschiedet und machte sich bereit, das Kind zu drehen und es selbst zu holen. Severo blieb bei Lucky, sie standen rauchend vor der Tür, während Chinatown nach und nach erwachte.

Früh am Dienstagmorgen wurde das Kind geboren. Die Mutter, zitternd und schweißnaß, kämpfte, aber sie schrie nicht mehr, sondern keuchte hechelnd, wie ihr Vater sie anwies. Endlich biß sie die Zähne zusammen, klammerte sich an das Bettgestell und preßte mit ungeheurer Entschlossenheit, und ein Büschel dunkler Haare erschien. Tao Chi'en packte den Kopf und zog fest und zart zugleich, bis die Schultern sichtbar wurden, dann drehte er den kleinen Körper und zog ihn mit einer einzigen Bewegung heraus, während er mit der anderen Hand das dunkelviolette Geschlinge löslöste, in dem sich der Hals verfangen hatte. Eliza bekam ein blutiges Bündel in die Arme gelegt, ein winziges kleines Mädchen mit plattgedrücktem Gesicht und blauer Haut. Während Tao die Nabelschnur durchschnitt und sich dem zweiten Teil der Geburt widmete, wusch die Großmutter ihre Enkelin mit einem Schwamm und klopfte ihr dabei auf den Rücken, bis sie anfing zu atmen. Als Eliza den Schrei hörte, der den Eintritt ins Leben verkündete, und feststellte, daß das Kind eine normale Farbe bekam, legte sie es Lynn auf den Leib. Die erschöpfte Mutter richtete sich auf einem Ellbogen auf, um es in Empfang zu nehmen, während ihr Körper weiter pulsierte, und legte es sich an die Brust, küßte es und hieß es willkommen in einer Mischung aus englischen, spanischen, chinesischen und erfundenen Worten. Eine Stunde später rief die Großmutter Severo und Lucky herein, damit sie das kleine Mädchen kennenlernten. Sie fanden es friedlich schlafend in der Wiege aus gehämmertem Silber, die den Rodríguez de Santa Cruz gehört hatte, gekleidet war es in gelbe Seide und trug eine rote Zipfelmütze, mit der es aussah wie ein winziger Kobold. Lynn schlief bleich und still zwischen sauberen Laken, und Tao Chi'en saß neben ihr und überwachte ihren Puls.

»Welchen Namen werden Sie ihr geben?« fragte Severo tiefbewegt.

»Das müssen Lynn und Sie entscheiden«, entgegnete Eliza.

»Ich?«

»Sind Sie nicht der Vater?« fragte Tao heiter zwinkernd.

»Sie soll Aurora heißen, weil sie bei Tagesanbruch geboren wurde«, murmelte Lynn, ohne die Augen zu öffnen.

»Ihr chinesischer Name ist Lai-Ming, das bedeutet Tagesanbruch«, sagte Tao Chi'en.

»Willkommen auf der Welt, Lai-Ming, Aurora del Valle«, sagte Severo lächelnd und küßte das kleine Mädchen auf die Stirn, überzeugt, daß dies der glücklichste Tag seines Lebens war und dieses wie eine chinesische Puppe angezogene runzlige kleine Ding so gut seine Tochter, als trüge sie wirklich sein Blut. Lucky nahm seine Nichte in die Arme und blies ihr seinen nach Tabak und Sojasauce riechenden Atem ins Gesicht.

»Was machst du da!« rief die Großmutter und versuchte, sie ihm aus den Händen zu reißen.

»Ich puste sie an, um mein Glück auf sie zu übertragen. Welches andere Geschenk, das sich lohnte, könnte ich Lai-Ming schon geben?« fragte der frischgebackene Onkel lachend.

Als Severo um die Essenszeit in das Haus auf Nob Hill zurückkam mit der Neuigkeit, daß er vor einer Woche Lynn Sommers geheiratet habe und daß heute morgen seine Tochter geboren sei, waren Onkel und Tante dermaßen bestürzt, als hätte er einen toten Hund auf den Eßtisch gepackt.

»Und alle haben die Schuld auf Matías geschoben! Ich habe doch gewußt, daß er nicht der Vater ist, aber niemals hätte ich gedacht, daß du es bist!« rief Feliciano wütend, als er sich halbwegs von der Überraschung erholt hatte.

»Ich bin nicht der biologische Vater, aber Vater vor dem Gesetz. Das Kind heißt Aurora del Valle«, erklärte Severo.

»Das ist eine unverzeihliche Dreistigkeit! Du hast diese Familie verraten, die dich wie einen Sohn aufgenommen hat!« brüllte sein Onkel.

»Ich habe niemanden verraten. Ich habe aus Liebe geheiratet.«

»Aber war diese Frau nicht in Matías verliebt?«

»Diese Frau heißt Lynn und ist meine Ehefrau, und ich verlange, daß Sie sie mit dem gebührenden Respekt behandeln«, sagte Severo knapp und stand auf.

»Du bist ein Idiot, Severo, ein kompletter Idiot!« fuhr Feliciano ihn an und verließ wütend mit Riesenschritten den Speiseraum.

Williams, der Mann mit dem undurchdringlichen Gesicht, der in diesem Augenblick eintrat, um das

Servieren des Nachtisches zu überwachen, konnte ein komplizenhaftes schnelles Lächeln nicht unterdrücken, bevor er sich diskret zurückzog. Paulina hörte ungläubig Severos Erklärung an, er werde in ein paar Tagen nach Chile in den Krieg reisen, Lynn werde weiterhin bei ihren Eltern in Chinatown leben, und wenn alles gut ausging, werde er nach dem Krieg zurückkehren und seine Rolle als Ehemann und Vater übernehmen.

»Setz dich, Neffe, laß uns wie vernünftige Leute reden. Matías ist der Vater dieses Kindes, stimmt's?«

»Fragen Sie das ihn, Tante.«

»Ich sehe schon, wie's ist. Du hast geheiratet, um Matías reinzuwaschen. Mein Sohn ist ein Zyniker, und du bist ein Romantiker ... Paß auf, daß du dir nicht aus verrückter Ritterlichkeit dein Leben ruinierst!« rief Paulina aus.

»Sie irren sich, Tante. Ich habe mir mein Leben nicht ruiniert, im Gegenteil, ich glaube, dies ist die einzige Möglichkeit für mich, glücklich zu werden.«

»Mit einer Frau, die einen anderen liebt? Mit einer Tochter, die nicht die deine ist?«

»Die Zeit wird helfen. Wenn ich aus dem Krieg zurückkomme, wird Lynn lernen, mich zu lieben, und das Kind wird glauben, ich sei sein Vater.«

»Matías kann vor dir zurückkommen«, bemerkte Paulina.

»Das würde nichts ändern.«

»Matías brauchte nur ein Wort zu sagen, und Lynn würde ihm folgen bis ans Ende der Welt.«

»Das ist ein unvermeidliches Risiko.«

»Du hast völlig den Kopf verloren, Junge. Diese Leute gehören nicht zu unserem gesellschaftlichen Stand«, sagte Paulina streng.

»Es ist die anständigste Familie, die ich kenne, Tante«, versicherte Severo.

»Ich sehe, du hast nichts bei mir gelernt. Um in dieser Welt zu siegen, muß man seine Rechnung aufmachen, ehe man handelt. Du bist Anwalt mit einer brillanten Zukunft und trägst einen der ältesten Namen Chiles. Glaubst du, die Gesellschaft wird deine Frau anerkennen? Und deine Cousine Nívea, wartet sie etwa nicht auf dich?« fragte Paulina.

»Das ist aus.«

»Na schön, da sitzt du also voll in der Patsche, Severo, und ich schätze, zum Bereuen ist es zu spät. Also müssen wir versuchen, die Dinge so weit wie möglich in den Griff zu kriegen. Geld und gesellschaftlicher Status zählen hier genausoviel wie in Chile. Ich werde dir helfen, wie ich nur kann, schließlich bin ich die Großmutter der Kleinen – wie, sagtest du, heißt sie?«

»Aurora, aber ihre Großeltern nennen sie Lai-Ming.«

»Sie trägt den Nachnamen del Valle, es ist meine Pflicht, ihr zu helfen, da ja Matías sich die Hände in Unschuld zu waschen beliebt in dieser bedauerlichen Angelegenheit.«

»Das wird nicht nötig sein, Tante. Ich habe alles so geordnet, daß Lynn das Geld aus meiner Erbschaft bekommt.«

»Geld hat man nie zuviel. Ich werde doch mein Enkelkind wenigstens sehen können, nicht wahr?«

»Wir werden Lynn und ihre Eltern darum bitten«, versprach Severo.

Sie waren noch im Speisezimmer, als Williams mit der Botschaft hereinkam, Lynn habe einen Blutsturz erlitten und sie fürchteten für ihr Leben, er möge doch sofort kommen. Severo rannte Hals über Kopf hinaus und nach Chinatown. Als er ins Haus der Chi'ens kam, fand er die kleine Familie um Lynns Bett versammelt, so still, als säßen sie Modell für ein tragisches Gemälde. Ganz kurz durchzuckte ihn wahnsinnige Hoffnung, als er sah, wie sauber und ordentlich das Zimmer war, keine Spuren der

Geburt mehr, keine befleckten Tücher, kein Blutgeruch, aber dann sah er den Schmerz auf den Gesichtern von Tao, Eliza und Lucky. Die Luft im Raum war dünn geworden; Severo atmete tief ein, er glaubte zu ersticken. Zitternd trat er an das Bett: Lynn lag gerade ausgestreckt, die Hände auf der Brust, die Lider geschlossen, die Gesichtszüge durchsichtig: eine schöne Skulptur aus aschfarbenem Alabaster. Er nahm eine ihrer Hände – sie war hart und kalt wie Eis – und beugte sich über sie: ihr Atem war kaum wahrnehmbar, Lippen und Finger waren blau. Er küßte unendlich lange ihre Hand, netzte sie mit seinen Tränen, von Trauer überwältigt. Sie konnte eben noch Matías' Namen flüstern, dann seufzte sie ein-, zweimal und starb mit der gleichen Leichtigkeit, mit der sie durch diese Welt geflattert war. Tiefe Stille empfing das Mysterium des Todes, und eine unmöglich zu messende Zeit hindurch warteten sie unbeweglich, während Lynns Geist dahinging. Severo fühlte ein langes Heulen vom Grund der Erde aufsteigen, durch ihn hindurchdringen von den Füßen bis zum Mund, aber es kam ihm nicht von den Lippen. Der Schrei nahm sein Inneres in Besitz, füllte ihn ganz aus und barst in seinem Kopf in einer lautlosen Explosion. So kniete er dort an ihrem Bett, wortlos Lynn anrufend, und konnte nicht glauben, daß das Schicksal ihm mit einem Schlag die Frau entriß, von der er so lange geträumt hatte, sie ihm fortnahm, als er eben glaubte, sie erobert zu haben. Eine Ewigkeit später spürte er eine Berührung an der Schulter und blickte in die gramvollen Augen Tao Chi'ens, »ist ja gut, ist ja gut«, glaubte er ihn murmeln zu hören, und weiter hinten sah er Eliza und Lucky, die einander schluchzend umarmten, und er fühlte sich als Eindringling in den Schmerz dieser Familie. Da erinnerte er sich an das Kind. Taumelnd wie ein Betrunkener ging er zu der silbernen Wiege, nahm die kleine Aurora hoch, trug sie zum Bett und hielt sie an Lynns Gesicht, zum Abschied. Dann setzte er sich, das Kind im Arm, und wiegte es in trostloser Trauer.

Als Paulina erfuhr, daß Lynn Sommers gestorben war, überkam die Freude sie wie eine Woge, und sie stieß einen Triumphschrei aus, bevor sie aus Scham über ein so niederträchtiges Gefühl den Mund halten konnte. Sie hatte sich immer eine Tochter gewünscht. Von ihrer ersten Schwangerschaft an träumte sie von dem kleinen Mädchen, das ihren Namen tragen und ihre beste Freundin und Gefährtin sein würde. Bei jedem der drei Jungen, die sie zur Welt brachte, hatte sie sich betrogen gefühlt, und jetzt, in ihren reifen Jahren, fiel ihr dieses Geschenk in den Schoß: eine Enkelin, die sie wie eine Tochter großziehen konnte, jemand, dem sie alle Möglichkeiten bieten wollte, die Liebe und Geld bereithielten, jemand, der im Alter bei ihr sein würde. Jetzt, wo Lynn Sommers aus dem Spiel war, konnte sie das kleine Wesen in Matías' Namen zu sich nehmen. Sie feierte diesen unvorhergesehenen Glücksfall mit einer Tasse Schokolade und drei Cremepasteten, als Williams sie daran erinnerte, daß die Kleine vor dem Gesetz als Severos Tochter galt, des einzigen Menschen, der über ihre Zukunft zu entscheiden hatte. Um so besser, folgerte sie, ihr Neffe war wenigstens hier am Ort, während es eine langwierige Aufgabe gewesen wäre, Matías aus Europa zu holen und ihn zu überreden, auf dem Rechtsweg seine Tochter einzufordern. Severos Reaktion, als sie ihm ihren Plan auseinandersetzte, hätte sie allerdings nie und nimmer erwartet.

»Im Sinne des Gesetzes bist du der Vater, also kannst du uns die Kleine schon morgen ins Haus holen«, sagte Paulina.

»Das werde ich nicht tun, Tante. Lynns Eltern werden ihr Enkelkind behalten, während ich in den Krieg ziehe; sie möchten es großziehen, und ich bin einverstanden«, entgegnete ihr Neffe in einem so entschiedenen Ton, wie ihn Paulina noch nie von ihm gehört hatte.

»Bist du verrückt? Wir können meine Enkelin doch nicht in den Händen von Eliza Sommers und diesem Chinesen lassen!« rief Paulina aus.

»Wieso nicht? Es sind ihre Großeltern.«

»Ja willst du denn, daß sie in Chinatown aufwächst? Wir können ihr alles geben, Erziehung, Luxus, einen respektablen Namen, tausend Möglichkeiten. Nichts, aber auch gar nichts davon können die ihr geben.«

»Sie werden ihr Liebe geben«, erwiderte Severo.

»Ich auch! Erinnere dich, wieviel du mir schuldest, Neffe. Dies ist deine Gelegenheit, es mir zurückzuzahlen und etwas für das kleine Mädchen zu tun.«

»Bedaure wirklich sehr, Tante, aber die Sache ist entschieden. Aurora wird bei ihren Großeltern mütterlicherseits bleiben.«

Paulina bekam einen der vielen hysterischen Anfälle ihres Lebens. Sie konnte nicht glauben, daß dieser Neffe, in dem sie ihren bedingungslosen Verbündeten gesehen hatte, der ein vierter Sohn für sie geworden war, sie derart gemein verraten könnte. Sie schrie so sehr, schimpfte, argumentierte, daß sie fast erstickte und Williams ihren Arzt rufen mußte, damit er ihr eine ihrem Umfang angemessene Dosis Beruhigungsmittel verabreichte und sie damit für längere Zeit einschläferte. Als sie dreißig Stunden später erwachte, war ihr Neffe bereits an Bord des Dampfschiffes, das ihn nach Chile bringen würde. Ihr Mann und der treue Williams konnten sie überzeugen, daß man keinesfalls Gewalt brauchen durfte, wie sie es sich gedacht hatte, denn so korrupt die Justiz in San Francisco auch war, gab es doch keine rechtliche Handhabe, den Großeltern mütterlicherseits den Säugling zu entreißen, da nun einmal der angebliche Vater seinen Willen schriftlich niedergelegt hatte. Sie machten ihr auch klar, daß sie nicht zu dem abgedroschenen Mittel greifen dürfe, Geld für die Kleine anzubieten, denn das könne sich ins Gegenteil verkehren und ihr sehr häßlich ins Gesicht schlagen. Der einzig mögliche Weg sei Diplomatie, bis Severo zurückkam, und dann würden sie schon zu einer Übereinkunft gelangen, versicherten sie ihr, aber sie wollte nicht auf Vernunftgründe hören, und zwei Tage später erschien sie in Elizas Teesalon mit einem Vorschlag, den, da war sie sicher, die andere Großmutter nicht zurückweisen konnte. Eliza empfing sie in Trauer um ihre Tochter, aber doch erhellt durch den Trost, den die Enkelin ihr gab, die friedlich neben ihr schlief. Als Paulina am

Fenster die silberne Wiege stehen sah, in der schon ihre Söhne gelegen hatten, gab es ihr einen Stoß, aber dann erinnerte sie sich, daß sie Williams beauftragt hatte, sie Severo zu übergeben, und sie biß sich auf die Lippen, schließlich war sie nicht einer Wiege wegen hergekommen, so wertvoll die auch sein mochte, sondern weil sie um ihre Enkeltochter handeln wollte. »Nicht wer recht hat, gewinnt, sondern wer besser feilschen kann«, pflegte sie zu sagen. Und in diesem Fall schien es ihr offensichtlich, daß sie nicht nur das Recht auf ihrer Seite hatte, sondern daß außerdem in der Kunst des Feilschens keiner sie schlug.

Eliza hob das Baby aus der Wiege und übergab es ihr. Paulina hielt das winzige Päckchen, das so leicht war, als wäre es nur ein Stoffbündel, und sie glaubte, ihr solle von einem ganz neuen Gefühl das Herz zerspringen. »Mein Gott, mein Gott!« wiederholte sie, von einer ihr bislang unbekannten Verletzlichkeit überrumpelt, die ihr die Knie lähmte und als Schluchzen durch die Brust zog. Sie setzte sich mit ihrem Enkelkind, das in ihrem umfangreichen Schoß fast verschwand, in einen Sessel und wiegte es, während Eliza den Tee bestellte und die Näschereien, die sie ihr früher immer vorgelegt hatte, als Paulina ihre eifrigste Kuchenkundin gewesen war. In dieser Zeit schaffte es Paulina, sich von der Rührung zu erholen und ihre Artillerie in Stellung zu bringen. Sie begann damit, daß sie ihr Beileid zu Lynns Tod aussprach, und als nächsten Schritt erkannte sie an, ihr Sohn Matías sei zweifellos Auroras Vater, man brauche sich das Kind ja nur anzusehen, um sicher zu sein: es sah genauso aus wie alle Rodríguez de Santa Cruz y del Valle. Sie bedaure so sehr, sagte sie, daß Matías aus gesundheitlichen Gründen in Europa sei und sein Kind noch nicht einfordern könne. Dann brachte sie ihren Wunsch vor, ihr Enkelchen zu sich zu nehmen, Eliza müsse doch so viel arbeiten, habe so wenig Zeit und noch weniger Mittel, zweifellos würde es ihr unmöglich sein, Aurora den gleichen Lebensstandard zu geben, den diese in dem Haus auf Nob Hill haben werde. Sie sagte das in einem Ton, als handle es sich um eine Gunst, die zu gewähren sie gewillt sei, und überspielte die Angst, die ihr in der Kehle saß und ihre Hände zum Zittern brachte. Eliza erwiderte, sie danke für das großmütige Angebot, aber sie sei sicher, daß sie und Tao Chi'en für Lai-Ming sorgen könnten, worum auch Lynn sie vor ihrem Tode gebeten hatte. Natürlich, fügte sie hinzu, sei Paulina im Leben der Kleinen immer willkommen.

»Was die Frage nach Lai-Mings Vater angeht, dürfen wir keine Verwirrung stiften«, fügte Eliza hinzu. »Wie Sie und Ihr Sohn vor einigen Monaten versicherten, hatte er mit Lynn nichts zu schaffen. Sie werden sich erinnern, daß Ihr Sohn klar und deutlich erklärte, der Vater des Kindes könnte jeder beliebige seiner Freunde sein.«

»Das sind Sachen, die man in der Hitze des Gefechts so hinredet, Eliza. Das hat Matías gesagt, ohne nachzudenken ...«, stammelte Paulina.

»Die Tatsache, daß Lynn Señor Severo del Valle geheiratet hat, beweist, daß Ihr Sohn die Wahrheit sagte, Paulina. Das Blut meiner Enkeltochter ist nicht das Ihre, aber ich wiederhole, Sie können sie jederzeit sehen, wann immer Sie wünschen. Je mehr Menschen ihr Liebe entgegenbringen, desto besser für sie.«

In der folgenden halben Stunde stritten die Frauen gegeneinander wie die Gladiatoren, jede auf ihre Weise. Paulina del Valle wechselte von der Schmeichelei zur Feindseligkeit, von der Bitte zum verzweifelten Mittel der Bestechung, und als ihr alles mißriet, ging sie zur Drohung über, ohne daß die andere Großmutter auch nur ein Jota von ihrer Haltung abwich, außer daß sie die Kleine sanft an sich nahm und wieder in die Wiege legte. Paulina stieg irgendwann die Wut in den Kopf, sie verlor völlig die Übersicht über die Situation und fing an zu schreien, Eliza Sommers werde schon sehen, wer die Rodríguez de Santa Cruz waren, wieviel Macht sie in dieser Stadt hatten und wie gründlich sie sie fertigmachen könnten, sie und ihren dämlichen Kuchenladen und ihren Chinesen noch dazu, keiner könne sich erlauben, sich Paulina del Valle zur Feindin zu machen, und früher oder später werde sie ihr die Kleine einfach wegnehmen, da könne sie ganz sicher sein, denn der Mensch sei noch nicht geboren, der sich ihr in den Weg stellte. Mit der Hand fegte sie die feinen Porzellantassen und die chilenischen Leckerbissen vom Tisch, daß alles in einer stäubenden Zuckerwolke auf dem Boden zersprang, und rannte hinaus, schnaubend wie ein Kampfstier. In der Kutsche dann, während das Blut ihr durch die Adern raste und das Herz gegen die ins Korsett eingesperrten Fettschichten stampfte, fing sie an zu weinen und zu schluchzen, wie sie nicht mehr geweint hatte, seit sie sich einen Riegel an ihre Schlafzimmertür hatte machen lassen und in dem großen mythologischen Bett allein geblieben war. Wie damals hatte ihre beste Waffe versagt: die Fähigkeit, wie ein arabischer Händler zu feilschen, die ihr in anderen Lebenslagen soviel Erfolg gebracht hatte. Weil sie zuviel gefordert hatte, hatte sie alles verloren.

ZWEITER TEIL

1880-1896

Es gibt ein Foto von mir, auf dem bin ich drei oder vier Jahre alt, das einzige aus jener Zeit, das die Wechselfälle des Schicksals und den Beschluß Paulinas, meine Herkunft zu verwischen, überlebt hat. Es ist ein abgegriffenes Stück Pappe in einem Reiserahmen, einem dieser alten Etuis aus Samt und Metall, die noch vor wenigen Jahrzehnten so modern waren und die heute niemand mehr benutzt. Auf dem Foto sieht man ein sehr kleines Wesen, zurechtgemacht wie eine chinesische Braut mit einer langen Tunika aus besticktem Satin und darunter einer Hose in einem anderen Ton; an den Füßen trägt es feine, auf weißen Filz gearbeitete Pantöffelchen, geschützt durch dünne Holzsohlen; das dunkle Haar ist zu einem für sein Alter zu großen Knoten aufgebauscht und wird von zwei dicken Nadeln aus Gold oder Silber gehalten, die eine kurze Blumengirlande verbindet. Das kleine Mädchen hat einen geöffneten Fächer in der Hand, und es könnte sein, daß es lacht, aber man kann die Gesichtszüge kaum erkennen, das Gesicht ist nur ein heller Mond und die Augen zwei schwarze Fleckchen. Hinter der Kleinen erkennt man das gewaltige Haupt eines Papierdrachen und die flimmernden Funken eines Feuerwerks. Das Foto wurde während der Feier zum chinesischen Neujahrsfest in San Francisco aufgenommen. Ich erinnere mich nicht daran und erkenne nicht das Kind auf diesem einzigen Bild.

Meine Mutter Lynn Sommers dagegen erscheint auf verschiedenen Fotos, die ich beharrlich und dank guter Verbindungen vor dem Vergessen gerettet habe. Vor einigen Jahren lernte ich in San Francisco meinen Onkel Lucky kennen und machte mich daran, alte Buchhandlungen und Fotoateliers zu durchforsten und nach Kalendern und Postkarten zu suchen, für die sie Modell gestanden hatte; hin und wieder bekomme ich heute noch welche geschickt, wenn Onkel Lucky sie irgendwo auftreibt. Meine Mutter war sehr hübsch, das ist alles, was ich über sie sagen kann, denn auch sie erkenne ich auf diesen Bildern nicht. Natürlich erinnere ich mich nicht an sie, schließlich starb sie, als ich geboren wurde, aber das Mädchen auf den Kalendern ist eine Fremde, ich habe nichts von ihr, es gelingt mir nicht, sie als meine Mutter zu sehen, nur als ein Spiel von Licht und Schatten auf dem Papier. Sie sieht auch nicht aus, als wäre sie die Schwester von Onkel Lucky, er ist ein kurzbeiniger, großköpfiger Chinese, sieht recht gewöhnlich aus, ist aber ein sehr guter

Bursche. Ich ähnele mehr meinem Vater, habe seinen spanischen Typ geerbt; von der Rasse meines ungewöhnlichen Großvaters Tao Chi'en habe ich leider nur sehr wenig mitgekriegt. Wenn die Erinnerung an diesen Großvater nicht die klarste und dauerhafteste meines Lebens wäre, meine älteste Liebe, an der alle Männer scheitern, die ich gekannt habe, weil keiner von ihnen ihm gleichzukommen vermochte – ich würde nicht glauben, daß ich chinesisches Blut in den Adern habe. Tao Chi'en lebt immer in mir. Ich kann ihn vor mir sehen, hochgewachsen, würdevoll, immer untadelig gekleidet, grauhaarig, runde Brille und ein Blick voll grenzenloser Güte in seinen mandelförmigen Augen. Wenn ich sein Bild heraufbeschwöre, lächelt er immer, bisweilen höre ich ihn, wie er mir auf chinesisch etwas vorsingt. Er umgibt mich, begleitet mich, leitet mich, und das sollte, so wünschte er es von ihr, auch meine Großmutter nach seinem Tode tun. Es gibt eine Daguerreotypie von diesen beiden Großeltern aus der Zeit, als sie noch jung und noch nicht miteinander verheiratet waren: Sie sitzt auf einem Stuhl mit hoher Lehne, und er steht hinter ihr, beide nach dem amerikanischen Brauch von damals gekleidet, und sie blicken mit einem Hauch von Furcht frontal in die Kamera. Dieses Bild, das ich endlich aufspüren konnte, steht auf meinem Nachttisch und ist das letzte, was ich jeden Abend sehe, bevor ich das Licht lösche, aber ich hätte es gern in meiner Kindheit bei mir gehabt, als ich die Gegenwart dieser beiden Großeltern so nötig brauchte.

So weit ich zurückdenken kann, hat mich immer derselbe Alptraum gequält. Die Bilder dieses hartnäckigen Traums verfolgen mich dann Stunden hindurch und lasten auf meinem Tag und auf meiner Seele. Es ist immer die gleiche Abfolge: Ich gehe durch die leeren Straßen einer wildfremden Stadt an der Hand von jemandem, dessen Gesicht ich niemals erkennen kann, ich sehe nur die Beine und die Spitzen von glänzenden Schuhen. Plötzlich sind wir von Wesen in schwarzen Pyjamas umringt, die einen wilden Reigen tanzen. Ein dunkler Fleck, Blut vielleicht, breitet sich auf den Pflastersteinen aus, während der Ring der Tanzenden sich immer drohender um die Person schließt, die mich an der Hand führt. Sie kreisen uns ein, stoßen uns, zerren an uns, trennen uns; ich suche die befreundete Hand und finde nur Leere. Ich schreie stimmlos, falle geräuschlos und wache auf mit hämmerndem Herzen. Manchmal bleibe ich tagelang stumm, die Erinnerung an den Traum zehrt an mir, ich versuche, die Hüllen zu durchdringen, die das Geheimnis umgeben, um womöglich eine bislang unbemerkte Einzelheit zu entdecken, die mir den Schlüssel zu seiner Bedeutung liefert. An diesen Tagen schüttelt mich ein kaltes Fieber, mein Körper verschließt sich, mein Geist ist in einem eisigen Raum gefangen.

In diesem Zustand der Lähmung befand ich mich während der ersten Wochen im Hause Paulina del Valles. Ich war fünf Jahre alt, als sie mich zum Palais auf Nob Hill brachten, und niemand hatte sich die Mühe gemacht, mir zu erklären, weshalb mein Leben plötzlich eine so dramatische Wende nahm, wo meine Großeltern Eliza und Tao waren, wer diese riesige, mit Juwelen behangene Dame war, die mich mit Tränen in den Augen von einem Thron aus beobachtete. Ich kroch so schnell ich konnte unter einen Tisch, und da blieb ich hocken wie ein geprügelter Hund, wie sie mir später erzählten. Zu jener Zeit war Williams der Butler der Rodríguez de Santa Cruz – wirklich schwer vorstellbar –, und ihm fiel am Tag darauf die Lösung ein: Er stellte das Essen für mich auf ein Tablett, an dem eine Schnur befestigt war, daran zogen sie ganz langsam, und ich streckte mich nach dem Tablett aus, als mein Hunger zu mächtig wurde, bis sie mich aus meiner Zuflucht herausholen konnten, aber oft genug, wenn ich mit meinem Alptraum erwachte, versteckte ich mich wieder unter dem Tisch. Das passierte in dem Jahr, bevor wir nach Chile gingen, aber in der Hektik der Reise und dem folgenden Trubel, bis wir uns in Santiago eingerichtet hatten, verlor sich diese Manie.

Mein Alptraum ist schwarz und weiß, still und hartnäckig, und er ist dauerhaft. Ich nehme an, ich habe inzwischen genug erfahren, um die Schlüssel zu seiner Bedeutung zu kennen, aber nichtsdestoweniger quält er mich immer noch. Meiner Träume wegen bin ich anders, so wie die Menschen, die wegen eines Geburtsfehlers oder einer körperlichen Mißbildung ständig Kraft und Mühe aufwenden müssen, um ein normales Leben führen zu können. Sie tragen deutlich sichtbare Zeichen, das meine sieht man nicht, aber es existiert, ich kann es mit epileptischen Anfällen vergleichen, die einen plötzlich überkommen und lauter Wirrnis hinterlassen. Wenn ich abends zu Bett gehe, bin ich immer in Angst, ich weiß nicht, was geschehen wird, wenn ich schlafe, oder wie ich aufwachen werde. Ich habe verschiedene Möglichkeiten gegen meine nächtlichen Dämonen ausprobiert, von Orangenlikör mit ein paar Tropfen Opium bis zu hypnotischer Trance und anderen Formen der Nekromantie, aber nichts garantiert mir einen friedlichen Schlaf außer guter Gesellschaft. In eines andern Arm zu schlafen ist bis heute das einzige verläßliche Mittel. Ich sollte heiraten, wie mir alle Welt rät, aber das habe ich schon getan, und es war ein schlimmer Reinfall, noch einmal kann ich das Schicksal nicht herausfordern. Mit dreißig Jahren und ohne Ehemann bin ich nicht viel mehr als eine komische Figur, meine Freundinnen betrachten mich mitleidig, wenn auch einige mich vielleicht wegen meiner Unabhängigkeit beneiden. Ich bin nicht allein, ich habe einen heimlichen Geliebten, eine Liebe ohne Bindung und ohne Bedingung, was überall Grund genug für einen Skandal wäre, vor allem aber hier, wo wir nun einmal leben. Ich bin weder ledig noch Witwe, noch geschieden, ich lebe im Niemandsland der »Getrenntlebenden«, wo die unglücklichen Frauen landen, die den öffentlichen Hohn dem Leben mit einem Mann vorziehen, den sie nicht lieben. Wie könnte es auch anders sein in Chile, wo die Ehe ewig und unerbittlich unauflöslich ist? Manchmal frühmorgens, wenn mein Geliebter und ich, die Körper feucht von Schweiß und ermattet von gemeinsamen Träumen, noch in diesem halb unbewußten Zustand der unumschränkten Zärtlichkeit nebeneinander ruhen, glücklich und vertrauensvoll wie schlaftrunkene Kinder, erliegen wir der Versuchung, von Heiraten zu reden, von

Fortgehen, in die Vereinigten Staaten zum Beispiel, wo es soviel Raum gibt und niemand uns kennt, um zusammenzuleben wie ein normales Paar, aber wenn dann die Sonne ins Fenster scheint, erwachen wir und reden nicht mehr davon, denn wir wissen beide, daß wir nirgendwo anders leben könnten als in diesem Chile mit seinen geologischen Katastrophen und der menschlichen Engstirnigkeit, aber auch dem Chile mit rauhen Vulkanen und schneebedeckten Gipfeln, mit uralten, wie von Smaragden übersäten Seen, mit schäumenden Flüssen und duftenden Wäldern, einem Land so schmal wie ein Band, der Heimat armer und noch immer unschuldiger Menschen trotz so vielen und vielfältigen Machtmißbrauchs. Weder würde er gehen können, noch werde ich müde werden, es zu fotografieren. Ich hätte gerne Kinder, das ja, aber ich habe endgültig akzeptiert, daß ich niemals Mutter sein werde; ich bin nicht unfruchtbar, ich bin fruchtbar in anderen Hinsichten. Nívea del Valle sagt, ein menschliches Wesen definiert sich nicht durch seine Fortpflanzungsfähigkeit, was, von ihr ausgesprochen, denn doch wie Ironie klingt, immerhin hat sie über ein Dutzend Kinder zur Welt gebracht. Aber ich sollte hier nicht von den Kindern sprechen, die ich nicht haben werde, oder von meinem Geliebten, sondern von den Ereignissen, die letztlich bestimmt haben, wer ich bin. Mir ist sehr wohl bewußt, daß ich beim Niederschreiben dieses Berichtes andere verraten muß, aber das ist unvermeidlich. »Denk daran, schmutzige Wäsche wird zu Hause gewaschen«, sagt Severo mir immer wieder, der wie wir alle nach diesem Leitsatz erzogen wurde. »Schreib ehrlich und kümmere dich nicht um die Gefühle anderer, denn was du auch sagst, hassen werden sie dich sowieso«, sagt dagegen Nívea. Also weiter.

Da es mir nun einmal nicht möglich ist, meine Alpträume zu besiegen, versuche ich wenigstens, sie zu nutzen. Ich habe festgestellt, daß ich nach einer qualvollen Nacht wie in Trance und zugleich höchst erregbar bin, ein hervorragender Zustand für schöpferische Arbeit. Meine besten Fotos sind an Tagen wie diesen entstanden, wenn ich weiter nichts möchte als mich unter dem Tisch verkriechen wie in der ersten Zeit bei Großmutter Paulina. Der Traum von den Wesen in den schwarzen Pyjamas hat mich zum Fotografieren gebracht, da bin ich ganz sicher. Als Severo del Valle mir eine Kamera schenkte, war mein erster Gedanke, wenn ich diese Dämonen fotografieren könnte, würde ich sie vernichten. Mit dreizehn Jahren habe ich es viele Male versucht. Ich erfand komplizierte Systeme aus Rädchen und Schnüren, um den Verschluß einer Kamera auszulösen, während ich schlief, aber diese verfluchten Kreaturen waren offenkundig unverletzlich gegenüber dem Angriff der Technik. Wenn man einen ganz gewöhnlich erscheinenden Gegenstand oder Körper wirklich aufmerksam beobachtet, verwandelt er sich in etwas Niegesehenes, Wunderbares. Die Kamera kann Geheimnisse enthüllen, die das nackte Auge oder der Verstand nicht erfassen, alles verschwindet außer dem, auf was das Bild ausgerichtet ist. Fotografieren ist eine Übung der Beobachtungsgabe, und das Ergebnis ist immer ein Glücksfall; unter den Tausenden und Abertausenden von Negativen, die mehrere Kästen in meinem Atelier füllen, sind nur wenige außerordentlich gelungene. Mein Onkel Lucky wäre einigermaßen enttäuscht, wenn er wüßte, wie wenig sein Glückwunschatem auf meine Arbeit wirkt. Die Kamera ist ein einfacher Apparat, auch der Ungeschickteste kann mit ihr umgehen, die Herausforderung besteht darin, mit ihr diese Verbindung von Wahrheit und Schönheit zu schaffen, die sich Kunst nennt. Die Suche danach ist vor allem geistiger Natur. Ich suche Wahrheit und Schönheit in der Durchsichtigkeit eines herbstlichen Blattes, in der vollendeten Form einer Muschel am Strand, in der Rundung einer weiblichen Schulter, im Gefüge eines alten Baumstumpfes, aber auch in anderen uns immer entgleitenden Formen der Wirklichkeit. Manchmal, wenn ich in meiner Dunkelkammer an einem Bild arbeite, tritt die Seele einer Person zutage oder die Erregung anläßlich eines Ereignisses oder das lebendige Wesen eines Gegenstandes, und dann sprengt Dankbarkeit mir die Brust, und ich breche in Tränen aus, ich kann nicht anders. Diese Offenbarung zu erreichen ist das Ziel meines Berufes.

Severo del Valle hatte mehrere Wochen Seefahrt vor sich, um Lynn Sommers zu beweinen und über den Rest seines Lebens nachzudenken. Er fühlte sich verantwortlich für das Kind Aurora und hatte, kurz bevor er sich einschiffte, ein Testament aufgesetzt, damit die kleine Erbschaft von seinem Vater sowie seine Ersparnisse unmittelbar an sie gingen, falls er fiele. In der Zwischenzeit würde sie jeden Monat die Zinsen erhalten. Er wußte, daß Lynns Eltern sie besser behüten würden als irgend jemand sonst, und nahm an, daß Paulina trotz all ihrer Dreistigkeit nicht versuchen würde, sie ihnen mit Gewalt wegzunehmen, weil ihr Mann ihr nicht erlauben würde, die Angelegenheit in einen öffentlichen Skandal zu verwandeln.

Am Bug des Schiffes sitzend, den Blick aufs unendliche Meer verloren, war Severo sich darüber im klaren, daß er über Lynns Tod niemals hinwegkommen würde. Ohne sie wollte er nicht leben. Im Kampf zu fallen war das Beste, was die Zukunft ihm noch bieten konnte: bald und schnell zu sterben war alles, worum er bat. Monatelang hatten die Liebe zu Lynn und sein Entschluß, ihr zu helfen, seine Zeit und seine Aufmerksamkeit in Anspruch genommen, deswegen hatte er die Rückkehr nach Chile Tag um Tag verschoben, während zu Haus die Chilenen seines Alters in Massen zu den Fahnen eilten. Auch an Bord fuhren mehrere junge Leute mit in derselben Absicht wie er, den Wehrdienst anzutreten – die Uniform zu tragen war eine Frage der Ehre –, mit denen setzte er sich zusammen, um die Nachrichten vom Kriegsgeschehen zu besprechen, die der Telegraph übermittelte. In den vier Jahren, die Severo in Kalifornien verbrachte, hatte er sich innerlich von seinem Vaterland gelöst, hatte den Aufruf zum Kampf hingenommen wie eine Form, sich seinem Schmerz hinzugeben, aber er hatte nicht den geringsten kriegerischen Eifer verspürt. Jedoch je weiter das Schiff nach Süden fuhr, um so mehr ließ er sich von der Begeisterung der übrigen anstecken. Er wollte Chile wieder so dienen, wie er es in seiner Schulzeit hatte tun wollen, als er in den Cafés mit anderen Schülern und Studenten diskutierte. Er nahm an, daß seine alten Kameraden bereits seit Monaten im Kampf standen, während er in San Francisco herumgestrichen war und Zeit vergeudet hatte, um Lynn zu besuchen und Mah-Jongg zu spielen. Wie sollte er soviel Feigheit vor Freunden und Verwandten je rechtfertigen können? Das Bild Níveas sprang ihn aus seinen Grübeleien an. Seine Cousine würde nie begreifen, wie er so lange zögern konnte, denn eines war sicher: Wäre sie ein Mann, dann wäre sie als erste an die Front gezogen. Nur gut, daß gar keine Zeit bliebe, ihr alles zu erklären, bestimmt würde er von Kugeln durchsiebt sein, ehe er sie wiedergesehen hatte; vor Nívea hinzutreten, nachdem er sich ihr gegenüber so übel aufgeführt hatte, erforderte wesentlich mehr Mut, als gegen den wütendsten Feind zu kämpfen. Das Schiff schien überhaupt nicht voranzukommen, bei diesem Tempo würde es Chile erreichen, wenn der Krieg vorbei war, fürchtete er. Er war sicher, daß sein Land siegen werde, obwohl es gleich mehrere Feinde hatte und trotz der arroganten Unfähigkeit des chilenischen Oberkommandos. Der Oberbefehlshaber des Heeres und der Admiral der Flotte waren zwei alte Knaben, die es nicht schafften, sich über die elementarste Strategie zu einigen, aber die Chilenen verfügten über mehr militärische Disziplin als die Peruaner und die Bolivianer. »Lynn mußte sterben, damit ich mich endlich entschließe, nach Chile zurückzukehren und meine patriotische Pflicht zu erfüllen, ich bin ein Lump, ein armseliger«, murmelte er beschämt vor sich hin.

Der Hafen von Valparaíso lag im strahlenden Dezemberlicht, als das Dampfschiff in der Bucht vor Anker ging. Beim Einfahren in die Territorialgewässer Perus und Chiles hatten sie von fern Schiffe der Flotten beider Länder beim Manövrieren ausmachen können, aber bevor sie in Valparaíso anlegten, hatten sie vom Krieg noch nichts gesehen. Das Bild des Hafens hatte sich sehr geändert gegenüber dem, das Severo im Gedächtnis hatte. Die Stadt war militarisiert, Truppen lagen im Quartier und warteten auf ihren Transport, die chilenische Flagge flatterte an den Gebäuden, Boote und Schlepper drängten sich um mehrere Schiffe der Kriegsflotte in solcher Anzahl, daß die wenigen Landungsboote mit Passagieren sich höchst spärlich ausnahmen. Severo hatte seiner Mutter das Datum seiner Ankunft mitgeteilt, erwartete aber nicht, sie am Hafen zu sehen, denn seit etwa zwei Jahren lebte sie in Santiago bei ihren jüngeren Kindern, und die Reise von der Hauptstadt hierher wäre zu anstrengend für sie gewesen. Deshalb machte er sich nicht die Mühe, den Kai nach bekannten Gesichtern abzusuchen, wie es die meisten anderen Mitpassagiere taten. Er ergriff seine Reisetasche, gab einem Matrosen ein paar Münzen, damit der sich seine Koffer auflud, ging den Laufsteg hinab und atmete in tiefen Zügen die salzige Luft der Stadt ein, in der er geboren war. Als er festen Boden betrat, taumelte er erst einmal wie ein Betrunkener, denn während der Wochen auf See hatte sich sein Gang dem Auf und Ab der Wellen angepaßt. Er pfiff nach einem Lastträger, damit der ihm mit seinem Gepäck behilflich war, und wollte nun nach einer Kutsche sehen, die ihn zum Haus seiner Großmutter Emilia bringen sollte, bei der er zwei, drei Nächte zu bleiben gedachte, bevor er seinen Dienst beim Heer antreten würde. In diesem Augenblick berührte jemand seinen Arm. Überrascht drehte er sich um und sah sich Auge in Auge dem letzten Menschen auf dieser Welt gegenüber, den zu sehen er gewünscht hätte: seiner Cousine Nívea. Er brauchte einige Sekunden, um sie zu erkennen und sich von dem Eindruck zu erholen. Das Mädchen, das er vor vier Jahren verlassen hatte, war in eine unbekannte Frau verwandelt: Sie war immer noch klein, aber viel schlanker, und ihr Körper war wohlgeformt. Das einzige, was sich nicht verändert hatte, war der intelligente und gesammelte Ausdruck ihres Gesichts. Sie trug ein Sommerkleid aus blauem Taft und einen Strohhut mit einer großen Schleife aus weißem Organdy, die unter dem Kinn zusammengebunden war und ihr ovales Gesicht betonte, in dem die schwarzen Augen unruhig und ein wenig spöttisch glänzten. Sie war allein. Severo gelang es nicht, sie zu begrüßen, er stand nur da und starrte sie mit offenem Mund an, bis er endlich zu sich kam und sie verlegen fragen konnte, ob sie seinen letzten Brief erhalten habe. Das war der, in dem er ihr seine Heirat mit Lynn angekündigt hatte. Da er ihr seither nicht mehr geschrieben hatte, nahm er an, daß sie von Lynns Tod oder Auroras Geburt nichts wußte, Nívea konnte nicht ahnen, daß er inzwischen Witwer und Vater geworden war, ohne je eine Ehe geführt zu haben.

»Darüber sprechen wir später, jetzt laß dich erst mal willkommen heißen. Drüben wartet eine Kutsche«, unterbrach sie ihn.

Als die Koffer im Wagen untergebracht waren, wies Nívea den Kutscher an, langsam am Meeresufer entlangzufahren. Das gab ihnen Zeit zum Reden, bevor sie zu Hause ankamen, wo die Familie auf sie wartete.

»Ich habe mich dir gegenüber wie ein Schuft benommen, Nívea. Das einzige, was ich zu meinen Gunsten sagen kann, ist, daß ich dich nie leiden lassen wollte«, murmelte Severo, wagte aber nicht, sie anzusehen.

»Ich gebe zu, ich war wütend auf dich, ich mußte mir auf die Zunge beißen, damit ich dich nicht verfluchte, aber jetzt bin ich dir nicht mehr böse. Ich glaube, du hast mehr gelitten als ich. Mir tut wirklich schrecklich leid, was deiner Frau zugestoßen ist.«

»Woher weißt du, was passiert ist?«

»Ich bekam ein Telegramm mit der Todesnachricht, aufgegeben war es von einem gewissen Williams.«

Severos erste Reaktion war Zorn – wie konnte sich der Butler erlauben, sich auf diese Weise in sein Privatleben einzumischen? –, aber dann regte sich doch Dankbarkeit in ihm, dieses Telegramm ersparte ihm einiges an schmerzlichen Erklärungen.

»Ich kann nicht hoffen, daß du mir verzeihst, nur, daß du mich vergißt, Nívea. Du verdienst mehr als jeder andere, glücklich zu werden . . .«

»Wer hat gesagt, daß ich glücklich sein will, Severo? Das ist gewiß das letzte Adjektiv, um die Zukunft zu bezeichnen, die ich mir wünsche. Das Leben, das ich für mich will, soll interessant sein, abenteuerlich, andersartig, leidenschaftlich – kurz, alles andere eher als glücklich.«

»Ach, Nívea, es ist wunderbar, wie wenig du dich verändert hast! Ich werde jedenfalls in ein paar Tagen mit dem Heer nach Peru marschieren, und ich hoffe offen gesagt, in den Stiefeln zu sterben, denn mein Leben hat keinen Sinn mehr.«

»Und deine Tochter?«

»Wie ich sehe, hat Williams dir alle Einzelheiten berichtet. Weißt du von ihm auch, daß ich nicht der Vater dieses Kindes bin?«

»Wer ist es?«

»Unwichtig. Nach dem Gesetz ist es mein Kind. Es lebt bei seinen Großeltern, und an Geld wird es ihm auch nicht fehlen, ich habe ihm alles gut gesichert hinterlassen.«

»Wie heißt es?«

»Aurora.«

»Aurora del Valle ... ein hübscher Name. Sieh zu, daß du heil und ganz aus dem Krieg zurückkommst, Severo, denn wenn wir heiraten, wird dieses Kind sicherlich unsere erste Tochter sein«, sagte Nívea und wurde ein bißchen rot.

»Was hast du gesagt?«

»Ich habe mein ganzes Leben lang auf dich gewartet, ich kann auch noch länger warten. Keine Angst, ich habe noch eine Menge zu tun, bevor ich heirate. Ich arbeite.«

»Du arbeitest? Wozu?« rief Severo empört, denn keine Frau in seiner Familie oder in irgendeiner anderen, die er kannte, mußte arbeiten.

»Um zu lernen. Mein Onkel José Francisco hat mich angestellt, damit ich seine Bibliothek in Ordnung bringe, und hat mir erlaubt, alles zu lesen, worauf ich Lust habe. Erinnerst du dich an ihn?«

»Ich kenne ihn kaum, ist das nicht der, der eine reiche Erbin heiratete und ein Palais in Viña del Mar besitzt?«

»Genau der, er ist ein Verwandter meiner Mutter. Ich kenne keinen klügeren und gütigeren Mann und keinen besser aussehenden noch dazu, außer dir natürlich«, sagte sie lachend.

»Mach dich nicht lustig über mich, Nívea.«

»War deine Frau hübsch?« fragte das Mädchen.

»Sehr hübsch.«

»Du mußt über deinen Schmerz hinwegkommen, Severo. Vielleicht hilft dir der Krieg dabei. Es heißt, sehr schöne Frauen kann man nicht vergessen, ich hoffe, du lernst ohne sie zu leben, auch wenn du sie nicht vergißt. Ich werde beten, daß du dich wieder verliebst, und das doch bitte in mich«, sagte Nívea leise und nahm seine Hand.

Da spürte Severo einen furchtbaren Schmerz in der Brust, als hätte eine Lanze sie durchbohrt, er schluchzte auf, und dann konnte er das Weinen nicht mehr unterdrücken, es schüttelte ihn, während er immer wieder Lynns Namen hervorstieß, Lynn, tausendmal Lynn. Nívea zog ihn an sich, umfing ihn mit beiden Armen und klopfte ihm wie einem Kind tröstend auf den Rücken.

Der Salpeterkrieg hatte auf dem Meer begonnen und setzte sich auf dem Festland fort – Mann gegen Mann mit Krummessern und aufgepflanztem Bajonett in den ödesten, rauhesten Wüsten der Welt, den heutigen Nordprovinzen Chiles, die vor dem Krieg zu Peru und Bolivien gehört hatten. Die peruanischen und bolivianischen Heere waren für einen Kampf dieser Art kaum vorbereitet, sie waren zahlenmäßig unterlegen, dazu schlecht bewaffnet, und das Versorgungswesen versagte so gründlich, daß mehrere Schlachten und Scharmützel durch den Mangel an Trinkwasser entschieden wurden oder weil die mit Munitionskisten beladenen Wagen im Wüstensand steckenblieben. Chile war ein nach Expansion strebendes Land mit einer soliden Wirtschaft, es war Herr über die beste Flotte Südamerikas und über ein Heer von mehr als siebzigtausend Mann. Es hatte den Ruf eines zivilisierten Staates in einem Kontinent eher bäurisch derber Oberhäupter, systematischer Korruption und blutiger Umstürze; die Strenge des chilenischen Charakters und die Gediegenheit seiner Einrichtungen erregten den Neid der benachbarten Staaten, seine Schulen und Universitäten zogen Professoren und Studenten aus dem Ausland herbei. Dem Einfluß englischer, deutscher und spanischer Einwanderer war es gelungen, dem hitzigen kreolischen Temperament ein wenig Mäßigung beizubringen. Das Heer war preußisch ausgebildet und kannte keinen Frieden, denn in den Jahren vor dem Salpeterkrieg hatte es sich mit der Waffe in der Hand behauptet, als es gegen die Indios im Süden kämpfte in der Zone, die den bezeichnenden Namen La Frontera – Die Grenze – trug, denn bis hierher hatte der Arm der Zivilisation gereicht, jenseits davon begann das unerforschbare Gebiet der indianischen Eingeborenen, in das sich noch bis vor kurzer Zeit nur die jesuitischen Missionare hineingewagt hatten. Die gefürchteten araukanischen Krieger, die seit den Zeiten der Eroberung ununterbrochen gekämpft hatten, beugten sich weder den Kugeln noch den schlimmsten Grausamkeiten –

sie erlagen einer nach dem andern dem Alkohol. Die Soldaten, die gegen sie ins Feld gezogen waren, hatten sich im Wüten geübt. Die Peruaner und Bolivianer lernten die Chilenen fürchten, diese blutrünstigen Feinde, die imstande waren, selbst Verwundete und Gefangene mit Kugel oder Messer zu erledigen. Auf ihrem Vormarsch verbreiteten die Chilenen soviel Haß und Entsetzen, daß sie international heftige Abneigung erregten, worauf eine endlose Serie von Zurechtweisungen und diplomatischen Streitigkeiten folgte und ihre Gegner wütend entschlossen waren, bis zum Tode zu kämpfen, zumal es ihnen wenig einbrachte, sich zu ergeben. Die peruanischen und bolivianischen Truppen waren zusammengesetzt aus einer Handvoll Offiziere, Kontingenten von schlecht ausgerüsteten regulären Soldaten und Massen gewaltsam rekrutierter Eingeborener, die kaum wußten, wofür sie kämpften, und bei der erstbesten Gelegenheit desertierten. Die chilenischen Verbände dagegen konnten auf eine große Mehrheit von Zivilisten zählen, die sich aus patriotischer Leidenschaft genauso verbissen schlugen wie die Militärs und sich nicht ergaben. Die äußeren Bedingungen waren oft teuflisch. Auf dem Marsch durch die Wüste schleppten sie sich in einer Wolke salzigen Staubes dahin, halbtot vor Durst, bis zu den Schenkeln im Sand watend, über ihnen eine gnadenlos strahlende Sonne, das Gewicht ihrer Tornister und Munitionsbehälter auf dem Rücken, an ihre Gewehre geklammert, verzweifelt. Pocken, Typhus und Dreitagefieber dezimierten sie, in den Militärlazaretten gab es mehr Kranke als Verwundete. Als Severo del Valle zum Heer stieß, nahmen seine Landsleute gerade Antofagasta ein – die einzige am Meer gelegene Provinz Boliviens – sowie die peruanischen Provinzen Tarapacá, Arica und Tacna. Um die Mitte des Jahres 1880, als der Wüstenfeldzug in vollem Gange war, starb der Kriegs- und Marineminister an einem Gehirnschlag, was die Regierung in tiefste Verwirrung stürzte. Endlich ernannte der Präsident einen Zivilisten für das Amt, nämlich Don José Francisco Vergara, Níveas Onkel, einen unermüdlichen Reisenden und gierigen Leser, der nun mit sechsundvierzig Jahren den Säbel umschnallen mußte, um den Krieg zu leiten. Er war einer der ersten, die feststellten, daß, während Chile den Norden eroberte, Argentinien ihnen stillschweigend im Süden Patagonien abknöpfte, aber keiner kümmerte sich darum, dieses Gebiet wurde für so nutzlos wie der Mond angesehen. Vergara war brillant, er hatte feine Umgangsformen und ein umfassendes Gedächtnis, war an allem interessiert, von der Botanik bis zur Poesie, war unbestechlich und hatte nicht die geringsten politischen Ambitionen. Die Kriegsstrategie plante er mit derselben minutiösen Genauigkeit, mit der er seine Geschäfte handhabe. Entgegen dem Mißtrauen der Uniformierten und zur Überraschung der ganzen Welt führte er die Truppen geradenwegs Richtung Lima. Wie seine Nichte Nívea sagte: »Der Krieg ist eine zu ernste Angelegenheit, als daß man ihn den Militärs überlassen könnte.« Der Satz drang aus dem Schoß der Familie nach außen und wurde zu einem jener lapidaren Sprüche, die später zum historischen Anekdotenschatz eines Landes gehören.

So kurze Zeit Severo in den Reihen des Heeres mitkämpfte, hatte er in Dreck und Blut und erbarmungsloser Barbarei doch schon viel sehen und erleben müssen. Inzwischen war die Erinnerung an Lynn in Fetzen gegangen, er träumte nicht mehr von ihr, sondern von den verstümmelten Leibern der Männer, mit denen er am Tag zuvor das Feldlager geteilt hatte. Der Krieg war zumeist Gewaltmarsch und Geduld gewesen, gelegentliche Gefechte wirkten fast als Erleichterung gegenüber den langweiligen Zeiten, in denen man sich einsatzbereit zu halten und zu warten hatte. Wenn er sich einmal hinsetzen und eine Zigarette rauchen konnte, nutzte er das aus, um ein paar Zeilen an Nívea zu schreiben, in demselben kameradschaftlichen Ton, den er ihr gegenüber immer anschlug. Er sprach nicht von Liebe, aber nach und nach begann er zu begreifen, daß sie die einzige Frau in seinem Leben sein würde und daß Lynn nur ein langwährendes Traumbild gewesen war. Nívea schrieb ihm regelmäßig, wenn auch nicht alle ihre Briefe ihr Ziel erreichten, und erzählte ihm von der Familie, vom Leben in der Stadt, von ihren Begegnungen mit Onkel José Francisco und von den Büchern, die er ihr empfahl. Sie erklärte ihm auch die geistige Wandlung, die sie bewegte: wieso sie sich von einigen katholischen Riten losgesagt hatte, in denen sie Anzeichen von Heidentum zu erkennen glaubte, und daß sie die Wurzeln eines eher philosophischen als dogmatischen Christentums suchte. Sie machte sich Sorgen, daß Severo, in einer rohen, grausamen Welt gefangen, die Bindung an seine Seele verlieren und sich in einen Unbekannten verwandeln könnte. Der Gedanke, daß er verpflichtet war zu töten, war ihr unerträglich. Sie versuchte, nicht daran zu denken, aber die Berichte über niedergemetzelte Soldaten, enthauptete Leichen, vergewaltigte Frauen und auf Bajonette gespießte Kinder konnte man nicht einfach beiseite schieben. Nahm Severo etwa teil an diesen Greueltaten? Würde ein Mann, der Zeuge solcher Geschehnisse gewesen war, sich je wieder in den Frieden einleben, Ehemann und Familienvater werden können? Severo stellte sich die gleichen Fragen, während sein Regiment nur noch wenige Kilometer von der peruanischen Hauptstadt entfernt war. Gegen Ende des Jahres bereiteten die Chilenen den Sturm vor, und nun richtete sich das chilenische Truppenkontingent zum Angriff in einem Tal südlich von Lima. Sie waren gründlich vorbereitet, verfügten über ein zahlreiches Heer, über Maulesel und Pferde, Munition, Lebensmittel und Wasser, mehrere Segelschiffe zum Transport der Truppen, außerdem über vier Feldlazarette mit sechshundert Betten und zwei unter der Fahne des Roten Kreuzes fahrende Lazarettschiffe. Einer der Kommandanten kam in einem Fußmarsch mit seiner vollständigen Brigade, nachdem sie unzählige Sümpfe und Berge überquert hatten, und erschien wie ein Mongolenfürst mit einem Gefolge von eintausendfünfhundert Chinesen samt ihren Frauen, Kindern und Tieren. Als Severo sie erblickte, glaubte er Opfer einer Halluzination zu sein, in der ganz Chinatown San Francisco verlassen hatte, um im selben Krieg wie er umzukommen. Der bemerkenswerte Kommandant hatte die Chinesen unterwegs rekrutiert, es waren Einwanderer, die unter sklavenhaften Bedingungen arbeiteten und die, zwischen zwei Feuern eingeklemmt und an keine der beiden Parteien gebunden, sich an die chilenischen Streitkräfte angeschlossen hatten. Während die Christen die Feldmesse hörten, bevor sie in den Kampf gingen, hielten die Asiaten ihre eigene Zeremonie ab, und dann besprengten die Militärgeistlichen alle zusammen mit Weihwasser. »Der reinste Zirkus«, schrieb Severo an diesem Tag an Nívea, nicht ahnend, daß dies sein letzter Brief sein würde.

Die Peruaner hatten wenige Kilometer vor der Stadt zwei Verteidigungslinien aufgebaut, die für die Angreifer schwer zu nehmen waren. Auf den steilen, sandigen Anhöhen waren Festungswälle, Brustwehren, Geschützstände und für die Schützen mit Sandsäcken versehene Gräben angelegt worden. Außerdem waren im Sand Minen verborgen, die bei Berührung explodierten. Die beiden Verteidigungslinien waren untereinander und mit der Stadt Lima durch eine Eisenbahn verbunden, um den Transport von Truppen, Verwundeten und Vorräten zu sichern. Severo und seine Kameraden wußten, schon bevor Mitte Januar 1881 der Angriff begann, daß der Sieg – wenn er ihnen denn zufallen sollte – viele Menschenleben kosten würde.

An jenem Januarabend waren die Truppen bereit zum Marsch auf die Hauptstadt Perus. Nachdem sie gegessen und das Lager abgebaut hatten, verbrannten sie alles Holz, aus dem ihre Unterkünfte bestanden, und teilten sich in drei Gruppen, um im Schutz des dichten Nebels die feindlichen Befestigungen zu überrennen. Sie gingen schweigend, jeder mit seinem schweren Gepäck auf dem Rücken und die Gewehre in Bereitschaft, um »von vorn und auf chilenische Weise« anzugreifen, wie die Generäle bestimmt hatten, die wohl wußten, daß die mächtigste Waffe die Verwegenheit und Wildheit der von Gewalt berauschten Soldaten war. Severo hatte die mit Branntwein und Schießpulver gefüllten Feldflaschen herumgehen sehen, eine hochbrisante Mischung, die die Eingeweide in Flammen setzte, aber unbezähmbaren Mut auslöste. Er hatte sie einmal gekostet, aber danach war er zwei Tage lang von Erbrechen und Kopfschmerzen geplagt worden und zog es deshalb vor, den Kampf mit kühlem Kopf durchzustehen. Der Marsch in tiefem Schweigen durch die finstere Ödnis kam ihm endlos vor, trotz der kurzen Verschnaufpausen. Als Mitternacht vorbei war, hielt die riesige Soldatenmenge an, um eine Stunde zu rasten. Sie hatten einen Badeort in der Nähe von Lima überfallen wollen, ehe es tagte, aber widersprüchliche Befehle und Verwirrung unter den Kommandierenden verdarben den Plan. Keiner wußte genau, wie die Dinge bei der Vorhut standen, wo die Schlacht offenbar schon begonnen hatte, das zwang die erschöpfte Truppe, ohne Atempause weiterzumarschieren. Dem Beispiel der anderen folgend, entledigte Severo sich seines Tornisters, der Decke und der übrigen Ausrüstung, steckte das Bajonett auf den Gewehrlauf und rannte blindlings vorwärts, aus vollen Lungen brüllend wie ein wütendes Raubtier, denn nun ging es nicht mehr darum, den Feind zu überraschen, jetzt war es soweit, ihm Angst einzuflößen. Die Peruaner erwarteten sie bereits, und kaum waren sie in Schußweite, als eine Breitseite Blei auf sie niederging. Zum Nebel gesellten sich Rauch und Staub und deckten den Horizont mit einer undurchdringlichen Wolke zu, während die Luft sich mit Entsetzen füllte: Die Hörner riefen zum Angriff, es kreischte und dröhnte, die Verwundeten heulten, die Pferde wieherten, die Kanonen donnerten. Der Boden war vermint, aber die Soldaten rückten dennoch vor, den wilden chilenischen Schlachtruf brüllend. Severo sah zwei seiner Kameraden, die wenige Meter entfernt auf eine Mine getreten waren, zerstückelt durch die Luft fliegen. Die nächste Explosion konnte ihn treffen, aber er hatte nicht die Zeit, darüber oder über irgend etwas anderes nachzudenken, weil schon die ersten Husaren über die feindlichen Gräben setzten, hineinsprangen, die Krummesser zwischen den Zähnen, die Bajonette aufgepflanzt, metzelnd und sterbend unter Strömen von Blut. Die Peruaner, soweit sie überlebt hatten, zogen sich zurück, und die Angreifer begannen die Anhöhen hinaufzuklettern und die an den Flanken gestaffelten Verteidigungsanlagen zu durchbrechen. Ohne zu wissen, was er tat, erstach Severo mit dem Säbel in der Faust einen Mann und schoß dann einem anderen, der fliehen wollte, aus nächster Nähe in den Nacken. Blindes Wüten hatte sich seiner bemächtigt; wie alle übrigen hatte er sich in eine Bestie verwandelt. Seine Uniform war zerfetzt und blutbesudelt, ein Darmfetzen eines andern Menschen hing an seinem Ärmel, die Stimme versagte ihm vom vielen Schreien und Fluchen, er hatte die Angst ebenso wie sein eigenes Ich verloren, war nur noch eine Tötungsmaschine, teilte Schläge aus, ohne zu sehen, wohin sie fielen, mit dem einzigen Ziel, auf die Kuppe zu gelangen.

Um sieben Uhr früh, nach zweistündiger Schlacht, flatterte die erste chilenische Flagge auf einem der Gipfel, und Severo, auf der Anhöhe kniend, sah von oben eine Menge peruanischer Soldaten in ungeordnetem Rückzug, die sich schließlich im Hof einer Hazienda vereinigten, wo sie dann in Reih und Glied dem Frontalangriff der chilenischen Kavallerie ausgesetzt waren. In wenigen Minuten war da unten die Hölle los. Severo, der die Anhöhe hinablief, sah die Säbel in der Luft blitzen und hörte die Schüsse und die Schmerzensschreie. Als er die Hazienda erreichte, rannten die Feinde schon davon, erneut verfolgt von den chilenischen Truppen. In diesem Augenblick hörte er die Stimme seines Kommandeurs, der ihn anwies, die Männer seiner Abteilung zu sammeln und den Badeort anzugreifen. Die kurze Frist, während die Reihen sich schlossen, verschaffte ihm eine Atempause; er ließ sich fallen und preßte die Stirn gegen den Boden, keuchend, zitternd, die Hände um die Waffe gekrampft. Er hielt das weitere Vorrücken für Wahnsinn, sein Regiment allein würde den zahlreichen in den Wohnhäusern und sonstigen Gebäuden verbarrikadierten feindlichen Kräften nicht gewachsen sein, sie würden sich von Tür zu Tür schlagen müssen; aber es war nicht seine Aufgabe, zu denken, er hatte dem Befehl seines Vorgesetzten zu folgen und den peruanischen Ort in Schutt und Asche zu legen. Minuten später trabte er an der Spitze seiner Kameraden weiter, während die Geschosse an ihm vorbeipfiffen. Als sie die

Hauptstraße erreichten, teilten sie sich in zwei Reihen, für jede Seite eine. Bei dem Ruf »Die Chilenen kommen« war der größte Teil der Einwohner geflohen, aber diejenigen, die blieben, waren entschlossen, mit allem zu kämpfen, was sie bei der Hand hatten, von Küchenmessern bis zu Kochtöpfen mit brennendem Öl, die sie von oben herabwarfen. Severos Regiment hatte Befehl, von Haus zu Haus zu gehen, bis der Ort entvölkert war, eine keineswegs leichte Aufgabe, er war noch voll von peruanischen Soldaten, die sich überall verschanzt hatten: auf den Dächern, in den Bäumen, an den Fenstern, hinter den Türen. Severos Kehle war wie ausgetrocknet, seine Augen brannten, er konnte keine drei Meter weit sehen, die Luft, dick von Rauch und Pulverdampf, war kaum noch zu atmen, es herrschte eine solche Wirrnis, daß keiner mehr wußte, was er tun sollte, er ahmte nur nach, was der Mann vor ihm tat. Plötzlich ging um Severo herum ein Hagelschauer von Kugeln nieder, und er begriff, daß er nicht weiter vorwärts konnte, er mußte Schutz suchen. Mit einem Kolbenstoß öffnete er die nächste Tür und brach säbelschwingend in das Wohnhaus ein, blind tappend in dem drinnen herrschenden Halbdunkel. Er brauchte ein wenig Zeit, um sein Gewehr neu zu laden, aber die war ihm nicht vergönnt: ein gellendes Kreischen lähmte ihn, und er erkannte undeutlich eine Gestalt, die in einem Winkel gekauert hatte und nun, eine Axt schwingend, auf ihn zusprang. Er konnte eben noch mit den Armen seinen Kopf schützen und mit dem Körper zurückweichen. Die Axt zackte wie ein Blitz in seinen linken Fuß und nagelte ihn am Boden fest. Severo begriff nicht, was geschehen war, er handelte aus reinem Instinkt. Mit dem ganzen Gewicht seines Körpers stieß er mit dem Gewehr zu, durchbohrte mit dem aufgepflanzten Bajonett den Leib seines Angreifers und hob ihn mit brutaler Gewalt in die Höhe. Ein Blutstrom schoß ihm ins Gesicht. Und dann erkannte er, daß sein Feind ein Mädchen war. Er hatte sie förmlich aufgeschlitzt, und sie, nun auf den Knien, versuchte die Eingeweide festzuhalten, die auf den Holzboden fielen. Beider Augen trafen sich in einem endlosen Blick, befremdet, fragend in dem ewigen Schweigen dieses Augenblicks, wer sie waren, weshalb sie sich befeindeten, weshalb sie sich hinschlachteten, weshalb sie sterben mußten. Severo wollte sie stützen, aber er konnte sich nicht bewegen und fühlte zum erstenmal den schrecklichen Schmerz, der von dem Fuß wie eine Feuerzunge durch das Bein hochschoß bis in die Brust. In diesem Augenblick drang ein chilenischer Soldat in das Haus ein, erkannte sofort die Situation, und ohne zu zögern, erschoß er das bereits sterbende Mädchen, ergriff dann die Axt und befreite Severo mit einem ungeheuren Ruck. »Kommen Sie, Leutnant, wir müssen hier weg, die Artillerie wird gleich mit dem Beschuß anfangen«, warnte er, aber Severo, dem jetzt das Blut aus der Wunde sprudelte, verlor das Bewußtsein, kam für einige Sekunden zu sich, und dann umgab ihn wieder Dunkelheit. Der Soldat setzte ihm seine Feldflasche an den Mund und zwang ihn, einen langen Zug Alkohol zu trinken, dann band er ihm ein Taschentuch als improvisierte Aderpresse unter dem Knie um das Bein, warf ihn sich auf den Rücken und schleppte ihn hinaus. Draußen packten andere hilfreiche Hände zu, und vierzig Minuten später, während die chilenische Artillerie jenen einst friedlichen Badeort mit Geschützfeuer belegte und Trümmer und verbogenes Eisen hinterließ, wartete Severo im Hof des Lazaretts neben Hunderten zerfetzter Leichen und Tausenden in Blutlachen liegender, von Fliegen geplagter Verwundeter auf den Tod oder auf ein Wunder, das ihn rettete. Die Schmerzen und die Angst betäubten ihn, bisweilen versank er in gnädige Ohnmacht, und wenn er erwachte, sah er den Himmel sich schwarz färben. Auf die sengende Hitze des Tages folgte die feuchte Kälte der *ca-*

manchaca, die die Nacht in ihre dichte Nebeldecke hüllte. In lichten Augenblicken erinnerte er sich der in der Kindheit gelernten Gebete und flehte um einen raschen Tod, worauf wie ein Bild ihm Nívea erschien, er glaubte sie zu sehen, über ihn gebeugt, wie sie ihn stützte, ihm die Stirn mit einem nassen Tuch abwischte, Liebesworte zu ihm sagte. Immer wieder rief er ohne Stimme ihren Namen und bat um ein Glas Wasser.

Die Schlacht um Lima endete um sechs Uhr abends. Als an den darauffolgenden Tagen berechnet werden konnte, wie viele Tote und Verwundete es gegeben hatte, kam man auf ein Fünftel der Soldaten beider Heere, die in diesen Stunden getötet worden waren. Viele mehr starben später an den Folgen ihrer infizierten Verwundungen. Feldlazarette und Verbandsplätze wurden provisorisch in einer Schule und in ringsum verstreuten Zelten eingerichtet. Der Wind trug den Gestank kilometerweit. Die erschöpften Ärzte und Sanitäter versorgten alle so gut es ihnen möglich war, aber es gab über zweitausendfünfhundert Verwundete in den chilenischen Truppen, und man schätzte über siebentausend unter den Überlebenden der peruanischen Einheiten. Die Verwundeten lagen dicht gedrängt in den Gängen und den Höfen, bis sie an der Reihe waren. Die schwersten Fälle wurden zuerst behandelt, und Severo lag noch nicht im Sterben, trotz des ungeheuren Verlustes an Kraft, Blut und Hoffnung, weshalb die Krankenträger ihn immer wieder liegenließen, um andere vorzuziehen. Derselbe Soldat, der ihn auf dem Rücken zum Lazarett geschleppt hatte, schlitzte ihm mit dem Messer den Stiefel auf, zog ihm das klatschnasse Hemd aus und benutzte es als behelfsmäßigen Tampon für den zerschlagenen Fuß, weil es weder Verbandszeug noch Medikamente, noch Desinfektionsmittel, noch Opium, noch Chloroform gab, alles war aufgebraucht oder war im Wirrwarr des Kampfes verlorengegangen. »Lokkern Sie die Aderpresse von Zeit zu Zeit, Leutnant, damit Sie keinen Brand im Bein kriegen«, riet ihm der Soldat. Bevor er sich verabschiedete, wünschte er ihm noch Glück und schenkte ihm seine kostbarsten Besitztümer: ein Päckchen Tabak und seine Feldflasche mit dem restlichen Alkohol. Severo wußte nicht, wie lange er schon in diesem Hof lag, vielleicht einen Tag, vielleicht auch zwei. Als sie ihn endlich aufhoben, um ihn zum Arzt zu bringen, war er bewußtlos und völlig ausgetrocknet, aber durch die Bewegung wurde der Schmerz so grausam, daß er mit einem Aufheulen zu sich kam. »Warten Sie ab, Leutnant, noch haben Sie das Schlimmste vor sich«, sagte einer der Träger. Dann befand er sich in einem großen Saal, dessen Boden mit Sand bedeckt war, auf den zwei Ordonnanzen immer neue Eimer voll Sand leerten, um das Blut aufzusaugen; in denselben Eimern trugen sie dann die amputierten Gliedmaßen hinaus, um sie draußen auf einem riesigen Scheiterhaufen zu verbrennen, wodurch das Tal mit dem Geruch nach versengtem Fleisch geschwängert war. Auf vier mit Blech bedeckten Holztischen wurden die unglücklichen Soldaten operiert, auf dem Boden standen Kübel mit rotgefärbtem Wasser zum Ausdrücken der Schwämme, mit denen das Blut aus den Wundschnitten gestillt wurde, Haufen von in Streifen gerissenen Lappen lagen herum, die als Verbände dienten, alle schmutzig und mit Sand und Sägemehl gesprenkelt. Auf einem Seitentisch waren schreckliche Folterinstrumente ausgebreitet – Zangen, Scheren, Sägen, Nadeln –, mit trockenem Blut befleckt. Die Schreie der Operierten füllten den Raum, und der Gestank nach Fäulnis, Erbrochenem und Kot war nicht zu atmen. Der Arzt war ein Einwanderer vom Balkan, dem man die Härte, Sicherheit und Schnelligkeit des erfahrenen Chirurgen ansah. Er hatte einen Zweitagebart, die Augen waren vor Übermüdung gerötet,

und er trug eine mit frischem Blut bedeckte Leder-
schürze. Er nahm den improvisierten Verband von
Severos Fuß, löste die Aderpresse, und dann genügte ihm ein Blick, um zu sehen, daß die Infektion begonnen hatte; er entschloß sich zur Amputation.
Kein Zweifel, daß er in diesen Tagen viele Glieder abgetrennt hatte, denn er zuckte nicht einmal mit der
Wimper.

»Haben Sie etwas Alkohol, Soldat?« fragte er mit
deutlich ausländischem Akzent.

»Wasser …«, flehte Severo mit ausgedörrter
Zunge.

»Nachher bekommen Sie Wasser. Jetzt brauche
ich etwas, was Sie ein wenig betäubt, denn hier haben wir keinen Tropfen Alkohol mehr.«

Severo deutete auf die Feldflasche. Der Arzt
zwang ihn, drei große Schlucke zu trinken, wobei
er ihm erklärte, daß mit Anästhesie nicht zu rechnen war, und verbrauchte den Alkoholrest, um einige Stoffstreifen damit zu tränken und seine Instrumente zu säubern, dann gab er den Ordonnanzen
einen Wink, die sich zu beiden Seiten des Tisches
aufstellten, um den Patienten festzuhalten. Dies ist
meine Stunde der Wahrheit, dachte Severo und versuchte sich Nívea vorzustellen, um nicht mit dem
Bild des Mädchens im Herzen zu sterben, das er

mit einem Bajonettstoß aufgeschlitzt hatte. Ein Sanitäter nahm eine neue Aderpresse und befestigte sie am Oberschenkel. Der Chirurg ergriff ein Skalpell, setzte es zwanzig Zentimeter unter dem Knie an, und mit einer geschickten Rundumbewegung durchschnitt er das Fleisch bis auf das Schienbein und das Wadenbein. Severo brüllte vor Schmerz, dann verlor er das Bewußtsein, aber die Ordonnanzen ließen ihn nicht los, sondern drückten ihn noch entschlossener auf den Tisch, während der Arzt mit den Fingern Haut und Muskeln beiseite schob und die Knochen freilegte; dann nahm er eine Säge, und mit drei sicheren Durchzügen hatte er sie durchtrennt. Der Sanitäter zog die zerschnittenen Blutgefäße hervor aus dem Stumpf, und der Arzt verband sie mit unglaublicher Geschicklichkeit, dann lockerte er nach und nach die Aderpresse, während er die Amputationswunde mit Fleisch und Haut bedeckte und zunähte. Darauf wurde Severo rasch verbunden und in einen Winkel des Raumes getragen, um für den nächsten Verwundeten Platz zu machen, der schon schreiend auf dem Tisch des Chirurgen ankam. Die ganze Operation hatte knapp sechs Minuten gedauert.

In den Tagen, die auf die Schlacht folgten, zogen die chilenischen Truppen in Lima ein. Den offiziellen Berichten nach, die in den chilenischen Zeitungen veröffentlicht wurden, geschah dies in völliger Ordnung; nach dem, was im Gedächtnis der Einwohner Limas haftengeblieben ist, war es ein Gemetzel und schloß sich an die Ausschreitungen der geschlagenen peruanischen Soldaten an, die wütend waren, weil sie sich von ihren Befehlshabern verraten fühlten. Ein Teil der Zivilbevölkerung war geflohen, die wohlhabenden Familien suchten Zuflucht auf den Schiffen im Hafen, in den Konsulaten und auf einem von ausländischer Marine beschützten Strand, wo das diplomatische Corps Zelte und Hütten aufgestellt hatte, um die Flüchtlinge unter neutralen Flaggen aufnehmen zu können. Diejenigen, die zurückblieben, um ihre Habe zu verteidigen, sollten sich bis zum Ende ihres Lebens an die höllischen Szenen erinnern, die von der betrunkenen und von den eigenen Gewalttaten aufgeputschten Soldateska aufgeführt wurden. Sie plünderten und setzten die Häuser in Brand, vergewaltigten, schlugen und töteten jeden, der ihnen in den Weg kam, eingeschlossen Frauen und Kinder und Greise. Endlich legte ein Teil der peruanischen Regimenter die Waffen nieder und ergab sich, aber viele Soldaten zerstreuten sich regellos in Richtung auf das Gebirge. Zwei Tage später verließ der peruanische

General Andrés Cáceres mit einem schwerverletzten Bein die besetzte Stadt, begleitet von seiner Frau und zwei, drei getreuen Offizieren, und verschwand auf den Pfaden der Berge. Er hatte geschworen, er werde bis zum letzten Atemzug weiterkämpfen.

Im Hafen von Callao befahlen die Kapitäne den Mannschaften, die Schiffe zu verlassen, zündeten das Pulvermagazin an und versenkten so ihre gesamte Flotte. Die Explosionen weckten Severo del Valle, und er fand sich in einem Winkel auf dem verschmutzten Sand des Operationssaales liegen neben anderen Männern, die wie er durch die Qual der Amputation gegangen waren. Jemand hatte eine Decke über ihn gebreitet und eine Feldflasche mit Wasser neben ihn gelegt. Er streckte die Hand danach aus, aber er zitterte so sehr, daß er sie nicht öffnen konnte, und lag wimmernd da, die Flasche gegen die Brust gepreßt, bis eine junge Freiwillige zu ihm trat, sie für ihn öffnete und ihm half, sie an die trockenen Lippen zu heben. Er trank sie in einem Zuge aus, und dann, von der Frau angeleitet, die monatelang an der Seite der Männer gekämpft hatte und sich auf die Behandlung von Wunden so gut verstand wie die Ärzte, stopfte er sich eine Handvoll Tabak in den Mund und kaute eifrig, um die Krämpfe des Operationsschocks abzuschwächen.

»Töten ist nicht schwer, überleben ist schwer, mein armer Kleiner. Wenn du nicht auf dich achtgibst, wird der Tod dich hinterrücks abschleppen«, warnte ihn die Freiwillige. »Ich habe Angst«, versuchte Severo zu sagen, und vielleicht hatte sie sein Stammeln nicht verstanden, aber sie begriff seine Furcht, und so nahm sie eine kleine Silbermedaille vom Hals und drückte sie ihm in die Hände. »Möge die Heilige Jungfrau dir helfen«, murmelte sie, beugte sich zu ihm hinab und küßte sie ihm kurz auf den Mund, dann ging sie. Severo blieb zurück mit dem Gefühl der Lippen auf den seinen und der Medaille in der Hand, die er fest umklammerte. Er zitterte, seine Zähne schlugen aufeinander, er brannte im Fieber; manchmal schlief er ein oder wurde ohnmächtig, und wenn er wieder zu Bewußtsein kam, betäubte ihn der Schmerz. Stunden später kam die Freiwillige mit den braunen Zöpfen wieder und gab ihm ein paar feuchte Lappen, damit er sich den Schweiß und das getrocknete Blut abwischte, danach reichte sie ihm einen Messingteller mit Maisbrei, ein Stück trockenes Brot und einen Becher mit Zichorienkaffee, einem lauwarmen, schwärzlichen Gebräu, das er nicht einmal zu kosten versuchte, weil Schwäche und Übelkeit es nicht zuließen. Er verbarg den Kopf unter der Decke, dem Leiden und der Verzweiflung ausgeliefert, wimmernd und weinend wie ein Kind, bis er wieder einschlief. »Du hast viel Blut verloren, mein Junge, wenn du nicht ißt, wirst du sterben«, weckte ihn ein Kaplan, der zwischen den Verwundeten umherging, ihnen tröstend zusprach und den Sterbenden die Letzte Ölung reichte. Da erinnerte sich Severo, daß er in den Krieg gegangen war, um zu sterben. Das war sein Ziel gewesen, als er Lynn verloren hatte, aber nun, da der Tod hier war, über ihn gebeugt wie ein Geier, auf die Gelegenheit wartend, ihm den letzten Schnabelhieb zu versetzen, rüttelte der Selbsterhaltungstrieb ihn auf. Der Drang zu leben war stärker als die brennende Qual, die vom Bein aus bis in jede Fiber seines Körpers drang, war stärker als die Angst, die Ungewißheit und der Schrecken. Er begriff, daß er keineswegs sterben wollte, sondern verzweifelt wünschte, auf dieser Welt zu bleiben, zu leben, in welchem Zustand und unter welchen Bedingungen auch immer, auf jeden Fall zu bleiben, einbeinig, verstümmelt, nichts zählte außer dem einen: weiter auf der Welt zu sein, dazusein. Wie jeder Soldat wußte er, daß von zehn Amputierten nur einer es schaffte, über Blutverlust und Wundbrand zu siegen, vermeiden ließ sich weder das eine noch das andere, alles war Glückssache. Er beschloß, er würde einer jener Überlebenden sein. Er überlegte, daß seine wunderbare Cousine Nívea einen ganzen Mann verdiente und keinen Krüppel, er wollte nicht, daß sie ihn als Jämmerling sah, er würde ihr Mitleid nicht ertragen können. Doch als er die Augen schloß, erschien sie wieder neben ihm, er sah Nívea, unberührt von der Grausamkeit des Krieges und der Gemeinheit der Welt, über ihn gebeugt mit ihrem klugen Gesicht, ihren schwarzen Augen und ihrem kecken Lächeln, und sein Stolz löste sich auf wie Salz in Wasser. Er hatte nicht den geringsten Zweifel, daß sie ihn mit einem halben Bein weniger genauso lieben werde wie früher. Da nahm er mit steifen Fingern den Löffel, bemühte sich, das Zittern zu unterdrücken, zwang sich, den Mund zu öffnen, und schluckte einen Löffel voll von dem widerwärtigen Maisbrei, der inzwischen kalt geworden und von Fliegen belagert war.

Die chilenischen Regimenter waren im Januar 1881 siegreich in Lima eingezogen und bemühten sich von dort aus, Peru den durch die Niederlage vorangetriebenen Friedensschluß aufzuzwingen. Nachdem sich die wilde Konfusion der ersten Wochen gelegt hatte, ließen die stolzen Sieger ein Kontingent von zehntausend Mann zurück, um das besetzte

Land zu kontrollieren, und die übrigen machten sich auf gen Süden, um ihre wohlverdienten Lorbeeren zu ernten, wobei sie hochmütig über die nach Tausenden zählenden besiegten Soldaten hinwegsahen, denen es gelungen war, ins Gebirge zu entkommen, und die von dort aus den Kampf weiterzuführen gedachten. Der Sieg war überwältigend gewesen, und die chilenischen Generäle ahnten nicht, daß die Peruaner sie noch drei lange Jahre hindurch bekriegen würden. Die Seele jenes verbissenen Widerstandes war der legendäre General Cáceres, der wie durch ein Wunder dem Tod entgangen war und sich mit einer schrecklichen Wunde in die Berge zurückzog, wo er den zählebigen Samen des Mutes wiedererweckte in einem zerlumpten Heer von Vogelscheuchen und frisch rekrutierten Indios, das er in einen blutigen Krieg mit Guerrillakämpfen, Hinterhalten und Scharmützeln führte. Seine Soldaten – viele barfuß, die Uniformen in Fetzen, unterernährt, verzweifelt – kämpften mit Messern, Lanzen, Knüppeln, Steinen und einigen veralteten Gewehren, aber auch mit dem Vorteil, das Terrain zu kennen. Sie hatten das Schlachtfeld gut gewählt, um einem disziplinierten und gut bewaffneten, wenn auch nicht immer ausreichend versorgten Feind entgegenzutreten, denn auf diese schroffen Berge zu gelangen, wo die Kondore hausten, ging fast über Menschenkräfte. Sie versteckten sich auf den verschneiten Gipfeln, in Höhlen und Schluchten, in hochgelegenen Gletscherspalten, wo die Luft so dünn war und die Einsamkeit so ungeheuer, daß nur sie, die Männer der Sierra, dort überleben konnten. Den chilenischen Truppen bluteten die Ohren, sie brachen ohnmächtig zusammen aus Mangel an Sauerstoff und erfroren in den eisigen Schlünden der Anden. Während sie kaum noch die Berge hinaufsteigen konnten, weil das Herz der Anstrengung nicht gewachsen war, kletterten die Hochlandindios wie Lamas mit einer Last gleich ihrem eigenen Gewicht auf dem Rücken, ohne mehr Nahrung als das bittere Fleisch der Adler und eine grüne Kugel aus Kokablättern, auf der sie kauten. Es waren drei Jahre Krieg ohne Waffenruhe und ohne Gefangene, aber mit Tausenden von Toten. Die peruanischen Kräfte gewannen eine einzige frontal geführte Schlacht um ein Dorf ohne jeden strategischen Wert, das von siebenundsiebzig chilenischen Soldaten besetzt war, von denen mehrere an Typhus erkrankt waren. Die Besatzer hatten nur hundert Kugeln pro Mann, aber sie schlugen sich die ganze Nacht mit solcher Tapferkeit gegen Hunderte Soldaten und Indios, daß in der trostlosen Morgenfrühe, als nur noch drei Schützen übriggeblieben waren, die peruanischen Offiziere sie dringlich baten, sich doch zu ergeben, weil es ihnen eine Schande schien, sie zu töten. Aber sie ergaben sich nicht, sie kämpften weiter und starben mit dem Bajonett in der Hand und dem Namen ihres Vaterlandes auf den Lippen. Bei ihnen, so erzählte man in Santiago, waren drei Frauen, die von den Dorfbewohnern mitten auf den blutüberströmten Dorfplatz geschleppt, vergewaltigt und niedergemetzelt wurden. Eine von ihnen hatte die Nacht zuvor in der Kirche ein Kind geboren, während ihr Mann draußen kämpfte, und auch das Neugeborene wurde zerstückelt. Sie verstümmelten die Leichen, schnitten ihnen den Leib auf und rissen die Eingeweide heraus, und die Indios spießten die Innereien auf Stöcke, rösteten sie und aßen sie auf. Bestialitäten der Art erzählte man sich auf beiden Seiten in diesem Partisanenkrieg, und es gab wohl auch wirklich unzählige Schandtaten. Die endgültige Kapitulation mit Unterzeichnung des Friedensvertrages war schließlich im Oktober 1883 erreicht, nachdem die Truppen von General Cáceres in einer letzten Schlacht besiegt worden waren, einem Massaker mit Messer und Bajonett, das über tausend Tote forderte. Chile nahm Peru drei Provinzen. Bolivien verlor seinen einzigen Zugang zum Meer und wurde gezwungen, eine unbegrenzte Waffenruhe zu bestätigen, die sich über zwanzig Jahre erstrecken sollte bis zur Unterzeichnung eines Friedensvertrages.

Severo del Valle wurde mit Tausenden anderer Verwundeter per Schiff nach Chile gebracht. Während in den improvisierten Feldlazaretten viele an Wundbrand oder an Typhus und Ruhr starben, konnte er genesen, und das hatte er Nívea zu verdanken, die, kaum hatte sie erfahren, was ihm geschehen war, sich an ihren Onkel, den Minister Vergara, wandte und so lange keine Ruhe gab, bis er Severo suchen ließ und ihn mit dem ersten verfügbaren Transport nach Valparaíso schickte. Er ließ auch eine Sondergenehmigung für seine Nichte ausstellen, mit der sie den militärischen Bezirk des Hafens betreten konnte, und wies einen Leutnant an, ihr zu helfen. Als Severo auf einer Trage an Land gebracht wurde, erkannte sie ihn nicht wieder, er hatte zwanzig Kilo abgenommen, war schmutzig, sah aus wie ein gelber, struppiger Leichnam, hatte einen mehrere Wochen alten Bart und die entsetzten, irren Augen eines Wahnsinnigen. Nívea überwand ihren Schreck mit der ihr eigenen amazonenhaften Willenskraft, die sie in ihrem Leben gut gebrauchen konnte, und begrüßte ihn mit einem fröhlichen »Hallo, Vetter, freut mich, dich zu sehen«, worauf Severo nicht antworten konnte. Als er sie erblickte, war seine Erleichterung so groß, daß er das Gesicht mit den Händen bedeckte, damit sie ihn nicht weinen sah. Der Leutnant hatte den Weitertransport vorbereitet, und gemäß den Anordnungen, die er erhalten hatte, fuhr er den Verwundeten und Nívea geradenwegs zum Palais des Ministers, wo dessen Frau ein Zimmer für ihn vorbereitet hatte. »Mein Mann sagt, du bleibst hier, bis du laufen kannst, Junge«, verkündete sie ihm. Der Arzt der Familie Vergara wandte alle Mittel der Wissenschaft an, um ihn zu heilen, aber als einen Monat später die Wunde noch immer nicht vernarben wollte und Severo sich weiter mit Fieberphantasien herumschlug, begriff Nívea, daß seine Seele krank war von den Greueln des Krieges und daß das einzige Heilmittel gegen so viele Gewissensqualen die Liebe war, und also entschloß sie sich, zu extremen Maßnahmen zu greifen.

»Ich werde meine Eltern um die Erlaubnis bitten, dich zu heiraten«, teilte sie Severo mit.

»Ich sterbe, Nívea«, seufzte er.

»Du hast aber auch immer eine Ausrede, Severo! Agonie war noch nie ein Hinderungsgrund beim Heiraten.«

»Willst du Witwe werden, ohne je Ehefrau gewesen zu sein? Ich will nicht, daß dir das gleiche zustößt, was mir mit Lynn passierte.«

»Ich werde nicht Witwe werden, weil du nicht sterben wirst. Würdest du mich wohl demütig bitten, dich zu heiraten, Vetter? Du könntest zum Beispiel sagen, ich sei die Frau deines Lebens, dein Engel, deine Muse oder etwas in dem Stil. Laß dir was einfallen, Mensch! Sag mir, daß du nicht ohne mich leben kannst, wenigstens das stimmt, oder? Ich muß schon sagen, es gefällt mir gar nicht, der einzige Romantiker in unserer Beziehung zu sein.«

»Du bist verrückt, Nívea. Ich bin nicht einmal ein vollständiger Mann, ich bin ein elender Invalide.«

»Fehlt dir mehr als nur ein Stück Bein?« fragte sie ernsthaft beunruhigt.

»Findest du das wenig?«

»Wenn alles übrige an seinem Platz ist, dann, scheint mir, hast du nur wenig verloren, Severo«, lachte sie.

»Dann heirate mich doch bitte«, murmelte er tief erleichtert und mit einem Schluchzer in der Kehle, aber zu schwach, sie zu umarmen.

»Wein nicht, Vetter, küß mich, dazu brauchst du dein Bein nicht«, sagte sie und beugte sich über das Bett mit derselben Bewegung, die er so viele Male in seinen Delirien gesehen hatte.

Drei Tage später heirateten sie in einer kurzen Zeremonie in einem der schönen Salons im Haus des Ministers in Gegenwart der beiden Familien. Den Umständen entsprechend war es eine Heirat im engeren Kreise, aber nur an nächsten Verwandten kamen schon vierundneunzig Personen zusammen. Severo erschien im Rollstuhl, bleich und mager, das Haar im Byron-Stil, die Wangen rasiert, festlich gekleidet in einem Hemd mit steifem Kragen, goldenen Knöpfen und einer Seidenkrawatte. Für ein Brautkleid oder eine angemessene Aussteuer für Nívea hatte die Zeit nicht gereicht, aber ihre Schwestern und Cousinen hatten ihr zwei Koffer mit Hauswäsche vollgepackt, die sie jahrelang für ihre eigene Aussteuer bestickt hatten. Sie trug ein Kleid aus weißem Satin und ein Diadem mit Perlen und Diamanten, beides von einer Frau ihres Onkels geliehen. Auf dem Hochzeitsfoto steht sie strahlend neben dem Stuhl ihres Mannes. An diesem Abend gab es ein Familienessen, an dem Severo nicht teilnahm, weil die Aufregungen des Tages ihn erschöpft hatten. Als die Gäste sich verabschiedet hatten, wurde Nívea von ihrer Tante zu dem Zimmer geleitet, das sie für sie vorbereitet hatte. »Es tut mir schrecklich leid, daß deine Hochzeitsnacht so ... so ...«, stotterte die gute Dame errötend. »Machen Sie sich keine Sorgen, Tante, ich werde mich damit trösten, daß ich den Rosenkranz bete«, antwortete die junge Frau. Sie wartete, bis das Haus schlief, und als sie sicher war, daß sich nichts mehr regte außer dem Wind in den Bäumen des Gartens, erhob sich Nívea im Nachthemd, lief durch die langen Flure des fremden Palais und trat in Severos Zimmer. Die Nonne, die angestellt worden war, um den Schlaf des Kranken zu bewachen, lag in einem Sessel, die Beine weit von sich gestreckt, und schlief tief und fest, aber Severo war wach und erwartete sie. Sie hob Schweigen gebietend einen Finger an die Lippen, löschte die Gaslampen und schlüpfte ins Bett.

Nívea war bei den Nonnen erzogen worden und stammte aus einer altmodischen Familie, in der die Funktionen des menschlichen Körpers niemals erwähnt wurden und schon gar nicht diejenigen, die mit der Fortpflanzung verbunden waren, aber sie war zwanzig Jahre alt, hatte ein leidenschaftliches Herz und ein gutes Gedächtnis. Sie erinnerte sich sehr gut an die verstohlenen Spiele mit ihrem Vetter in den dunklen Winkeln, an die Form von Severos Körper, die ängstliche Begierde der immer unbefriedigten Lust, die Faszination der Sünde. Zu jener Zeit wurden sie beide durch Scham und Schuld gehemmt und kamen zitternd aus ihren verbotenen

Winkeln, erschöpft und die Haut in Flammen. In den Jahren, in denen sie voneinander getrennt waren, hatte sie Zeit gehabt, jeden mit ihrem Vetter geteilten Augenblick durchzugehen und die Neugier der Kindheit in eine tiefe Liebe zu verwandeln. Außerdem hatte sie die Bibliothek ihres Onkels José Francisco Vergara gründlich genutzt, dieses liberal und modern denkenden Mannes, der keinerlei Beschränkung seiner intellektuellen Interessen hinnahm und religiöse Zensur schon gar nicht duldete. Während Nívea die Bücher über Wissenschaft, Kunst und Krieg nach ihrer Thematik einordnete, entdeckte sie zufällig den Weg, ein Geheimfach zu öffnen, und stand vor einer keineswegs zu verachtenden Sammlung von Romanen, die auf der schwarzen Liste der Kirche standen, und von erotischen Texten einschließlich einer vergnüglichen Kollektion japanischer und chinesischer Zeichnungen mit ineinander verwickelten Paaren in anatomisch unmöglichen Positionen, die aber durchaus imstande waren, selbst den größten Asketen zu inspirieren, um so mehr eine so phantasiebegabte Person wie Nívea. Die lehrreichsten Texte jedoch boten die pornographischen Romane einer *Anonymen Dame,* aus dem Englischen sehr schlecht ins Spanische übersetzt, die das junge Mädchen einen nach dem andern in ihrer Handtasche versteckt mit nach Hause nahm, sorgfältig las und heimlich an seinen alten Platz zurückstellte, eine unnötige Vorsicht, denn ihr Onkel war mit Kriegführen beschäftigt, und niemand sonst in dem Palais betrat die Bibliothek. Geleitet von diesen Büchern, erforschte sie ihren eigenen Körper, lernte die Grundbegriffe der ältesten Kunst der Menschheit und bereitete sich auf den Tag vor, an dem sie die Theorie in die Praxis umsetzen konnte. Sie wußte natürlich, daß sie eine schreckliche Sünde beging – Lust ist immer Sünde –, aber sie verzichtete darauf, das Thema mit ihrem Beichtvater zu besprechen, denn ihr schien, der Spaß, den sie sich leistete und den sie sich in Zukunft leisten würde, war die Gefahren der Hölle wert. Sie betete darum, daß der Tod sie nicht irgendwann plötzlich ereilte und daß sie es vor dem letzten Atemzug noch schaffen werde, die köstlichen Stunden zu beichten, die die Bücher ihr schenkten. Niemals hätte sie sich vorgestellt, daß dieser Einzelunterricht ihr einmal dazu dienen würde, dem Mann, den sie liebte, das Leben wiederzugeben, und schon gar nicht, daß sie es drei Meter von einer schlafenden Nonne entfernt tun würde. Nach der ersten Nacht mit Severo regelte sie letzteres so, daß sie, wenn sie sich abends von ihm verabschiedete, um ihr eigenes Zimmer aufzusuchen, der Nonne eine Tasse heiße Schokolade und ein paar Kekse mitbrachte. Die Schokolade enthielt eine Dosis Baldrian, die selbst ein Kamel eingeschläfert hätte. Severo hätte nie gedacht, daß seine so vernünftige Cousine derlei akrobatische Kunststückchen beherrschte. Die Wunde am Bein, die immer noch stechende Schmerzen verursachte, dazu das Fieber und die Schwäche nötigten ihm eine passive Rolle auf, aber was ihm an Kraft fehlte, machte sie durch Initiative und Wissen wett. Severo war sicher, daß diese Liebesspiele unchristlich waren, aber das hinderte ihn nicht, sie voll zu genießen. Hätte er Nívea nicht seit ihrer Kindheit gekannt, dann hätte er angenommen, sie sei in einem türkischen Serail geschult worden, aber falls es ihn beunruhigte, wie und wo diese Jungfrau all die verschiedenartigen Hetärentricks gelernt hatte, war er klug genug, sie nicht danach zu fragen. Er folgte ihr willig auf der Reise der Sinne, soweit sein Körper mitmachte, und gab dabei seine Seele bis zum äußersten hin. Sie suchten einander unter den Laken in den Formen, die die Pornographen aus der Bibliothek des ehrenwerten Kriegsministers beschrieben, und in anderen, die sie selbst erfanden, angestachelt vom Verlangen und von der Liebe, aber eingeschränkt durch den in Verbände gewickelten

Stumpf und durch die in ihrem Sessel schnarchende Nonne. Die Morgendämmerung überraschte sie in enger Umschlingung zuckend, mit den vereinten Mündern gemeinsam atmend, und kaum deutete sich das erste Morgenlicht im Fenster an, glitt sie wie ein Schatten zurück in ihr Zimmer. Die Spiele von einst hatten sich in wahre Marathons der Sinnenlust verwandelt, sie liebkosten einander mit hungriger Gier, küßten sich, leckten sich, drangen überall ein, und alles im Dunkeln und in tiefstem Schweigen, sie verschluckten die Seufzer und bissen in die Kissen, um die fröhliche Wollust zu ersticken, die sie ein ums andere Mal emporhob in die Seligkeit während jener allzu kurzen Nächte. Die Zeit flog, kaum war Nívea wie ein Geist im Zimmer erschienen, um zu Severo ins Bett zu schlüpfen, schon war wieder Morgen. Keiner von beiden schloß die Augen, sie wollten nicht eine Minute von diesem gesegneten Beisammensein verlieren. Am folgenden Tag dann schlief er wie ein Neugeborenes bis Mittag, aber sie stand früh auf, blickte ein wenig verwirrt wie ein Schlafwandler und erledigte die üblichen Aufgaben. Abends ruhte Severo in seinem Rollstuhl auf der Terrasse und sah zu, wie die Sonne im Meer versank, während seine Ehefrau neben ihm saß, Deckchen bestickte und dabei einschlief. In Gegenwart anderer benahmen sie sich wie Geschwister, berührten sich nicht und sahen einander kaum an, aber die Luft um sie herum war mit Sehnsucht geladen. Den ganzen Tag zählten sie die Stunden, warteten mit wütender Ungeduld darauf, daß sie sich wieder im Bett umarmen konnten. Was sie in den Nächten taten, hätte den Arzt ebenso entsetzt wie die beiden Familien, wie die gesamte Gesellschaft, ganz zu schweigen von der Nonne. Unterdessen redeten Verwandte und Freunde über Níveas Selbstverleugnung – dieses so reine und so katholische junge Mädchen zu platonischer Liebe verdammt! – und über Severos moralische Stärke – ein Bein verloren und sein Leben ruiniert bei der Verteidigung des Vaterlandes! Die Klatschbasen verbreiteten das Gerücht, er habe nicht nur ein Bein auf dem Schlachtfeld verloren, sondern auch die Attribute der Männlichkeit. Ach, die beiden Armen, zischelten sie unter Seufzern, ohne zu ahnen, wie gut es diesem ausschweifenden Paar erging. Etwa eine Woche nachdem die Nonne mit Schokolade betäubt worden war und sie sich geliebt hatten wie die Babylonier, war die Operationswunde vernarbt und das Fieber verschwunden. Keine zwei Monate später ging Severo an Krücken und fing an, von einem Holzbein zu reden, während Nívea ihr Innerstes nach außen stülpte, eingeschlossen in irgendeines der dreiundzwanzig Badezimmer des Palais. Als sie nicht länger umhinkonnten, der Familie mitzuteilen, daß Nívea schwanger war, war die allgemeine Verblüffung so ungeheuer, daß es schließlich hieß, diese Schwangerschaft sei ein Wunder. Am meisten empört war zweifellos die Nonne, aber Severo und Nívea hatten sie immer im Verdacht, daß die fromme Frau trotz der beträchtlichen Baldriangaben die Gelegenheit genutzt hatte, sehr viel zu lernen; sie hatte sich schlafend gestellt, um sich nicht des Vergnügens zu berauben, sie zu beobachten. Der einzige, der sich vorstellen konnte, wie sie es gemacht hatten, und der die Geschicklichkeit des Paares mit herzlichem Lachen belohnte, war Minister Vergara. Als Severo mit seinem künstlichen Bein die ersten Schritte gehen konnte und Níveas Bauch nicht mehr zu verstecken war, half er ihnen, sich in einem eigenen Haus einzurichten, und gab Severo Arbeit. »Das Land und die liberale Partei brauchen Leute von deiner Kühnheit«, sagte er, obwohl, der Wahrheit die Ehre, Nívea die Kühne gewesen war.

Ich habe meinen Großvater Feliciano Rodríguez de Santa Cruz nie kennengelernt, er starb einige Monate bevor ich in sein Haus kam. Ein Schlaganfall traf ihn, als er bei einem Bankett in seinem Haus auf Nob Hill, am Kopfende des Tisches sitzend, sich an einer Hirschpastete mit französischem Rotwein verschluckte. Mehrere Gäste hoben ihn vom Boden auf, betteten den Sterbenden auf ein Sofa und legten seinen schönen Kopf, den Kopf eines Araberfürsten, Paulina in den Schoß, die, um ihn zu ermuntern, auf ihn einredete: »Stirb nicht, Feliciano, du weißt doch, die Witwen lädt keiner ein . . . Atme, Mensch! Wenn du atmest, verspreche ich dir, daß ich heute ganz bestimmt den Riegel von meiner Tür abnehme.« Es wird erzählt, daß es Feliciano noch zu lächeln gelang, bevor sein Herz stillstand. Es gibt unzählige Bilder von dem kräftigen, fröhlichen Chilenen, man kann ihn sich leicht lebend vorstellen, denn auf keinem davon posiert er für den Maler oder den Fotografen, auf jedem sieht er so aus, als wäre er in einer spontanen Bewegung festgehalten worden. Er lachte mit Haifischzähnen, gestikulierte beim Sprechen und bewegte sich mit der Sicherheit und dem Ungestüm eines Piraten. Nach seinem Tod verfiel Paulina; ihre Verzweiflung war so groß, daß sie weder an der Beisetzung teilnehmen konnte noch an den zahlreichen Ehrungen, die die Stadt ihm erwies. Da ihre drei Söhne nicht im Lande waren, mußten der Butler Williams und die Anwälte der Familie sich um die Feierlichkeiten kümmern. Die beiden jüngsten Söhne kamen einige Wochen später an, aber Matías hielt sich in Deutschland auf und erschien nicht, sich mit seiner angegriffenen Gesundheit entschuldigend, um seine Mutter zu trösten. Zum erstenmal in ihrem Leben kamen Paulina die Koketterie, der Appetit und das Interesse für die Rechnungsbücher abhanden, sie weigerte sich, aus dem Haus zu gehen, und verbrachte ganze Tage im Bett. Sie gestattete niemandem, sie in diesem Zustand zu sehen, die einzigen, die ihr Trauern miterlebten, waren ihre Dienstmädchen und Williams, der tat, als bemerkte er nichts, und sich darauf beschränkte, in angemessener Entfernung zu wachen, um ihr zu helfen, wenn sie ihn darum bat. Eines Tages stand sie zufällig vor dem großen goldgerahmten Spiegel, der die halbe Wand ihres Badezimmers einnahm, und sah, was aus ihr geworden war: eine dicke, verschlampte Vettel mit dem Kopf einer Schildkröte, gekrönt von einem wirren grauen Haarbusch. Sie stieß einen Schrei des Entsetzens aus. Kein Mann auf der ganzen Welt – und schon gar nicht Feliciano – verdiente so viel Selbstverleugnung, entschied sie. Sie war an einem Tiefpunkt angelangt, es war an der Zeit, sich mit einem kräftigen Fußtritt vom Grund abzustoßen und wieder hochzukommen. Sie läutete, um ihre Zofen herbeizurufen, und wies sie an, ihr beim Bad zu helfen und den Friseur zu holen. Von diesem Tag an erholte sie sich mit eisernem Willen von ihrer Trauer ohne weitere Hilfe als Berge von Süßigkeiten und lange Wannenbäder. Die Nacht fand sie meistens mit vollem Mund in der Badewanne sitzend, aber sie weinte nicht mehr. Zu Weihnachten tauchte sie auf aus ihrer Abgeschiedenheit, mit einigen Kilos mehr und tadellos hergerichtet, und mußte verdutzt feststellen, daß die Welt sich während ihrer Abwesenheit weiter gedreht und niemand sie vermißt hatte, was für sie ein Ansporn mehr war, sich endgültig wieder auf die Füße zu stellen. Sie würde nicht zulassen, daß man sie übersah, sie war eben sechzig Jahre alt geworden und gedachte noch einige dreißig weiterzuleben, und sei es auch nur, um ihre Mitmenschen zu ärgern. Sie würde einige Monate Trauer tragen, das war das wenigste, was sie Feliciano zu Ehren tun konnte, aber ihm würde es nicht gefallen, sie als eine dieser griechischen Witwen zu sehen, die für den Rest ihres Lebens in Sack und Asche gehen. Sie begann eine neue Garderobe in Pastellfarben für das nächste Jahr zu planen und eine Vergnügungsreise nach Europa. Von da aus konnte man leicht einen Abstecher nach Ägypten machen, da hatte sie schon immer mal hingewollt, aber Feliciano hatte gemeint, das sei ein Land mit nichts als Sand und Mumien, in dem alles Interessante vor dreitausend Jahren geschehen war. Jetzt, wo sie allein war, würde sie diesen Traum verwirklichen können. Plötzlich jedoch wurde ihr bewußt, wie sehr ihr Leben sich verändert hatte und wie wenig die Gesellschaft von San Francisco sie schätzte; all ihr Geld reichte nicht aus, daß man ihr die südamerikanische Herkunft und den Akzent des Küchenpersonals verzieh. Wie sie es im Scherz gesagt hatte: niemand lud sie ein, sie bekam nicht mehr als erste Einladungen zu den Festen, sie wurde nicht mehr gebeten, ein Krankenhaus oder ein Denkmal einzuweihen, ihr Name wurde in den Gesellschaftsspalten nicht mehr genannt, und in der Oper wurde sie kaum gegrüßt. Sie war ausgeschlossen. Auf der anderen Seite war es sehr schwierig geworden, ihre Geschäfte auszudehnen, denn ohne ihren Mann hatte sie niemanden, der sie im finanziellen Milieu vertrat. Sie stellte eine genaue Berechnung ihres Vermögens an und erkannte, daß ihre drei Söhne das Geld schneller zum Fenster hinauswarfen, als sie es verdienen konnte, überall zeigten sich Schulden, und Feliciano hatte vor seinem Tod einige miserable Investitionen getätigt, ohne sich mit ihr zu beraten. Sie war nicht so reich, wie sie ge-

dacht hatte, aber doch weit davon entfernt, sich für
ruiniert zu halten. Sie rief Williams herein und be-
auftragte ihn, einen Dekorateur anzustellen, um die
Salons umzugestalten, einen Küchenchef, um eine
Reihe von Banketten zu planen, die sie anläßlich
des Neujahrsfestes geben wollte, einen Reiseagen-
ten, um mit ihm über Ägypten zu sprechen, und
einen Schneider, um ihre neuen Kleider zu entwerfen. Mit diesen Sofortmaßnahmen gegen die Witwenschaft war sie beschäftigt, als in ihrem Hause
ein in weiße Popeline gekleidetes kleines Mädchen
mit einem Spitzenhäubchen und in Lackschühchen
an der Hand einer Frau in Trauerkleidung erschien.
Das waren Eliza Sommers und ihre Enkelin Aurora,
die Paulina fünf Jahre lang nicht gesehen hatte.

»Hier bringe ich Ihnen die Kleine, wie Sie es
wünschten, Paulina«, sagte Eliza traurig.

»Mein Gott, was ist passiert?« fragte Paulina verblüfft.

»Mein Mann ist gestorben.«

»Also sind wir beide Witwen«, murmelte Paulina.

Eliza erklärte ihr, sie könne ihre Enkelin nicht
weiter versorgen, weil sie den Leichnam Tao Chi'ens
nach China überführen müsse, wie sie es ihm immer
versprochen habe. Paulina rief Williams, damit er

das Kind in den Garten begleitete und ihm die Pfauen zeigte, während sie mit Eliza sprach.

»Wann wollen Sie zurückkehren, Eliza?« fragte sie.

»Es kann eine sehr lange Reise werden.«

»Ich möchte nicht, daß ich die Kleine liebgewinne und sie in ein paar Monaten wieder hergeben muß. Das würde mir das Herz brechen.«

»Ich verspreche Ihnen, das wird nicht geschehen, Paulina. Sie können meiner Enkelin ein viel besseres Leben bieten, als ich ihr geben kann. Ich gehöre nirgends hin. Ohne Tao ist es für mich sinnlos geworden, in Chinatown zu leben, ich passe auch nicht zu den Amerikanern, und in Chile habe ich ebensowenig zu suchen. Ich bin überall eine Fremde, aber für Lai-Ming wünsche ich mir Wurzeln, daß sie eine Familie bekommt und eine gute Erziehung. Eigentlich müßte Severo del Valle, ihr gesetzlicher Vater, sich um sie kümmern, aber der ist weit von hier und hat selbst Kinder. Weil Sie die Kleine immer haben wollten, dachte ich ...«

»Das haben Sie ganz richtig gemacht, Eliza«, unterbrach Paulina sie.

Paulina hörte sich bis zum Ende die Tragödie an, die über Eliza gekommen war, und erfuhr alle Einzelheiten über Aurora einschließlich der Rolle, die

Severo in ihrem Schicksal spielte. Sie merkte gar nicht, wie Groll und Stolz sich verflüchtigten, und nahm Eliza tief gerührt in die Arme, die Frau, die sie noch Minuten zuvor als ihre schlimmste Feindin angesehen hatte, dankte ihr für die unglaubliche Großmut, ihr die Enkelin zu überlassen, und schwor ihr, sie werde eine wahre Großmutter sein, nicht so gut, wie Eliza und Tao Chi'en als Großeltern es sicherlich gewesen seien, aber bereit, den Rest ihres Lebens der Aufgabe zu widmen, Aurora zu behüten und glücklich zu machen. Das werde für sie das Wichtigste auf dieser Welt sein.

»Lai-Ming ist ein aufgewecktes Kind. Sie wird bald fragen, wer ihr Vater ist. Bis vor kurzem glaubte sie noch, ihr Vater, ihr Großvater, ihr bester Freund und Gott selbst seien ein und derselbe Mensch: Tao Chi'en«, sagte Eliza.

»Was soll ich ihr sagen, wenn sie fragt?«

»Sagen Sie ihr die Wahrheit, die ist immer am leichtesten zu verstehen«, riet Eliza ihr.

»Daß mein Sohn Matías ihr leiblicher Vater ist und mein Neffe Severo ihr gesetzlicher Vater?«

»Warum nicht? Und sagen Sie ihr, daß ihre Mutter Lynn Sommers hieß und eine gute und schöne junge Frau war«, murmelte Eliza und mußte schlukken.

Die beiden Großmütter kamen an Ort und Stelle überein, daß es, um ihre Enkelin nicht noch mehr zu verwirren, am besten sei, sie endgültig von ihrer Familie mütterlicherseits zu trennen, daß sie nie wieder chinesisch sprechen und keinerlei Berührung mit ihrer Vergangenheit haben sollte. Als Fünfjährige denkt man noch nicht vernünftig, meinten sie, mit der Zeit werde die kleine Lai-Ming ihre Herkunft ebenso vergessen wie auch die verstörenden letzten Ereignisse. Eliza verpflichtete sich, auf keinerlei Art Verbindung zu dem Kind aufzunehmen, und Paulina, sie so innig zu lieben wie die Tochter, die sie sich so sehr gewünscht, aber nie bekommen hatte. Sie verabschiedeten sich mit einer kurzen Umarmung voneinander, und Eliza verschwand durch eine Dienstbotentür, damit ihre Enkelin nicht sah, wie sie fortging.

Ich bedaure es sehr, daß diese beiden guten Damen, meine Großmütter Eliza und Paulina, über mein Schicksal entschieden, ohne mich daran teilhaben zu lassen. Mit der gleichen unglaublichen Entschlossenheit, mit der sie als Achtzehnjährige mit geschorenem Kopf aus einem Kloster ausriß, um mit ihrem heimlichen Geliebten zu fliehen, und als Achtundzwanzigjährige ein Vermögen anhäufte, als sie Gletschereis auf Schiffe laden ließ, machte sich meine Großmutter Paulina daran, meine Herkunft auszulöschen. Und hätte ihr das Schicksal nicht ein Bein gestellt und in letzter Stunde ihre Pläne vereitelt, dann wäre ihr das auch gelungen. Ich erinnere mich sehr gut an den ersten Eindruck, den ich von ihr hatte. Ich sehe mich einen Palast betreten, der auf einem Hügel steht, sehe mich durch Gärten mit spiegelndem Wasser und beschnittenen Sträuchern gehen, sehe die Marmorstufen mit den Bronzelöwen in Lebensgröße auf beiden Seiten der Treppe, die Doppeltür aus dunklem Holz und die riesige Halle, die ihr Licht von oben durch die farbigen Fenster einer gewaltigen Kuppel erhält. Noch nie war ich an einem solchen Ort gewesen, ich fühlte mich ebenso bezaubert wie verängstigt. Plötzlich stand ich vor einem vergoldeten Sessel, und darin saß Paulina del Valle, die Königin auf ihrem Thron. Da ich sie inzwischen viele Male in ebendiesem Sessel sitzen sah, fällt es mir nicht schwer, mir vorzustellen, wie ich sie an diesem ersten Tag erblickte: herausgeputzt mit einer Überfülle an Juwelen und ausreichend Stoff, um Vorhänge draus zu nähen, kurz: eindrucksvoll. Neben ihr verschwand der Rest der Welt. Sie hatte eine schöne Stimme, viel natürliche Eleganz und weiße, ebenmäßige Zähne – eine hervorragende Nachahmung aus Porzellan. Zu jener Zeit hatte sie sicherlich schon graue Haare, aber sie färbte sie in demselben Kastanienbraun, das sie in ihrer Jugend gehabt hatten, und vermehrte sie durch eine Reihe so geschickt verteilter künstlicher Haarteile, daß sie sich in einem üppigen Knoten förmlich türmten. Ich hatte noch nie ein Wesen von solchem Umfang gesehen, das den Ausmaßen und der Pracht seines Hauses so vollendet angepaßt war. Heute, da ich endlich weiß, was in den Tagen vor diesem Augenblick geschehen war, begreife ich, daß es ungerecht ist, mein Entsetzen dieser gewaltigen Großmutter allein zuzuschreiben; als ich zu ihr gebracht wurde, war der Schrecken Teil meines Gepäcks wie der kleine Koffer und die chinesische Puppe, die ich beide gut festhielt. Nachdem Williams mich durch den Garten geführt und mich dann in ein riesiges leeres Speisezimmer vor einen Becher mit Eis gesetzt hatte, brachte er mich in den Saal der Aquarelle, wo, wie ich annahm, meine Großmutter Eliza mich erwartete, aber statt dessen traf ich auf Paulina, die sich mir vorsichtig näherte, als wollte sie eine widerspenstige Katze einfangen, und zu mir sagte, sie liebe mich sehr, und ab heute würde ich in diesem großen Haus leben und viele Puppen haben, auch ein Pony und eine kleine Kutsche.

»Ich bin deine Großmutter«, erklärte sie.

»Wo ist meine richtige Großmutter?« soll ich gefragt haben.

»Ich bin deine richtige Großmutter, Aurora. Die andere Großmutter ist auf eine lange Reise gegangen«, antwortete Paulina.

Ich rannte los, quer durch die Halle mit der Kuppel, verlief mich in die Bibliothek, geriet in das Speisezimmer und kroch unter den Tisch, wo ich mich zusammenkauerte, stumm und verstört. Es war ein riesiges Stück Möbel mit einer Platte aus grünem Marmor, die Beine waren als Karyatiden geschnitzt, unmöglich, ihn zu bewegen. Sehr bald erschienen Paulina, Williams und zwei Dienstboten, entschlossen, mich hervorzulocken, aber ich rutschte wieselflink beiseite, wenn mir eine Hand nahe kam. »Lassen Sie sie, Madam, sie wird schon alleine hervorkommen«, sagte Williams, aber als einige Stunden vergangen waren und ich noch immer unter dem Tisch verschanzt war, schoben sie mir einen weiteren Becher Eis, ein Kissen und eine Decke zu. »Wenn sie schläft, holen wir sie vor«, hatte Paulina gesagt, aber ich schlief nicht, dafür pinkelte ich an Ort und Stelle – ich war mir wohl bewußt, daß man so etwas nicht tat, aber zu verängstigt, um nach einer Toilette zu suchen. Ich blieb auch unter dem

Tisch, während Paulina zu Abend aß; von meiner Deckung aus sah ich ihre dicken Beine, die kleinen Satinschuhe unter den überhängenden Wülsten der Füße, und die schwarzen Hosen der Diener, die beim Auftragen der Speisen vorbeigingen. Sie beugte sich ein paarmal unter ungeheurer Anstrengung herunter, um mir zuzuzwinkern, worauf ich als einzige Erwiderung das Gesicht gegen die Knie preßte. Ich starb vor Hunger, Müdigkeit und dem dringenden Wunsch, auf die Toilette zu gehen, aber ich war ebenso hochmütig wie Paulina selbst und ergab mich nicht so leicht. Mit einemmal schob Williams ein Tablett mit dem dritten Eis, Keksen und einem großen Stück Schokoladenkuchen unter den Tisch. Ich wartete, daß er fortgehen sollte, und als ich mich sicher fühlte, wollte ich essen, aber je weiter ich die Hand ausstreckte, um so weiter weg rutschte das Tablett, das der Butler an einer Schnur zu sich hinzog. Als ich endlich einen Keks erwischen konnte, war ich schon außerhalb meiner Höhle, aber da niemand im Speisezimmer war, konnte ich die Näschereien in Ruhe verschlingen, rutschte aber schnellstens wieder unter den Tisch, sowie ich ein Geräusch hörte. Das gleiche wiederholte sich Stunden später, als es Tag wurde, bis ich, dem beweglichen Tablett folgend, zur Tür gelangte, wo mich Paulina del Valle mit einem gelblichen jungen Hund erwartete, den sie mir in die Arme drückte.

»Der ist für dich, Aurora. Dieses Hündchen fühlt sich genauso einsam und verschreckt.«

»Ich heiße Lai-Ming.«

»Dein Name ist Aurora del Valle«, erwiderte sie kurz und bündig.

»Wo ist hier das Klo?« flüsterte ich und klemmte die Beine zusammen.

Und so begann meine Beziehung zu dieser kolossalen Großmutter, die das Schicksal mir beschert hatte. Sie brachte mich in einem Zimmer neben dem ihren unter und erlaubte mir, mit dem Hündchen zu schlafen, das ich seiner Farbe wegen *Caramelo* nannte. Um Mitternacht erwachte ich von dem Alptraum mit den Wesen in den schwarzen Pyjamas, und ohne lange nachzudenken, floh ich in Paulinas berühmtes Bett, wie ich vorher jeden Morgen in das meines Großvaters gekrabbelt war, um mich an ihn zu kuscheln. Ich war es gewohnt, von Taos festen Armen umfangen zu werden, nichts tröstete mich so wie sein Geruch nach Meer und der Singsang seiner sanften chinesischen Worte, die er noch halb im Schlaf zu mir sagte. Ich wußte nicht, daß andere Kinder nicht ungerufen in das Schlafzimmer der Erwachsenen gehen und schon gar nicht in ihre Betten; ich war in engem körperlichen Kontakt mit meinen Großeltern mütterlicherseits aufgewachsen, war endlos geküßt und geschaukelt worden, ich kannte keine andere Form des Trostes oder der Beruhigung als eine Umarmung. Als Paulina mich sah, wies sie mich entrüstet zurück, aber ich fing sofort an zu wimmern im Chor mit dem armen Hund, und so kläglich müssen wir dagestanden haben, daß sie uns winkte, näher zu kommen. Ich sprang in ihr Bett und zog mir die Decke über den Kopf. Ich muß wohl gleich eingeschlafen sein, jedenfalls lag ich am Morgen an ihren großen, nach Gardenie duftenden Brüste gekuschelt, den Hund zu meinen Füßen. Als ich so zwischen den florentinischen Delphinen und Najaden erwachte, war das erste, was ich tat, nach meinen Großeltern Eliza und Tao zu fragen, und ich erhielt lauter ausweichende Antworten. Ich suchte sie im ganzen Haus und in den Gärten, dann stellte ich mich neben die Tür und wartete, daß die beiden mich holen kamen. Das wiederholte sich die ganze Woche hindurch, trotz der Geschenke, Spaziergänge und Hätscheleien Paulinas. Am Sonnabend riß ich aus. Ich war noch nie allein auf der Straße gewesen und wußte nicht, wie ich mich zurechtfinden sollte, aber der Instinkt sagte mir, daß ich erst einmal von dem Hügel hinuntermußte. So gelangte ich ins Zentrum von San Francisco, wo ich mehrere Stunden verschüchtert herumlief, bis ich zwei Chinesen mit einem Karren voll Wäsche sah, denen ich in einigem Abstand folgte, weil sie meinem Onkel Lucky ähnlich sahen. Sie gingen nach Chinatown, wo sich alle Wäschereien von San Francisco befanden, und kaum war ich in diesem mir wohlbekannten Viertel angekommen, da fühlte ich mich sicher, wenn ich auch die Namen der Straßen oder die Adresse meiner Großeltern nicht wußte. Ich war zu scheu und fürchtete mich zu sehr, als daß ich um Hilfe gebeten hätte, also irrte ich weiter ziellos durch die Gegend, geführt von den Essensgerüchen, dem Klang der Sprache und den Hunderten kleiner Läden, in die ich so oft an der Hand meines Großvaters gegangen war. Irgendwann überwältigte mich die Müdigkeit, ich setzte mich auf die Schwelle eines uralten Hauses und schlief ein. Plötzlich wurde ich unsanft wachgerüttelt von einer schimpfenden alten Frau, deren Gesicht durch die mit Kohle mitten auf die Stirn gemalten Augenbrauen aussah wie eine Maske. Ich stieß einen Entsetzensschrei aus, aber zum Weglaufen war es schon zu spät, sie hielt mich mit beiden Händen fest umklammert. Sie hob mich hoch und brachte mich strampelndes Bündel in ein dreckiges

Gelaß, wo sie mich einschloß. Der Raum roch fürchterlich, und zu der Angst und dem Hunger wurde mir auch noch so übel, daß ich mich übergeben mußte. Ich hatte keine Ahnung, wo ich war. Kaum hatte ich mich von der Übelkeit erholt, begann ich aus vollem Halse nach meinem Großvater zu schreien, und da kam die Frau zurück und versetzte mir ein paar Ohrfeigen, daß mir die Luft wegblieb; ich war noch nie geschlagen worden, und ich glaube, die Überraschung war größer als der Schmerz. Sie befahl mir in Kantonesisch, den Mund zu halten, oder sie würde mich mit einem Bambusrohr verprügeln, dann zog sie mich aus und untersuchte mich gründlich, besonders den Mund, die Ohren und unten herum, zog mir ein reines Hemd an und nahm meine verschmutzten Sachen mit. Ich war wieder allein in dem elenden Raum, der nach und nach in Dunkel versank, je mehr das Licht abnahm, das durch das einzige Luftloch drang.

Ich glaube, dieses Abenteuer hat mich gezeichnet, denn seither sind fünfundzwanzig Jahre vergangen, und ich zittere immer noch, wenn ich mich an die endlosen Stunden dort erinnere. Zu jener Zeit sah man Mädchen niemals allein in Chinatown, die Familien behüteten sie sorgfältig, damit sie nicht durch Unachtsamkeit auf den verschlungenen Wegen der Kinderprostitution verschwanden. Ich war noch zu jung dafür, aber bisweilen raubten oder kauften sie auch Mädchen meines Alters, um sie von Kindheit an in jeder Form des Lasters zu schulen. Die Frau kam erst nach Stunden zurück, als es schon ganz dunkel geworden war, begleitet von einem jüngeren Mann. Sie betrachteten mich im Licht einer Lampe und fingen dann hitzig an zu verhandeln in ihrer Sprache, die ich zwar kannte, von der ich aber sehr wenig verstand, weil ich zu erschöpft war und halbtot vor Angst. Mehrmals glaubte ich den Namen meines Großvaters, Tao Chi'en, zu hören. Sie gingen, und ich war wieder allein, zitternd vor Kälte und Grauen, wie lange, weiß ich nicht. Als die Tür sich wieder öffnete, blendete mich das Licht einer Lampe, ich hörte meinen chinesischen Namen, Lai-Ming, und erkannte die unverwechselbare Stimme meines Onkels Lucky. Seine Arme hoben mich hoch, und dann wußte ich nichts mehr, die Erleichterung betäubte mich. Ich erinnere mich weder an die Fahrt in der Kutsche noch an den Augenblick, an dem ich in dem Palais auf Nob Hill wieder vor meiner Großmutter Paulina stand. Ich erinnere mich auch nicht an das, was in den folgenden Wochen geschah, denn ich bekam die Windpocken und wurde sehr krank; es war eine konfuse Zeit mit vielen Veränderungen und Widersprüchen.

Heute, wo ich mich bemühe, lose Enden meiner Vergangenheit zu verknüpfen, kann ich ohne jeden Zweifel versichern, daß mich das Glück meines Onkels Lucky gerettet hat. Die Frau, die mich von der Straße entführt hatte, war zu einem Vertreter ihres Tong gelaufen, denn nichts geschah in Chinatown ohne Kenntnis und Billigung dieser Banden. Die ganze Gemeinschaft gehörte den verschiedenen Tongs an. Es waren mißtrauisch gegeneinander abgeschottete Bruderschaften, die ihre Mitglieder zusammenhielten, indem sie Treue und Beitragsgebühren forderten im Tausch gegen Schutz, Arbeitsvermittlung und das Versprechen, die Leichname ihrer Mitglieder nach China zu überführen, wenn sie auf amerikanischem Boden gestorben waren. Der Mann hatte mich häufig an der Hand meines Großvaters gesehen und gehörte durch einen glücklichen Zufall demselben Tong an wie Tao Chi'en. Er war es gewesen, der meinen Onkel gerufen hatte. Luckys erster Impuls war, mich mit nach Hause zu nehmen, damit seine junge Frau, die er kürzlich über Katalog in China in Auftrag gegeben und bekommen hatte, sich meiner annahm, aber dann wurde ihm klar, daß er die Anweisungen seiner Eltern zu respektieren hatte. Nachdem Eliza mich in Paulinas Hände gegeben hatte, war sie mit dem Leichnam ihres Mannes abgereist, um ihn in Hongkong beizusetzen. Sie ebensowohl wie Tao Chi'en waren immer der Meinung gewesen, das chinesische Viertel von San Francisco sei eine zu kleine Welt für mich, sie wünschten, ich würde zu den Vereinigten Staaten gehören. Wenn Lucky auch mit diesem Gedanken nicht einverstanden war, mußte er doch dem Willen seiner Eltern gehorchen, deshalb bezahlte er meinen Entführern die vereinbarte Summe und brachte mich zurück in das Haus Paulina del Valles. Ich sollte ihn erst zwanzig Jahre später wiedersehen, als ich mich aufmachte, ihn zu suchen, um die letzten Einzelheiten meiner Geschichte zu ergründen.

Die stolze Familie meiner Großeltern väterlicherseits lebte sechsunddreißig Jahre in San Francisco, ohne viel Spuren zu hinterlassen. Ich habe mich bemüht, ihre Fährte zu finden. Das Palais auf dem Nob Hill ist heute ein Hotel, und niemand erinnert sich an die vorherigen Besitzer. Ich habe in der Bibliothek alte Zeitungen durchgesehen und entdeckte zahlreiche Erwähnungen der Familie auf den Gesellschaftsseiten, auch die Geschichte der Statue der

Republik und den Namen meiner Mutter. Es gibt auch eine kurze Notiz über den Tod meines Großvaters Tao Chi'en, einen sehr rühmenden Nachruf, geschrieben von Jacob Freemont, und eine Kondolenzanzeige der Medizinischen Gesellschaft, in der dem *zhong yi* Tao Chi'en gedankt wird für die Beiträge, die er der westlichen Medizin geliefert hat. Das ist eine Rarität, denn die chinesische Bevölkerung war damals fast unsichtbar, wurde geboren, lebte und starb am Rande des amerikanischen Geschehens, aber der Ruf Tao Chi'ens reichte weit über die Grenzen Chinatowns und Kaliforniens hinaus, war sogar in England bekannt, wo er mehrere Vorlesungen über Akupunktur gehalten hatte. Ohne diese gedruckten Zeugnisse wären viele der Protagonisten dieser Geschichte wie verschwunden, weggeblasen vom Wind des schlechten Gedächtnisses.

Mein Abenteuer in Chinatown war einer von mehreren Gründen, die Paulina del Valle veranlaßten, nach Chile zurückzukehren. Sie hatte begriffen, daß kein noch so prunkvolles Fest oder andere Gelegenheiten zur Prachtentfaltung imstande waren, ihr die gesellschaftliche Stellung wiederzugeben, die sie innegehabt hatte, als ihr Mann noch lebte. Sie würde ganz allein alt werden, fern von ihren Söhnen, ihren Verwandten, ihrer Sprache und ihrem Land. Das Geld, das ihr geblieben war, würde nicht ausreichen, den gewohnten Lebensstil in ihrem Palais mit den fünfundvierzig Zimmern aufrechtzuerhalten, aber in Chile war es ein riesiges Vermögen, wo alles sehr viel billiger war. Außerdem war ihr eine seltsame Enkelin in den Schoß gefallen, die sie völlig von ihrer chinesischen Vergangenheit loslösen mußte, wenn sie aus ihr eine chilenische junge Dame machen wollte. Paulina konnte den Gedanken nicht ertragen, daß ich womöglich wieder ausreißen würde, und stellte ein englisches Kindermädchen ein, das mich Tag und Nacht bewachen mußte. Sie ließ ihre Pläne einer Reise nach Ägypten fallen und sagte die Neujahrsbankette ab, beschleunigte aber die Anfertigung ihrer neuen Garderobe und ging dann methodisch daran, ihr Geld zwischen den Vereinigten Staaten und England aufzuteilen, während sie nach Chile nur so viel schickte, wie sie unbedingt brauchte, um sich niederzulassen, weil die politische Situation dort ihr recht unsicher vorkam. Sie schrieb einen langen Brief an ihren Neffen Severo, um sich mit ihm zu versöhnen, erzählte ihm, was Tao Chi'en zugestoßen war und daß Eliza Sommers sich entschlossen habe, ihr das Kind zu übergeben, und erklärte ihm genauestens, welche

Vorteile darin lagen, daß sie es war, die die Kleine aufziehen würde. Severo verstand ihre Gründe und akzeptierte sie, denn er hatte bereits zwei Kinder, und seine Frau erwartete das dritte, aber er weigerte sich, ihr die gesetzliche Vormundschaft zu übertragen, wie sie verlangte.

Paulinas Anwälte waren ihr behilflich, ihre Finanzen zu ordnen und das Palais zu verkaufen, während ihr Butler Williams sich um die praktischen Seiten kümmerte: die Übersiedlung der Familie in den Süden der Welt zu organisieren und alle Besitztümer seiner Herrin zu verpacken, denn sie wollte nichts verkaufen, damit die bösen Zungen nicht behaupteten, sie wäre dazu genötigt. Dem Programm gemäß würde Paulina mit mir, dem englischen Kindermädchen und anderen zuverlässigen Angestellten eine Kreuzfahrt unternehmen, wogegen Williams das Gepäck nach Chile schicken und dann ein freier Mann sein würde, nachdem er eine üppige Gratifikation in Pfund Sterling empfangen hätte. Das würde seine letzte Tätigkeit im Dienste seiner Herrin sein. Eine Woche vor Paulinas Abreise bat der Butler um Erlaubnis, sie privat zu sprechen.

»Verzeihen Sie, Madam, darf ich fragen, wodurch ich in Ihrer Achtung gefallen bin?«

»Wovon reden Sie, Williams! Sie wissen, wie sehr

ich Sie schätze und wie dankbar ich für Ihre Dienste bin.«

»Trotzdem wollen Sie mich nicht mit nach Chile nehmen . . .«

»Mann, um Himmelswillen! Der Gedanke ist mir gar nicht erst gekommen. Was sollte ich mit einem britischen Butler in Chile? Niemand dort hat einen. Man würde sich über Sie und über mich totlachen. Haben Sie mal auf eine Landkarte gesehen? Dieses Land ist sehr weit entfernt von hier, und niemand spricht Englisch, das Leben dort würde für Sie sehr wenig erfreulich sein. Ich habe nicht das Recht, Sie um ein solches Opfer zu bitten, Williams.«

»Wenn Sie gestatten, Madam, mich von Ihnen zu trennen wäre ein sehr viel größeres Opfer.«

Paulina del Valle starrte ihren Angestellten an, die Augen ganz rund. Zum erstenmal wurde ihr bewußt, daß Williams etwas mehr war als ein Automat im schwarzen Schwalbenschwanzjackett und weißen Handschuhen. Sie sah einen Mann von etwa fünfzig Jahren mit breiten Schultern und angenehmem Gesicht, reichlich graumeliertem Haar und durchdringenden Augen; er hatte die Hände eines Stauers und von Nikotin gelblich verfärbte Zähne, obwohl sie noch nie gesehen hatte, daß er rauchte oder Tabak ausspuckte. So standen sie eine endlose Weile schweigend da, sie musterte ihn, und er hielt ihrem Blick stand ohne Zeichen von Verlegenheit.

»Madam, ich konnte nicht umhin, die Schwierigkeiten zu bemerken, die die Witwenschaft Ihnen gebracht hat«, sagte Williams endlich in der ihm eigenen gedrechselten Redeweise.

»Sie scherzen wohl?« sagte Paulina lächelnd.

»Nichts läge meiner Gemütsstimmung ferner, Madam.«

Sie konnte sich nur räuspern in der langen Pause, die auf diese Antwort ihres Butlers folgte.

»Sie werden sich fragen, worauf das alles hinausläuft«, fuhr er fort.

»Sagen wir, es ist Ihnen gelungen, mich neugierig zu machen, Williams.«

»Mir kam in den Sinn, da ich nicht als Ihr Butler nach Chile gehen kann, wäre es vielleicht keine schlechte Idee, wenn ich es als Ihr Ehemann täte.«

Paulina glaubte, der Boden habe sich unter ihr geöffnet und sie sause mit Sessel und allem bis zum Mittelpunkt der Erde. Ihr erster Gedanke war, dem Mann habe sich im Gehirn eine Schraube gelockert, anders sei das nicht zu erklären, aber als sie ihren Butler so würdevoll und ruhig stehen sah, schluckte sie die Beleidigungen herunter, die ihr schon auf der Zunge lagen.

»Erlauben Sie mir, Ihnen meinen Gesichtspunkt darzulegen, Madam«, fügte Williams hinzu. »Ich erhebe selbstverständlich nicht den Anspruch, die Funktion eines Gatten im gefühlsbestimmten Sinne auszuüben. Ich trachte auch nicht nach Ihrem Vermögen, das vor mir völlig sicher sein würde, dafür würden Sie die erforderlichen rechtlichen Mittel ergreifen. Meine Rolle neben Ihnen wäre praktisch die gleiche wie heute: Ihnen in allem, was mir irgend möglich ist, zu helfen, und das mit der äußersten Diskretion. Ich nehme an, daß in Chile genau wie in der übrigen Welt eine alleinstehende Frau sich vielen Unannehmlichkeiten gegenübersieht. Für mich wäre es eine Ehre, jederzeit für Sie einzutreten.«

»Und was gewinnen Sie bei dieser kuriosen Vereinbarung?« fragte Paulina, ohne den bissigen Ton unterdrücken zu können.

»Einesteils würde ich Respekt gewinnen. Andererseits muß ich zugeben, daß der Gedanke, Sie nie wiederzusehen, mich gequält hat, seit Sie begonnen haben Ihr Fortgehen zu planen. Ich habe die Hälfte meines Lebens an Ihrer Seite verbracht, ich habe mich daran gewöhnt.«

Paulina blieb eine weitere lange Zeitspanne stumm, während sie im Kopf den seltsamen Antrag ihres Angestellten hin und her wendete. So wie er ihn vorgebracht hatte, war es ein gutes Geschäft mit Vorteilen für sie beide; er würde einen hohen Lebensstandard genießen können, den er auf andere Weise niemals erreichen könnte, und sie würde am Arm eines Mannes gehen, der, recht betrachtet, höchst distinguiert aussah. Er schien wirklich dem britischen Adel anzugehören. Als sie sich das Gesicht ihrer Verwandten in Chile und den Neid ihrer Schwestern vorstellte, mußte sie laut herauslachen.

»Sie sind mindestens zehn Jahre jünger und dreißig Kilo leichter als ich, haben Sie keine Angst vor der Lächerlichkeit?«

»Ich nicht. Und Sie, Madam, haben Sie keine Angst davor, mit jemandem meines Standes gesehen zu werden?«

»Ich habe vor nichts in diesem Leben Angst, und es macht mir einen Heidenspaß, meinen lieben Nächsten einen Schock zu versetzen. Wie ist doch gleich Ihr Vorname, Williams?«

»Frederick.«

»Frederick Williams . . . Ein guter Name, sehr aristokratisch.«

»Ich bedaure, Ihnen sagen zu müssen, daß er das

einzig Aristokratische ist, das ich vorweisen kann, Madam«, sagte Williams lächelnd.

Und so kam es, daß eine Woche später meine Großmutter Paulina del Valle, ihr neuer Ehemann, der Friseur, das Kindermädchen, zwei Dienstmädchen, ein Kammerdiener, ein Hausdiener und ich mit einer Riesenladung Gepäck per Eisenbahn nach New York fuhren, wo wir ein britisches Schiff zu einer Kreuzfahrt nach Europa bestiegen. Wir nahmen auch Caramelo mit, der sich in der Phase seiner Entwicklung befand, in der die Hunde alles zu besteigen versuchen, was ihnen in den Weg kommt, in diesem Fall Paulinas Pelerine aus Fuchsfellen. Die Pelerine war rundum mit Schwänzen versehen, und Caramelo, verärgert über die Gleichgültigkeit, mit der diese seine amourösen Avancen aufnahmen, zerfetzte sie mit den Zähnen. Die wütende Paulina war drauf und dran, Hund und Pelerine über Bord zu schmeißen, aber mein empörtes Trampeln rettete beide. Meine Großmutter bewohnte eine Suite von drei Kabinen und Frederick Williams eine von der gleichen Größe auf der anderen Seite des Gangs. Tagsüber unterhielt sie sich damit, zu jeder Stunde zu essen, sich zu jeder Tätigkeit umzukleiden, mir Arithmetik beizubringen, damit ich mich in Zukunft um ihre Rechnungsbücher kümmerte, und mir die Geschichte ihrer Familie zu erzählen, damit ich wußte, woher ich kam, wobei sie mich niemals über die Person meines Vaters aufklärte, als wäre ich im del Valle-Clan durch Spontanzeugung aufgetaucht. Wenn ich nach meinem Vater oder meiner Mutter fragte, antwortete sie, die seien gestorben und außerdem sei das nicht wichtig, es genüge vollauf, eine Großmutter wie sie zu haben. Inzwischen spielte Frederick Williams Bridge und las englische Zeitungen wie auch die anderen Herren in der ersten Klasse. Er hatte sich Koteletten wachsen lassen und einen üppigen Schnurrbart mit pomadisierten Enden, womit er richtig bedeutend aussah, und rauchte Pfeife und kubanische Zigarren. Er gestand meiner Großmutter, er sei ein leidenschaftlicher Raucher, und das Schwierigste bei seiner Arbeit als Butler sei es gewesen, es nicht öffentlich zu tun, jetzt könne er endlich seinen Tabak genießen und die Pfefferminzpastillen in den Abfall werfen, die er früher en gros kaufte und die ihm den Magen angefressen hätten. In einer Zeit, da gutgestellte Männer Bauch und Doppelkinn zur Schau stellten, war Williams' eher schlanke, athletische Figur in der guten Gesellschaft fast etwas ungehörig, aber dafür waren seine makellosen Umgangsformen sehr viel überzeugender als die meiner Großmutter. Abends, bevor sie hinunter in den Ballsaal gingen, kamen sie zum Gutenachtsagen in die Kabine, die ich mir mit dem Kindermädchen teilte. Sie waren ein prächtiger Anblick, sie von ihrem Friseur gekämmt und geschminkt, in großer Gala und funkelnd von Juwelen wie ein fettes Idol, und er als vornehmer Prinzgemahl. Manchmal stahl ich mich in den Salon und beobachtete sie hingerissen: Frederick Williams verstand Paulina mit einer Sicherheit über die Tanzfläche zu manövrieren, als wäre er es gewohnt, schwere Ballen zu verladen.

Ein Jahr später langten wir in Chile an, als die ins Taumeln geratene Glücksgöttin meiner Großmutter wieder auf die Füße gekommen war dank der Spekulation mit Zucker, auf die Paulina sich während des Salpeterkriegs eingelassen hatte. Ihre Theorie erwies sich als richtig: in schlechten Zeiten essen die Leute mehr Süßes. Unsere Ankunft traf zusammen mit einer Theateraufführung, in der die unvergleichliche Sarah Bernhardt ihre Lieblingsrolle spielte: *Die Kameliendame.* Die berühmte Schauspielerin konnte das Publikum nicht so rühren, wie sie es im übrigen zivilisierten Universum vermocht hatte, die bigotte chilenische Gesellschaft brachte der schwindsüchtigen Kurtisane keine Sympathie entgegen, alle fanden es ganz normal, daß sie sich für den Geliebten opferte, sie sahen keinen Grund für soviel Drama und soviel verwelkte Kamelie. Die weltgereiste Künstlerin fuhr wieder ab in der Überzeugung, ein Land von gewaltigen Dummköpfen besucht zu haben, eine Meinung, die Paulina vollauf teilte. Meine Großmutter war mit ihrem Gefolge durch mehrere Städte Europas spaziert, aber ihren Traum, Ägypten zu besuchen, machte sie doch nicht wahr, denn sie nahm an, dort würde es kein Kamel geben, das imstande wäre, ihr Gewicht zu tragen, und sie würde die Pyramiden unter einer glutheißen Sonne zu Fuß besichtigen müssen. 1886 war ich schon sechs Jahre alt, sprach eine Mischung aus Chinesisch, Englisch und Spanisch, beherrschte aber die vier Grundrechenarten und konnte mit unglaublicher Geschicklichkeit französische Francs in Pfund Sterling umwandeln und die wiederum in deutsche Reichsmark oder italienische Lire. Ich hatte aufgehört, alle Augenblicke um meinen Großvater Tao und meine Großmutter Eliza zu weinen, aber die unerklärlichen Alpträume quälten mich weiterhin regelmäßig. In meinem Gedächtnis war da ein schwarzes Loch, etwas immer Gegenwärtiges und Gefährliches, das ich nicht zu präzisieren vermochte, etwas Unbekanntes, das mich terrorisierte, vor allem im

Dunkeln oder in einer Menschenmenge. Ich konnte es nicht vertragen, mich von Menschen umgeben zu sehen, ich fing an zu schreien wie besessen, und Großmutter Paulina mußte mich in ihre Bärenarme einhüllen, um mich zu beruhigen. Ich hatte mich daran gewöhnt, mich in ihr Bett zu flüchten, wenn ich verängstigt aufwachte, damit war zwischen uns eine Vertraulichkeit gewachsen, die mich, da bin ich ganz sicher, vor dem Wahnsinn und dem Horror rettete, in die ich sonst gestürzt wäre. Weil Paulina mich so oft trösten und beruhigen mußte, änderte sie sich auf eine für alle außer für Frederick Williams unmerkliche Weise. Sie wurde duldsamer und zärtlicher und verlor sogar ein wenig Gewicht, weil sie ständig hinter mir herlief und so beschäftigt war, daß sie ihre Näschereien vergaß. Ich glaube, sie betete mich an. Ich sage das ohne falsche Bescheidenheit, denn sie bewies es mir ständig, half mir, in aller zu jener Zeit möglichen Freiheit aufzuwachsen, spornte meine Neugier an und zeigte mir die Welt. Sie gestattete mir keine Sentimentalitäten und keine Wehleidigkeit, »man darf nicht zurückblicken«, war einer ihrer Sprüche. Sie machte Witze über mich, manchmal recht plumpe, bis ich gelernt hatte, es ihr in gleicher Münze heimzuzahlen – das bezeichnet den Ton, der zwischen uns herrschte.

Einmal fand ich im Patio eine Mauereidechse, die von einem Kutschenrad plattgewalzt worden war, mehrere Tage in der Sonne gelegen hatte und schon zum Fossil geworden war. Ich hob sie auf und behielt sie, ohne recht zu wissen warum, bis ich eine großartige Verwendung für sie ausgeheckt hatte. Ich saß am Schreibtisch und machte meine Mathematikaufgaben, und meine Großmutter war eben etwas zerstreut eingetreten, als ich einen plötzlichen Hustenanfall vortäuschte, worauf sie herankam und mir auf den Rücken klopfte. Ich beugte mich ganz weit vor, das Gesicht zwischen den Händen, und zum Entsetzen der armen Frau »spie« ich die Eidechse aus, die auf meinem Schoß landete. Als meine Großmutter das Viech sah, das scheinbar meine Lunge abgesondert hatte, war sie so erschrocken, daß sie sich platt auf den Fußboden setzte, aber dann lachte sie ebensosehr wie ich und bewahrte das Tierchen zum Andenken getrocknet zwischen den Seiten eines Buches auf. Es ist schwer zu verstehen, weshalb diese starke Frau sich davor fürchtete, mir die Wahrheit über meine Vergangenheit zu erzählen. Ich denke mir, daß sie trotz ihrer verächtlichen Haltung gegenüber den Konventionen ihrer Klasse deren Vorurteile nie überwinden konnte. Um mich vor Mißachtung zu schützen, war sie sorgfältig bemüht, mein Viertel chinesisches Blut, die bescheidene gesellschaftliche Umwelt meiner Mutter und die Tatsache zu verheimlichen, daß ich ein Bastard bin. Das ist das einzige, was ich dieser Gigantin, meiner Großmutter, vorwerfen kann.

In Europa lernte ich Matías Rodríguez de Santa Cruz y del Valle kennen. Paulina mißachtete die Abmachung, die sie mit Eliza getroffen hatte, und sagte mir nicht die Wahrheit, und statt ihn mir als meinen Vater vorzustellen, erklärte sie, dies sei nun noch ein weiterer Onkel von den vielen, die ein chilenisches Kind nun mal habe, denn jeder Verwandte oder Freund der Familie, der alt genug ist, den Titel mit Würde zu tragen, wird automatisch Onkel oder Tante genannt, weshalb ich auch zu dem guten Williams immer Onkel Frederick sagte. Daß Matías mein Vater war, erfuhr ich erst Jahre später, als er zum Sterben nach Chile zurückkam, und er sagte es mir selbst. Der Mann hatte mir keinen erinnerungswerten Eindruck gemacht, er war schlank, blaß und gutaussehend; er wirkte jung, wenn er saß, aber sehr viel älter, wenn er versuchte, sich zu bewegen. Er ging am Stock und war immer von einem Diener begleitet, der ihm die Türen öffnete, ihm in den Mantel half, ihm die Zigaretten anzündete, ihm das Glas mit Wasser reichte, das immer auf einem Tisch ne-

ben ihm stand, denn die Anstrengung, den Arm auszustrecken, war zuviel für ihn. Großmutter Paulina
erklärte mir, dieser Onkel leide an Arthritis, einer
sehr schmerzhaften Krankheit, die ihn zerbrechlich
wie Glas mache, deshalb dürfe ich mich ihm nur
sehr behutsam nähern. Meine Großmutter sollte Jahre später sterben, ohne erfahren zu haben, daß ihr
Ältester nicht an Arthritis, sondern an Syphilis litt.

Die Überraschung der Familie del Valle bei Paulinas Ankunft in Santiago war beträchtlich. Von Buenos Aires aus durchquerten wir Argentinien bis
nach Chile auf dem Landwege, eine wahre Safari,
wenn man zum Umfang des Gepäcks, das aus Europa mitgekommen war, die elf Koffer mit den in
Buenos Aires getätigten Einkäufen hinzuzählt. Die
Fracht wurde von einem Zug Maultiere befördert,
wir selbst reisten in Kutschen, begleitet von bewaffneten Wachen unter dem Befehl von Onkel Frederick, denn es gab Banden auf beiden Seiten der
Grenze, aber leider griffen sie uns nicht an, und
wir gelangten nach Chile, ohne etwas Interessantes
von unserem Übergang über die Anden erzählen
zu können. Unterwegs hatten wir das Kindermädchen verloren, das sich in einen Argentinier verliebte und dortbleiben wollte, und ein Dienstmädchen, das an Typhus erkrankte, aber Onkel Frede-

rick regelte das, indem er auf jeder Etappe unserer Wanderfahrt Hilfskräfte anstellte. Paulina hatte beschlossen, sich in Santiago, der Hauptstadt, niederzulassen, denn nachdem sie so viele Jahre in den Vereinigten Staaten gelebt hatte, glaubte sie, die kleine Hafenstadt Valparaíso, wo sie geboren war, würde ihr winzig vorkommen. Außerdem hatte sie sich daran gewöhnt, fern von ihrem Clan zu leben, und ihr grauste bei der Vorstellung, ihre Verwandten tagtäglich zu sehen nach dem fürchterlichen Brauch jeder leidgewohnten chilenischen Familie. Allerdings war sie auch in Santiago nicht von ihnen befreit, denn sie hatte mehrere Schwestern dort, die mit »besseren Leuten« verheiratet waren, wie die Angehörigen der Oberklasse sich untereinander nannten, was vermutlich bedeutet, daß der Rest der Welt der Kategorie »schlechtere Leute« zuzuordnen ist. Ihr Neffe Severo, der ebenfalls in der Hauptstadt lebte, kam mit seiner Frau, uns zu begrüßen, als wir eben angekommen waren. Von meinem ersten Zusammentreffen mit ihnen bewahre ich eine klarere Erinnerung als an meinen Vater, denn sie empfingen mich mit so übertriebenen Beweisen der Zuneigung, daß ich erschrak. Das Bemerkenswerteste an Severo war, daß er, obwohl er hinkte und am Stock ging, aussah wie ein Prinz aus dem Märchenbuch –

ich habe selten einen hübscheren Mann gesehen –, und an Nívea, daß sie einen großen runden Bauch vor sich hertrug. Zu jener Zeit galten die genaueren Umstände der Fortpflanzung als etwas Unanständiges, und die schwangeren Frauen aus dem Bürgerstand und schon gar die des Adels blieben brav zu Hause, aber Nívea dachte nicht daran, ihren Zustand zu verbergen, sie stellte ihn zur Schau, gleichgültig gegen die Aufregung, die sie verursachte. Auf der Straße blickten die Leute weg, als wäre sie mißgebildet oder ginge nackt. Ich hatte so etwas noch nie gesehen, und ich fragte, was dieser Señora passiert sei, und Großmutter Paulina erklärte mir, die Arme habe eine Melone verschluckt. Im Gegensatz zu ihrem stattlichen Mann glich Nívea einer Maus, aber man brauchte nur zwei Minuten mit ihr zu sprechen, und schon war man gefangen von ihrem Zauber und ihrer unerhörten Energie.

Santiago war eine schöne Stadt in einem fruchtbaren Tal, umgeben von hohen, im Sommer dunkelvioletten und im Winter schneebedeckten Bergen, es war eine ruhige, schläfrige Stadt, die nach blühenden Gärten und nach Pferdeäpfeln roch. Sie hatte etwas Französisches mit ihren alten Bäumen, ihren Plätzen, den maurischen Brunnen, den Portalen und Passagen, den eleganten Frauen, den erstklassigen Geschäften, in denen das Feinste aus Europa und dem Orient angeboten wurde, den Alleen und Promenaden, wo die Reichen ihre Kutschen und herrlichen Pferde vorführten. In den Straßen priesen Händler ihre bescheidenen Waren an, die sie in Körben mit sich trugen, liefen streunende Hunde herum, und auf den Dächern nisteten Tauben und Spatzen. Die Kirchenglocken schlugen die Stunden, außer während der Siesta, wenn die Straßen leer waren und die Menschen ruhten. Es war eine herrschaftliche Stadt, sehr verschieden von San Francisco mit seinem unverwechselbaren Stempel einer Grenzstadt und seinem kosmopolitischen und farbigen Aussehen. Paulina kaufte ein großes Haus in der Ejército Libertador, der aristokratischsten Straße nahe der Alameda de las Delicias, durch die jedes Frühjahr – Pferde mit Federbüschen, Ehrengarde – die Kutsche des Präsidenten der Republik fuhr zur Parade anläßlich der vaterländischen Feiern auf dem Marsfeld. Das Haus konnte sich an Pracht nicht mit dem Palais in San Francisco messen, aber für Santiago war es von erbitternder Üppigkeit. Dennoch war es nicht die Entfaltung von Wohlleben und der Mangel an Takt, der die kleine hauptstädtische Gesellschaft fassungslos machte, sondern der Gatte mit Ahnentafel, den Paulina »sich gekauft hatte«, wie sie sagten, und die Klatschgeschichten über das riesige vergoldete Bett mit mythologischen Meereswesen, wer weiß, was für Sünden dieses alte Paar beging. Williams schrieben sie Adelstitel und üble Absichten zu. Welchen Grund konnte ein britischer Lord wohl haben, der so fein und hübsch aussah, daß er eine Frau mit bekannt schlechtem Charakter heiratete, die noch dazu wesentlich älter war als er? Er konnte nur ein heruntergekommener Earl sein, ein Glücksritter, der ihr alles Geld abnehmen und sie dann sitzenlassen würde. Im Grunde wünschten alle, daß es so kommen möge, um meine arrogante Großmutter gedemütigt zu sehen, jedoch getreu der chilenischen Tradition der Gastfreundschaft gegenüber Fremden war keiner unhöflich zu ihrem Mann. Zumal Frederick Williams bei aller Welt Achtung gewann durch seine vorzüglichen Manieren, seine nüchterne Art, das Leben zu sehen, und seine monarchistischen Vorstellungen, denn er glaubte, daß alle Übel der Gesellschaft von der Disziplinlosigkeit und dem Mangel an Respekt gegenüber den Rangordnungen herrührten. Sein Wahlspruch, nach dem er in all den Jahren als Diener gearbeitet hatte, war »Jeder an seinem Platz, und ein Platz für jeden«. Als er sich in den Ehemann meiner Großmutter verwandelte, übernahm er seine Rolle als Angehöriger der Oberschicht mit derselben Natürlichkeit, mit der er vorher sein Los als Diener getragen hatte; früher hatte er nie versucht, sich unter die von oben zu mischen, und nun hatte er keinen Umgang mit denen von unten; die Trennung der Klassen erschien ihm unumgänglich, um Chaos und Vulgarität zu vermeiden. In der Familie leidenschaftlicher Barbaren, wie die del Valles es waren, erregte Williams Verblüffung und Bewunderung mit seiner übermäßigen Höflichkeit und seiner gleichmütigen Ruhe, Ergebnisse seiner Butlerjahre. Er sprach nicht sehr gut Spanisch, und sein bisweilen erzwungenes Schweigen wurde mit Weisheit, Stolz und Geheimnis verwechselt. Der einzige, der den vermeintlichen britischen Edelmann hätte demaskieren können, war Severo, aber er hat es niemals getan, denn er schätzte den alten Diener und bewunderte diese Tante, die mit ihrem schmucken Ehemann protzte und sich über alle Welt lustig machte.

Meine Großmutter Paulina stürzte sich bald in öffentliche Wohltätigkeit, um den Neid und die Verleumdungen zum Schweigen zu bringen, die ihr Reichtum hervorrief. Sie wußte, wie man das machte, denn sie war in diesem Lande aufgewachsen, wo es unumgängliches Gebot für die finanziell gutgebetteten Frauen ist, den Besitzlosen zu helfen. Je

mehr sie sich aufopfern, um die Armen in Krankenhäusern, Asylen, Waisenhäusern und Elendswoh-
nungen zu besuchen, um so höher steigen sie in
der allgemeinen Achtung, weshalb sie ihre gespen-
deten Almosen überall und weidlich ausposaunen.
Wer diese Pflicht versäumt, zieht so viele finstere
Blicke und priesterliche Ermahnungen auf sich,
daß nicht einmal Paulina del Valle sich dem Schuldgefühl und der Angst vor der Verdammnis hätte entziehen können. Mich führte sie auch in diese barm-
herzigen Werke ein, aber ich muß gestehen, daß es
mir immer unangenehm war, in so einem Elends-
viertel in unserer mit Lebensmitteln beladenen
Prachtkutsche aufzutauchen, von zwei Lakaien begleitet, damit sie die Geschenke an einige zerlumpte
Gestalten verteilten, die sich mit großen Demuts-
bezeigungen bedankten, während der Haß in ihren
Augen brannte.

Meine Großmutter mußte mich zu Hause unterrichten, weil ich aus jeder der religiösen Anstalten ausriß, in denen sie mich anmeldete. Die Familie del
Valle hatte ihr ein ums andere Mal zugeredet, mich
in ein Internat zu geben, das sei der einzige Weg, aus
mir ein normales Wesen zu machen; sie behaupteten, ich brauchte die Gesellschaft anderer Kinder,

um meine krankhafte Schüchternheit zu überwinden, und die feste Hand der Nonnen, um mich zu fügen. »Dieses Mädchen hast du zu sehr verzogen, Paulina, du wirst noch ein Monstrum aus ihr machen«, sagten sie, und meine Großmutter hatte schließlich geglaubt, was offensichtlich war. Ich schlief mit Caramelo im selben Bett, aß und las, worauf ich Lust hatte, verbrachte den Tag mit selbsterdachten Spielen, alles ohne viel Disziplin, denn es gab niemanden in meiner Umgebung, der sich die Mühe gemacht hätte, sie mir beizubringen; mit anderen Worten, ich erfreute mich einer ziemlich glücklichen Kindheit. Ich ertrug die Internate nicht mit ihren schnurrbärtigen Nonnen und ihren Massen von Schülerinnen, die mich an meinen schlimmen Alptraum mit den Wesen in schwarzen Pyjamas erinnerten; ich ertrug auch die strengen Regeln nicht, die Eintönigkeit der Stundenpläne und die Kälte dieser ländlichen Klöster. Ich weiß nicht, wie oft sich derselbe Ablauf wiederholte: Paulina zog mich besonders fein an, sagte in drohendem Ton die Vorschriften auf, schleppte mich praktisch auf den Armen hin und ließ mich mit meinen Koffern in den Händen irgendeiner kräftigen Novizin und entwischte so schnell, wie ihre Kilos es zuließen, von Gewissensbissen gehetzt. Es waren immer Schulen für reiche Kinder, in denen Gehorsam und Gemeinheit herrschten und deren Endziel es war, uns ein wenig Unterricht zukommen zu lassen, damit wir nicht völlig unwissend blieben – ein bißchen Kulturtünche zählte denn doch auf dem Heiratsmarkt –, aber nicht so viel, daß wir hätten Fragen stellen können. Es ging darum, den eigenen Willen um des Allgemeinwohls willen zu brechen, aus uns gute Katholikinnen, selbstlose Mütter und gehorsame Ehefrauen zu machen. Die Nonnen mußten zunächst unsere Körper bändigen, diese Quelle der Eitelkeit und anderer Sünden; wir durften nicht lachen, nicht rennen, nicht unter freiem Himmel spielen. Baden durften wir einmal im Monat, und das in langen Hemden, um unsere Schamteile nicht vor dem Auge Gottes zur Schau zu stellen, der ja überall ist. Man ging von dem Grundsatz aus: Wer nicht hören will, muß fühlen, deshalb wurde mit Strenge nicht gespart. Sie flößten uns Angst ein, Angst vor Gott, vor dem Teufel, vor allen Erwachsenen, vor den Ruten, mit denen sie uns auf die Finger schlugen, vor den Kieselsteinen, auf denen wir knien mußten, um zu büßen, vor unseren eigenen Gedanken und Wünschen, Angst vor der Angst. Niemals sagte man ein Wort des Lobes, um keine Prahlsucht in uns zu erzeugen, aber Strafen, um unseren Charakter zu stählen, gab es mehr als genug. In diesen dicken Mauern lebten meine uniformierten Gefährtinnen, die Zöpfe so fest geflochten, daß ihnen manchmal die Kopfhaut blutete, die Hände von der ewigen Kälte voller Frostbeulen. Der Kontrast zu ihren Heimen, wo sie in den Ferien wie Prinzessinnen gehätschelt wurden, muß so ungeheuer gewesen sein, daß er sie völlig verdreht machte. Ich konnte es nicht ertragen. Einmal konnte ich einen Gärtner zum Komplizen gewinnen, über das Gitter springen und fliehen. Ich weiß nicht, wie ich in die Straße Ejército Libertador gelangte, wo Caramelo mich fast überschnappend vor Freude empfing, aber Paulina fast einen Herzschlag bekam, als sie mich in meinem verdreckten Kleid und mit verquollenen Augen auf sich zukommen sah. Ich blieb ein paar Monate zu Hause, bis der Druck von außen meine Großmutter zwang, das Experiment zu wiederholen. Beim zweiten Mal versteckte ich mich unter Büschen im Hof, wo ich die ganze Nacht lang saß und mir vorstellte, wie ich an Kälte und Hunger zugrunde gehen würde. Ich stellte mir die Gesichter der Nonnen und meiner Familie vor, wenn sie meine Leiche entdeckten, und weinte vor Mitleid mit mir selbst – arme kleine Märtyrerin, und noch so jung! Am Morgen darauf benachrichtigte die Schule Paulina von meinem Verschwinden, und die kam an wie Blitz und Donner, um Erklärungen zu fordern. Während sie und Frederick von einer rotwangigen Novizin in das Büro der Mutter Oberin geführt wurden, schlich ich mich von dem Gestrüpp, hinter dem ich mich versteckt hatte, zu dem Wagen, der im Hof wartete, kletterte in die Kutsche, ohne daß der Kutscher mich bemerkte, und kroch unter den Sitz. Frederick Williams, der Kutscher und die Mutter Oberin mußten meiner Großmutter beim Einsteigen helfen, die schimpfte und kreischte, wenn ich nicht bald auftauchte, dann würden sie schon sehen, wer Paulina del Valle war! Als ich, kurz bevor wir zu Hause ankamen, aus meinem Unterschlupf hervorkrabbelte, vergaß sie ihr untröstliches Weinen, packte mich im Genick und verabreichte mir eine Tracht Prügel, bis es Onkel Frederick gelang, sie zu beruhigen. Aber Züchtigung war nicht die starke Seite der guten Frau, als sie hörte, daß ich seit dem Tag zuvor nichts gegessen und die Nacht im Freien zugebracht hatte, bedeckte sie mich mit Küssen und nahm mich mit zum Eisessen. In der dritten Anstalt, in der sie mich anmelden wollte, schickten sie mich ohne Umstände sofort wieder weg, weil ich beim ersten Gespräch mit der Vorsteherin behauptete, ich hätte den Teufel gesehen und er hätte grüne Pfoten. Schließlich gab meine Großmutter sich geschlagen. Severo del Valle hatte sie überzeugt, daß es keinen Grund gebe, mich so zu quälen, ich könne doch ebensogut alles Notwendige zu Hause von Privatlehrern beigebracht bekommen.

Durch meine Kindheit zog nun eine Reihe von englischen, französischen und deutschen Gouvernanten, die eine nach der anderen dem verunreinigten chilenischen Wasser und Paulinas Wutanfällen unterlagen; die unglücklichen Frauen kehrten mit chronischer Diarrhöe und schlechten Erinnerungen in ihre Heimatländer zurück. Meine Erziehung verlief einigermaßen holperig, bis eine außergewöhnliche chilenische Lehrerin in mein Leben trat, Señorita Matilde Pineda, die mich fast alles Wichtige lehrte, das ich weiß, abgesehen von gesundem Menschenverstand, weil sie den selber nicht hatte. Sie war leidenschaftlich und idealistisch, schrieb philosophische Gedichte, die sie nie veröffentlichen konnte, litt an unersättlichem Wissenshunger und war von jener Unduldsamkeit gegenüber den Schwächen anderer, wie sie allzu intelligenten Menschen eigen ist. Sie konnte Faulheit nicht ausstehen; das Wort »ich kann nicht« war in ihrer Gegenwart verboten. Meine Großmutter hatte sie engagiert, weil sie sich als Agnostikerin, Sozialistin und Anhängerin der Frauenwahlrechtsbewegung vorstellte, drei Gründe, die mehr als ausreichten, damit sie an keiner Lehranstalt beschäftigt wurde. »Wollen sehen, ob Sie der konservativen und patriarchalischen Scheinheiligkeit dieser Familie ein wenig entgegenwirken können«, sagte Paulina beim Einstellungsgespräch zu ihr, unterstützt von Frederick Williams und Severo del Valle, den einzigen, die das Talent der Señorita Pineda spürten, alle übrigen versicherten, diese Frau werde das Monstrum herausfüttern, das sich schon in mir regte. Die Tanten ordneten sie sofort als »hochgekommene Schlampe« ein und warnten meine Großmutter vor dieser Frau aus niederer Klasse, »die sich den besseren Leuten aufdrängt«, wie sie sagten. Williams dagegen, der klassenbewußteste Mensch, den ich je gekannt habe, brachte ihr Sympathie entgegen. Sechs Tage in der Woche, ohne jemals fortzubleiben, erschien die Lehrerin um sieben Uhr früh im Haus meiner Großmutter, wo ich sie schon erwartete, adrett und feingemacht, mit sauberen Fingernägeln und frisch geflochtenen Zöpfen. Wir frühstückten in einem kleinen Eßzimmer, wobei wir die wichtigsten Nachrichten aus den Zeitungen besprachen, dann gab sie mir ein paar Stunden regulären Unterricht, und für den Rest des Tages gingen wir ins Museum oder in die Buchhandlung Siglo de Oro, wo wir Bücher kauften und mit Don Pedro Tey, dem Buchhändler, Tee tranken, wir besuchten Künstler, gingen hinaus, die Natur zu beobachten, machten chemische Experimente, lasen Geschichten, schrieben Gedichte und führten mit ausgeschnittenen Pappfiguren klassische Theaterstücke auf. Sie war es, die meine Großmutter auf den Gedanken brachte, einen Damenklub zu gründen, um die Wohltätigkeit in vernünftige Bahnen zu lenken und, statt den Armen getragene Kleider zu schenken oder das Essen, das in den Küchen übriggeblieben war, einen Fonds zu gründen, ihn zu verwalten wie eine Bank und den Frauen Anleihen zu gewähren, damit sie sich beschaffen konnten, was sie für ein kleines Geschäft brauchten: einen Hühnerstall, eine Werkstatt für Näharbeiten, Waschtröge, um fremde Wäsche zu waschen, einen Wagen für Transporte, kurz, was so nötig war, damit sie aus der tiefen Armut herauskamen, in der sie mit ihren Kindern lebten. Den Männern keine Anleihe, sagte Señorita Pineda, die würden sich doch nur Wein dafür kaufen, außerdem hätten die Sozialvorhaben der Regierung es übernommen, sie zu unterstützen, wogegen sich keiner ernsthaft um die Frauen und die Kinder kümmere. »Die Menschen wollen keine milden Gaben, sie wollen sich ihren Lebensunterhalt mit Würde selbst verdienen«, erklärte meine Lehrerin, und Paulina begriff das sofort und stürzte sich in dieses Projekt mit der gleichen Begeisterung, mit der sie die eher gierigen Pläne zum Geldmachen verfolgte. »Mit der einen Hand greife ich mir, soviel ich kann, und mit der anderen gebe ich, so schlage ich zwei Fliegen mit einer Klappe, ich hab meinen Spaß und ich verdien mir den Himmel«, sagte meine einzigartige Großmutter und wollte sich ausschütten vor Lachen. Sie baute die Anregung noch weiter aus und bildete nicht nur den Klub der Damen, den sie mit ihrer gewohnten Tüchtigkeit leitete – wovor die anderen Damen sich graulten –, sie finanzierte auch Schulen und ambulante Arztpraxen und erfand eine Methode, nach der das, was auf den Marktständen und in den Bäckereien nicht verkauft worden, aber noch in gutem Zustand war, an Waisenhäuser und Asyle verteilt wurde.

Wenn Nívea zu Besuch kam, immer schwanger und mit mehreren Söhnen und Töchtern auf den Armen der verschiedenen Kindermädchen, ließ Señorita Pineda die Schiefertafel im Stich, und während die Betreuerinnen sich um das Kinderrudel kümmerten, tranken wir Tee, und die beiden widmeten sich der Aufgabe, eine gerechtere und bessere Gesell-

schaft zu entwerfen. Obwohl Nívea weder genügend
Zeit noch genügend Mittel hatte, war sie die jüng-
ste und aktivste der Damen im Klub meiner Großmutter. Manchmal gingen wir ihre einstige Lehrerin Schwester María Escapulario besuchen, die ein
Heim für alte Nonnen leitete, weil ihr nicht mehr
gestattet war, ihren leidenschaftlich geliebten Beruf
der Erzieherin auszuüben; die Kongregation hatte entschieden, daß ihre fortschrittlichen Ideen für
Schülerinnen nicht empfehlenswert seien und daß
sie weniger Schaden anrichte, wenn sie schwachköp-
fige alte Weiber pflegte, statt Rebellion in kindliche
Gemüter zu säen. Schwester María Escapulario bewohnte eine kleine Zelle in einem baufälligen Haus,
zu dem jedoch ein verzauberter Garten gehörte, wo
sie uns immer dankbar empfing, denn sie liebte geistig anregende Unterhaltung, ein in diesem Asyl un-
erreichbares Vergnügen. Wir brachten ihr Bücher
mit, um die sie uns bat und die wir in der staubigen
Buchhandlung Siglo de Oro kauften. Wir hatten
auch immer Kuchen dabei oder eine Torte zum Tee,
den sie auf einem Paraffinofen zubereitete und in
schartigen Tassen anbot. Im Winter blieben wir in
der Zelle, die Nonne auf dem einzigen verfügbaren
Stuhl sitzend, Nívea und Señorita Pineda auf der
Pritsche und ich auf dem Fußboden, aber wenn

das Wetter es erlaubte, spazierten wir durch den wunderbaren Garten mit seinen hundertjährigen Bäumen, den Jasminsträuchern, Rosen, Kamelien und soviel anderen Blumenarten in herrlichem Durcheinander, daß die verschiedenen Düfte mich ganz schwindlig machten. Ich ließ mir kein Wort von diesen Unterhaltungen entgehen, wenn ich auch sicherlich wenig verstand; so leidenschaftliche Gespräche habe ich nie wieder gehört. Sie flüsterten sich Geheimnisse zu, lachten schallend und redeten über alles außer über Religion aus Rücksicht auf die Ideen von Señorita Matilde Pineda, die darauf bestand, Gott sei eine Erfindung der Menschen, um andere Menschen zu kontrollieren, vor allem die Frauen. Schwester María Escapulario und Nívea waren katholisch, aber keine der beiden in fanatischem Sinne, im Gegensatz zu den meisten Leuten, von denen ich damals umgeben war. In den Vereinigten Staaten wurde Religion nie erwähnt, in Chile dagegen war sie Nachtischthema. Meine Großmutter und Onkel Frederick nahmen mich bisweilen mit zur Messe, damit wir gesehen wurden, denn nicht einmal Paulina del Valle, bei all ihrer Verwegenheit und all ihrem Geld, konnte es sich leisten, nicht zu erscheinen. Weder die Familie noch die Gesellschaft hätten es geduldet.

»Bist du katholisch, Großmutter?« fragte ich sie jedesmal, wenn sie eine Spazierfahrt oder eine interessante Lektüre aufschieben mußte, um zur Messe zu gehen.

»Glaubst du vielleicht, man könnte sich in Chile erlauben, es nicht zu sein?«

»Señorita Pineda geht nicht zur Messe.«

»Dann schau dir an, wie schlecht die Arme dran ist. So intelligent, wie sie ist, könnte sie Schuldirektorin sein, wenn sie zur Messe ginge ...«

Gegen alle Logik fügte Frederick Williams sich sehr gut in die riesige Familie del Valle und in Chile ein. Er muß Eingeweide aus Stahl gehabt haben, denn er war der einzige Fremde, der keine Bauchschmerzen vom Trinkwasser bekam und der mehrere Empanadas hintereinander essen konnte, ohne daß sein Magen in Brand geriet. Kein Chilene, den wir kannten, außer Severo del Valle und Don José Francisco Vergara, sprach Englisch, obwohl in der Hafenstadt Valparaíso zahlreiche Briten lebten, also mußte Williams sein Spanisch verbessern. Señorita Pineda gab ihm Nachhilfeunterricht, und nach wenigen Monaten beherrschte er es perfekt, wenn es auch immer noch ein wenig gequetscht klang, und konnte am gesellschaftlichen Leben im Club de la Unión teilnehmen, wo er zusammen mit Patrick

Egan, dem nordamerikanischen Diplomaten, Bridge spielte. Meine Großmutter hatte es bewirkt, daß er in den Klub aufgenommen wurde, indem sie seine aristokratische Herkunft und Verbindung zum englischen Königshaus andeutete, was zu überprüfen niemand sich die Mühe machte, einesteils, weil seit den Zeiten der Unabhängigkeit die Adelstitel sowieso abgeschafft waren, und es andererseits genügte, den Mann anzusehen, um es zu glauben. Die Mitglieder des Club de la Unión gehörten zu den »bekannten Familien« und waren »bessere Herren« – Frauen durften die Schwelle des Klubs nicht überschreiten –, und wäre Frederick Williams' wahre Identität entdeckt worden, hätte sich jeder einzelne dieser vornehmen Caballeros zu Tode geniert der Schande wegen, von einem ehemaligen Butler aus Kalifornien geprellt worden zu sein, der sich in eines der feinsten, elegantesten, kultiviertesten Klubmitglieder, den besten Bridgespieler und zweifellos einen der Reichsten unter ihnen verwandelt hatte. Williams hielt sich über die Geschäfte auf dem laufenden, um meine Großmutter beraten zu können, und über die Politik, das Pflichtthema der gesellschaftlichen Unterhaltungen. Er erklärte sich entschieden als konservativ wie fast alle in unserer Familie und beklagte die Tatsache, daß es in Chile keine Monarchie gab wie die in Großbritannien, denn die Demokratie erschien ihm vulgär und wenig leistungsfähig. Bei den obligaten sonntäglichen Frühstücken im Hause meiner Großmutter diskutierte er mit Severo und Nívea, den einzigen Liberalen des Clans. Ihre Meinungen wichen voneinander ab, aber die drei schätzten einander sehr, und ich glaube, heimlich machten sie sich lustig über die anderen Angehörigen des primitiven del Valle-Stammes. Bei den seltenen Gelegenheiten, bei denen wir mit Don José Francisco Vergara zusammen waren, mit dem Frederick Williams sich auf englisch hätte unterhalten können, hielt er respektvollen Abstand; Vergara war der einzige, der ihn mit seiner geistigen Überlegenheit einschüchtern konnte, vielleicht der einzige, der sehr schnell seinen ehemaligen Stand herausgefunden hätte. Ich nehme an, viele fragten sich, wer ich denn wohl war und weshalb Paulina mich adoptiert hatte, aber vor mir wurde das Thema nie angeschnitten; an den sonntäglichen Frühstückstafeln versammelten sich über zwanzig Vettern und Cousinen, aber keiner hat mich je nach meinen Eltern gefragt, es genügte ihnen, daß ich denselben Nachnamen hatte wie sie, um mich zu akzeptieren.

Meine Großmutter kostete es mehr Mühe, sich in Chile einzugewöhnen, als ihren Mann, obwohl ihrem Namen und ihrem Vermögen alle Türen offenstanden. Sie fand die Kleinlichkeit und Heuchelei dieses Milieus erstickend und vermißte die verlorene Freiheit, immerhin hatte sie nicht umsonst über dreißig Jahre in Kalifornien gelebt; aber sowie sie die Türen ihres eigenen Hauses öffnete, gab sie im gesellschaftlichen Leben Santiagos schon bald den Ton an, denn sie hatte sich im großen Stil und gleichzeitig mit viel Geschick eingeführt, schließlich wußte sie, wie man in Chile die Reichen haßte und am meisten die, die mit ihrem Reichtum protzten. Keine livrierten Lakaien wie die früher in San Francisco, sondern zurückhaltende Dienstmädchen in schwarzen Kleidern und weißen Schürzchen; keine sündhaft teuren Festivitäten, sondern sittsame Geselligkeiten im vertraulichen Familienkreis, um nicht als geschmacklos beklatscht zu werden oder gar als neureich, das schlimmstmögliche Beiwort. Sie benutzte natürlich ihre luxuriösen Kutschen, ihre beneidenswert rassigen Pferde und ihre Privatloge im Stadttheater mit kleinem Vorsaal und Buffet, wo sie ihren Gästen Eis und Champagner anbot. Trotz ihres Alters und ihrer stattlichen Figur war Paulina del Valle in Modedingen führend, kam sie doch gerade aus

Europa, und man konnte wohl annehmen, daß sie über alles im Bilde war, was Mode und moderne Welt anging. In dieser strengen, etwas furchtsamen Gesellschaft trat sie auf als ein Fanal fremder Einflüsse, die einzige Dame ihrer Kreise, die Englisch sprach, Zeitschriften aus New York und Paris erhielt, Stoffe, Schuhe und Hüte direkt aus London bezog und öffentlich die gleichen Zigaretten rauchte wie ihr Sohn Matías. Sie kaufte Kunstgegenstände, und auf ihren Tisch kamen nie vorher gesehene Gerichte, denn selbst in den hochmütigsten Familien aß man noch wie die rauhen Kapitäne aus der Zeit der Eroberung: Suppe, Puchero, Braten, Bohnen und schwere ländliche Nachtische. Als meine Großmutter zum erstenmal *pâté de foie gras* und französische Käsesorten auftragen ließ, konnten das nur die Herren essen, die schon einmal in Europa gewesen waren. Beim Geruch der *Camemberts* und *Ports-Saluts* wurde einer Dame so übel, daß sie überstürzt das Badezimmer aufsuchen mußte. Das Haus meiner Großmutter wurde Treffpunkt von jungen Malern und Literaten beiderlei Geschlechts, sie kamen hier zusammen, um ihre Werke vorzustellen, die sich im übrigen ängstlich in dem gewohnten Klassenrahmen hielten; wenn der jeweilige Künstler nicht weiß war oder keinen bekannten Namen hatte, mußte er sehr viel Begabung vorzeigen können, um anerkannt zu werden, in dieser Hinsicht unterschied Paulina sich nicht vom Rest der vornehmen chilenischen Gesellschaft. In Santiago spielten sich die Treffen der Intellektuellen in Cafés oder Klubs ab, und nur Männer nahmen daran teil, weil man nun mal von dem Grundsatz ausging, die Frauen sollten lieber die Suppe umrühren, statt Gedichte zu schreiben. Die Initiative meiner Großmutter, Künstlerinnen in ihren Salon aufzunehmen, war eine recht ausschweifende Neuheit.

Mein Leben änderte sich in dem Haus in Santiago. Zum erstenmal seit dem Tod meines Großvaters Tao Chi'en hatte ich ein Gefühl von Stabilität, das Gefühl, in etwas zu leben, das sich nicht ständig bewegte und veränderte, eine Art Festung mit sicher im Boden verankerten Grundmauern. Ich nahm das ganze Gebäude im Sturm, ließ keinen noch so engen Flur unentdeckt, keinen Winkel unerforscht bis hinauf aufs Dach, wo ich stundenlang die Tauben beim Turteln beobachtete, und bis in die Dienstbotenräume, obwohl mir verboten worden war, sie zu betreten. Der riesige Bau grenzte an zwei Straßen und hatte zwei Eingänge, einen Haupteingang an der Straße Ejército Libertador und den für die Dienerschaft an der hinteren Straße, und Dutzende von

Sälen, Zimmern, Terrassen, Schlupfwinkeln, Dachböden und Treppen. Es gab einen roten Salon, einen blauen und einen goldenen, die nur bei großen Gelegenheiten benutzt wurden, und einen wunderbaren Wintergarten, wo sich das Familienleben zwischen Blumentöpfen aus chinesischem Steingut, Farnwedeln und Käfigen für Kanarienvögel abspielte. Im Hauptspeisezimmer gab es ein pompejanisches Fresko, das rundherum über alle vier Wände ging, verschiedene Kredenzen und Anrichten mit einer ganzen Kollektion von Porzellan und Silberbestecken, einen Lüster mit kristallenen Tränen und ein breites Fensterband, verziert mit dem Mosaik eines maurischen Brunnens, der unentwegt Wasser spie.

Da meine Großmutter nun darauf verzichtet hatte, mich in die Schule zu schicken, und der Unterricht bei Señorita Pineda zur Gewohnheit wurde, war ich sehr glücklich. Jedesmal wenn ich eine Frage stellte, zeigte mir diese großartige Lehrerin den Weg, die Antwort selbst zu finden. Sie lehrte mich, die Gedanken zu ordnen, zu forschen, zu lesen und zu lauschen, Alternativen zu suchen, alte Probleme mit neuen Lösungen zu klären, logisch zu diskutieren. Vor allem lehrte sie mich, nicht blind zu glauben, sondern zu zweifeln und zu fragen, auch das in Frage zu stellen, was unumstößliche Wahrheit zu sein schien wie etwa die Überlegenheit des Mannes gegenüber der Frau oder einer Rasse oder Gesellschaftsklasse gegenüber einer anderen, neuartige Gedanken in einem patriarchalischen Land, wo die Indios nie auch nur erwähnt wurden und wo es genügte, eine Sprosse auf der Leiter der sozialen Klassen abzusteigen, und man war aus dem allgemeinen Gedächtnis getilgt. Sie war die erste intellektuelle Frau, die mir in meinem Leben begegnete. Nívea konnte sich bei all ihrer Klugheit und Bildung nicht mit meiner Lehrerin messen, die sich durch Einfühlungsvermögen und die ungeheure Großzügigkeit ihrer Seele auszeichnete, ihrer Zeit um ein halbes Jahrhundert voraus war, aber niemals die Intellektuelle herauskehrte, nicht einmal auf den berühmten Abendgesellschaften meiner Großmutter, wo sie mit ihren leidenschaftlichen Reden für das Frauenstimmrecht und ihren theologischen Zweifeln hervortrat. Vom Aussehen her konnte Señorita Pineda nur Chilenin sein, dieser Mischung aus Spanierin und India angehören, die kleine, breithüftige Frauen hervorbringt mit dunklen Augen und Haaren, hohen Wangenknochen und einem schweren Gang, als hafteten sie an der Erde. Ihr Verstand war ungewöhnlich für ihre Zeit und ihren Stand, sie kam aus einer tüchtigen Familie im Süden, ihr Vater arbeitete als Eisenbahnangestellter, und von acht Geschwistern war sie die einzige, die ihr Studium beenden konnte. Sie war eine Schülerin und Freundin von Don Pedro Tey, dem Besitzer der Buchhandlung Siglo de Oro, einem Katalanen von mürrischem Wesen, aber mit einem weichen Herzen, der ihre Lektüre lenkte und ihr Bücher lieh oder schenkte, denn sie konnte sie nicht kaufen. Bei jedem Meinungsaustausch, so banal er auch sein mochte, widersprach er ihr. Ich hörte ihn zum Beispiel behaupten, die Südamerikaner seien Affen mit einer Neigung zur Vergeudung, zum Herumtreiben und zur Faulheit, aber kaum hatte Señorita Pineda zugestimmt, als er auch schon die Seiten wechselte und hinzufügte, wenigstens seien sie besser als seine eigenen Landsleute, die ständig gekränkt herumliefen und sich bei jeder Kleinigkeit duellierten. Obwohl es ihnen unmöglich war, bei irgendeiner Sache einer Meinung zu sein, kamen die beiden sehr gut miteinander aus. Don Pedro Tey muß mindestens zwanzig Jahre älter gewesen sein als meine Lehrerin, aber wenn sie anfingen zu reden, verflog der Altersunterschied: er verjüngte sich vor Begeisterung, und sie gewann an Reife.

Severo und Nívea hatten in zehn Jahren sechs

Kinder bekommen und vermehrten sich immer noch weiter, bis es ganze fünfzehn waren. Ich kenne Nívea seit über zwanzig Jahren und habe sie immer mit einem Baby auf dem Arm gesehen; ihre Fruchtbarkeit wäre ein Fluch, wenn sie nicht soviel Freude an den Kindern hätte. »Ich würde sonstwas dafür geben, wenn Sie meine Kinder unterrichteten!« seufzte sie, wenn sie mit Señorita Pineda zusammentraf. »Es sind zu viele, und ich habe mit Aurora alle Hände voll zu tun«, erwiderte meine Lehrerin. Severo war ein erfolgreicher Rechtsanwalt geworden, einer der jüngsten Pfeiler der Gesellschaft und ein angesehenes Mitglied der liberalen Partei. Er war in vielen Punkten mit der Politik des ebenfalls liberalen Präsidenten nicht einverstanden, und da er es nicht fertigbrachte, seine Kritik für sich zu behalten, wurde er niemals aufgefordert, an der Regierung teilzunehmen. Seine Ansichten sollten ihn bald dazu führen, eine Dissidentengruppe zu bilden, die, wie auch Matilde Pineda und ihr Freund von der Buchhandlung Siglo de Oro, zur Opposition wechselte, als der Bürgerkrieg ausbrach. Mein Onkel Severo bevorzugte mich unter den Dutzenden Neffen und Nichten, die um ihn herumwimmelten, er nannte mich seine Patentochter und erzählte mir, er habe mir den Nachnamen del Valle gegeben, aber jedesmal wenn ich ihn fragte, ob er meinen wirklichen Vater kenne, lenkte er ab: »Stellen wir uns einfach vor, daß ich es bin.« Meiner Großmutter war das Thema unangenehm, und wenn ich Nívea mit der Frage plagte, schickte sie mich zu Severo. Es war ein Kreislauf ohne Ende.

»Ich kann mit so vielen Geheimnissen nicht leben, Großmutter«, sagte ich einmal zu Paulina.

»Wieso nicht? Wer eine verkorkste Kindheit hat, entwickelt mehr Phantasie«, antwortete sie.

»Oder endet wirr im Kopf«, wagte ich vorzubringen.

»Unter den del Valles gibt es keine Übergeschnappten, Aurora, bloß Exzentriker wie in jeder Familie, die etwas auf sich hält«, versicherte sie mir.

Señorita Pineda schwor mir, sie wisse nichts über meine Herkunft, und fügte hinzu, das brauchte mich sowieso nicht zu kümmern, denn es sei nicht wichtig, woher man kommt in diesem Leben, sondern wohin man geht, aber als wir die Mendelschen Gesetze durchnahmen, mußte sie doch zugeben, daß es gute Gründe dafür gab, herauszufinden, wer unsere Vorfahren waren. Und wenn mein Vater nun ein Irrer war, der rumlief und Jungfrauen die Kehle durchschnitt?

Die Sache begann genau an dem Tag, als ich in die Pubertät kam. Als ich aufwachte, war mein Nachthemd naß von etwas, das aussah wie Schokolade, ich schämte mich und lief ins Bad, um es auszuwaschen, da entdeckte ich, daß es kein Durchfall war, wie ich gedacht hatte: zwischen meinen Beinen war Blut. Entsetzt rannte ich ins Zimmer meiner Großmutter, um es ihr zu erzählen, aber dies eine Mal fand ich sie nicht in ihrem großen königlichen Bett, was ungewöhnlich war bei jemandem, der immer erst mittags aufstand. Ich flog die Treppen hinunter, gefolgt von dem aufgeregt kläffenden Caramelo, brach wie ein durchgehendes Pferd in das Arbeitszimmer ein und rannte geradenwegs in Severo und Paulina hinein – er in Reisekleidung und sie in dem Morgenrock aus violettem Satin, in dem sie immer aussah wie ein Bischof in der Karwoche.

»Ich sterbe!« schrie ich und klammerte mich an meine Großmutter.

»Dies ist nicht der geeignete Augenblick«, entgegnete sie trocken.

Seit Jahren schon beklagten sich die Leute über die Regierung, und seit vielen Monaten hörten wir sagen, Präsident Balmaceda wolle sich zum Diktator machen und so mit der siebenundfünfzig Jahre bestehenden Achtung vor der Konstitution brechen.

Diese Konstitution, von der Aristokratie abgefaßt mit dem Gedanken, für immer zu regieren, erteilte der Exekutive weitestgehende Befugnisse; aber als die Macht in die Hände eines Mannes mit Vorstellungen fiel, die ihr unlieb waren, rebellierte die Oberklasse. Balmaceda, ein brillanter Mann mit modernen Ideen, hatte im Grunde nicht schlecht regiert. Er hatte Unterricht und Bildung in Bewegung gebracht mehr als irgendein Regierungschef zuvor, hatte den chilenischen Salpeter gegen ausländische Gesellschaften verteidigt, hatte Krankenhäuser und zahlreiche öffentliche Einrichtungen geschaffen, vor allem Eisenbahnen, wenn er auch mehr anfing, als er zu Ende brachte; Chile war militärisch eine Macht, zu Lande wie zur See, es war ein blühendes Land und seine Währung die solideste in ganz Lateinamerika. Dennoch verzieh ihm die Aristokratie nicht, daß er die Mittelklasse hochkommen ließ und mit ihr zu regieren gedachte, während der Klerus die Trennung von Kirche und Staat ebensowenig dulden konnte wie die Ziviltrauung an Stelle der kirchlichen und das Gesetz, das gestattete, auf den Friedhöfen Tote jedes Glaubens zu beerdigen. Vorher wußte man nicht, wohin mit den Leichen derer, die im Leben entweder keine Katholiken gewesen waren oder Atheisten und Selbstmörder und die häufig in den Gebirgsschluchten oder im Meer landeten. Wegen dieser Maßnahmen wandten sich die Frauen in Scharen vom Präsidenten ab. Zwar hatten sie politisch keine Macht, führten aber in ihren Heimen das Regiment und hatten beträchtlichen Einfluß. Auch die Mittelklasse, die Balmaceda unterstützt hatte, kehrte ihm den Rücken, und er antwortete mit hochmütigem Zorn, denn er war es gewohnt, daß seine Anordnungen gehorsam befolgt wurden, wie es jeder Großgrundbesitzer damals war. Seine Familie besaß riesige Ländereien, eine ganze Provinz mit Eisenbahn, Bahnhöfen, Dörfern und Hunderten von Bauern; die Männer seines Clans standen nicht in dem Ruf, gütige Herren zu sein, sondern galten als rüde Tyrannen, die mit der Waffe unter dem Kopfkissen schliefen und blinden Respekt von ihren Pächtern verlangten. Vielleicht wollte er deshalb das Land lenken wie sein eigenes Lehen. Er war ein hochgewachsener, stattlicher, sehr männlich aussehender Mann mit einer klaren Stirn und edler Haltung, Sohn einer romanhaften Liebe, aufgewachsen auf dem Pferderücken, die Reitgerte in der einen Hand und die Pistole in der anderen. Er hatte das Priesterseminar besucht, war aber nicht der Mann für die Soutane; er war leidenschaftlich und eitel. Er wurde *el Chascón*, Zottelkopf, genannt gerade wegen seiner Neigung, sorgsamst auf Frisur, Schnurrbart und Backenbart zu achten und sie alle paar Wochen zu wechseln; auch über seine zu eleganten, aus London bezogenen Anzüge wurde geredet. Man machte sich lustig über seine großsprecherische Rhetorik und seine allzu flammenden Liebeserklärungen an Chile, es hieß, er identifiziere sich so mit dem Land, daß er es sich ohne seine Person an führender Stelle nicht vorstellen konnte, »mein Land oder niemands Land!« war der Spruch, den sie ihm zuschrieben. Die Regierungsjahre machten ihn einsam, und schließlich zeigte er ein ungewohnt sprunghaftes Verhalten, das von Manie in Depression überging, aber selbst unter seinen schlimmsten Gegnern genoß er den Ruf eines guten Staatsmannes von tadelloser Anständigkeit wie fast alle Präsidenten Chiles, die im Gegensatz zu den Caudillos anderer Länder Lateinamerikas die Regierung ärmer aufgaben, als sie sie angetreten hatten. Er hatte eine Zukunftsvision, er träumte davon, eine große Nation zu schaffen, aber er mußte das Ende einer Epoche erleben und den Verschleiß einer Partei, die allzulange an der Macht gewesen war. Das Land und die Welt waren in einem Wandel begriffen, und das Regime der Liberalen war verrottet. Die Präsidenten bestimmten ihre Nachfolger, und die zivilen und militärischen Obrigkeiten fälschten die Wahlergebnisse; immer gewann die Regierungspartei mit wahrlich roher Gewalt: sogar die Toten stimmten für den offiziellen Kandidaten, Stimmen wurden gekauft, und den Zweifelnden half man mit Prügeln nach. Dem Präsidenten gegenüber standen die eiserne Opposition der Konservativen, einige Gruppen liberaler Dissidenten, der gesamte Klerus und der größte Teil der Presse. Zum erstenmal waren die Extreme des politischen Spektrums zu einem einzigen Ziel verbunden: die Regierung zu stürzen. Täglich versammelten sich auf der Plaza de Armas Demonstranten der Opposition, die die berittene Polizei mit Schlägen auseinandertrieb, und bei der letzten Rundfahrt des Präsidenten durch die Provinzen mußten die Soldaten ihn mit Säbelhieben vor der aufgeheizten Menge schützen, die ihn auspfiff und ihm Schimpfwörter zubrüllte. Solche Beweise der Unzufriedenheit berührten ihn nicht, als wäre er sich gar nicht bewußt, daß die Nation im Chaos zu versinken drohte. Nach Severos und Matilde Pinedas Meinung haßten achtzig Prozent der Bevölkerung die Regierung, und das Anständigste wäre, wenn der Präsident zurückträte, denn die Spannung war unerträglich geworden und konnte jeden Augenblick ausbrechen wie ein Vulkan. So geschah es denn auch an diesem Januartag 1891, als die Marine revoltierte und der Kongreß den Präsidenten für abgesetzt erklärte.

»Das wird einen furchtbaren Gegenschlag auslösen, Tante«, hörte ich Severo sagen. »Ich gehe in den Norden, um zu kämpfen. Ich bitte Sie, kümmern Sie sich um Nívea und die Kinder, ich werde es wer weiß wie lange nicht können . . .«

»Du hast im Krieg schon ein Bein verloren, Severo, wenn du das andere auch noch verlierst, kommst du mir etwas kurz vor.«

»Ich habe keine Wahl, in Santiago würden sie mich auch umbringen.«

»Nun sei nicht melodramatisch, wir sind doch nicht in der Oper!«

Aber Severo war besser informiert als seine Tante, wie man schon in wenigen Tagen sah, als der Terror losbrach. Der Präsident hatte mit der Auflösung des Kongresses reagiert, sich zum Diktator ernannt und einen gewissen Joaquín Godoy bestimmt, den Gegenschlag zu organisieren, einen Sadisten, der fand, »die Reichen müssen bezahlen, weil sie reich sind, die Armen, weil sie arm sind, und die Priester muß man sowieso alle erschießen!« Das Heer blieb regierungstreu, und was wie eine politische Revolte ausgesehen hatte, verwandelte sich in einen schrecklichen Bürgerkrieg, als die beiden Waffengattungen aufeinanderstießen. Godoy, mit der entschiedenen Unterstützung der Heerführer versehen, machte sich daran, alle oppositionellen Kongreßangehörigen einzusperren, deren er habhaft werden konnte. Aus war es mit den staatsbürgerlichen Garantien, es begannen die Haussuchungen und die systematische Folter, während der Präsident sich in seinem Palast einschloß, angeekelt von diesen Methoden, aber überzeugt, daß es keine anderen gab, um seine politischen Feinde in die Knie zu zwingen. »Ich möchte von diesen Methoden nichts wissen«, hörte man ihn mehr als einmal sagen. Auf der Straße, an der die Buchhandlung Siglo de Oro lag, konnte man Tag und Nacht die Schreie der Ausgepeitschten hören. Natürlich wurde nichts davon vor den Kindern erwähnt, aber ich erfuhr alles, denn ich kannte jeden Winkel des Hauses und vertrieb mir die Zeit damit, die Unterhaltungen der Erwachsenen zu belauschen, denn viel mehr hatte ich in diesen Monaten nicht zu tun. Während draußen der Krieg tobte, lebten wir hier drin wie in einem luxuriösen Damenstift. Meine Großmutter Paulina nahm Nívea mit ihrem Schwarm Kinder, Ammen und Kindermädchen auf und verrammelte alle Türen des Hauses, sie war sicher, daß niemand es wagen würde, eine Frau ihrer gesellschaftlichen Stellung anzugreifen, die mit einem britischen Staatsbürger verheiratet war. Für alle Fälle pflanzte Frederick Williams eine englische Fahne auf dem Dach auf und ölte seine Waffen.

Severo war gerade rechtzeitig zum Kämpfen nach Norden aufgebrochen, denn am Tag darauf wurde sein Haus durchsucht, und wenn sie ihn angetroffen hätten, wäre er in die Zellen der politischen Polizei gebracht worden, wo Reiche ebenso wie Arme gefoltert wurden. Nívea war wie Severo Anhänger der liberalen Regierung gewesen, aber sie wandelte sich zur glühenden Gegnerin, als der Präsident seinen Nachfolger durch Wahlbetrug einsetzen wollte und versuchte, den Kongreß zu erledigen. In den Monaten der Revolution, während deren sie mit einem Zwillingspärchen schwanger war und sechs Kinder aufzog, hatte sie Zeit und Mut, in der Opposition zu wirken mit Aktionen, die sie das Leben gekostet hätten, hätte man sie dabei erwischt. Sie tat das hinter dem Rücken meiner Großmutter, die uns alle nachdrücklich angewiesen hatte, uns unsichtbar zu halten, um nicht die Aufmerksamkeit der Behörden auf uns zu ziehen, aber mit Williams' voller Kenntnis. Señorita Pineda stand genau auf der entgegengesetzten Seite wie Frederick Williams, sie war so sozialistisch, wie er monarchistisch war, aber der

Haß auf die Regierung einte sie. In einem der Hinterzimmer, die meine Großmutter nie betrat, hatten sie mit Hilfe von Don Pedro Tey eine kleine Druckerei eingerichtet, und hier stellten sie revolutionäre Flugblätter und Pamphlete her, die Matilde Pineda dann, unter dem Mantel verborgen, mitnahm und von Haus zu Haus verteilte. Mich ließen sie schwören, daß ich niemandem auch nur ein Wort von dem verraten würde, was in diesem Zimmer vor sich ging, und das tat ich auch nicht, denn das Geheimnis war für mich ein faszinierendes Spiel, wobei ich die Gefahr nicht ahnte, die über unserer Familie schwebte. Am Ende des Bürgerkrieges begriff ich dann, daß diese Gefahr sehr real war, denn trotz der hochrangigen Stellung Paulina del Valles war vor dem langen Arm der politischen Polizei niemand sicher. Das Haus meiner Großmutter war nicht das Sanktuarium, für das wir es gehalten hatten, und daß sie eine Witwe mit Vermögen, Beziehungen und einem guten Namen war, hätte sie nicht vor einer Durchsuchung und vielleicht dem Gefängnis geschützt. Zu unserem Glück herrschte in jenen Monaten ein erhebliches Durcheinander, und die Tatsache, daß die Mehrheit der Bevölkerung sich gegen die Regierung gestellt hatte, machte es unmöglich, so viele Menschen zu überwachen. Selbst in den Reihen der Polizei gab es Anhänger des Widerstandes, die ebendenen zur Flucht verhalfen, die sie festnehmen sollten. In jedem Haus, wo Señorita Pineda mit ihren Flugblättern an die Tür klopfte, wurde sie mit offenen Armen empfangen.

Dieses eine Mal wenigstens standen Severo und seine Verwandten auf derselben Seite, denn in der Auseinandersetzung hatten sich die Konservativen mit einem Teil der Liberalen verbündet. Die Familie del Valle verbarrikadierte sich in ihren Besitzungen, so weit weg von Santiago wie möglich, und die jungen Männer zogen gen Norden, wo sich, unterstützt von der aufständischen Marine, ein Kontingent von Freiwilligen zusammenschloß. Das regierungstreue Heer gedachte diesen Haufen rebellierender Zivilisten in ein paar Tagen niederzumachen, hätte sich allerdings nie vorgestellt, auf welchen Widerstand es dabei stoßen würde. Die Marinesoldaten und die Revolutionäre wandten sich nach Norden, um die Salpetergruben zu erobern, die größte Einnahmequelle des Landes, wo die Regimenter des regulären Heeres stationiert waren. Beim ersten ernsthaften Aufeinandertreffen siegten die Regierungstruppen, und nach der Schlacht brachten sie die Verwundeten und die Gefangenen um, wie sie es so oft während des Salpeterkrieges zehn Jahre zuvor getan hatten. Die Grausamkeit dieses Massakers empörte die Kongressisten, wie die Aufständischen sich nannten, so sehr, daß sie beim nächsten Gefecht einen überwältigenden Sieg davontrugen. Diesmal waren sie es, die die Besiegten niedermetzelten. Mitte März kontrollierten sie fünf Nordprovinzen und hatten eine Regierungsjunta gebildet, während im Süden Präsident Balmaceda von Minute zu Minute mehr Anhänger verlor. Was an loyalen Truppen im Norden noch vorhanden war, mußte sich nach Süden zurückziehen, um sich mit dem Gros des Heeres zu vereinigen; fünfzehntausend Mann überschritten zu Fuß die Kordilleren, drangen in Bolivien ein, zogen durch Argentinien und überquerten erneut das Gebirge, um endlich nach Santiago zu gelangen. Halbtot vor Erschöpfung kamen sie in der Hauptstadt an, bärtig und zerlumpt, sie waren Tausende von Kilometern gelaufen durch eine rauhe, zerklüftete Natur, in höllischer Hitze und ewigem Schnee, hatten sich auf ihrem Weg mit Lamas und Vikunjas des Hochlandes, mit Kürbissen und Gürteltieren in den Pampas, mit allerlei Vogelgetier auf den Gipfeln versorgt. Sie wurden wie Helden empfangen, solche heroische Leistung hatte man seit den Zeiten der feurigen spanischen Eroberer nicht gesehen. Aber nicht alle beteiligten sich an dem Empfang, denn die Opposition war gewachsen wie eine Lawine, die nichts aufhalten konnte. Unser Haus blieb verriegelt und verschlossen, und auf Anweisung meiner Großmutter durfte niemand auch nur die Nase auf die Straße hinausstecken, aber ich konnte der Neugier nicht widerstehen und kletterte aufs Dach, um den Vorbeimarsch zu sehen.

Die Durchsuchungen, Verhaftungen, Plünderungen und Folterungen hielten die Oppositionellen in Atem, es gab keine Familie, die nicht zerstritten gewesen wäre, niemand blieb frei von Angst. Die Truppen führten Razzien durch, um junge Männer auszuheben, tauchten überraschend auf Begräbnissen, Hochzeiten, in Dörfern und Fabriken auf, um die waffenfähigen Männer festzunehmen und mit Gewalt abzuführen. Ackerbau und Industrie wurden gelähmt durch den Mangel an Arbeitskräften. Die Übermacht der Militärs wurde unerträglich, und der Präsident begriff, daß er ihnen Zügel anlegen mußte, aber als er das endlich tun wollte, war es bereits zu spät, die Soldaten waren zu selbstherrlich geworden, und er fürchtete, sie würden ihn absetzen, um eine Militärdiktatur zu errichten, die tausendmal schrecklicher sein würde als die von Godoys politischer Polizei praktizierte Unterdrückung. »Nichts ist so gefährlich wie Macht, die keine Strafe zu befürchten braucht«, warnte uns Nívea. Ich fragte Señorita Matilde Pineda, was der Unterschied zwischen denen von der Regierung und den Aufständischen sei, und die Antwort war: Beide kämpften um ihre Rechtmäßigkeit. Als ich meine Großmutter dasselbe fragte, antwortete sie, da sei kein Unterschied, alle seien Gesindel.

Der Terror klopfte an unsere Tür, als die Häscher Don Pedro Tey verhafteten und in Godoys schreckliche Kerkerzellen sperrten. Sie hatten ihn in Verdacht, und das mit gutem Grund, daß er für die Flugblätter gegen die Regierung verantwortlich sei, die überall kursierten. An einem Abend im Juni, einem dieser Abende mit lästigem Regen und heimtückischem Schneegestöber, als wir im Speisezimmer für alle Tage beim Essen saßen, ging plötzlich die Tür auf, und herein stürzte unangemeldet Señorita Pineda, in klatschnassem Mantel, verstört und kreidebleich.

»Was ist denn los?« fragte meine Großmutter, verärgert über die Unhöflichkeit der Lehrerin.

Señorita Pineda tischte uns atemlos ihre Geschichte auf, wie Godoys Banditen die Buchhandlung Siglo de Oro durchsucht hätten, jeden verprügelt hätten, der sich dort aufhielt, und dann Don

Pedro Tey in einer geschlossenen Kutsche mitgenommen hätten. Meine Großmutter saß mit der Gabel in der Luft und erwartete etwas mehr, was das skandalöse Erscheinen dieser Frau rechtfertigen könnte, sie kannte Señor Tey kaum und verstand nicht, weshalb die Nachricht so dringend war. Sie hatte keine Ahnung, daß der Buchhändler fast täglich ins Haus kam, durch die Hintertür eintrat und auf einem unter ihrem Dach versteckten Druckapparat seine revolutionären Flugblätter herstellte. Nívea, Williams und Matilde Pineda hingegen konnten sich die Folgen vorstellen, wenn der unglückliche Tey zum Geständnis gezwungen wurde, und sie wußten, daß es früher oder später dazu kommen würde, denn Godoys Methoden ließen für Zweifel keinen Platz. Ich sah, wie die drei entsetzte Blicke wechselten, und obwohl ich die Tragweite dessen, was geschehen war, nicht begriff, konnte ich mir doch den Grund dafür vorstellen.

»Ist es wegen der Maschine, die wir im Hinterzimmer haben?« fragte ich.

»Was für eine Maschine?« rief meine Großmutter aus.

»Gar keine Maschine«, erwiderte ich, als mir unser Geheimabkommen einfiel, aber Paulina ließ mich nicht weiterreden, sie nahm mich beim Ohr und schüttelte mich mit einer bei ihr ungewohnten Wut.

»Was für eine Maschine, habe ich dich gefragt, verdammte Rotznase!« schrie sie mich an.

»Lassen Sie die Kleine in Ruhe, Paulina. Sie hat damit nichts zu tun. Es geht um einen Druckapparat ...«, sagte Frederick Williams.

»Einen Druckapparat? Hier, in meinem Hause?« brüllte meine Großmutter.

»Ich fürchte, ja, Tante«, flüsterte Nívea.

»Verflucht noch mal! Was machen wir jetzt!«, und die Matriarchin ließ sich auf den Stuhl fallen, schlug die Hände vors Gesicht und murmelte, ihre eigene Familie habe sie verraten, für eine derartige Unvernunft würden wir zahlen müssen, wir seien ein Haufen Dummköpfe, sie habe Nívea mit offenen Armen aufgenommen, und so werde ihr das nun heimgezahlt, Frederick wisse ja vielleicht nicht, daß dies sie alle den Hals kosten könne, wir seien hier nicht in England oder in Kalifornien, wann werde er endlich verstehen, wie die Dinge in Chile liefen, und die Señorita Pineda wolle sie nicht wiedersehen, nie mehr im ganzen Leben, und sie verbiete ihr, jemals wieder ihr Haus zu betreten oder das Wort an ihre Enkelin zu richten.

Frederick Williams rief nach der Kutsche und

verkündete, er fahre aus, um »das Problem zu lösen«, was, weit davon entfernt, meine Großmutter zu beruhigen, ihr Entsetzen nur noch erhöhte. Señorita Pineda winkte mir zum Abschied zu und ging; ich habe sie erst viele Jahre später wiedergesehen. Williams fuhr direkt zur nordamerikanischen Gesandtschaft und bat dort, Mister Patrick Egan sprechen zu können, seinen Freund und Bridgepartner, der um diese Stunde gerade einem offiziellen Bankett mit anderen Angehörigen des Diplomatischen Corps vorstand. Egan unterstützte die Regierung, aber auch er war zutiefst Demokrat, wie fast alle Yankees, und verabscheute Godoys Methoden. Er hörte sich an, was Frederick Williams ihm zu sagen hatte, und machte sich sofort auf, um mit dem Innenminister zu sprechen, der ihn noch am selben Abend empfing, ihm jedoch erklärte, es stehe nicht in seiner Macht, sich für den Verhafteten einzusetzen. Er erreichte immerhin eine Unterredung mit dem Präsidenten früh am folgenden Tag. Dies war die längste Nacht, die ich im Haus meiner Großmutter erlebt habe. Keiner ging schlafen. Ich verbrachte sie zusammengekauert mit Caramelo in einem Sessel in der Halle, während die Angestellten mit Taschen und Koffern geschäftig vorbeiliefen, dazwischen die Kindermädchen und Ammen mit Níveas schlafendem Nachwuchs auf den Armen und die Köchinnen mit Körben voller Lebensmittel. Selbst zwei Käfige mit den Lieblingsvögeln meiner Großmutter wurden in die Kutschen verladen. Williams und der Gärtner, ein vertrauenswürdiger Mann, nahmen den Drucker auseinander, begruben die Teile unter dem dritten Patio und verbrannten alle verräterischen Papiere. In der Frühe waren die beiden Kutschen der Familie sowie vier bewaffnete Diener zu Pferde bereit, uns aus Santiago fortzubringen. Der Rest des Dienstpersonals hatte sich in die nächste Kirche geflüchtet, wo weitere Kutschen sie etwas später abholen würden. Frederick Williams wollte uns nicht begleiten.

»Ich bin verantwortlich für das, was geschehen ist, und werde bleiben, um das Haus zu schützen«, sagte er.

»Ihr Leben ist viel wertvoller als dieses Haus und alles, was ich habe, bitte, kommen Sie mit uns«, flehte Paulina del Valle ihn an.

»Sie werden nicht wagen, mich anzurühren, ich bin britischer Staatsbürger.«

»Nun seien Sie nicht so naiv, Frederick, glauben Sie mir, in diesen Zeiten ist keiner sicher!«

Aber nichts konnte ihn überreden. Er gab mir einen Kuß auf jede Wange, hielt lange die Hände

Paulinas in den seinen und verabschiedete sich von Nívea, die nach Luft schnappte wie ein Meeraal auf trockenem Strand, ob vor Aufregung oder schlicht der Schwangerschaft wegen, weiß ich nicht. Wir fuhren los, als eine schüchterne Sonne eben erst die Schneegipfel der Kordillere anleuchtete, der Regen hatte aufgehört, und ein wolkenloser Himmel kündigte sich an, aber ein kalter Wind wehte und drang durch die Türritzen der Kutsche. Meine Großmutter hielt mich sacht auf ihrem Schoß, in ihre Fuchsfellpelerine gehüllt, dieselbe, deren Schwänze Caramelo seinerzeit in einem Anfall von Geilheit zerfetzt hatte. Sie hatte den Mund vor Zorn und Angst fest zusammengepreßt, die Körbe mit dem Essen aber nicht vergessen, und kaum hatten wir Santiago in Richtung Süden hinter uns gelassen, öffnete sie sie und ließ ihrer Eßlust freien Lauf mit gebratenen Hähnchen, hartgekochten Eiern, Blätterteigpasteten, Käse, Brötchen, Wein und Saft, und so ging es die ganze Reise.

Die del Valles, die sich aufs Land geflüchtet hatten, als im Januar der Aufstand aufflammte, empfingen uns begeistert, denn wir kamen als Abwechslung nach Monaten gräßlicher Langeweile, und wir brachten Nachrichten. Die Nachrichten waren miserabel, aber keine zu bekommen war schlimmer. Ich traf meine Vettern und Cousinen wieder, und diese Tage, die so voller Anspannung für die Erwachsenen waren, waren Ferien für die Kinder; wir stopften uns voll mit frisch gemolkener Milch, süßem Quark und Eingemachtem, das seit dem Sommer hier lagerte, ritten auf den Pferden, wateten im Regen durch den Schlamm, tobten in den Ställen und in den Mansarden, spielten Theater und bildeten einen etwas hoffnungslosen Chor, weil keiner von uns musikalisch begabt war. Zum Haus kam man auf einem gewundenen, von hohen Pappeln gesäumten Weg, der durch ein ziemlich wildes Tal führte, in dem der Pflug wenig Spuren hinterlassen hatte und die Koppeln leer waren; von Zeit zu Zeit sahen wir Reihen von trockenen und wurmstichigen Pfählen, die, wie meine Großmutter sagte, Weinstöcke waren. Wenn ein Bauer unseren Weg kreuzte, nahm er den Strohhut ab und begrüßte die Herrschaften mit zu Boden geschlagenem Blick, »Euer Gnaden«, sagte er zu uns. Meine Großmutter war müde und schlecht gelaunt auf dem Lande angekommen, aber nach ein paar Tagen spannte sie einen Regenschirm auf, und mit Caramelo im Gefolge wanderte sie sehr neugierig durchs Gelände. Ich sah sie die windschiefen Pfähle für die Weinranken prüfen und Erdproben aufsammeln, die sie in geheimnisvollen Tütchen verwahrte. Das Haus, das die Form eines U hatte, war aus Adobeziegeln erbaut, es sah wuchtig und solide aus und nicht ein bißchen elegant, aber die Mauern strahlten einen gewissen Zauber aus, an ihnen war viel Geschichte vorbeigezogen. Im Sommer war es ein Paradies mit den von süßen Früchten überladenen Bäumen, dem Duft der Blumen, dem fröhlichen Zwitschern der Vögel und dem Summen fleißiger Bienen, aber im Winter sah es unter dem ständigen Nieselregen und dem ewig bedeckten Himmel aus wie eine mißvergnügte alte Dame. Der Tag begann in aller Frühe und endete mit dem Sonnenuntergang, der Stunde, in der wir uns in den riesigen, von Kerzen und Kerosinlampen schwach erhellten Zimmern versammelten. Es war kalt, aber wir setzten uns um runde, mit einem dicken Tuch bedeckte Tische, unter die Becken mit Kohlenglut gestellt wurden, an denen wir uns die Füße wärmten; wir tranken Rotwein, der mit Zucker, Orangenschale und Zimt aufgekocht war, die einzige Art, in der man ihn genießen konnte. Die del Valles produzierten diesen derben Wein zum Verbrauch in der Familie, aber meine Großmutter behauptete, er sei nicht für menschliche Kehlen gemacht, sondern zum Ablösen von Farbe. Jeder Gutsherr, der etwas auf sich hielt, baute Reben an und stellte seinen eigenen Wein her, manche besseren als andere, aber dieser war schon besonders herb. In den hölzernen Kassettendecken bauten Spinnen ihre zarten Spitzengewebe, liefen Mäuse mit ruhigem Herzen, denn die Katzen des Hauses konnten so hoch doch nicht klettern. Die Wände, weißgekalkt oder indigoblau gestrichen, zeigten sich nackt, aber überall gab es riesige Heiligenstatuen und Bilder des gekreuzigten Christus. Am Eingang stand eine Puppe – der Kopf mit Menschenhaar sowie Hände und Füße aus Holz, die Augen aus blauem Glas –, die die Jungfrau María darstellte und ständig mit frischen Blumen und einem brennenden Altarlicht versehen war, vor der wir uns alle beim Vorbeigehen bekreuzigten, keiner kam herein oder ging hinaus, ohne die Madonna zu grüßen. Einmal in der Woche wurde ihr Gewand gewechselt, sie hatte einen ganzen Schrank voll mit Kleidern im Renaissancestil., und für die Prozessionen schmückte man sie mit Juwelen und einem Hermelincape, das mit den Jahren ein bißchen abgetragen aussah. Wir aßen viermal am Tag in langen Zeremonien, die kaum zu Ende waren, wenn die nächste anfing, so daß meine Großmutter nur zum Schlafen, zu ihren Inspektionen und zum Gang in die Kapelle vom Tisch aufstand. Um sieben Uhr früh wohnten wir der Messe und der Kommunion bei unter Leitung von Pater Teodoro Riesco, der bei meinen Onkeln wohnte, ein schon recht bejahrter Priester, der die Gabe der Duldsamkeit besaß; in seinen Augen gab es keine unverzeihliche Sünde, ausgenommen der Verrat des Judas; selbst der fürchterliche Godoy konnte, seiner Meinung nach, Trost im Schoße des Herrn finden. »Das nun gewiß nicht, Padre, denn wenn es für Godoy Verzeihung gibt, dann will ich lieber mit Judas und allen meinen Kindern in die Hölle gehen«, erwiderte ihm Nívea. Nach Sonnenuntergang vereinigte sich die Familie mit den Kindern, Angestellten und Pächtern zum Gebet. Jeder nahm eine brennende Kerze, und wir marschierten hintereinander zu der rustikalen Kapelle im Südflügel des Hauses. Ich begann diese täglichen Riten zu mögen, die den Kalender, die Jahreszeiten und das Leben kennzeichneten, es machte mir Spaß, die Altarblumen zu ordnen und die goldenen Hostienkelche zu putzen. Die heiligen Worte waren Poesie:

Nicht bewegt mich, mein Gott, dich zu lieben,
der Himmel, den du mir versprochen,
noch bewegt mich die allseits gefürchtete Hölle,
um ihretwegen dich nie mehr zu kränken.

Du bist es, Herr, der mich bewegt, wenn ich sehe
ans Kreuz dich geschlagen, verspottet, verhöhnt,
deinen Körper voll Wunden zu sehen bewegt mich,
die schimpflichen Schmähungen und dein Tod.

Deine Liebe bewegt mich, bewegt mich so sehr,
daß, gäb's keinen Himmel, ich dich doch liebte,
und gäb's keine Hölle, ich dich fürchtete.

Du mußt mir nichts schenken, weil ich dich liebe,
denn selbst wenn ich nicht hoffte, was ich erhoffe,
ich würde dich lieben, so wie ich dich liebe.

Ich glaube, daß mehr als nur ein bißchen auch in
dem zähen Herzen meiner Großmutter weich wurde, denn seit diesem Aufenthalt auf dem Lande näherte sie sich nach und nach der Religion, begann in
die Kirche zu gehen, weil es ihr Freude machte und
nicht nur, um gesehen zu werden, hörte auf, den Klerus aus purer Gewohnheit zu verfluchen, wie sie
es früher getan hatte, und als wir nach Santiago zu-
rückkehrten, ließ sie in ihrem Haus an der Straße
Ejército Libertador eine schöne Kapelle mit farbigen Fenstern bauen, in der sie auf ihre Art betete.
Der Katholizismus war ihr nicht bequem, deshalb
paßte sie ihn sich an. Nach dem Abendgebet kehr-

ten wir mit unseren Kerzen in den großen Salon zurück, wo wir Milchkaffee tranken, während die Frauen webten oder stickten und wir Kinder uns bei den Geschichten über Gespenster gruselten, die die Erwachsenen uns erzählten. Nichts flößte uns mehr Schauder ein als der *imbunche,* ein unheilvolles Geschöpf aus der Mythologie der Eingeborenen. Es hieß, die Indios raubten Neugeborene, um sie in *imbunches* zu verwandeln, sie nähten ihnen die Lider und den Anus zu, zogen sie in Höhlen auf, ernährten sie mit Blut, brachen ihnen die Beine, drehten ihnen den Kopf nach hinten und steckten ihnen einen Arm unter die Haut am Rücken, wodurch sie jede Art übernatürlicher Kräfte erwarben. Aus lauter Angst, als Nahrung für einen *imbunche* zu enden, steckten die Kinder nach Sonnenuntergang die Nase nicht mehr aus dem Haus, und einige, darunter auch ich, schliefen mit dem Kopf unter den Decken, von haarsträubenden Alpträumen gequält. »Wie kannst du nur so abergläubisch sein, Aurora! Den *imbunche* gibt es nicht. Denkst du, irgendein Neugeborenes könnte solche Torturen überleben?« sagte meine Großmutter und versuchte vernünftig mit mir zu reden, aber es gab kein Argument, das mich vom Zähneklappern befreien konnte.

Da sie ihr Leben schwanger verbrachte, kümmerte Nívea sich wenig darum, große Berechnungen anzustellen, und schätzte das Nahen der Niederkunft nach der Häufigkeit, mit der sie das Nachtgeschirr benutzen mußte. Als sie in zwei aufeinanderfolgenden Nächten dreimal herausmußte, kündigte sie uns zur Frühstückszeit an, daß es Zeit sei, einen Arzt zu rufen, und tatsächlich begannen noch am selben Tag die Wehen. Weil es in dieser Gegend aber keine Ärzte gab, schlug jemand vor, die Amme aus dem nächsten Dorf zu holen, die, wie sich herausstellte, eine *meica* war, eine alterslose Mapuche-Indianerin und ganz und gar braun: Haut, Zöpfe, sogar die Kleider, die mit Pflanzenauszügen gefärbt waren. Sie kam zu Pferde, mit einer Tasche voller Pflanzen, Ölen und medizinischen Säften, und trug einen Umhang, der vor der Brust von einer riesigen, aus alten Kolonialmünzen angefertigten Brosche zusammengehalten wurde. Die Tanten waren entsetzt, diese Meica schien gerade erst aus dem tiefsten Araukanien gekommen zu sein, aber Nívea empfing sie ohne Anzeichen von Zweifel oder Mißtrauen; Angst vor lebensgefährlichen Augenblicken schreckte sie nicht, sie hatte das ja schon sechsmal durchgemacht. Die India sprach sehr wenig Spanisch, aber sie schien ihre Sache zu verstehen, und als sie ihren Umhang abgelegt hatte, konnten wir sehen, daß sie sauber war. Aus Tradition betrat keine Frau, die nicht schwanger gewesen war, das Zimmer der Gebärenden, so daß die jungen Frauen mit den Kindern ans andere Ende des Hauses gingen und die Männer sich im Billardsaal zusammenfanden, um zu spielen, zu trinken und zu rauchen. Nívea wurde in das Hauptzimmer gebracht, begleitet von der India und einigen älteren Frauen der Familie, die sich beim Beten und Helfen ablösten. Sie kochten zwei schwarze Hühner für eine gehaltvolle Brühe, die der Mutter vor und während der Geburt Kraft geben sollte, sie brühten auch Borretsch auf, falls sich Atemknappheit oder Herzschwäche einstellen sollten. Meine Neugier war stärker als die Drohung meiner Großmutter, mir eine Tracht Prügel zu verpassen, falls sie mich in Níveas Nähe ertappte, und ich entwischte in die hinteren Zimmer, um zu beobachten. Ich sah die Dienstmädchen mit weißen Tüchern und Waschschüsseln voll heißem Wasser und Kamillentinktur, um den Leib zu massieren, auch mit Decken und Kohle für die Becken, denn nichts war so sehr gefürchtet wie der *Eisbauch* oder das Kaltwerden während der Geburt. Ich hörte ständig Unterhaltung und Gelächter und konnte mir nicht vorstellen, daß hinter der Tür Angst oder Leiden herrschten, ganz im Gegenteil, es klang nach höchst vergnügtem Frauenklatsch. Weil ich von meinem Versteck aus nichts sehen konnte und von dem geisterhaften Hauch in den dunklen Gängen sich mir die Nackenhaare sträubten, hatte ich bald genug und lief fort, um mit den anderen Kindern zu spielen, aber als es Abend wurde und die Familie sich in der Kapelle versammelt hatte, ging ich wieder zu meinem Horchposten. Inzwischen hatten die Gespräche aufgehört und man vernahm deutlich Níveas angestrengtes Stöhnen, das Murmeln von Gebeten und den Regen, der auf die Dachziegel pladderte. Ich machte mich ganz klein in meinem Gangwinkel und zitterte vor Angst, weil ich mir deutlich vorstellte, daß die Indios kommen und Níveas Baby rauben könnten ..., und wenn nun die Meica eine von jenen Hexen war, die aus den Neugeborenen *imbunches* machten? Wieso hatte Nívea nicht an diese grausige Möglichkeit gedacht? Ich war schon drauf und dran, zurück in die Kapelle zu rennen, wo Licht und Menschen waren, aber in diesem Augenblick kam eine der Frauen aus dem Zimmer, um etwas zu holen, und ließ die Tür halb offen, und ich konnte halbwegs erkennen, was da drinnen vor sich ging. Mich sah niemand, weil es auf dem Gang finster war, im Zimmer dagegen herrschte die Helligkeit von zwei Talglampen und überall verteilten Kerzen. Drei brennende Kohlenbecken in den Ecken hielten den Raum wesentlich wärmer, als es im übrigen Haus war, und die Eukalyptusblätter, die in einem Topf kochten, erfüllten die Luft mit frischem Waldesduft. Nívea, in einem kurzen Hemd, einer Weste und dicken Wollsocken, hockte auf einer Decke, beide Hände um zwei dicke Seile geklammert, die von den Deckenbalken herabhingen, und im Rücken von der Meica gestützt, die leise Wörter in einer fremden Sprache murmelte. Der vorgewölbte und von blauen Venen überzogene Bauch der Mutter erschien monströs im flakkernden Licht der Kerzen, als gehörte er nicht zu ihrem Körper und wäre nicht einmal menschlich. Nívea preßte schweißüberströmt, das Haar klebte ihr in der Stirn, die geschlossenen Augen waren von violetten Kreisen umgeben, die Lippen geschwollen. Eine meiner Tanten kniete betend vor einem Tischchen, auf dem eine kleine Statue des heiligen Ramón Nonato, des Beschützers der Gebärenden, stand, des einzigen Heiligen, der nicht auf normale Weise zur Welt gekommen war, sondern den sie mit einem Schnitt aus dem Leib seiner Mutter geholt hatten; eine andere Tante stand neben der India mit einer Schüssel voll heißem Wasser und einem Stapel sauberer Tücher. Es gab eine kurze Pause, in der Nívea tief Luft holte und die Meica sich vor sie kniete und ihr mit ihren schweren Händen den Bauch massierte, als wollte sie es dem Kind innen bequem machen. Plötzlich tränkte ein Strahl einer blutigen Flüssigkeit die Decke. Die Meica fing ihn mit einem Tuch auf, das sofort ebenfalls durchnäßt war, dann ein weiteres und noch ein weiteres. »Segen, Segen, Segen«, hörte ich die India auf spanisch sagen. Nívea klammerte sich an die Seile und preßte mit so viel Kraft, daß die Sehnen des Nackens und die Venen an den Schläfen kurz vorm Bersten zu sein schienen. Ein dumpfes Brüllen brach aus ihrem Mund, und dann erschien etwas zwischen ihren Beinen, etwas, was die Meica sanft auffing und einen Augenblick hielt, bis Nívea keuchend Luft geholt hatte, abermals preßte und das Kind völlig herauskam. Ich glaubte, ich müßte vor Entsetzen und Ekel ohnmächtig werden, und wich taumelnd den endlosen, finsteren Gang entlang zurück.

Eine Stunde später, während die Dienstmädchen die schmutzigen Tücher und alles, was sonst gebraucht worden war, einsammelten, um es zu verbrennen – so vermied man Blutstürze, wie sie glaubten –, und die Meica die Plazenta und die Nabelschnur einwickelte, um sie unter einem Feigenbaum zu vergraben, wie es hierzulande Brauch war, hatte sich die Familie im Saal um Pater Teodoro Riesco versammelt, um Gott zu danken für die Geburt eines Zwillingspärchens, zweier Söhne, die den Namen del Valle in Ehren tragen würden, wie der Pater sagte. Zwei Tanten hielten die Neugeborenen auf den Armen, warm in wollene Einschlagtücher gewickelt und mit gestrickten Mützchen auf den Köpfen, während die Familienmitglieder nacheinander herantraten, sie auf die Stirn küßten und »Gott schütze ihn« sagten, um den bösen Blick fernzuhalten. Ich konnte meine Vettern nicht willkommen heißen wie die anderen, mir kamen sie vor wie abscheulich häßliche Würmer, und das Bild von Níveas blau angelaufenem Bauch, der sie als blutige Masse ausstieß, würde mich ewig peinigen.

In der zweiten Augustwoche kam Frederick Williams uns besuchen, hochelegant wie immer und sehr ruhig, als wäre die Gefahr, der politischen Polizei in die Hände zu fallen, nur eine allgemeine Halluzination gewesen. Meine Großmutter empfing ihren Mann wie eine Braut, mit glänzenden Augen und vor Erregung roten Wangen, sie hielt ihm beide Hände hin, die er mit mehr als Respekt küßte; mir wurde zum erstenmal klar, daß dieses Paar durch Bande vereint war, die der Zärtlichkeit sehr ähnlich

327

waren. Damals war sie etwa fünfundsechzig, ein Alter, in dem andere Frauen Greisinnen waren, zerstört durch Trauerfälle und sonstige Schicksalsschläge, aber Paulina del Valle schien unverwüstlich. Sie färbte sich das Haar, eine Koketterie, die keine Dame aus ihren gesellschaftlichen Kreisen sich erlaubte, und vervollständigte ihre Frisur durch falsche Haarteile; sie kleidete sich mit gleichbleibender Eitelkeit, trotz ihrer Dickleibigkeit, und schminkte sich so dezent, daß niemand die Röte auf ihren Wangen oder die Schwärze ihrer Wimpern in Zweifel zog. Frederick Williams war deutlich jünger, und offenbar fanden die Frauen ihn sehr attraktiv, denn immer wedelten sie mit ihren Fächern in seiner Gegenwart oder ließen Tüchlein fallen. Ich habe niemals gesehen, daß er diese Komplimente erwidert hätte, dagegen schien er seiner Frau unbedingt ergeben zu sein. Ich habe mich oft gefragt, ob die Verbindung von Frederick Williams und Paulina del Valle nur eine der Zweckmäßigkeit halber getroffene Regelung war, ob sie tatsächlich so platonisch war, wie alle annahmen, oder ob zwischen ihnen eine gewisse Anziehungskraft wirksam war. Sollten sie sich lieben? Niemand wird das je erfahren, denn er berührte nie das Thema, und meine Großmutter, die gegen Ende imstande war, mir die vertraulichsten Dinge zu erzählen, nahm die Antwort mit in die andere Welt.

Wir hörten von Onkel Frederick, daß Don Pedro Tey durch das persönliche Eingreifen des Präsidenten befreit worden war, ehe es Godoy gelungen war, ihm ein Geständnis zu entreißen, weshalb wir in das Haus in Santiago zurückkehren konnten, denn tatsächlich war der Name unserer Familie nie in den Listen der Polizei aufgetaucht. Neun Jahre später, als meine Großmutter gestorben war und ich Señorita Matilde Pineda und Don Pedro Tey wiedersah, erfuhr ich die Einzelheiten des Geschehens, die der gute Frederick Williams uns hatte ersparen wollen. Nachdem die Polizisten die Buchhandlung durchsucht, die Angestellten verprügelt und Hunderte von Büchern aufgestapelt und in Brand gesetzt hatten, brachten sie den Katalanen zu den unheilvollen Kerkerzellen, wo sie ihm die übliche Behandlung zukommen ließen. Am Ende der Tortur hatte Tey das Bewußtsein verloren, ohne ein einziges Wort gesagt zu haben, worauf sie ihm einen Eimer Wasser mit Exkrementen über den Kopf gossen und ihn auf einem Stuhl festbanden, wo er für den Rest der Nacht blieb. Am Tag darauf, als er wieder seinen Peinigern vorgeführt wurde, kam der nordamerikanische Geschäftsträger Patrick Egan mit einem Adjutanten des Präsidenten und verlangte die Freilassung des Gefangenen. Sie ließen ihn gehen, nicht ohne ihn zu warnen, wenn er nur ein Wort über das Vorgefallene verriete, würde er vor ein Erschießungskommando gestellt. Sie schleppten ihn, der von Blut und Fäkalien triefte, zur Kutsche des Diplomaten, wo Frederick Williams und ein Arzt warteten, und brachten ihn als Asylsuchenden in die Gesandtschaft der Vereinigten Staaten. Einen Monat später war die Regierung gestürzt, und Don Pedro Tey verließ die Gesandtschaft, um Platz zu machen für die Familie des abgesetzten Präsidenten, der unter derselben Fahne Zuflucht fand. Der Buchhändler war mehrere Monate lang ziemlich übel dran, bis die Wunden von den Peitschenhieben verheilt waren, die Schultern wieder beweglich wurden und er anfangen konnte, seine Buchhandlung wiederaufzubauen. Die erlittenen Grausamkeiten hatten ihn nicht eingeschüchtert, ihm kam gar nicht der Gedanke, nach Katalonien zurückzukehren, und er blieb nach wie vor in der Opposition, ganz gleich unter welcher Regierung. Als ich ihm viele Jahre später dafür dankte, daß er die entsetzliche Folter durchgestanden hatte, um meine Familie zu schützen, antwortete er mir, er habe es nicht für uns getan, sondern für Señorita Matilde Pineda.

Meine Großmutter wollte auf dem Lande bleiben, bis die politischen Turbulenzen ein Ende hatten, aber Frederick Williams überzeugte sie, daß der Konflikt sich noch über Jahre hinziehen könne und daß wir die Stellung, die wir in Santiago hatten, nicht aufgeben dürften. Die Wahrheit ist, daß das Gut mit seinen demütigen Bauern, den ewigen Siestas und den Ställen voller Mist und Fliegen ihn ein noch schlimmeres Schicksal dünkte als die für ihn doch sehr hypothetische Einkerkerung.

»Der Bürgerkrieg in den Vereinigten Staaten hat vier Jahre gedauert, das kann hier genauso kommen«, sagte er.

»Vier Jahre? Bis dahin ist kein einziger Chilene mehr am Leben. Wie es heißt, sind in wenigen Monaten schon zehntausend Mann im Kampf gefallen und über tausend hinterrücks ermordet worden«, entgegnete meine Großmutter.

Nívea wollte mit uns zurück nach Santiago, obwohl die Anstrengung der doppelten Geburt ihr immer noch in den Knochen saß, und sie bestand so beharrlich darauf, daß meine Großmutter schließlich nachgab. Anfangs hatte sie wegen der Sache mit dem Druckapparat nicht mit Nívea gesprochen, aber als sie die Zwillinge sah, verzieh sie ihr. Bald waren wir also alle auf dem Weg in die Hauptstadt mit den gleichen Gepäckmassen, die wir vor Wochen aufgeladen hatten, plus zwei Neugeborenen und ohne die Vögel, die unterwegs vor Angst gestorben waren. Wir nahmen mehrere Körbe mit Lebensmitteln mit uns sowie einen Tonkrug mit dem Gebräu, das Nívea trinken mußte, um einer Anämie vorzubeugen – eine widerliche Mischung aus abgelagertem Wein und frischem Jungstierblut. Nívea hatte monatelang nichts von ihrem Mann gehört, und wie sie uns in einem Augenblick der Schwäche gestand, begann sie Depressionen zu bekommen. Sie hatte nie daran gezweifelt, daß Severo heil und gesund aus dem Krieg zu ihr zurückkehren werde, sie hat so etwas wie Hellsichtigkeit, ihr eigenes Schicksal zu sehen. So wie sie immer wußte, daß sie seine Frau werden würde, selbst als er ihr mitteilte, daß er in San Francisco eine andere geheiratet hatte, so weiß sie auch, daß sie beide gemeinsam bei einem Unfall sterben werden. Ich habe es sie viele Male sagen hören, der Satz ist in der Familie nachgerade ein Witz geworden. Sie fürchtete sich davor, auf dem Lande zu bleiben, weil es dann für ihren Mann sehr schwierig sein würde, sich mit ihr in Verbindung zu setzen, zumal in dem Durcheinander der Revolution die Post leicht verlorenging, vor allem in den ländlichen Gebieten.

Seit Beginn ihrer Ehe mit Severo, als ihre unerschöpfliche Fruchtbarkeit offensichtlich wurde, hatte Nívea begriffen, daß, wenn sie die üblichen Normen der Wohlanständigkeit einhielte und sich bei jeder Schwangerschaft und nach jeder Entbindung zu Hause einschlösse, sie den Rest ihres Lebens eingesperrt bleiben würde, also entschied sie, daß sie kein Geheimnis aus der Mutterschaft machen wolle, und so wie sie mit vorstehendem Bauch wie eine ungenierte Bäuerin daherstolzierte zum Entsetzen der »guten« Gesellschaft, so gebar sie auch ohne großes Getue, verbrachte danach nur drei Tage in der Verbannung – statt der vierzehn, die der Arzt vorschrieb – und ging, wohin es ihr paßte, einschließlich der Treffen der Frauenrechtlerinnen, mit ihrem Gefolge von Kindern und Kindermädchen. Letztere waren junge Mädchen, die auf dem Lande angeworben wurden und dazu bestimmt waren, ein Leben lang zu dienen, sofern sie nicht schwanger wurden oder heirateten, was wenig wahrscheinlich war. Diese selbstlosen Mädchen wuchsen, vertrockneten und starben im Haus, schliefen in schmuddligen Stuben ohne Fenster und aßen, was vom herrschaftlichen Tisch wieder herauskam; sie beteten die Kinder an, die sie aufziehen sollten, vor allem die Jungen, und wenn die Töchter der Familie heirateten, nahmen sie sie mit als Teil der Aussteuer, damit sie der zweiten Generation weiterdienten. In einer Zeit, in der alles, was mit Mutterschaft zu tun hatte, schön im dunkeln blieb, belehrte mich das Zusammenleben mit Nívea als Elfjährige über Dinge, die kein Mädchen in meinem Umfeld kannte. Auf dem Lande mußten die Kindermädchen uns bei geschlossenen Fensterläden im Hause halten, wenn die Tiere sich paarten oder ihren Nachwuchs zur Welt brachten, denn man ging von der Vorstellung aus, daß diese Vorgänge unsere empfindsamen Seelen belasten und uns perverse Gedanken in den Kopf setzen würden. Das war durchaus richtig, denn das wollüstige Schauspiel, wenn ein feuriger Hengst eine Stute besteigt, was ich zufällig auf dem Gut mit ansah, geht mir immer noch ins Blut. Heute, im Jahre 1910, wo der Altersunterschied von zwanzig Jahren hingeschwunden und sie mehr meine Freundin als meine Tante ist, hat sie mir erzählt, daß die jährlichen Schwangerschaften nie ein ernstzunehmendes Hindernis für sie waren; schwanger oder nicht, sie trieb ihre von jeder Scham freien Kapriolen mit ihrem Mann. Bei einem dieser vertraulichen Gespräche fragte ich sie, warum sie so viele Kinder hatte – fünfzehn, von denen elf am Leben sind –, und sie antwortete, sie habe es nicht vermeiden können, keines von den weisen Mittelchen der französischen Hebammen habe bei ihr gewirkt. Gegen den ungeheuren Verschleiß halfen ihr eine nicht kleinzukriegende Körperkraft und ein leichtes Herz, das sich nicht in sentimentalem Gestrüpp verstrickte. Sie zog ihre Kinder nach derselben Methode auf, nach der sie ihre häuslichen Angelegenheiten regelte: sie delegierte. Kaum hatte sie geboren, umwickelte sie sich straff die Brüste und übergab den Säugling einer Amme; in ihrem Haus gab es fast so viele Kindermädchen wie Kinder. Die Leichtigkeit, mit der Nívea Niederkünfte hinter sich brachte, ihre gute Gesundheit und das lockere Verhältnis zu ihrer Nachkommenschaft sicherten ihre intime Beziehung zu Severo, die leidenschaftliche Zärtlichkeit, die sie verbindet, sieht man ihnen noch heute an. Sie hat mir erzählt, die verbotenen Bücher, die sie in der Bibliothek ihres Onkels eingehend studierte, hätten sie die phantastischen Möglichkeiten der Liebe gelehrt einschließlich einiger sehr ruhiger für Liebende, deren akrobatische Fähigkeit eingeschränkt sei, wie es bei ihnen beiden der Fall war: ihn behinderte das amputierte Bein und sie der schwangere Bauch. Ich weiß nicht, welche Verrenkungen die beiden bevorzugen, aber ich könnte mir vorstellen, daß die Augenblicke höchster Wonne immer noch die sind, in denen sie im

Dunkeln und ohne das geringste Geräusch ihre Spiele treiben, als säße im gleichen Zimmer eine Nonne, die zwischen der einschläfernden Baldrianschokolade und der Lust zu lauschen hin und her gerissen wird.

Die Nachrichten über die Revolution wurden von der Regierung streng zensiert, aber man erfuhr trotzdem alles, selbst dann, wenn es erst geschehen sollte. Wir wußten von der Verschwörung, weil einer meiner älteren Vettern sie uns ankündigte, der heimlich in unserem Haus auftauchte, begleitet von einem Pächter des Gutes, seinem Diener und Leibwächter. Nach dem Essen zog er sich mit Frederick Williams und meiner Großmutter für längere Zeit ins Arbeitszimmer zurück, wo ich in einer Ecke saß und tat, als wäre ich in mein Buch vertieft, mir aber kein Wort von dem entgehen ließ, worüber sie redeten. Mein Vetter war ein blonder, stattlicher Bursche mit Locken und Augen wie eine Frau, impulsiv und sympathisch; er war auf dem Lande aufgewachsen und hatte eine gute Hand für das Zähmen von Pferden, daran erinnere ich mich gut. Er erzählte, daß ein paar junge Leute, darunter auch er, vorhätten, einige Brücken in die Luft zu sprengen, um der Regierung eins auszuwischen.

»Und wer ist auf die brillante Idee gekommen? Habt ihr auch einen Anführer?« fragte meine Großmutter sarkastisch.

»Anführer haben wir noch keinen, den werden wir wählen, wenn wir uns versammeln.«

»Wie viele seid ihr, Junge?«

»Wir sind so an die hundert, aber ich weiß nicht, wie viele kommen werden. Sie wissen nicht alle, weshalb wir sie zusammengerufen haben, wir werden es ihnen erst dann sagen, aus Sicherheitsgründen, verstehen Sie, Tante?«

»Ich verstehe. Sind sie alle junge Herren wie du?« fragte meine Großmutter immer aufgebrachter.

»Es sind Handwerker, Arbeiter, Dorfleute und auch einige von meinen Freunden.«

»Was für Waffen haben sie?« wollte Frederick Williams wissen.

»Säbel, Messer, und ich glaube, auch ein paar Karabiner. Wir werden natürlich Pulver beschaffen müssen, das ist klar.«

»Mir scheint, das ist ein riesengroßer Blödsinn!« explodierte meine Großmutter.

Die beiden versuchten es ihm auszureden, und er hörte ihnen mit gespielter Geduld zu, aber es war offensichtlich, daß sein Entschluß feststand und dies nicht der Augenblick war, seine Meinung zu ändern.

Als er ging, nahm er in einem Lederbeutel einige der Feuerwaffen aus Frederick Williams' Sammlung mit. Zwei Tage später erfuhren wir, was sich auf dem verschwörerischen Gut wenige Kilometer von Santiago entfernt zugetragen hatte. Die Rebellen waren im Lauf des Tages in einem Häuschen von Rinderhirten zusammengekommen, in dem sie sich sicher fühlten, und hatten Stunden mit Diskutieren verbracht, aber da sie über so wenige Waffen verfügten und der Plan an allen Ecken und Enden Löcher hatte, beschlossen sie, die Sache zu verschieben, die Nacht hier in fröhlicher Kameradschaft zu verbringen und am kommenden Tag auseinanderzugehen. Sie ahnten nicht, daß sie verraten worden waren. Um vier Uhr früh wurden sie von neunzig berittenen Soldaten und vierzig Infanteristen der Regierungstruppen überfallen in einem so schnellen und sicheren Handstreich, daß die Belagerten sich nicht verteidigen konnten und sich ergaben, überzeugt, daß ihnen nichts geschehen werde, denn sie hatten ja noch kein Verbrechen begangen außer, daß sie sich unerlaubt versammelt hatten. Der Oberstleutnant, der die Abteilung befehligte, verlor in dem anfänglichen Hin und Her den Kopf, und blind vor Wut zerrte er den erstbesten Gefangenen nach vorn und ließ ihn durch Kugel und Bajonett zerfetzen, dann suchte er sich acht weitere aus und erschoß sie von hinten, und so ging es mit Schlägen und Schlachten weiter, bis bei Hellwerden sechzehn zerstückelte Leichen dalagen. Der Oberst ließ die Weinkeller des Gutes öffnen, und dann überließ er die Bauersfrauen der betrunkenen und durch Straflosigkeit ermutigten Truppe. Sie zündeten das Haus an und folterten den Verwalter mit solcher Wildheit, daß sie ihn im Sitzen erschießen mußten. Inzwischen kamen und gingen Befehle aus Santiago, aber das Warten darauf besänftigte die Gemüter der Soldateska keineswegs, sondern heizte das Fieber der Gewalttätigkeit nur noch an. Am folgenden Tag, nach vielen höllischen Stunden, kam der Befehl, von einem General eigenhändig geschrieben: »Alle sind auf der Stelle zu erschießen.« So geschah es. Danach luden sie die Leichen auf fünf Karren, um sie in ein Massengrab zu schaffen, aber das Klagegeschrei war so groß, daß sie sie schließlich den Familien übergaben.

Um die Dämmerstunde brachten sie die Leiche meines Vetters, die meine Großmutter angefordert hatte, wobei sie sich ihrer gesellschaftlichen Stellung und ihrer Beziehungen bediente. Der Tote war in eine blutige Decke gewickelt und wurde erst einmal ohne viel Aufhebens in einen Raum gebracht, wo er ein wenig zurechtgemacht werden sollte, bevor ihn seine Mutter und seine Schwestern sahen. Ich lauschte an der Treppe und sah einen Herrn im schwarzen Gehrock und mit einem Köfferchen kommen, der sich mit dem Leichnam einschloß, während die Dienstmädchen darüber redeten, das sei ein Balsamiermeister, der die Spuren der Erschießung mit Schminke, Füllstoff und einer Polsterernadel völlig entfernen könne. Frederick Williams und meine Großmutter hatten den goldenen Salon in eine Kapelle mit einem improvisierten Altar und gelben Altarkerzen in hohen Leuchtern verwandelt. Als im Morgengrauen die ersten Kutschen mit der Familie und den Freunden ankamen, war das Haus voller Blumen, und mein Vetter ruhte sauber, gut gekleidet und ohne Spuren seines Martyriums in einem prächtigen Mahagonisarg mit silbernen Beschlägen. Die Frauen, in strenger Trauergewandung, saßen weinend und betend in zwei Stuhlreihen, die Männer redeten über Vergeltung, die Dienstboten boten schmackhafte Häppchen an wie auf einem Picknick, und wir Kinder, auch in Schwarz, spielten Erschießen. Für meinen Vetter und mehrere seiner Gefährten wurde drei Tage lang in ihren Häusern Totenwache gehalten, während die Kirchenglocken die ganze Zeit für die toten Jungen läuteten. Die Behörden wagten nicht einzuschreiten. Trotz der strengen

Zensur gab es niemanden im Land, der nicht von dem Vorgefallenen gehört hätte, die Nachricht hatte sich überall verbreitet, und das Entsetzen schüttelte Regierungsanhänger ebenso wie Revolutionäre. Der Präsident wollte keine Einzelheiten hören und lehnte jede Verantwortung ab, wie er es auch schon bei früheren, von anderen Offizieren sowie dem schrecklichen Godoy begangenen Schändlichkeiten getan hatte.

»Sie haben sie umgebracht wie Tiere, ohne Gefahr der Gegenwehr, aus purer Grausamkeit. Etwas anderes war ja nicht zu erwarten, wir sind ein blutrünstiges Land«, sagte Nívea, mehr wütend als traurig, und erklärte weiter, wir hätten in diesem ausgehenden Jahrhundert fünf Kriege gehabt. »Wir Chilenen scheinen so harmlos, wir stehen im Ruf, schüchtern zu sein, verniedlichen gern mit unseren angehängten -itos und -itas, aber bei der ersten Gelegenheit verwandeln wir uns in Kannibalen. Man muß daran denken, woher wir gekommen sind, um unsere brutale Ader zu verstehen. Unsere Vorfahren waren die kriegerischsten und grausamsten unter den spanischen Eroberern, die einzigen, die es wagten, zu Fuß bis Chile zu kommen, die Rüstungen rotglühend von der Wüstensonne, besiegten sie die schlimmsten Hindernisse der Natur. Sie vermischten sich mit den Araukanern, die so tapfer waren wie sie selbst, das einzige Volk des Kontinents, das nie unterworfen wurde. Diese Indios aßen die Gefangenen, und ihre Häuptlinge, die *toquis,* benutzten für ihre Zeremonien Masken, die aus der getrockneten Haut der Eindringlinge gemacht waren, vorzugsweise derjenigen mit Bart und Schnurrbart, denn sie selbst waren bartlos, und so rächten sie sich an den Weißen, die ihrerseits die Indios lebend verbrannten, auf Pfähle spießten, ihnen die Arme abschlugen und die Augen herausrissen ...«

»Schluß! Ich verbiete dir, solche Scheußlichkeiten vor meiner Enkelin zu erzählen!« unterbrach meine Großmutter sie.

Das Hinmetzeln der jungen Verschwörer lieferte den Zündsatz für die letzten Kämpfe des Bürgerkrieges. In den Tagen danach landeten die Revolutionäre in der Nähe von Valparaíso mit einem Heer von neuntausend Mann, von Marineartillerie unterstützt, die in höchster Eile und in scheinbarer Unordnung wie eine Horde Hunnen auf den Hafen zumarschierten, aber es gab einen höchst genauen Plan in diesem Chaos, denn in wenigen Stunden hatten sie ihre Feinde vernichtend geschlagen. Die Reservetruppen der Regierung verloren dreißig Prozent ihrer Männer, das Revolutionsheer besetzte Valparaíso, und von dort aus machten sie sich bereit, gegen Santiago zu ziehen und den Rest des Landes zu beherrschen. Inzwischen führte der Präsident den Krieg von seinem Büro aus, aber die Informationen, die ihm zugingen, waren falsch, und seine Befehle verloren sich im Äther, denn die Mehrheit der Funker stand auf seiten der Revolutionäre. Der Präsident hörte die Nachricht von der Niederlage zur Zeit des Abendessens. Er speiste in aller Ruhe zu Ende, wies dann seine Familie an, in der nordamerikanischen Gesandtschaft Zuflucht zu suchen, nahm Schal, Mantel und Hut und ging, von einem Freund begleitet, zu Fuß zur argentinischen Gesandtschaft, die nur wenige Straßen vom Präsidentenpalast entfernt war. Dort hatte einer der Kongreßabgeordneten Asyl gefunden, der in Opposition zu seiner Regierung stand, und um ein Haar wären die beiden an der Tür zusammengestoßen, der eine, geschlagen, beim Eintreten, der andere, triumphierend, beim Hinausgehen. Der Verfolger war zum Verfolgten geworden.

Die Revolutionäre marschierten unter den Beifallsrufen der gleichen Bevölkerung in die Hauptstadt ein, die Monate zuvor den Regierungstruppen zugejubelt hatte; die Einwohner Santiagos, mit roten Bändern um den Arm, stürzten sich auf die Straßen, die meisten, um zu feiern, andere, um sich zu verstecken, weil sie das Schlimmste von der Soldateska und der tobenden Menge fürchteten. Die neuen Behörden erließen einen Aufruf zur Zusammenarbeit in Ordnung und Frieden, den der Mob auf seine Weise auslegte. Banden bildeten sich mit Anführern an der Spitze, die die Stadt durchkämmten mit Listen von Häusern, die geplündert werden sollten, jedes auf einer Karte mit genauer Adresse gekennzeichnet. Später hieß es, die Listen wären aus Bosheit und Rachedurst von Damen der vornehmen Gesellschaft angefertigt worden. Das mag sein, aber ich weiß mit Sicherheit, daß Paulina del Valle und Nívea solch erbärmlicher Niedertracht nicht fähig gewesen wären, auch wenn sie die gestürzte Regierung gehaßt hatten; im Gegenteil, sie versteckten sogar zwei verfolgte Familien in unserem Haus, während die Volkswut abkühlte und die langweilige Ruhe der Zeit vor der Revolution wieder einkehrte, die wir alle vermißt hatten. Die Plünderung Santiagos war eine methodische und – aus der Ferne gesehen natürlich – sogar vergnügliche Aktion. Vor der »Kommission«, ein Euphemismus zur Bezeichnung der Banden, ging der Anführer, ließ sein Glöckchen klingen und gab seine Anweisungen: »Hier könnt ihr räubern, aber macht mir nichts kaputt, Kinder«, »hier verwahrt mir die Dokumente, und dann steckt das Haus an«, »hier könnt ihr mitnehmen, was ihr wollt, und hinterher alles zerkloppen«. Die Mitglieder der »Kommission« befolgten respektvoll seine Anordnungen, grüßten eventuell anwesende Besitzer ganz wohlerzogen und machten sich dann ans Plündern, höchst fidel wie fröhliche Kinder. Sie öffneten die Schreibtische, nahmen die Papiere und privaten Dokumente heraus, die sie dem Anführer aushändigten, zerschlugen dann die Möbel mit Axthieben, nahmen, was ihnen gefiel, und zum Schluß tränkten sie die Wände mit Paraffin und setzten sie in Brand. Von seinem Zimmer in der argentinischen Gesandtschaft aus hörte der abgesetzte Präsident Balmaceda das Krachen und Klirren auf den Straßen und fürchtete, daß seine Familie den Preis des Hasses bezahlen müsse, und nachdem er sein politisches Testament aufgesetzt hatte, schoß er sich eine Kugel in den Kopf. Die Angestellte, die ihm am Abend das Essen brachte, war die letzte, die ihn lebend sah; um acht Uhr morgens fand man ihn auf seinem Bett ausgestreckt, korrekt gekleidet, den Kopf auf dem blutgetränkten Kissen. Dieser Schuß machte ihn augenblicklich zum Märtyrer, und in den darauffolgenden Jahren sollte er zum Symbol für Freiheit und Demokratie werden, geachtet selbst von seinen erbittertsten Feinden. Wie meine Großmutter sagte: Chile ist ein Land mit schlechtem Gedächtnis. In den wenigen Monaten, die die Revolution gedauert hatte, waren mehr Chilenen gestorben als in den vier Jahren des Salpeterkriegs.

Mitten in dem ganzen Durcheinander erschien Severo del Valle in unserem Haus, bärtig und ungewaschen, auf der Suche nach seiner Frau, die er seit Januar nicht gesehen hatte. Er erlebte eine Riesenüberraschung, als er sie mit zwei Kindern mehr vorfand, denn im Trubel der Revolution hatte sie ganz vergessen, ihm zu sagen, daß sie schwanger war, als er fortging. Die Zwillinge strotzten vor Gesundheit, und in zwei, drei Wochen hatten sie ein mehr oder weniger menschliches Aussehen bekommen und waren nicht länger die runzligen blauen Würmchen wie bei ihrer Geburt. Nívea sprang ihrem Mann an den Hals, und dann durfte ich zum erstenmal in meinem Leben einen langen Kuß auf den Mund mit ansehen. Meine etwas verwirrte Großmutter wollte mich ablenken, aber das gelang ihr nicht, und ich erinnere mich noch heute an die ungeheure Wirkung, die dieser Kuß auf mich hatte; er bezeichnete den Beginn der vulkanhaften Veränderung in der Pubertät. In wenigen Monaten wurde ich mir eine Fremde, ich erkannte das in sich versunkene Mädchen nicht wieder, in das ich mich verwandelte, ich fühlte mich gefangen in einem rebellischen, fordernden Körper, der wuchs und sich festigte, litt und zuckte. Mir schien, als wäre ich nur eine Ausdehnung meines Bauches, dieser Höhle, die ich mir als blutige Kaverne vorstellte, in der Körpersäfte gärten und eine fremde, erschreckende Flora sich entwickelte. Ich konnte die unglaubliche Szene nicht vergessen, als Nívea im Licht der Kerzen hockend gebar, den Anblick ihres riesigen, von dem vorstehenden Nabel gekrönten Bauches, ihrer schlanken, an die von der Decke herabhängenden Seile gefesselten Arme. Ich konnte ohne jeden erkennbaren Grund plötzlich laut losweinen, ebenso plötzlich in unbezähmbarer Wut mit den Füßen aufstampfen, oder ich erwachte morgens so müde, daß ich nicht aufstehen mochte. Die Träume von den Wesen in schwarzen Pyjamas kehrten häufiger und eindringlicher wieder; ich träumte auch von einem sanften, nach Meer duftenden Mann, der mich in seine Arme schloß, ich erwachte, das Kopfkissen umklammernd, und wünschte verzweifelt, jemand sollte mich küssen, wie Severo seine Frau geküßt hatte. Außen flog ich vor Hitze, und innen gefror ich, mir fehlte die Ruhe, zu lesen oder zu lernen, ich rannte durch den Garten, drehte dort Runden wie eine Besessene, um die Lust zu heulen zu unterdrücken, ich stieg in Kleidern in den Teich, trat auf die Seerosen und erschreckte die Goldfische, den Stolz meiner Großmutter. Bald entdeckte ich die sensibelsten Punkte meines Körpers und streichelte mich im verborgenen, ohne zu begreifen, wieso das, was doch Sünde sein mußte, mich beruhigte. Ich werde bestimmt verrückt wie so viele Mädchen, die am Ende hysterisch sind, schloß ich entsetzt, aber ich wagte nicht, mit meiner Großmutter darüber zu sprechen. Auch Paulina hatte sich verändert, während mein Körper aufblühte, vertrocknete der ihre, von geheimnisvollen Leiden heimgesucht, die sie niemandem anvertraute, nicht einmal dem Arzt, getreu ihrer Grundregel, es genüge, gerade zu gehen und keine Altweibergeräusche zu machen, um die Hinfälligkeit fernzuhalten. Die Fettleibigkeit machte ihr zu schaffen, sie hatte Krampfadern an den Beinen, die Knochen taten ihr weh, sie war kurzatmig und urinierte tröpfchenweise, alles Plagen, die ich aus kleinen Anzeichen erriet, die sie aber strikt geheimhielt. Señorita Pineda hätte mir in meiner Pubertätskrise viel helfen können, aber sie war aus meinem Leben völlig verschwunden, ausgestoßen von meiner Großmutter. Auch Nívea zog aus mit ihrem

Mann, ihren Kindern und Kindermädchen, so sorglos und fröhlich, wie sie gekommen war, und hinterließ eine schreckliche Leere im Haus. Es gab zu viele Räume, und es fehlte der Lärm; ohne sie und die Kinder war das schöne große Haus ein Mausoleum.

Santiago feierte den Sturz der Regierung mit einer unendlichen Folge von Paraden, Festen, Bällen und Banketts; meine Großmutter wollte nicht zurückstehen, sie öffnete ihr Haus und versuchte, ihr vorheriges Leben und ihre Abendgesellschaften wiederaufzunehmen, aber das allgemeine Klima hatte etwas Erdrückendes, was der September mit seinem herrlichen Frühling nicht verscheuchen konnte. Die Tausende von Toten, die Verrätereien und die Plünderungen lasteten auf den Seelen der Sieger ebenso wie auf denen der Verlierer. Wir schämten uns: der Bürgerkrieg war eine Blutorgie gewesen.

Es war ein seltsamer Abschnitt in meinem Leben, mein Körper veränderte sich, meine Seele weitete sich, und ich begann mich ernsthaft zu fragen, wer ich war und woher ich kam. Der Auslöser war die Ankunft von Matías Rodríguez de Santa Cruz, meinem Vater, wenn ich auch noch nicht wußte, daß er das war. Ich empfing ihn als den *Onkel* Matías, als den ich ihn Jahre zuvor in Europa kennengelernt hatte. Schon damals war er mir sehr zerbrechlich vorgekommen, aber als ich ihn jetzt sah, erkannte ich ihn nicht wieder, er war nur noch ein kümmerlicher magerer Spatz in seinem Rollstuhl. Ihn begleitete eine schöne, reife Frau, üppig, milchweiße Haut, sie trug ein einfaches senffarbenes Popelinkleid und einen ausgebleichten Schal um die Schultern, aber ihr hervorstechendstes Merkmal war eine widerspenstige Mähne krauser grauer Haare, die im Nacken mit einer schmalen Schleife zusammengehalten wurden. Sie sah aus wie eine skandinavische Königin im Exil, man konnte sie sich leicht am Heck eines zwischen Eisschollen rudernden Wikingerschiffes vorstellen.

Paulina erhielt ein Telegramm mit der Nachricht, daß ihr ältester Sohn in Valparaíso an Land gehen werde, und trat sofort in Aktion, um sich mit mir, Onkel Frederick und dem üblichen Gefolge in die Hafenstadt zu begeben. Wir fuhren in einem Sonderwagen, den uns der englische Eisenbahndirektor zur Verfügung stellte. Er war mit glänzendem Holz verkleidet, die Nieten waren aus polierter Bronze, die Sitze mit stierblutrotem Samt bezogen, betreut wurden wir von zwei Angestellten in Uniform, die uns bedienten, als wären wir königliche Hoheiten. Wir stiegen in einem Hotel am Meer ab und warteten auf das Schiff, das am Tag darauf eintreffen sollte. Dazu stellten wir uns am Kai ein, so elegant, als sollten wir an einer Hochzeit teilnehmen; ich kann das so dreist behaupten, weil ich ein Foto besitze, das aufgenommen wurde, kurz bevor das Schiff anlegte. Paulina in heller Seide mit vielen Volants und Perlencolliers trägt einen riesigen Hut mit breiten Flügeln, gekrönt von einem Haufen Federn, die ihr kaskadenartig in die Stirn fallen, dazu hat sie einen Sonnenschirm aufgespannt als Schutz vor dem grellen Licht. Ihr Mann Frederick Williams ansehnlich wie immer im schwarzen Anzug, Hut mit Krempe und Spazierstöckchen; ich bin ganz in Weiß mit einer Organdyschleife auf dem Kopf wie ein Geburtstagspäckchen. Der Laufsteg wurde vom Schiff herübergeschoben, und der Kapitän persönlich lud uns ein, an Bord zu kommen, und geleitete uns höchst zeremoniös zu der Kabine von Don Matías Rodríguez de Santa Cruz.

Das letzte, was meine Großmutter erwartet hatte, war, sich Amanda Lowell. auf Armeslänge gegenüber zu finden. Sie so überraschend vor sich zu sehen verärgerte sie aufs äußerste; die Anwesenheit ihrer alten Feindin beeindruckte sie viel stärker als das beklagenswerte Aussehen ihres Sohnes. Natürlich wußte ich zu jener Zeit noch nicht, worum es ging, um die Reaktion meiner Großmutter deuten zu können, ich glaubte, die Hitze setze ihr zu. Dem phlegmatischen Frederick Williams dagegen stellte sich nicht ein Härchen auf, als er die Lowell sah, er begrüßte sie mit einer kurzen, aber liebenswürdigen Geste, und dann widmete er sich meiner Großmutter, half ihr in einen Sessel und gab ihr Wasser zu trinken, während Matías der Szene eher amüsiert zusah.

»Was tut diese Frau hier!« stammelte Paulina, als sie wieder atmen konnte.

»Ich nehme an, Sie wollen sich im Familienkreis unterhalten, ich gehe ein wenig Luft schnappen«, sagte die Wikingerkönigin und ging mit ungebrochener Würde hinaus.

»Señorita Lowell ist meine Freundin, sagen wir, sie ist meine einzige Freundin, Mutter. Sie hat mich hierher begleitet, ohne sie hätte ich nicht reisen können. Sie war es, die darauf bestand, daß ich nach Chile heimkehren sollte, sie findet, es ist besser für mich, im Kreis der Familie zu sterben, als in einem Krankenhaus in Paris«, sagte Matías in einem etwas befremdlichen Spanisch mit franko-englischem Akzent.

Nun sah Paulina ihn zum erstenmal richtig an und mußte feststellen, daß von ihrem Sohn nur noch ein mit einer Schlangenhaut überzogenes Skelett geblieben war, seine gläsern blickenden Augen waren tief in ihre Höhlen eingesunken, und seine Wangen waren so dünn geworden, daß man die Zähne unter der Haut erkennen konnte. Er saß halb liegend in einem Sessel, von Kissen gestützt, über die Beine war ein Schal gebreitet. Er sah aus wie ein zerrütteter, trauriger alter Mann, obwohl er in Wirklichkeit kaum vierzig Jahre gewesen sein kann.

»Mein Gott, Marías, was ist mit dir?« fragte meine Großmutter entsetzt.

»Nichts, was man heilen kann, Mutter. Sie werden verstehen, daß ich sehr gewichtige Gründe haben muß, um hierher zurückzukehren.«

»Diese Frau . . .«

»Ich kenne die ganze Geschichte zwischen Amanda Lowell und meinem Vater, sie hat sich vor dreißig Jahren in einem anderen Teil der Welt abgespielt. Könnten Sie Ihren Groll nicht vergessen? Wir sind bereits alle in dem Alter, die Gefühle über Bord zu werfen, die zu nichts nütze sind, und nur die festzuhalten, die uns leben helfen. Toleranz ist eines davon, Mutter. Ich schulde der Señorita Lowell sehr viel, sie ist seit mehr als fünfzehn Jahren meine Gefährtin gewesen . . .«

»Gefährtin? Was bedeutet das?«

»Das, was Sie hören: Gefährtin. Sie ist weder meine Krankenschwester noch meine Frau, noch meine Geliebte. Sie begleitet mich auf meinen Reisen, in meinem Leben und jetzt, wie Sie sehen können, begleitet sie mich in den Tod.«

»Sag nicht so etwas! Du wirst nicht sterben, Junge, hier werden wir dich pflegen, wie es sich gehört, und bald wirst du wieder gesund sein ...«, versicherte Paulina, aber ihre Stimme brach, und sie konnte nicht weiterreden.

Drei Jahrzehnte waren vergangen, seit mein Großvater Feliciano eine Liebschaft mit Amanda Lowell gehabt hatte, und meine Großmutter hatte sie nur ein paarmal und noch dazu von fern gesehen, aber sie hatte sie augenblicklich wiedererkannt. Sie hatte nicht umsonst jede Nacht in dem Bett geschlafen, das sie aus Florenz hatte schicken lassen, um ihr die Stirn zu bieten, dieses Bett muß sie jedesmal an die Wut erinnert haben, die sie auf die unverschämte Geliebte ihres Mannes gehabt hatte. Nun war diese Frau wieder vor ihr aufgetaucht, gealtert und ohne Eitelkeit, die in nichts mehr der fabelhaften Stute glich, die in San Francisco den Verkehr aufgehalten hatte, wenn sie den Hintern schwenkend über die Straße ging, aber Paulina sah sie nicht, wie sie jetzt war, sondern als die gefährliche Rivalin, die sie einst gewesen war. Diese Wut mochte in ihr weiterhin gelauert haben, aber nach den Worten ihres Sohnes suchte Paulina sie in den Winkeln ihrer Seele und konnte sie nicht finden. Dagegen traf sie auf den mütterlichen Instinkt, bislang nicht gerade ihr hervorstechendster Wesenszug, der sie nun mit absolutem und unerträglichem Mitleid überfiel. Dieses Mitleid galt nicht nur ihrem todgeweihten Sohn, sondern auch der Frau, die ihn jahrelang begleitet hatte, ihn treu geliebt, ihn in der unseligen Krankheit gepflegt und jetzt die halbe Welt umfahren hatte, um ihr den Sterbenden zu bringen. Paulina, plötzlich ganz klein und alt und zerbrechlich, saß in ihrem Sessel, den Blick auf ihren armen Sohn gerichtet, während ihr die Tränen über die Wangen liefen und ich ihr tröstend auf den Rücken klopfte, ohne recht zu verstehen, was vor sich ging. Frederick Williams muß meine Großmutter sehr gut gekannt haben, denn er ging leise hinaus, suchte Amanda Lowell und führte sie zurück in den kleinen Salon.

»Verzeihen Sie mir, Señorita Lowell«, murmelte meine Großmutter von ihrem Sessel aus.

»Verzeihen Sie mir, Señora«, erwiderte die andere und trat schüchtern näher, bis sie vor Paulina stand.

Sie nahmen sich bei den Händen, die eine stehend, die andere sitzend, beide die Augen voller Tränen, und blieben so eine mir endlos erscheinende Zeit lang, bis ich mit einemmal merkte, daß die Schultern meiner Großmutter zuckten, und ich begriff, daß sie leise lachte. Die andere lächelte ebenfalls, hielt sich zwar anfangs erschrocken den Mund zu, aber als sie ihre Rivalin lachen sah, brach sie in fröhliches Gelächter aus, das sich mit dem Paulinas vereinigte, und in wenigen Sekunden bogen sich die beiden vor Lachen, steckten sich gegenseitig mit einer entfesselten, hysterischen Fröhlichkeit an, fegten lachend die Jahre nutzloser Eifersüchte, überalterten Grolls, den Betrug des Ehemannes und andere abscheuliche Erinnerungen fort.

Das Haus in der Ejército Libertador hatte in den turbulenten Revolutionsjahren viele Menschen beherbergt, aber nichts davon war so verwirrend und aufregend für mich gewesen, wie es jetzt die Ankunft meines Vaters war, der auf seinen Tod wartete. Die politische Lage hatte sich seit dem Bürgerkrieg beruhigt, der vielen Jahren liberaler Regierung ein Ende machte. Die Revolutionäre erreichten die Änderungen, für die soviel Blut geflossen war: Früher hatte die Regierung ihren Kandidaten mit Bestechung und Einschüchterung durchgesetzt, unterstützt von den zivilen und militärischen Behörden, jetzt besta-

chen sich Oberklasse, Kirche und Parteien gegenseitig; das System war gerechter, denn der von der einen
Seite hielt sich an dem von der anderen Seite schad-
los, wodurch die Korruption nicht mit öffentlichen
Geldern bezahlt wurde. Das nannte sich Wahl. Die
Revolutionäre führten auch eine parlamentarische
Staatsform ein wie die in Großbritannien, aber sie
sollte nicht allzulange bestehen. »Wir sind die Engländer Amerikas«, sagte meine Großmutter einmal,
worauf Nívea augenblicklich erwiderte, die Engländer seien die Chilenen Europas. Jedenfalls konnte
das parlamentarische Experiment nicht dauern auf
einem Kontinent von Caudillos; die Minister wechselten so häufig, daß es nicht möglich war, ihren Weg
zu verfolgen; zum Schluß verlor dieser politische
Veitstanz für alle in unserer Familie an Interesse, ausgenommen Nívea, die, um die Aufmerksamkeit auf
das Frauenwahlrecht zu lenken, sich mit zwei, drei
ebenso begeisterten Damen an das Gitter des Kongresses anzuketten pflegte, zur spöttischen Belustigung der Vorübergehenden, während die Polizei tobte und die Ehemänner sich schämten.

»Sobald die Frauen wählen können, werden sie
es einstimmig tun. Wir werden so stark sein, daß
wir die Waage der Macht kippen und dieses Land
verändern können.«

»Du irrst dich, Nívea, sie würden wählen, was der Ehemann oder der Priester ihnen befiehlt, die Frauen sind viel dämlicher, als du dir vorstellen kannst. Übrigens regieren ein paar von uns hinterm Thron, und du siehst ja, wie wir die alte Regierung gestürzt haben. Ich brauche kein Wahlrecht, um zu tun, was mir paßt«, entgegnete meine Großmutter.

»Weil Sie reich und gebildet sind, Tante. Wie viele Frauen gibt es denn, die sind wie Sie? Wir müssen um das Wahlrecht kämpfen, das ist das erste.«

»Du hast den Kopf verloren, Nívea.«

»Noch nicht, Tante, noch nicht . . .«

Mein Vater wurde im Erdgeschoß untergebracht in einem zum Schlafzimmer umgestalteten Salon, weil er die Treppen nicht steigen konnte, und ihm wurde eine eigens für ihn bestimmte Pflegerin beigegeben, die ihn Tag und Nacht betreuen sollte. Der Arzt der Familie lieferte eine poetische Diagnose, »eingewurzelte Blutturbulenz«, erzählte er meiner Großmutter, weil er ihr die Wahrheit nicht gern ins Gesicht sagen wollte, aber ich nehme an, für den Rest der Welt war es offensichtlich, daß mein Vater von einer Geschlechtskrankheit aufgezehrt wurde. Er befand sich in der letzten Phase, wenn schon keine Umschläge, Pflaster oder Quecksilbereinreibungen mehr helfen können, die Phase, die er sich auf jeden Fall hatte ersparen wollen, aber nun mußte er sie erdulden, weil ihm der Mut gefehlt hatte, vorher Selbstmord zu begehen, wie er es vor Jahren geplant hatte. Der schmerzenden Knochen wegen konnte er sich kaum bewegen, gehen schon gar nicht, und sein Denkvermögen wurde immer schwächer. An manchen Tagen war er tief in Alpträume verstrickt, ohne daraus aufzuwachen, und murmelte nur unverständliche Dinge, aber er hatte auch Augenblicke großer Klarheit, und wenn das Morphium Schmerz und Angst betäubte, konnte er lachen und sich erinnern. Dann rief er nach mir, daß ich mich neben ihn setzte. Er verbrachte den Tag in einem Sessel am Fenster und schaute auf den Garten, von dicken Kissen gestützt und von Büchern, Zeitungen und Tabletts mit Medikamenten umgeben. Die Pflegerin saß mit einem Strickzeug in seiner Nähe, immer auf seine Bedürfnisse achtend, schweigsam und abweisend wie ein Feind, die einzige, die er um sich herum duldete, weil sie ihn nicht mit Rührung und Mitleid plagte. Meine Großmutter hatte dafür gesorgt, daß die Umgebung ihres Sohnes Fröhlichkeit atmete, sie hatte Chintzvorhänge und in gelben Tönen gehaltene Tapeten anbringen lassen, sie sorgte dafür, daß immer frischgeschnittene Blumen auf den Tischen standen, und hatte ein Streichquartett verpflichtet, das mehrmals in der Woche kam und seine Lieblingsklassiker spielte, aber nichts konnte den Medizingeruch vertreiben noch die Gewißheit, daß in diesem Raum jemand starb. Anfangs hatte dieser lebende Leichnam mich abgestoßen, aber als es mir gelang, mein Grauen zu besiegen, und meine Großmutter mich mehr oder weniger zwang, ihn zu besuchen, veränderte sich mein Leben. Matías Rodríguez de Santa Cruz war genau um die Zeit nach Hause gekommen, als ich aus meiner ersten Pubertät erwachte, und er gab mir das, was ich am meisten brauchte: Erinnerung. In einer der Stunden, in denen er voll bei Verstand war, erzählte er mir, daß er mein Vater sei, und die Enthüllung kam so beiläufig, daß sie mich nicht einmal überraschte.

»Lynn Sommers, deine Mutter, war die schönste Frau, die ich je gesehen habe. Ich bin froh, daß du ihre Schönheit nicht geerbt hast«, sagte er.

»Warum, Onkel?«

»Sag nicht Onkel zu mir, Aurora. Ich bin dein Vater. Die Schönheit ist ein Fluch, der die schlimmsten Leidenschaften in den Männern weckt. Eine allzu schöne Frau kann dem Verlangen, das sie hervorruft, nicht entfliehen.«

»Sind Sie wirklich mein Vater?«

»Gewiß.«

»Na so was! Ich dachte immer, mein Vater wäre Onkel Severo.«

»Severo hätte dein Vater sein sollen, er ist ein viel besserer Mensch als ich. Deine Mutter hätte einen Mann wie ihn verdient. Ich war immer ein verrückter Kerl, darum bin ich auch das geworden, was du heute siehst, eine Vogelscheuche. Auf jeden Fall kann er dir viel mehr über sie erzählen als ich«, erklärte er.

»Hat meine Mutter Sie geliebt?«

»Ja, aber ich wußte nicht, was ich mit dieser Liebe anfangen sollte, und bin ausgerissen. Du bist zu jung, um diese Dinge zu verstehen, Tochter. Es genügt, wenn du weißt, daß deine Mutter wunderbar war – ein Jammer, daß sie so früh sterben mußte.«

Da war ich einverstanden, ich hätte meine Mutter sehr gern kennengelernt, aber noch neugieriger war ich auf andere Menschen aus meiner frühesten Kinderzeit, die mir im Traum erschienen oder in vagen Erinnerungsfetzen, die unmöglich genau zu klären waren. In den Gesprächen mit meinem Vater tauchte die Silhouette meines Großvaters Tao Chi'en auf, den Matías nur einmal gesehen hatte. Es genügte, daß er seinen vollständigen Namen nannte und sagte, er sei ein hochgewachsener, gutaussehender

Chinese gewesen, und meine Erinnerungen kamen Tropfen um Tropfen, wie Regen. Als dieses unsichtbare Wesen, das mich ständig begleitete, einen Namen erhielt, war mein Großvater nicht länger eine Erfindung meiner Phantasie, sondern verwandelte sich in eine Erscheinung so wirklich wie ein Mensch aus Fleisch und Blut. Ich fühlte eine unendliche Erleichterung, als ich erfuhr, daß dieser sanfte Mann mit dem Meeresgeruch nicht nur tatsächlich gelebt, sondern mich geliebt hatte, und daß er nicht so plötzlich verschwand, weil er mich hätte verlassen wollen.

»Soviel ich weiß, ist Tao Chi'en tot«, erklärte mir mein Vater.

»Woran ist er gestorben?«

»Ich glaube, es war ein Unfall, aber ich bin nicht sicher.«

»Und was ist mit meiner Großmutter Eliza Sommers?«

»Sie ging nach China. Sie glaubte, du seist in meiner Familie besser aufgehoben, und sie hat sich nicht geirrt. Meine Mutter wollte immer gern eine Tochter haben, und sie hat dich mit viel mehr Liebe aufgezogen, als sie meinen Brüdern und mir je gegeben hat«, versicherte er mir.

»Was bedeutet Lai-Ming?«

»Ich habe keine Ahnung. Warum?«

»Weil mir manchmal so ist, als hörte ich dieses Wort . . .«

Matías war am ganzen Körper von der Krankheit mehr oder weniger zerstört, er wurde sehr schnell müde, und es war nicht einfach, ihm Informationen zu entlocken; er verlor sich in endlosen Abschweifungen, die nichts mehr mit dem zu tun hatten, was mich interessierte, aber nach und nach bekam ich die Flicken der Vergangenheit zusammengenäht, Stich für Stich, und immer hinter dem Rücken meiner Großmutter, die mir dankbar war, daß ich den Kranken besuchte, denn ihr Mut reichte dafür nicht aus; sie trat ein paarmal am Tag in das Zimmer ihres Sohnes, gab ihm einen hastigen Kuß auf die Stirn und ging wieder hinaus, stolpernd und die Augen voller Tränen. Nie fragte sie mich, worüber wir sprachen, und ich sagte es ihr natürlich nicht. Ich getraute mich auch nicht, das Thema vor Severo und Nívea anzuschneiden, ich hatte Angst, daß die geringste Unvorsichtigkeit meinerseits den Unterhaltungen mit meinem Vater ein Ende machen würde. Ohne daß wir uns darüber verständigt hatten, wußten wir beide, daß der Inhalt unserer Gespräche geheim bleiben mußte, was uns in einer eigentümlichen Komplizenschaft einte. Ich kann nicht sagen, daß ich meinen Vater liebgewonnen hätte, es war einfach keine Zeit dazu, aber in den wenigen Monaten, die wir unter einem Dach lebten, legte er mir einen Schatz in die Hände, indem er mir Einzelheiten zu meiner Geschichte schenkte, vor allem über meine Mutter Lynn Sommers. Er wiederholte mir immer wieder, daß ich das echte Blut der del Valles in den Adern hätte, das schien ihm sehr wichtig zu sein. Später erfuhr ich, daß er, angeregt von Frederick Williams, der auf jedes Mitglied dieser Familie großen Einfluß hatte, mir noch zu Lebzeiten den ihm zustehenden Teil des Familienerbes übertragen hatte, mündelsicher auf mehreren Bankkonten und in Aktienpaketen, zur Enttäuschung eines Priesters, der ihn täglich besuchte in der Hoffnung, etwas für die Kirche zu bekommen. Das war ein mürrischer Mensch im Geruch der Heiligkeit – er hatte seit Jahren weder gebadet noch die Soutane gewechselt –, der berüchtigt war für seine religiöse Intoleranz und sein Talent, begüterte Sterbende aufzuspüren und zu überreden, sie sollten doch ihren Reichtum für wohltätige Werke stiften. Die vermögenden Familien sahen ihn mit wahrem Grausen kommen, denn er kündigte den Tod an, aber keiner wagte es, ihm die Tür vor der Nase zuzuschlagen. Als mein Vater begriff, daß das Ende gekommen war, ließ er

Severo rufen, obwohl sie praktisch nicht miteinander sprachen, um sich mit ihm über mich zu verständigen. Severo holte einen Notar ins Haus, und die beiden Vettern unterschrieben ein Dokument, in dem Severo von der Vaterschaft zurücktrat und Matías Rodríguez de Santa Cruz mich als seine Tochter anerkannte. So schützte er mich vor seinen zwei jüngeren Brüdern, die beim Tod meiner Großmutter neun Jahre später alles an sich rissen, was sie nur ergattern konnten.

Meine Großmutter hängte sich mit abergläubischer Zuneigung an Amanda Lowell, sie glaubte, solange die in der Nähe war, würde Matías leben. Paulina fühlte sich im allgemeinen mit niemandem innig verbunden, außer bisweilen mit mir, sie fand, die meisten Leute seien hoffnungslos dumm, und sagte es jedem, ob er es hören wollte oder nicht, was nicht gerade der beste Weg war, Freunde zu gewinnen, aber dieser schottischen Edelhure gelang es, den Panzer zum Schmelzen zu bringen, mit dem meine Großmutter sich schützte. Zwei unterschiedlichere Frauen konnte man sich kaum vorstellen, die Lowell, ganz ohne Ambitionen, lebte in den Tag hinein, ungebunden, frei, ohne Angst; sie fürchtete weder Armut noch Einsamkeit, noch Hinfälligkeit, alles nahm sie gutgelaunt hin, das Leben war für sie eine vergnügliche Reise, die unvermeidbar zu Alter und Tod führte; wozu sollte man ein Vermögen anhäufen, wenn man doch nackt ins Grab stieg, sagte sie. Vergangenheit war die junge Verführerin, die so vielen Männern in San Francisco den Kopf verdreht hatte, Vergangenheit die Schöne, die Paris eroberte; jetzt war sie eine Frau in den Fünfzigern ohne jede Koketterie und ohne Gewissensbisse. Meine Großmutter wurde nicht müde, ihr zuzuhören, wenn sie aus ihrer Vergangenheit erzählte, von den berühmten Männern sprach, die sie kennengelernt hatte, und in den Alben mit Zeitungsausschnitten und Fotos blätterte; auf mehreren erschien sie jung und strahlend mit einer Boa um den Leib gewunden. »Das arme Tier starb auf einer Reise an der Seekrankheit; Schlangen sind keine guten Reisenden«, erzählte sie uns. Wegen ihrer kosmopolitischen Bildung und ihrer Anziehungskraft – ohne es zu wollen, brachte sie es fertig, viel jüngere und hübschere Frauen auszustechen – wurde sie die Seele der Abendgesellschaften meiner Großmutter und belebte sie in ihrem schlimmsten Spanisch und ihrem mit schottischem Akzent gesprochenen Französisch. Es gab scheint's kein Thema, über das sie nicht reden konnte, kein Buch, das sie nicht gelesen hatte, keine bedeutende Stadt in Europa, die sie nicht kannte. Mein Vater, der sie liebte und ihr viel verdankte, sagte, sie sei eine Dilettantin, wisse von allem ein wenig und viel von nichts, habe aber mehr als genug Einbildungskraft, um zu ergänzen, was ihr an Kenntnis und Erfahrung fehlte. Für Amanda Lowell gab es keine vornehmere Stadt als Paris und keine anspruchsvollere Gesellschaft als die französische, die einzige, wo der Sozialismus mit seinem verheerenden Mangel an Eleganz nicht die geringste Chance habe, zum Zuge zu kommen. Darin stimmte Paulina mit ihr völlig überein. Die beiden Frauen entdeckten, daß sie nicht nur über die gleichen Torheiten lachten, einschließlich des mythologischen Bettes, sie waren auch in fast allen wichtigen Dingen einer Meinung. Eines Tages, als sie in dem Wintergarten aus geschmiedetem Eisen und Kristall an einem Marmortischchen ihren Tee tranken, beklagten es die beiden, daß sie sich nicht früher kennengelernt hatten. Mit oder ohne Feliciano und Matías als Medien – sie wären gute Freundinnen geworden, entschieden sie. Paulina tat ihr möglichstes, sie in ihrem Hause zu halten, sie überschüttete sie mit Geschenken und führte sie in die Gesellschaft ein, als wäre sie eine Königin, aber Amanda war ein Vogel, der nicht im Käfig leben konnte. Sie blieb ein paar

Monate, aber dann gestand sie Paulina im Vertrauen, sie habe nicht das Herz, Matías' Verfall weiter mit anzusehen, und, frei herausgesagt, Santiago komme ihr wie eine Provinzstadt vor trotz allem Luxus und aller Arroganz der Oberklasse, die vergleichbar sei mit der des europäischen Adels. Sie langweile sich, ihr Platz sei in Paris, wo sie die beste Zeit ihres Lebens verbracht habe. Meine Großmutter wollte sie mit einem Ball verabschieden, der in Santiago Geschichte machen sollte und zu dem die Creme der Gesellschaft erscheinen würde, denn niemand würde es wagen, eine Einladung abzusagen, die von ihr kam, trotz der Gerüchte, die über die in Nebel gehüllte Vergangenheit ihres Gastes umliefen, aber Amanda überzeugte sie, daß Matías zu krank sei und ein Fest unter diesen Umständen eine Geschmacklosigkeit, außerdem habe sie für eine solche Gelegenheit nichts anzuziehen. Paulina bot ihr ihre Kleider an, und das in der besten Absicht, ohne zu bedenken, wie sehr sie die Lowell beleidigte mit der Andeutung, sie beide hätten die gleiche Figur.

Drei Wochen nach Amanda Lowells Abreise gab die Pflegerin meines Vaters Alarm. Sofort wurde nach dem Arzt geschickt, und im Handumdrehen füllte sich das Haus mit Menschen, Freunde meiner Großmutter gaben Familienangehörigen und Leuten von der Regierung die Klinke in die Hand, eine Unzahl Mönche und Nonnen erschien, und mit ihnen kam auch der schmuddlige Priester, der Vermögensjäger, der nun meine Großmutter umkreiste in der Hoffnung, der Schmerz über den Verlust ihres Sohnes werde sie bald in ein besseres Leben befördern. Paulina jedoch dachte gar nicht daran, diese Welt zu verlassen, sie hatte sich schon lange mit der Tragödie ihres ältesten Sohnes abgefunden, und ich glaube, sie sah das Ende nicht ohne Erleichterung kommen, denn Zeuge dieses langsamen Dahinsterbens zu sein war viel schlimmer, als ihn zu beerdigen. Mir erlaubten sie nicht, meinen Vater zu sehen, weil sie fanden, der Todeskampf sei kein geeignetes Schauspiel für kleine Mädchen und ich hätte schon genug Furchtbares erlebt durch die Ermordung meines Vetters und andere kürzlich geschehene Gewalttaten, aber ich konnte mich dann doch kurz von ihm verabschieden dank Frederick Williams, der mir für einen Augenblick die Tür öffnete, als gerade niemand in der Nähe war. Er führte mich an der Hand zu dem Bett, in dem Matías Rodríguez de Santa Cruz lag, an dem es nichts mehr gab, was man hätte berühren können, er war nur noch ein Bündel durchsichtiger Knochen, begraben unter Kissen und bestickten Laken. Er atmete noch, aber seine Seele flog schon durch andere Dimensionen. »Adiós, Papa«, sagte ich. Es war das erste Mal, daß ich ihn so nannte. Er lag noch zwei weitere Tage in Agonie und starb am Morgen des dritten wie ein kleines Kind.

Ich war dreizehn Jahre, als Severo mir eine ganz moderne Kamera schenkte, für die man Papier verwendete statt der alten Platten und die unter den ersten gewesen sein muß, die nach Chile gelangten. Mein Vater war kurz zuvor gestorben, und die Alpträume quälten mich so sehr, daß ich mich nicht schlafen legen mochte und in den Nächten wie ein verirrtes Gespenst durch das Haus wanderte, dichtauf gefolgt von dem armen Caramelo, der nun einmal ein dummer, tapsiger Hund war, bis meine Großmutter sich erbarmte und uns in ihr riesiges vergoldetes Bett ließ. Zur Hälfte füllte ihr großer, weicher, parfümierter Körper es aus, und ich kauerte mich in die äußerste Ecke, zitternd vor Angst, Caramelo zu meinen Füßen. »Was soll denn bloß aus euch mal werden?« seufzte meine Großmutter schläfrig. Das war eine rhetorische Frage, denn weder der Hund noch ich hatten eine Zukunft, in der Familie war man sich nach allgemeinem Ratschluß einig, daß ich »böse enden würde«. Zu der Zeit hatte die erste Frau in

Chile ihren akademischen Grad als Ärztin errungen, und andere hatten ihr Studium an der Universität begonnen. Das brachte Nívea auf den Gedanken, daß ich das ebenfalls machen könne, und sei es nur, um die Familie und die Gesellschaft herauszufordern, aber leider hatte ich offenbar nicht die geringste Fähigkeit zum Studieren. Da erschien Severo mit der Kamera und legte sie mir auf den Schoß. Es war eine schöne Kodak, raffiniert bis zur kleinsten Schraube, elegant, schmiegsam, vollkommen, von Künstlerhand gemacht. Ich habe sie heute noch in Gebrauch, sie versagt nie. Kein Mädchen meines Alters hatte solch ein Spielzeug. Ich nahm sie ehrfürchtig entgegen und betrachtete sie lange ohne die geringste Vorstellung, wie man sie benutzte. »Mal sehn, ob du deine finsteren Alpträume fotografieren kannst«, sagte Severo neckend und ahnte nicht, daß dies monatelang mein einziges Vorhaben sein sollte und daß ich mich in dem Bemühen, diesen Alptraum aufzuhellen, schließlich in die Welt verlieben würde. Meine Großmutter ging mit mir zum Atelier von Don Juan Ribero auf der Plaza de Armas, dem besten Fotografen Santiagos, einem Mann, äußerlich so hart wie trockenes Brot, aber in seinem Innern großzügig und gefühlvoll.

»Hier bringe ich Ihnen meine Enkelin als Lehrling«, sagte meine Großmutter und legte einen Scheck auf den Schreibtisch des Künstlers, während ich mich mit einer Hand an ihr Kleid klammerte und mit der anderen meine nagelneue Kamera umfaßte.

Don Juan Ribero, der einen halben Kopf kleiner war als Paulina und halb soviel wog, rückte die Brille auf der Nase zurecht, las sorgfältig die Zahl, die auf dem Scheck stand, und gab ihn ihr dann zurück, wobei er sie von Kopf bis Fuß mit unendlicher Verachtung musterte.

»Die Summe ist kein Problem ... Setzen Sie den Preis fest«, sagte meine Großmutter unsicher.

»Das ist keine Frage des Preises, sondern des Talents, Señora«, entgegnete er und führte Paulina del Valle zur Tür.

Inzwischen hatte ich die Gelegenheit genutzt, mich umzusehen. Seine Arbeit bedeckte die Wände: Hunderte Fotos von Menschen jeden Alters. Ribero war der beliebteste Fotograf der Oberklasse, der Fotograf der Gesellschaftsseiten, aber was mich von den Wänden seines Ateliers ansah, waren weder hochnäsige Weiber noch hübsche Debütantinnen, sondern Indios, Grubenarbeiter, Fischer, Waschfrauen, arme Kinder, alte Leute, viele Frauen wie die, denen meine Großmutter mit den Anleihen aus dem

Damenklub half. Hier war das vielfach zusammengesetzte und gepeinigte Gesicht Chiles dargestellt. Diese Gesichter auf den Fotos erschütterten mein Inneres, ich wollte die Geschichte jedes einzelnen dieser Leute kennenlernen, ich spürte einen Druck in der Brust wie von einem Faustschlag und hätte am liebsten geweint, aber ich schluckte meine Ergriffenheit hinunter und folgte meiner Großmutter mit hocherhobenem Kopf. In der Kutsche versuchte sie mich zu trösten, ich solle mich nicht grämen, sagte sie, wir würden schon jemand anderen finden, der mir den Umgang mit der Kamera beibringen würde, Fotografen gebe es wie Sand am Meer; was hatte sich diese elende Mißgeburt eigentlich gedacht, in diesem Ton mit ihr zu sprechen, mit niemand Geringerem als Paulina del Valle! Und so redete und redete sie, aber ich hörte ihr nicht mehr zu, weil ich beschlossen hatte, daß nur Don Juan Ribero mein Lehrer sein sollte. Am Tag darauf ging ich aus dem Haus, ehe meine Großmutter aufgestanden war, ließ mich vom Kutscher zum Atelier fahren und baute mich dort auf der Straße auf, bereit, ewig zu warten. Don Juan Ribero kam gegen elf, sah mich vor seiner Tür und forderte mich auf, nach Hause zu gehen. Ich war damals sehr schüchtern – bin es heute noch – und sehr stolz, ich war es nicht gewohnt, zu bitten, seit meiner Geburt war ich gehätschelt worden wie eine Königin, aber mein Entschluß muß sehr fest gewesen sein. Ich rührte mich nicht weg von der Tür. Ein paar Stunden später kam der Fotograf heraus, warf mir einen wütenden Blick zu und ging die Straße hinunter. Als er vom Essen zurückkam, stand ich immer noch wie angenagelt, meine Kamera gegen die Brust gepreßt. »Na schön«, murmelte er besiegt, »aber ich warne Sie, junge Dame, ich werde keine besondere Rücksicht auf Sie nehmen. Wer hierherkommt, gehorcht schweigend und lernt rasch, verstanden?« Ich nickte nur, sagen konnte ich nichts. Meine Großmutter, gewöhnt, Dinge auszuhandeln, akzeptierte meine Leidenschaft für das Fotografieren, falls ich die gleiche Anzahl Stunden für Schulfächer aufwendete, wie sie an Jungengymnasien gelehrt würden, einschließlich Latein und Theologie, denn ihrer Meinung nach fehlte es mir nicht an geistiger Fähigkeit, sondern an Härte.

»Warum schicken Sie mich nicht auf eine öffentliche Schule?« fragte ich bittend, weil mich die Gerüchte über die weltliche Erziehung der Mädchen dort begeisterten, die mein Tantenvolk so entsetzten.

»Die sind für Leute einer anderen Klasse, das würde ich dir nie erlauben«, entschied meine Großmutter.

Und so zogen wieder Lehrer durch das Haus, von denen einige Geistliche waren, bereit, mich zu unterrichten im Tausch gegen saftige Spenden meiner Großmutter an ihre Kongregationen. Ich hatte Glück, im allgemeinen behandelten sie mich nachsichtig, sie erwarteten gar nicht erst, daß mein Gehirn den Lehrstoff so gut aufnahm wie das eines männlichen Schülers. Don Juan Ribero dagegen verlangte viel mehr von mir, weil er behauptete, eine Frau müsse sich tausendmal mehr anstrengen als ein Mann, wenn sie geistig oder künstlerisch respektiert werden wollte. Er lehrte mich alles, was ich über Fotografie weiß, von der Auswahl einer Linse bis zur langwierigen Arbeit des Entwickelns; einen anderen Lehrer habe ich nie gehabt. Als ich zwei Jahre später sein Atelier verließ, waren wir Freunde. Jetzt ist er vierundsiebzig und arbeitet seit ein paar Jahren nicht mehr, weil er blind ist, aber er leitet noch immer meine unsicheren Schritte und hilft mir, wenn ich nicht weiterweiß. Absolute Ernsthaftigkeit ist sein Leitsatz. Das Leben begeistert ihn, und die Blindheit hindert ihn nicht, die Welt weiterhin zu betrachten. Er hat eine besondere Art der Klarsichtigkeit entwickelt. Wie andere Blinde Menschen um sich haben, die ihnen vorlesen, hat er Menschen, die beobachten und ihm davon erzählen. Seine Schüler, seine Freunde und seine Kinder besuchen ihn täglich und wechseln sich darin ab, ihm zu beschreiben, was sie sich angeschaut haben: eine Landschaft, eine Szene, ein Gesicht, einen Lichteffekt. Sie müssen lernen, sehr sorgfältig achtzugeben, um dem erschöpfenden Verhör durch Don Juan Ribero standzuhalten; so verändert sich ihr Leben, sie können nicht länger mit der gewohnten Unbeschwertheit durch die Welt gehen, weil sie mit den Augen des Meisters sehen müssen. Auch ich besuche ihn oft. Er empfängt mich in dem ewigen Halbdunkel seiner Wohnung in der Calle Monjitas, im Sessel am Fenster sitzend, seine Katze auf den Knien, und immer gastfreundlich, immer neugierig. Ich halte ihn auf dem laufenden über die technischen Fortschritte auf dem Gebiet der Fotografie, beschreibe ihm bis ins kleinste jedes Bild in den Büchern, die ich mir aus New York und Paris schicken lasse, frage ihn um Rat, wenn ich Zweifel habe. Er weiß über alles Bescheid, was in diesem Beruf vor sich geht, ist leidenschaftlich interessiert an den verschiedenen Tendenzen und Theorien, kennt die herausragenden Meister in Europa und den Vereinigten Staaten mit Namen. Schon immer hatte er sich wütend gegen alle künstlichen Posen gewandt, wie etwa im Atelier gestellte Szenen, und gegen pseudokünstlerische Aufnahmen, die durch mehrere übereinandergelegte Negative entstehen und die seit ein paar Jahren so in Mode sind. Er glaubt an die Fotografie als ein persönliches Zeugnis: sie ist eine Art, die Welt zu sehen, und die muß ehrlich sein, sie hat die Technik als Mittel zu nutzen, um der Wirklichkeit eine Form zu geben, nicht um sie zu verzerren. Als ich eine Zeitlang darauf versessen war, Mädchen in riesigen Glasgefäßen zu fotografieren, fragte er mich so geringschätzig nach dem Warum, daß ich auf diesem Weg nicht weiterging; als ich ihm aber das Bild beschrieb, das ich von der Artistenfamilie eines ärmlichen Wanderzirkus aufgenommen hatte, nackt und verletzlich, war er sofort interessiert. Ich hatte mehrere Aufnahmen von dieser Familie gemacht, vor dem jämmerlichen Vehikel, das ihnen als Wohnung und zur Fortbewegung diente, als plötzlich ein kleines Mädchen von vier oder fünf Jahren aus dem Karren kletterte, völlig nackt. Da kam mir der Gedanke, ob ich sie nicht bitten könnte, sich auszuziehen. Sie taten es ohne Hintergedanken und posierten für mich genauso aufmerksam, wie sie es angekleidet getan hatten. Es ist eines meiner besten Fotos, eines der wenigen, für die ich Preise bekommen habe. Bald war es offensichtlich, daß mich Menschen mehr anzogen als Dinge oder Landschaften. Wenn man ein Porträt von jemandem macht, stellt man eine Beziehung zu dem Modell her, die, so kurz sie auch sein mag, immer verbindend wirkt. Die Fotoplatte enthüllt nicht nur das Bild, sondern auch die Gefühle, die zwischen dem Aufnehmenden und dem Aufgenommenen fließen. Don Juan Ribero gefielen meine Porträts, die sich sehr von den seinen unterschieden. »Sie wissen sich einzufühlen in Ihre Modelle, Aurora«, sagte er, »Sie versuchen nicht, sie zu beherrschen, sondern sie zu verstehen, dadurch gelingt es Ihnen, ihre Seelen bloßzulegen.« Er trieb mich an, die sicheren Wände des Ateliers zu verlassen und mit der Kamera auf die Straße zu gehen, hierhin und dorthin, mit weit offenen Augen zu schauen, meine Schüchternheit zu überwinden, die Angst zu besiegen, auf die Menschen zuzugehen. Ich merkte, daß die mich im allgemeinen gut aufnahmen und ganz ernsthaft Modell standen, obwohl ich ja noch eine Rotznase war; die Kamera flößte Achtung und Vertrauen ein, die Leute öffneten sich, sie lieferten sich aus. Mein noch kindliches Alter setzte mir Grenzen, erst mehrere Jahre später würde ich durch das Land reisen können, Streikende aufnehmen, Bergwerke, Krankenhäuser, die Hütten der Armen, die elenden kleinen Dorfschulen, die Pensionen zu vier Pesos, die staubigen Plätze, wo die Rentner vor sich hindämmerten, die Äcker und die Fischerdörfer. »Das Licht ist die Sprache der Fotografie, die Seele der Welt. Es gibt kein Licht ohne Schatten, wie es kein Glück ohne Schmerz gibt«, sagte Don Juan Ribero vor siebzehn Jahren zu mir an diesem ersten Tag in seinem Atelier an der Plaza de Armas. Ich habe es nicht vergessen. Aber ich darf nicht vorgreifen. Ich habe mir vorgenommen, diese Geschichte Schritt für Schritt, Wort für Wort zu erzählen, wie es sein muß.

Während ich mich begeistert mit der Fotografie beschäftigte und ziemlich ratlos mit den Veränderungen meines Körpers, der ungewöhnliche Formen annahm, verlor meine Großmutter Paulina nicht die Zeit mit Nabelschau, sondern erwog neue Geschäfte in ihrem Phöniziergehirn. Das half ihr, sich vom Tod ihres Sohnes Matías zu erholen und neue Ansprüche zu stellen in einem Alter, in dem andere sich schon mit einem Fuß im Grab wähnen. Sie verjüngte sich zusehends, ihr Blick gewann neue Leuchtkraft und ihr Schritt Behendigkeit, bald legte sie die Trauerkleidung ab und schickte ihren Mann nach Europa auf eine sehr geheime Mission. Der getreue Williams war sieben Monate fort und kam mit Geschenken für sie und für mich beladen zurück sowie mit gutem Tabak für sich selbst, das einzige Laster, das wir an ihm kannten. In seinem Gepäck reisten auch eingeschmuggelt Tausende trockener Stäbchen von etwa fünfzehn Zentimeter Länge mit, die scheinbar für nichts zu gebrauchen waren, aber wie sich herausstellte, waren es Rebstöcke aus den Weinbergen von Bordeaux, die meine Großmutter in chilenische Erde einpflanzen wollte, um einen anständigen Wein zu erzielen. »Wir werden den französischen Weinen Konkurrenz machen«, hatte sie ihrem Mann vor seiner Reise gesagt. Zwecklos, daß Frederick Williams ihr entgegenhielt, die Franzosen seien uns um Jahrhunderte voraus, die Bedingungen dort seien paradiesisch, während dagegen Chile ein Land der Katastrophen sei, sphärischer wie politischer Art, ein Projekt von solchem Umfang werde jahrelange Arbeit verlangen.

»Weder Sie noch ich sind in einem Alter, in dem wir auf die Ergebnisse dieses Experiments warten können«, hielt er ihr mit einem Seufzer vor.

»Wenn's danach ginge, kämen wir nirgends hin, Frederick. Wissen Sie, wie viele Generationen nötig waren, um eine Kathedrale zu bauen?«

»Paulina, uns interessieren hier nicht die Kathedralen. Wir können jeden Tag tot umfallen.«

»Dies wäre nicht das Jahrhundert der Wissenschaft und der Technik, wenn jeder Erfinder an seine eigene Sterblichkeit dächte, meinen Sie nicht? Ich möchte eine Dynastie gründen, möchte, daß der Name del Valle in der Welt bestehen bleibt, und sei es auch nur auf dem Grund des Glases von irgendeinem Säufer, der meinen Wein kauft«, erwiderte meine Großmutter.

Also machte sich der Engländer resigniert auf jene Safari nach Frankreich, während Paulina in Chile für das Unternehmen die Fäden knüpfte. Die ersten chilenischen Weinberge waren in der Kolonialzeit von den Missionaren angelegt worden, und der Wein, der dann dort wuchs, war recht gut gewesen, tatsächlich so gut, daß Spanien den Anbau verbot, damit er den Weinen des Mutterlandes keine Konkurrenz machte. Seit der Unabhängigkeit hatte man wieder mit dem Anbau begonnen. Paulina war nicht als einzige auf den Gedanken gekommen, Qualitätsweine herzustellen, aber während die anderen der Bequemlichkeit halber in der Umgebung von Santiago Land kauften, um nicht mehr als eine Tagereise dorthin zu benötigen, suchte sie nach weiter entferntem Gelände, nicht nur weil es billiger, sondern vor allem weil es besser geeignet war. Ohne jemandem zu erzählen, was sie vorhatte, ließ sie die Zusammensetzung der Erde, die Launen des Wassers und die Beständigkeit der Winde untersuchen, angefangen bei den Feldern, die der Familie del Valle gehörten. Für ein Butterbrot kaufte sie weite verlassene Ländereien auf, die niemand haben wollte, weil sie einzig durch den Regen bewässert wurden. Die köstlichste Traube, diejenige, die die süffigsten, blumigsten Weine hervorbringt, die süßeste und großzügigste, wächst nicht im Überfluß, sondern in steinigem Boden; die Pflanze besiegt mit mütterlicher Beharrlichkeit alle Hindernisse, um ihre Wurzeln tief hinabzusenken und jeden Wassertropfen zu nutzen, so konzentriert sich der Geschmack in der Traube, erklärte mir meine Großmutter.

»Die Weinberge sind wie die Menschen, Aurora, je schwieriger die Umstände, um so besser die Früchte. Es ist ein Jammer, daß ich diese Wahrheit so spät entdecke, hätte ich das früher gewußt, hätte ich meine Söhne und dich härter angefaßt.«

»Bei mir haben Sie's versucht, Großmutter.«

»Ich bin viel zu sanft mit dir umgegangen. Ich hätte dich doch zu den Nonnen schicken sollen.«

»Wozu sollte ich sticken und beten lernen? Señorita Matilde...«

»Ich verbiete dir, diese Frau in diesem Haus zu erwähnen!«

»Na gut, Großmutter, wenigstens lerne ich jetzt

Fotografie. Damit kann ich mir mal mein Brot verdienen.«

»Wie kannst du nur an so etwas Blödsinniges denken!« rief Paulina del Valle aus. »Meine Enkelin wird es niemals nötig haben, sich ihr Brot zu verdienen. Was Ribero dir beibringt, ist Zeitvertreib, aber keine Zukunft für eine del Valle! Du bist doch nicht dafür bestimmt, ein Straßenfotograf zu werden, du wirst jemanden aus deiner Klasse heiraten und gesunde Kinder in die Welt setzen.«

»Sie selbst haben aber mehr als das gemacht, Großmutter.«

»Ich habe Feliciano geheiratet, bekam drei Söhne und eine Enkelin. Was ich sonst noch gemacht habe, ist bloß eine Zugabe.«

»So sieht's aber nicht aus, offen gesagt.«

In Frankreich hatte Frederick Williams einen Experten engagiert, der bald danach eintraf, um als technischer Berater tätig zu werden. Er war ein hypochondrischer kleiner Mann, der die Felder und Äcker meiner Großmutter auf dem Fahrrad abfuhr, ein Tuch um Mund und Nase gebunden, weil er glaubte, der Geruch nach Kuhfladen und der chilenische Staub erzeugten Schwindsucht, aber er ließ keinen Zweifel an seinen profunden Kenntnissen über Weinbau aufkommen. Die Bauern beobachteten verdutzt diesen städtisch gekleideten Herrn, der auf dem Rad um Felsblöcke herumlavierte und von Zeit zu Zeit anhielt, um am Boden zu schnüffeln wie ein Hund an der Fährte. Da sie nicht ein Wort von seinen langen gelehrten Abhandlungen in der Sprache Molières verstanden, mußte meine Großmutter selbst in ihren Pumps und mit Sonnenschirm wochenlang hinter dem Rad des Franzosen herlaufen, um zu übersetzen. Als erstes erregte es Paulinas Aufmerksamkeit, daß nicht alle Pflanzen gleich waren, es gab mindestens drei verschiedene Sorten. Der Franzose erklärte ihr, daß einige Rebarten früher reiften als andere, wenn also das Klima die zarteren zerstörte, würden die übrigen immer noch genügend zur Produktion beitragen. Er bestätigte auch, daß das Geschäft Jahre in Anspruch nehmen würde, es gehe ja nicht nur darum, bessere Trauben zu ernten, es solle ja auch ein edler Wein hergestellt und im Ausland abgesetzt werden, wo er es mit den französischen, italienischen und spanischen Weinen würde aufnehmen müssen. Paulina lernte alles, was der Experte sie lehren konnte, und als sie sich sicher war, daß sie die Sache beherrschte, schickte sie ihn zurück in sein Land. Inzwischen war sie aber recht erschöpft und hatte begriffen, daß dieses Unternehmen jemanden brauchte, der jünger und beweglicher war als sie, jemanden wie Severo del Valle, ihren Lieblingsneffen, auf den sie sich verlassen konnte. »Wenn du weiter Kinder in die Welt setzt, wirst du viel Geld brauchen, um sie zu füttern. Als Anwalt kannst du das nicht schaffen, wenn du nicht doppelt soviel kassieren willst wie die anderen, aber der Wein wird dich reich machen«, redete sie ihm zu. Nun war gerade in diesem Jahr dem Paar Severo und Nívea ein Engel geboren worden, wie die Leute sagten, ein kleines Mädchen so schön wie eine Fee in Miniatur, die sie Rosa nannten. Nívea fand, alle vorigen Kinder seien reine Übung gewesen, um endlich dieses vollkommene Wesen hervorzubringen. Vielleicht würde Gott sich jetzt zufriedengeben und ihr keine Kinder mehr schicken, denn das Rudel sei nun voll. Severo kam das Unternehmen mit den französischen Weinbergen verrückt vor, aber er hatte den kaufmännischen Riecher meiner Großmutter zu respektieren gelernt und dachte sich, ein Versuch sei wohl der Mühe wert; er ahnte nicht, daß die Weinstöcke in wenigen Monaten sein Leben verändern würden. Kaum hatte meine Großmutter gemerkt, daß Severo vom Weinanbau genauso besessen war wie sie, beschloß sie, ihn zu ihrem Teilhaber zu machen, ihm das Feld allein zu überlassen und mit Williams und mir nach Europa zu reisen, schließlich war ich schon sechzehn und damit in dem Alter, wo ich einige kosmopolitische Politur und eine Aussteuer brauchte, wie sie sagte.

»Ich habe nicht die Absicht, zu heiraten, Großmutter.«

»Noch nicht, aber du wirst es müssen, bevor du zwanzig bist, sonst wirst du eine alte Jungfer«, sagte sie barsch.

Den wirklichen Grund für die Reise erzählte sie niemandem. Sie war krank und glaubte, in England werde man sie operieren können. Dort hatte sich die Chirurgie seit der Entdeckung der Anästhesie und der Asepsis sehr entwickelt. In den letzten Monaten hatte sie ihren Appetit eingebüßt und litt zum erstenmal in ihrem Leben nach einer schweren Mahlzeit an Brechreiz und Bauchgrimmen. Sie aß kein Fleisch mehr und zog milde Speisen vor, gezuckerten Brei, Suppen und die geliebten Kuchen, auf die sie nicht verzichtete, obwohl sie ihr wie Steine im Magen lagen. Sie hatte von dem berühmten Krankenhaus gehört, in dem die besten Ärzte Europas arbeiteten und das ein gewisser Doktor Ebanizer Hobbs gegründet hatte, der schon vor mehr als zehn Jahren gestorben war. Kaum war also der Winter vergangen und die Straße durch die Anden befahrbar geworden, machten wir uns auf die Reise nach Buenos Aires, wo wir den Überseedampfer nach London nehmen würden. Wir führten wie immer ein Gefolge von Dienern, eine Tonnenladung Gepäck und mehrere bewaffnete Wachen mit uns, um vor den Straßenräubern geschützt zu sein, die sich in diesen einsamen Gegenden herumtrieben, aber mein Hund Caramelo war diesmal nicht dabei, weil seine Pfoten zu schwach geworden waren. Der Übergang über die Berge in der Kutsche, zu Pferde und zuletzt auf Maultierrücken an Abgründen entlang, die sich zu beiden Seiten öffneten wie Schlünde, bereit, uns zu verschlingen, war unvergeßlich. Der Weg schien eine unendlich lange, dünne Schlange, die sich zwischen diesen überwältigenden Bergen, der Wirbelsäule Amerikas, hindurchwand. Zwischen den Felssteinen wuchsen hier und da Sträucher, von den Unbilden des Klimas durchgeschüttelt und von feinen Rinnsalen genährt. Wasser überall, Kaskaden, Bäche, flüssiger Schnee; die einzigen Geräusche waren das Fließen und Rieseln und Plätschern des Wassers und das Klopfen der Hufe unserer Tiere auf der harten Kruste der Anden. Als wir anhielten, hüllte uns die abgrundtiefe Stille ein wie ein schwerer Mantel, wir waren Eindringlinge, die die vollkommene Einsamkeit dieser Höhen verletzten. Meine Großmutter, die gegen das Schwindelgefühl und die Übelkeit ankämpfte, seit der Weg aufwärts führte, hielt sich tapfer dank ihrem eisernen Willen und Frederick Williams' Fürsorglichkeit, der sein möglichstes tat, um ihr zu helfen. Sie trug einen schweren Reisemantel, Lederhandschuhe und einen Tropenhut mit dichten Schleiern, denn niemals hatte ein Sonnenstrahl, wie winzig auch immer, ihre Haut gestreift, weshalb sie faltenlos ins Grab zu sinken gedachte. Ich war völlig geblendet. Wir hatten diese Reise schon einmal gemacht, in umgekehrter Richtung, aber damals war ich noch zu klein, um diese majestätische Natur würdigen zu können. Schritt für Schritt kämpften sich die Tiere vorwärts, zwischen scharf abfallenden Abgründen und hohen, vom Wind gekämmten, von der Zeit glattgeschliffenen Wänden aus purem Fels. Die Luft war dünn wie ein klarer Schleier und der Himmel ein türkisfarbenes Meer, über das hin und wieder mit seinen herrlichen Schwingen ein Kondor segelte, der absolute Herrscher in jenen Reichen. Als die Sonne sank, veränderte sich die Landschaft völlig; der blaue Frieden dieser schroffen, feierlichen Natur verschwand, um einem Universum von geometrischen Schatten Platz zu machen, die sich drohend um uns bewegten, uns umringten, uns einschlossen. Ein falscher Schritt, und die Maultiere wären mit uns auf dem Rücken in die tiefste Tiefe dieser Schluchten gestürzt, aber unser Führer hatte die Wegstrecke gut berechnet, und die Nacht fand uns in einer verwahrlosten Bretterhütte, einer Zuflucht für Reisende. Wir befreiten die Tiere von ihren Lasten und machten es uns auf den Schaffellen und Decken bequem, beleuchtet von Pechfackeln, obwohl wir die eigentlich nicht brauchten, denn in der hohen Himmelskuppel herrschte wie eine Sternenfackel ein weißglühender Mond, der über den hohen Felsen aufgetaucht war. Wir holten Holz und heizten den Herd an, um uns zu wärmen und Wasser für den Mate zu kochen; bald ging dieser Aufguß aus dem bitteren grünen Kraut von Hand zu Hand, und alle saugten am selben Rohr. Das gab meiner armen Großmutter Tatkraft und Farbe zurück, sie ließ sich ihre Körbe bringen und fing an wie eine Gemüsefrau auf dem Markt ihren Proviant zu verteilen, um endlich einen Happen zu essen. Nun erschienen die Flaschen mit Branntwein und Sekt, die würzigen Landkäse, der delikate, zu Hause vorbereitete Schweineaufschnitt, die in weiße Leinenservietten eingewickelten Brote und Kuchen, aber ich merkte, daß sie sehr wenig aß und auch keinen Alkohol trank. Inzwischen hatten die Männer, die geschickt mit ihren Messern umgehen konnten, zwei Ziegen getötet, die wir hinter den

Maultieren mitgeführt hatten, zogen ihnen das Fell ab und hängten sie zum Braten zwischen zwei Pfählen auf. Wie die Nacht verging, weiß ich nicht, ich fiel sofort in einen totenähnlichen Schlaf und wachte erst früh am Morgen auf, als es hieß, die halbverbrannten Holzscheite wiederzubeleben, damit man Kaffee kochen und den Ziegenresten ein Ende machen konnte. Bevor wir weiterzogen, ließen wir Holz, einen Sack Bohnen und ein paar Flaschen Alkohol für die nach uns kommenden Reisenden zurück.

DRITTER TEIL

1886-1910

Die Hobbs-Klinik wurde von dem berühmten Chirurgen Ebanizer Hobbs gegründet, und zwar in seinem eigenen Wohnhaus, einem großen soliden, untadeligen Bau mitten in Kensington, in dem er Wände herausreißen, Fenster zumauern und Fliesen legen ließ, bis es aussah wie eine Vogelscheuche. Der Anblick in dieser eleganten Straße ärgerte die Nachbarn so sehr, daß Hobbs' Nachfolger keine Schwierigkeiten hatten, die angrenzenden Häuser aufzukaufen, um die Klinik zu vergrößern, aber die behielten ihre Fassaden bei, so daß sie sich in nichts von den gleichförmig in edwardianischem Stil errichteten Häuserreihen des ganzen Blocks unterschieden. Innen war die Klinik ein Labyrinth aus Zimmern, Treppen, Gängen und Luken, die nirgendhin führten. Es gab nicht wie in den alten Krankenhäusern der Stadt das typische chirurgische Amphitheater, das aussah wie eine Stierkampfarena – eine Manege in der Mitte, mit Sägespänen oder Sand bedeckt und von Galerien für Zuschauer umgeben –, sondern kleine Operationssäle, die Wände, Decken und Fußböden mit Fliesen und Metallplatten verkleidet und ausgelegt, die täglich mit Seifenlauge geschrubbt wurden, denn der verstorbene Doktor Hobbs war einer der ersten gewesen, die sich Kochs Theorie von der Verbreitung von Infektionen und Listers Asepsis-Methoden zu eigen gemacht hatten – der größte Teil der Ärzteschaft lehnte beides noch aus Arroganz oder aus Trägheit ab. Es war unbequem, mit den alten Gewohnheiten zu brechen, Hygiene war eine langweilige, komplizierte Sache und störte das schnelle Operationstempo, das einen guten Chirurgen kennzeichnet, weil es die Gefahr eines Schocks oder hohen Blutverlusts verringert. Im Gegensatz zu vielen seiner Zeitgenossen, für die Infektionen spontan im Körper des Kranken entstanden, begriff Ebanizer Hobbs sofort, daß die Keime von außerhalb kamen, von den Händen, dem Fußboden, den Instrumenten und der ganzen Umgebung, weshalb er mit einem Phenolregen alles besprengte, von der Schnittwunde bis zur Luft im Operationssaal. Soviel Phenol sprühte der Arme ständig um sich herum, daß seine Haut schließlich mit schwärenden Wunden bedeckt war und er frühzeitig einem Nierenleiden erlag, was seine Verleumder ermunterte, auf ihren eigenen antiquierten Vorstellungen zu beharren. Hobbs' Schüler jedoch analysierten die Luft und entdeckten, daß die Keime nicht wie unsichtbare Raubvögel umherflogen, bereit zu hinterlistigem Angriff, sondern daß sie sich auf schmutzigen Oberflächen ansammelten; die Ansteckung erfolgte durch direkten Kontakt, also war es von grundlegender Wichtigkeit, die Instrumente sorgfältig zu reinigen, sterilisierte Binden zu verwenden, und die Chirurgen mußten sich nicht nur waschen wie besessen, sondern wenn irgend möglich Gummihandschuhe tragen. Aber natürlich waren das nicht die groben Handschuhe, wie sie die Anatomen beim Sezieren von Leichen trugen oder Fabrikarbeiter, die mit chemischen Substanzen umzugehen hatten, o nein, es war ein Fabrikat so zart und weich wie die menschliche Haut, das in den Vereinigten Staaten hergestellt wurde. Seine Entstehung war romantischer Natur: Ein Arzt, der in eine Krankenschwester verliebt war, wollte sie vor den durch Desinfektionsmittel entstehenden Ekzemen schützen und ließ die ersten Gummihandschuhe herstellen, die später von den Chirurgen zum Operieren übernommen wurden. All das hatte Paulina del Valle aufmerksam in medizinischen Zeitschriften gelesen, die ihr Cousin Don José Francisco Vergara ihr geliehen hatte; er war inzwischen herzkrank geworden und hatte sich in sein Palais in Viña del Mar zurückgezogen, war aber immer noch genauso allseitig interessiert und lernbegierig wie einst. Meine Großmutter hatte nicht nur den richtigen Arzt gewählt, der sie operieren sollte, und sich schon Monate vorher von Chile aus mit ihm in Verbindung gesetzt, sie hatte auch in Baltimore mehrere Paare der berühmten Gummihandschuhe bestellt und führte sie gut verpackt in dem Koffer mit ihrer Leibwäsche bei sich.

Paulina schickte Frederick Williams nach Frankreich, damit er sich informierte, welche Holzarten für die Fässer verwandt wurden, in denen der Wein gären mußte, außerdem sollte er die Käseherstellung auskundschaften, denn es gab doch wahrhaftig keinen Grund, weshalb die chilenischen Kühe nicht imstande sein sollten, genauso würzigen Käse zu liefern wie die französischen, die schließlich genauso dumm waren. Während unserer Reise über die Anden und später auf dem Transatlantikdampfer konnte ich meine Großmutter von nahem beobachten und stellte fest, daß etwas Grundlegendes in ihr zu wanken begann, es war nicht der Wille, nicht der Geist oder die Gewinnsucht, nein, es war die oft schonungslose Härte. Sie wurde sanft, nachgiebig und so zerstreut, daß sie immer häufiger zwar in Musselin und Perlen, aber ohne ihre falschen Zähne über das Schiffsdeck wanderte. Man sah es ihr an, wenn sie eine schlechte Nacht verbracht hatte, dann hatte sie tiefe blaue Ringe unter den Augen und war den ganzen Tag schläfrig. Sie hatte viel Gewicht verloren, und wenn sie ihr Korsett ablegte, hing das Fleisch herab. Sie wollte mich immer um sich haben, »damit du mir nicht mit den Matrosen liebäugelst«, ein grausamer Scherz, denn in dem Alter war ich von so abgrundtiefer Schüchternheit, daß ein unschuldiger männlicher Blick in meine Richtung genügte, und ich wurde rot wie ein gekochter Krebs. Paulinas wahrer Grund war der, daß sie sich schwach fühlte und mich an ihrer Seite brauchte, um den Tod abzulenken. Sie erwähnte ihre Leiden nie, im Gegenteil, sie sprach davon, ein paar Tage in London zu verbringen und dann nach Frankreich weiterzufahren, um die Sache mit den Fässern und dem Käse anzupacken, aber ich hatte von Anfang an erraten, daß ihre Pläne anders aussahen, und das wurde dann auch klar, als wir eben in England angekommen waren und sie anfing, Frederick Williams diplomatisch zu bearbeiten und ihn schließlich überredete, er könne doch allein weiterfahren, während wir unsere Einkäufe machten und später zu ihm stoßen würden. Ich weiß nicht, ob Williams wirklich nicht argwöhnte, daß seine Frau krank war, oder ob er die Wahrheit ahnte und sie, ihre Schamhaftigkeit achtend, in Frieden ließ; jedenfalls brachte er uns in London im Hotel Savoy unter, und als er sicher war, daß es uns an nichts fehlte, machte er sich ohne sonderliche Begeisterung auf zur Fahrt über den Ärmelkanal.

Meine Großmutter wünschte keine Zeugen ihrer Hinfälligkeit, und Williams gegenüber war sie besonders zurückhaltend. Das gehörte zu der Koketterie, die sie sich zugelegt hatte, als sie heiratete, und die es vorher dem Butler Williams gegenüber nicht gegeben hatte. Damals hatte sie keinen Anstoß daran genommen, ihm die schlimmsten Seiten ihres Charakters zu zeigen und vor ihm aufzutreten, wie es ihr paßte, aber seither bemühte sie sich, ihn mit ihrer Schokoladenseite zu beeindrucken. Diese herbstliche Verbindung bedeutete ihr sehr viel, und sie wollte nicht, daß ihr schlechter Gesundheitszustand den festgefügten Bau ihrer Eitelkeit ins Schwanken brächte, deshalb war sie bemüht, ihren Mann fernzuhalten, und wenn ich nicht stur geblieben wäre, hätte sie auch mich ausgeschlossen; es kostete einiges an Kampf, bis sie mir erlaubte, sie bei ihren Arztbesuchen zu begleiten, aber schließlich ergab sie sich meiner Dickköpfigkeit und ihrer Schwäche. Sie hatte Schmerzen und konnte kaum schlukken, aber sie schien keine Angst zu haben, wenn sie auch gern Witze machte über die Unannehmlichkeiten in der Hölle und die Langeweile im Himmel.

Die Hobbs-Klinik flößte ihr von der Schwelle an Vertrauen ein mit der großen Eingangshalle, in der ringsherum Regale voller Bücher standen und Ölgemälde an den Wänden hingen mit den Porträts der Chirurgen, die in diesem Hause ihre Arbeit getan hatten. Uns empfing eine Oberschwester, mustergültig in Kleidung und Manieren, und führte uns in das Sprechzimmer des Arztes, einen Empfangssaal mit eleganten englischen Möbeln aus braunem Leder und einem Kamin, in dem prasselnd große Holzscheite brannten. Der Anblick des Doktor Gerald Suffolk war so beeindruckend wie sein Ruf. Er sah ausgesprochen englisch aus, so groß und rotwangig wie er war, und hatte eine tiefe Narbe in der Wange, die ihn keineswegs häßlich, sondern absolut unvergeßlich machte. Auf seinem Schreibtisch lagen die Briefe, die meine Großmutter ihm geschrieben hatte, die Berichte der konsultierten chilenischen Spezialisten und das Päckchen mit den Gummihandschuhen, das Paulina ihm an diesem Morgen durch Boten hatte zukommen lassen, eine unnötige Vorsichtsmaßnahme, wie wir später erfuhren, denn die wurden in der Hobbs-Klinik schon seit drei Jahren verwendet. Suffolk begrüßte uns, als wären wir zu einem Höflichkeitsbesuch gekommen, und bot uns einen mit Kardamom aromatisierten türkischen

Kaffee an. Er führte meine Großmutter in einen angrenzenden Raum, und nachdem er sie untersucht hatte, kam er wieder herein und fing an, in einem Buch zu blättern. Bald erschien auch die Patientin wieder, und der Chirurg bestätigte die Diagnose der chilenischen Ärzte: meine Großmutter litt an einem Magen-Darm-Tumor. Er fügte hinzu, der Eingriff sei riskant ihres Alters wegen und weil er noch im Experimentierstadium sei, aber er habe für diese Fälle eine perfekte Technik entwickelt, aus aller Welt kämen Ärzte, um von ihm zu lernen. Er sprach mit soviel Herablassung, daß mir unwillkürlich mein Lehrer Don Juan Ribero in den Sinn kam, für den Eitelkeit das Vorrecht der Nichtswisser war; der Weise ist bescheiden, weil er weiß, wie wenig er weiß. Meine Großmutter verlangte, er solle ihr im einzelnen erklären, was er mit ihr zu machen gedenke, und das verblüffte den Arzt denn doch sehr, er war es gewohnt, daß die Kranken sich der unbestreitbaren Autorität seiner Hände mit der Schicksalsergebenheit von Hühnern auslieferten, aber dann nutzte er die Gelegenheit und verbreitete sich über das Thema in einem Vortrag, bei dem es ihm mehr darauf ankam, uns mit der Kunstfertigkeit seiner Skalpellführung zu beeindrucken, als das Wohl seiner unglücklichen Patientin zu bedenken. Er machte eine Zeichnung von Därmen und Organen, die wie eine wahnsinnig gewordene Maschinerie aussahen, und zeigte uns, wo sich der Tumor befand und wie er ihn zu entfernen gedachte, wobei er auch die Art der Nähte nicht ausließ, eine Information, die Paulina del Valle ungerührt hinnahm, aber mich brachte sie aus der Fassung, und ich mußte hinaus aus seinem Sprechzimmer. Ich setzte mich in die Halle mit den Ölgemälden und murmelte Gebete vor mich hin. In Wirklichkeit hatte ich mehr Angst um mich als um sie, der Gedanke, allein auf der Welt zurückzubleiben, entsetzte mich. Ich war gerade dabei, über meinen möglichen Waisenstatus zu brüten, als ein Mann an mir vorbeiging, und er muß gesehen haben, wie käsebleich ich war, denn er blieb stehen. »Ist was passiert, Kleine?« fragte er auf spanisch mit chilenischem Akzent. Ich schüttelte verdutzt den Kopf, ohne zu wagen, ihm ins Gesicht zu sehen, aber ich muß ihn wohl aus dem Augenwinkel genauer betrachtet haben, denn ich konnte sehr wohl wahrnehmen, daß er jung war, glattrasiert, hohe Wangenknochen, ein festes Kinn und schräge Augen hatte; er ähnelte dem Bild von Dschingis Khan in meinem Geschichtsbuch, wenn er auch weniger wild aussah. Er war ganz und gar honigfarben, Haar, Augen, Haut, aber in seinem Tonfall war nichts Honigseimiges, als er mir erklärte, er sei Chilene wie wir und werde Doktor Suffolk bei der Operation assistieren.

»Señora del Valle ist in guten Händen«, sagte er ohne jeden Anflug von Bescheidenheit.

»Was ist, wenn Sie sie nicht operieren?« fragte ich stotternd, wie immer, wenn ich sehr nervös bin.

»Der Tumor wird wachsen. Aber machen Sie sich keine Sorgen, Kind, die Chirurgie hat sich sehr weit entwickelt, Ihre Großmutter hat gut daran getan, herzukommen«, schloß er.

Ich hätte zu gern herausbekommen, was ein Chilene hierzulande zu suchen hatte und warum er wohl aussah wie ein Tatar – man konnte ihn sich ohne weiteres mit einer Lanze in der Hand und in Felle gehüllt vorstellen –, aber ich schwieg verstört. London, die Klinik, die Ärzte und das Drama meiner Großmutter waren zuviel, als daß ich allein damit fertig werden konnte, ich hatte Mühe, Paulinas Schamgefühl und ihre Gründe zu verstehen, weshalb sie Frederick Williams auf die andere Seite des Ärmelkanals fortschickte ausgerechnet dann, wenn wir ihn am meisten brauchten. Dschingis Khan patschte mir herablassend auf die Hand und ging.

Entgegen meinen düsteren Befürchtungen überlebte meine Großmutter die Operation, und nach der ersten Woche, in der das Fieber regellos stieg und fiel, stabilisierte sich ihr Zustand, und sie konnte erstmals wieder feste Nahrung zu sich nehmen. Ich wich nicht von ihrer Seite, außer daß ich einmal am Tag ins Hotel ging, um zu baden und mich umzuziehen, denn der Geruch nach Anästhetika, Medikamenten und Desinfektionsmitteln war wie ein zäher Schleim, der an der Haut klebte. Ich schlief mit Unterbrechungen auf einem Stuhl neben der Kranken. Trotz des ausdrücklichen Verbots meiner Großmutter schickte ich am Tag der Operation ein Telegramm an Frederick Williams, und dreißig Stunden später kam er in London an. Ich sah ihn seine sprichwörtliche Haltung verlieren, als er vor dem Bett stand, in dem seine Frau lag, von Drogen betäubt, jeder Atemzug ein Winseln, ein paar wirre Haare auf dem Kopf und keinen Zahn im Mund, eine zusammengeschrumpfte Greisin. Er kniete neben ihr nieder, legte die Stirn auf ihre blutlose Hand und flüsterte ihren Namen; als er wieder aufstand, war sein Gesicht naß von Tränen. Meine Großmutter, die stets behauptet hatte, Jugend sei kein Lebensabschnitt, sondern ein Gemütszustand, und jeder sei so gesund, wie er es verdiene, sah in diesem Krankenhausbett völlig zerstört aus. Diese Frau, deren Lust auf Leben ihrer Eßfreudigkeit gleichkam, hatte das Gesicht zur Wand gedreht, gleichgültig gegen ihre Umgebung, in sich selbst versunken. Ihre ungeheure Willensstärke, ihre Kraft, ihre Neugier, ihre Freude am Abenteuer und selbst ihre Gewinnsucht – das Leiden des Körpers hatte alles ausgelöscht.

In diesen Tagen hatte ich sehr oft Gelegenheit, Dschingis Khan zu sehen, der den Zustand der Patientin kontrollierte und der, wie erwartet, leichter ansprechbar war als der berühmte Doktor Suffolk oder die strengen Oberschwestern des Hauses. Er beantwortete die ängstlich besorgten Fragen meiner Großmutter nicht mit vagen Trostworten, sondern mit vernünftigen Erklärungen, und er war der einzige, der sich bemühte, ihre Befürchtungen zu mildern, die übrigen interessierten sich nur für den Zustand der Wunde und die Temperatur, überhörten aber die Klagen der Patientin. Verlangte sie etwa, es solle nicht weh tun? Sie sollte lieber den Mund halten und dankbar sein, daß sie ihr das Leben gerettet hatten; der junge chilenische Arzt dagegen sparte nicht am Morphium, weil er glaubte, andauerndes Leiden breche die körperliche und moralische Widerstandskraft des Kranken, verzögere oder verhindere die Genesung, wie er Williams erklärte. Wir erfuhren, daß er Iván Radovic hieß und aus einer Arztfamilie stammte, sein Vater war Ende der fünfziger Jahre vom Balkan nach Chile ausgewandert, hatte eine Lehrerin aus dem chilenischen Norden geheiratet und drei Söhne bekommen, von denen zwei in seine Fußstapfen getreten waren. Sein Vater, erzählte er, war an Typhus gestorben während des Salpeterkrieges, in dem er drei Jahre als Wundarzt gearbeitet hatte, und seine Mutter mußte die Familie allein durchbringen. Ich hörte zu und konnte dabei das Klinikpersonal beobachten, wenn mir danach war, und fing manchen Kommentar auf, der nicht für meine Ohren bestimmt war, denn keiner der Ärzte außer Doktor Radovic ließ erkennen, daß er meine Gegenwart überhaupt bemerkte. Ich würde demnächst sechzehn werden, und mein Haar war immer noch mit einer Schleife zusammengebunden, und ich trug Kleider, die meine Großmutter für mich ausgesucht hatte, lächerliche Kleinmädchensachen, um mich so lange wie nur möglich in der Kindheit festzuhalten. Das erste Mal, daß ich mir etwas zu meinem Alter Passendes anziehen konnte, war, als Frederick Williams mich ohne ihre Erlaubnis zu Whiteney's führte und mir den ganzen Laden zu Füßen legte. Als wir ins Hotel zurückkamen und ich mich vorstellte, das Haar zum Knoten gewunden und als Señorita gekleidet, erkannte sie mich nicht wieder, aber das war Wochen später. Paulina muß die Kraft eines Ochsen gehabt haben, sie hatten ihr den Magen aufgeschnitten, hatten einen Tumor von der Größe einer Pampelmuse herausgeholt, hatten sie zugenäht wie einen Schuh, und bevor zwei Monate vergangen waren, war sie wieder die alte. Von diesem fürchterlichen Abenteuer verblieben ihr nur eine grobe Freibeuternaht quer über den Leib und ein gieriger Appetit auf das Leben und natürlich aufs Essen. Wir reisten ab nach Frankreich, als sie noch kaum ohne Stock gehen konnte. Die ihr von Doktor Suffolk verordnete Diät ließ sie gänzlich beiseite, denn, sagte sie, schließlich sei sie nicht vom Arsch der Welt nach Paris gekommen, um wie ein Neugeborenes Brei zu mampfen. Unter dem Vorwand, die Herstellung von Käse und die kulinarische Tradition Frankreichs zu studieren, stopfte sie sich mit jeder Delikatesse voll, die dieses Land ihr anzubieten hatte.

Glücklich untergebracht in dem kleinen Hotel, das Frederick Williams am Boulevard Haussmann angemietet hatte, setzten wir uns mit der unglaublichen Amanda Lowell in Verbindung, immer noch mit dem Aussehen einer Wikingerkönigin im Exil.

In Paris war sie in ihrem Element, sie wohnte in einer etwas schäbigen, aber gemütlichen Mansarde, durch deren Fensterchen man die Tauben auf den Dächern ringsum und den so oft gemalten Himmel über Paris sehen konnte. Wir bekamen bestätigt, daß ihre Geschichten über das Leben der Boheme und ihre Freundschaft mit berühmten Künstlern nicht übertrieben waren, ihr hatten wir es zu verdanken, daß wir die Ateliers von Cézanne, Sisley, Degas, Monet und verschiedenen anderen besuchen durften. Die Lowell mußte uns erst einmal beibringen, diese Gemälde zu würdigen, unsere Augen waren für den Impressionismus nicht geschult, aber schon sehr bald waren wir völlig bezaubert. Meine Großmutter erwarb eine ganze Kollektion von Werken, die beträchtliche Heiterkeitsausbrüche bewirkten, als sie sie in ihrem Haus in Chile aufhängte, keiner begriff die kreisenden Himmel van Goghs oder die müden Varietésängerinnen Toulouse-Lautrecs, und alle meinten, in Paris habe man die schlaue Paulina del Valle endlich einmal kräftig ausgenommen. Als Amanda Lowell merkte, daß ich mich nie von meiner Kamera trennte und Stunden eingeschlossen in einem Zimmer verbrachte, das ich mir in dem kleinen Hotel als Dunkelkammer eingerichtet hatte, bot sie mir an, mich den berühmtesten Fotografen der Stadt vorzustellen. Wie mein Lehrer Juan Ribero war auch sie der Ansicht, die Fotografie stehe nicht in Konkurrenz zur Malerei, beide unterschieden sich grundsätzlich voneinander; der Maler interpretiere die Wirklichkeit und die Kamera fasse sie gestaltend auf; in der Malerei sei alles Fiktion, während die Fotografie die Summe des Wirklichen plus der Sensibilität des Fotografen sei. Ribero gestattete mir keine sentimentalen oder exhibitionistischen Tricks, ich durfte die Objekte oder Personen nicht gefällig ummodeln, damit sie Gemälden glichen; er war ein Feind der künstlichen Komposition, er ließ mich auch nicht an den Fotoplatten manipulieren und verabscheute ganz allgemein Lichteffekte oder verschwommene Fokussierung, er wollte, daß das Bild ehrlich und einfach sei, aber auch klar bis ins kleinste Detail. »Wenn Sie die Wirkung eines Gemäldes anstreben, dann malen Sie, Aurora. Wenn Sie die Wahrheit darzustellen wünschen, dann lernen Sie, Ihre Kamera zu gebrauchen«, sagte er mir immer wieder. Amanda Lowell behandelte mich nie wie ein kleines Mädchen, von Anfang an hatte sie mich ernst genommen. Auch sie war von der Fotografie gefesselt, die damals noch niemand als Kunst bezeichnete, für viele war sie nur ein Mumpitz mehr unter den vielen überdrehten Verrücktheiten dieses so frivol zu Ende gehenden Jahrhunderts. »Ich bin zu verbraucht, um noch das Fotografieren zu lernen, aber du hast junge Augen, Aurora, du kannst die Welt sehen, wie sie ist, und die andern dazu bringen, sie auf deine Art zu sehen. Ein gutes Foto erzählt eine Geschichte, erschließt einen Ort, ein Ereignis, einen Seelenzustand, es ist mächtiger als viele Seiten Geschriebenes«, sagte sie. Meine Großmutter dagegen betrachtete meine Leidenschaft für die Kamera als Jugendlaune und hielt es für wesentlich wichtiger, mich auf die Ehe vorzubereiten und meine Mitgift auszusuchen. Sie hatte mich auf eine Schule für junge Damen geschickt, in der ich in täglichem Unterricht lernte, wie man anmutig eine Treppe hinaufgeht oder herabsteigt, für ein Bankett Servietten faltet, verschiedene Menüs je nach Gelegenheit zusammenstellt, Salonspiele leitet und Blumensträuße ordnet, Talente, die Paulina für ausreichend hielt, um mit ihnen im Leben einer verheirateten Frau zu glänzen. Sie hatte Spaß am Kaufen, und wir verbrachten ganze Nachmittage in den mondänen Warenhäusern mit dem Aussuchen von irgendwelchem Zeug, Nachmittage, die ich lieber darauf verwendet hätte, mit der Kamera in der Hand durch Paris zu streifen.

Ich weiß nicht, wie das Jahr verging. Als Paulina

sich offensichtlich von ihren Leiden erholt hatte und Frederick Williams ein ausgefuchster Kenner auf den Gebieten Hölzer für Weinfässer und Käseherstellung vom schärfsten Stänker bis zum allerlöchrigsten geruchlosen geworden war, lernten wir auf einem Ball der chilenischen Gesandtschaft aus Anlaß des 18. September, des Unabhängigkeitstages, Diego Domínguez kennen. Ich hatte endlose Stunden unter den Händen des Friseurs verbracht, der auf meinem Kopf einen Turm aus Locken und perlengeschmückten Zöpfchen aufbaute, eine enorme Leistung, wenn man bedenkt, daß mein Haar eindeutig zur Pferdemähne neigt. Mein Kleid war eine Kreation zart wie Meringeschaum, gesprenkelt mit winzigen Perlchen, die sich im Lauf des Abends lösten und den Fußboden der Gesandtschaft mit glitzernden Kieseln übersäten. »Wenn dein Vater dich jetzt sehen könnte!« rief meine Großmutter bewundernd aus, als ich fertig war. Sie war von Kopf bis Fuß in Mauve, ihrer Lieblingsfarbe, hatte ein aufsehenerregendes Collier aus rosa Perlen um den Hals, falsche Haarteile in einem verdächtigen Mahagonibraun auf die paar echten gesetzt, tadellose Porzellanzähne und ein bodenlanges, mit Jett eingefaßtes Cape aus schwarzem Samt. Sie betrat den Ballsaal am Arm Frederick Williams' und ich an dem eines Kadetten von der chilenischen Fregatte, die einen Höflichkeitsbesuch in Frankreich abstattete; er war ein langweiliger Junge, an dessen Gesicht oder Namen ich mich nicht erinnern kann und der aus eigener Initiative die Aufgabe übernahm, mich über den Gebrauch des Sextanten zu Zwecken der Navigation aufzuklären. Ich war ungeheuer erleichtert, als Diego Domínguez sich vor meiner Großmutter aufpflanzte, um sich mit seinen sämtlichen Nachnamen vorzustellen und zu fragen, ob er mit mir tanzen dürfe. Domínguez ist nicht sein wahrer Name, ich habe ihn auf diesen Seiten geändert, weil alles, was ihn und seine Familie betrifft, geschützt werden muß. Es genügt, zu wissen, daß es ihn gegeben hat, daß seine Geschichte wahr ist und daß ich ihm verziehen habe. Paulinas Augen funkelten vor Begeisterung, als sie Diego Domínguez sah – endlich hatten wir einen akzeptablen möglichen Freier vor uns, den Sohn von Leuten, die man kannte, bestimmt reich, mit vollendeten Manieren und sogar hübsch. Sie stimmte zu, er reichte mir die Hand, und auf ging's. Nach dem ersten Walzer nahm Señor Domínguez meine Ballkarte, füllte sie mit seinem Namen und schied mit einem Federstrich den Sextantenexperten und andere Kandidaten aus. Daraufhin schaute ich ihn mir genauer an und mußte zugeben, daß er sehr gut aussah, er strahlte Gesundheit und Kraft aus, hatte ein angenehmes Gesicht, blaue Augen und eine männliche Haltung. Er schien sich in seinem Frack nicht recht wohl zu fühlen, aber er bewegte sich sicher und tanzte – also auf jeden Fall besser als ich, die ich tanze wie eine Gans; zudem verschlimmerte die Aufregung meine Ungeschicklichkeit. An diesem Abend verliebte ich mich mit der ganzen Leidenschaft und Unvernunft der ersten Liebe. Diego Domínguez führte mich mit fester Hand über die Tanzfläche und sah mich unverwandt an, allerdings fast die ganze Zeit schweigend, weil seine Versuche, einen Dialog zustande zu bringen, an meinen einsilbigen Antworten abprallten. Meine Schüchternheit wurde mir zur Qual, ich konnte seinem Blick nicht standhalten und wußte nicht, wohin ich meinen richten sollte; als ich seinen warmen Atem an meinen Wangen spürte, wurden mir die Knie weich; ich kämpfte verzweifelt gegen die Versuchung an, wegzurennen und mich unter irgendeinem Tisch zu verstecken. Ich dürfte wirklich eine traurige Figur abgegeben haben, und dieser unglückselige junge Mensch fühlte sich an mich gefesselt, weil er aus schierer Angeberei meine Karte mit seinem Namen vollgekritzelt hatte. Irgendwann sagte ich ihm dann auch, er sei nicht verpflichtet, mit mir zu tanzen, wenn er nicht wolle. Er lachte laut auf, das einzige Mal an diesem Abend, und fragte mich, wie alt ich sei. Ich hatte noch nie die Arme eines Mannes um mich gefühlt noch den Druck einer männlichen Hand auf meiner Taille. Meine Hände ruhten eine auf seiner Schulter und die andere in seiner behandschuhten Linken, nur leider ohne die taubenhafte Leichtigkeit, die meine Tanzlehrerin verlangte, weil er mich sehr entschlossen an sich drückte. In einigen kurzen Pausen bot er mir Champagner an, den ich trank, weil ich nicht wagte, ihn zurückzuweisen, mit dem vorhersehbaren Erfolg, daß ich ihm beim Tanzen noch häufiger auf die Füße trat. Als gegen Ende des Festes der chilenische Gesandte das Wort ergriff, um auf sein fernes Vaterland und auf »la douce France« anzustoßen, stellte Diego Domínguez sich so nah hinter mich, wie der Saum meines Meringekleides erlaubte, und flüsterte mir in den Nacken, ich sei »bezaubernd« oder etwas in dem Stil.

In den folgenden Tagen fragte Paulina ihre Diplomatenfreunde aus, um alles, aber auch alles, was nur möglich war, über die Familie und die Vorfahren von Diego Domínguez zu erfahren, ehe sie ihm gestattete, mich zu einem Ritt durch den Bois de Boulogne abzuholen, bei dem sie und Onkel Frederick aus angemessener Entfernung in einer Kutsche über uns wachten. Danach aßen wir zu viert Eis unter Sonnenschirmen, warfen den Enten Brotkrumen zu und verabredeten uns, noch in dieser Woche gemeinsam die Oper zu besuchen. Von Spazierritt zu Spazierritt und von Eis zu Eis gelangten wir so in den Oktober. Diegos Reise nach Europa war von seinem Vater inszeniert worden als die obligatorische Fahrt ins Abenteuer, die fast alle jungen Chilenen der Oberklasse einmal im Leben unternehmen, um die Eierschalen abzustreifen. Nachdem er mehrere Städte besichtigt, pflichtgemäß einige Museen und Kathedralen besucht und sich im übrigen ins Nachtleben und in galante Techtelmechtel gestürzt hatte, was ihn nach allgemeinem Glauben für immer von diesem Laster heilen und ihm andererseits Material geben würde, vor seinen Freunden zu prahlen, nach alldem war er nun bereit, nach Chile zurückzukehren und vernünftig zu werden, zu arbeiten, zu heiraten und eine eigene Familie zu gründen. Verglichen mit Severo, in den ich immer verliebt war in meiner Kleinmädchenzeit, sah Diego Domínguez eher durchschnittlich aus, und verglichen mit Matilde Pineda war er dumm, aber ich war einfach nicht fähig, solche Vergleiche anzustellen: ich war sicher, den vollkommenen Mann gefunden zu haben, und konnte kaum an das Wunder glauben, daß er mich bemerkenswert finden könnte. Frederick Williams meinte, es sei unklug, sich auf den ersten zu versteifen, der vorbeikam, ich sei noch sehr jung und werde mehr als genug Bewerber finden, um in Ruhe auszuwählen, aber meine Großmutter behauptete, dieser junge Mensch sei das Beste, was der Heiratsmarkt zu bieten habe, so nachteilig es auch sei, Gutsherr zu sein und auf dem Lande zu leben, weit weg von der Hauptstadt. »Aber mit dem Schiff oder der Eisenbahn ist das Reisen kein Problem«, sagte sie.

»Großmutter, greifen Sie nicht so weit vor, Señor Domínguez hat mir nichts von dem auch nur angedeutet, was Sie sich vorstellen«, erklärte ich ihr, rot bis über die Ohren.

»Dann soll er's lieber bald machen, sonst werde ich ihn mir mal vorknöpfen.«

»Nein!« rief ich entsetzt.

»Ich werde nicht zulassen, daß meine Enkelin sich kränkt. Wir haben keine Zeit zu verlieren. Wenn dieser junge Mann keine ernsten Absichten hat, soll er sich gefälligst auf der Stelle verziehen.«

»Aber Großmutter, warum drängen Sie denn so? Wir haben uns doch gerade erst kennengelernt ...«

»Weißt du, wie alt ich bin, Aurora? Sechsundsiebzig. Nur wenige Menschen leben so lange. Bevor ich sterbe, muß ich wissen, daß du gut verheiratet bist.«

»Sie sind unsterblich, Großmutter.«

»Nein, Kind, ich sehe nur so aus.«

Ich weiß nicht, ob sie Diego Domínguez wirklich wie geplant in die Enge getrieben hat oder ob er die Anspielungen begriff und darauf seine Entscheidung traf. Heute, wo ich diese Episode aus einiger Distanz und mit Humor sehen kann, begreife ich, daß er nie in mich verliebt war, er fühlte sich einfach geschmeichelt von meiner bedingungslosen Liebe und dürfte auch die Vorteile einer solchen Verbindung erwogen haben. Vielleicht wollte er mich haben, weil wir beide jung und gerade zur Stelle waren, vielleicht glaubte er, daß er mich mit der Zeit schon lieben werde, vielleicht heiratete er mich aus Trägheit und Zweckmäßigkeit. Diego war eine gute Partie, aber ich war es auch: ich verfügte über die Rente, die mein Vater mir hinterlassen hatte, und außerdem würde ich vermutlich von meiner Großmutter ein Vermögen erben. Was auch immer seine Gründe gewesen sein mögen – jedenfalls bat er um meine Hand und schob mir einen Diamantring auf den Finger. Die Gefahrenzeichen waren deutlich genug für jeden, der Augen im Kopf hatte, nur nicht für meine Großmutter, die die Angst, mich allein zu lassen, blind machte, und nicht für mich, die ich verrückt vor Liebe war, aber Onkel Frederick sah sie sehr wohl und blieb auch weiter beharrlich dabei, daß Diego Domínguez nicht der richtige Mann für mich sei. Doch da ihm noch keiner gefallen hatte, der sich mir in den letzten zwei Jahren auch nur von weitem genähert hatte, achteten wir nicht darauf und hielten es für väterliche Eifersucht. »Mir ist aufgefallen, daß dieser junge Mann ein etwas kaltes Wesen hat«, sagte er mehr als einmal, aber meine Großmutter widersprach ihm: das sei keine Kälte, sondern Respekt, wie er sich für einen vollendeten chilenischen Ehrenmann gehöre.

Paulina geriet in einen Kaufrausch. In der Eile wanderten die Pakete ungeöffnet in die Koffer, und als wir sie dann später in Santiago ans Licht holten, stellte sich heraus, daß alle Sachen doppelt waren und die Hälfte der Kleider mir gar nicht stand. Als Paulina erfuhr, daß Diego Domínguez nach Chile zurückmußte, sprach sie sich mit ihm ab, daß wir mit dem gleichen Transatlantikdampfer reisen würden, so würden wir ein paar Wochen gewinnen, in denen wir uns besser kennenlernen konnten, wie sie sagten. Frederick Williams zog ein langes Gesicht und versuchte, diesen Plan zu vereiteln, aber keine

Macht der Welt hätte es geschafft, dieser Frau entgegenzuwirken, wenn sie sich etwas in den Kopf gesetzt hatte, und jetzt war sie versessen darauf, ihre Enkelin zu verheiraten. An die Reise erinnere ich mich nicht besonders deutlich, sie verlief in einem Nebel von Spaziergängen auf Deck, Ball- oder Kartenspielen, Cocktailpartys und Tanzabenden bis Buenos Aires, wo wir uns trennen würden, weil Diego einige Zuchtbullen kaufen und über die südliche Andenroute zu seinem Gut bringen mußte. Wir hatten sehr wenig Gelegenheit, allein zu sein oder uns ohne Zeugen zu unterhalten, ich erfuhr das Wesentlichste über die dreiundzwanzig Jahre seiner Vergangenheit und über seine Familie, aber fast nichts über das, was er am liebsten machte, woran er glaubte, was er erreichen wollte. Meine Großmutter erzählte ihm, mein Vater Matías Rodríguez de Santa Cruz sei verstorben und meine Mutter sei eine Amerikanerin gewesen, die wir nicht gekannt hätten, weil sie bei meiner Geburt gestorben sei, was der Wahrheit immerhin angenähert war. Diego zeigte sich nicht begierig, mehr zu erfahren, auch meine Leidenschaft für die Fotografie interessierte ihn nicht, und als ich ihm erklärte, ich dächte nicht daran, sie aufzugeben, sagte er, dagegen sei nichts einzuwenden, seine Schwester male Aquarelle, und seine Schwägerin sticke gern, mit Kreuzstich. Auf der langen Seereise kamen wir im Grunde nicht dazu, uns wirklich kennenzulernen, aber wir waren in dem soliden Netz gefangen, das meine Großmutter in der besten Absicht um uns gesponnen hatte.

Da es in der ersten Klasse des Dampfers wenig zu fotografieren gab abgesehen von den Kleidern der Damen und den Blumenarrangements im Speisesaal, stieg ich oft in die unteren Decks hinab, um Aufnahmen zu machen, vor allem von den Reisenden der vierten Klasse, die im Bauch des Schiffes zusammengepfercht waren: Arbeiter und Einwanderer, die in Amerika ihr Glück versuchen wollten, Russen, Deutsche, Italiener, Juden, Menschen, die mit sehr wenig in den Taschen reisten, aber deren Herzen vor Erwartung überströmten. Mir schien, daß sie trotz der Unbequemlichkeit und des Geldmangels ihre Zeit besser verbrachten als die Passagiere der ersten Klasse, wo alles geschniegelt, förmlich und langweilig zuging. Unter den Auswanderern herrschte ein leichter, freundschaftlicher Ton, die Männer vergnügten sich mit Karten oder Domino, die Frauen setzten sich zu Gruppen zusammen und erzählten einander ihre Lebensgeschichten, die Kinder bastelten sich Angelruten zum Fischen und spielten Verstecken; abends kamen die Gitarren, Ak-

kordeons, Flöten und Fiedeln zu ihrem Recht, es gab
fröhliche Feste mit Gesang, Tanz und Bier. Keinem
schien meine Gegenwart etwas auszumachen, keiner stellte mir Fragen, und nach wenigen Tagen hatten sie mich als eine der Ihren akzeptiert, was mir
ermöglichte, nach Lust und Laune zu fotografieren. Auf dem Schiff konnte ich die Negative nicht
entwickeln, aber ich ordnete sie sorgfältig, um es
in Santiago nachzuholen. Auf einem dieser Ausflüge
ins Unterdeck stieß ich mit dem letzten Menschen
zusammen, den zu treffen ich hier vermutet hätte.

»Dschingis Khan!« rief ich aus.

»Ich glaube, Sie verwechseln mich, Señorita ...«

»Oh, entschuldigen Sie, Doktor Radovic«, bat
ich und kam mir vor wie eine Idiotin.

»Kennen wir uns?« fragte er verwundert.

»Erinnern Sie sich nicht an mich? Ich bin die Enkelin von Paulina del Valle.«

»Aurora? Na so was, ich hätte Sie nie wiedererkannt. Wie Sie sich verändert haben!«

Allerdings hatte ich mich verändert. Er hatte mich
vor anderthalb Jahren als Mädchen im Kinderkleid
kennengelernt, und jetzt hatte er eine richtige Frau
vor sich, eine Kamera um den Hals gehängt und einen Verlobungsring am Finger. Auf dieser Reise begann die Freundschaft, die nach und nach mein Le-

ben verändern sollte. Doktor Iván Radovic, Passagier der zweiten Klasse, konnte nicht uneingeladen auf das Deck der ersten heraufkommen, aber ich konnte hinuntersteigen, um ihn zu besuchen, und das tat ich oft. Er erzählte mir von seiner Arbeit mit der gleichen Leidenschaft, mit der ich über das Fotografieren sprach; er sah mich mit der Kamera arbeiten, aber ich konnte ihm nicht zeigen, was ich vorher aufgenommen hatte, weil es in den Koffern ruhte, ich versprach es ihm jedoch für später, wenn wir in Santiago ankommen würden. Daraus wurde dann freilich nichts, weil es mich genierte, ihn zu dem Zweck aufzusuchen; es wäre mir eitel vorgekommen, und ich wollte einem Mann, der Leben rettete, nicht die Zeit rauben. Als meine Großmutter erfuhr, daß er auch an Bord war, lud sie ihn sofort ein, mit uns auf der Terrasse unserer Suite Tee zu trinken. »Mit Ihnen fühle ich mich hier auf hoher See sicher, Doktor. Wenn mir noch mal eine Pampelmuse in den Bauch gerät, dann kommen Sie und schneiden sie einfach mit einem Küchenmesser wieder raus«, witzelte sie. Die Einladungen zum Tee und darauffolgendem Kartenspiel wiederholten sich viele Male, unter den spöttisch distanzierten Augen Diego Domínguez'. Iván Radovic erzählte uns, daß er sein Praktikum in der Hobbs-Klinik abgeschlossen habe und nach Chile zurückkehre, um dort in einem Krankenhaus zu arbeiten.

»Warum machen Sie nicht eine Privatklinik auf, Doktor?« schlug meine Großmutter vor, die ihn inzwischen richtig gern hatte.

»Ich werde nie das Kapital und die Verbindungen haben, die dafür nötig sind, Señora del Valle.«

»Ich bin bereit, zu investieren, was meinen Sie dazu?«

»Ich kann auf keinen Fall zulassen, daß . . .«

»Ich würde es nicht für Sie tun, sondern weil es eine gute Investition wäre, Doktor Radovic«, unterbrach sie ihn. »Jeder wird mal krank, die Medizin ist ein großartiges Geschäft.«

»Ich glaube, die Medizin ist kein Geschäft, sie ist ein Recht, Señora. Als Arzt bin ich zu dienen verpflichtet, und ich hoffe, eines Tages wird die Gesundheit für jeden Chilenen erschwinglich sein.«

»Sind Sie etwa Sozialist?« fragte meine Großmutter mit einer Grimasse des Abscheus, denn seit dem »Verrat« der Señorita Pineda roch sie überall Sozialismus.

»Ich bin Arzt, Señora del Valle. Heilen ist alles, was mich interessiert.«

Wir kamen Ende Dezember 1898 in Chile an und fanden uns in einem Land wieder, das in einer tiefen moralischen Krise steckte. Keiner, von den reichen Großgrundbesitzern bis zu den Lehrern oder den Arbeitern in den Salpetergruben, war mit seinem Schicksal oder mit der Regierung zufrieden. Einige Übel wie Trunksucht, Faulenzerei, Straßenraub schienen unausrottbar, ebenso die sozialen Mißstände wie eine schwerfällige Bürokratie, Arbeitslosigkeit, eine wirkungslos arbeitende Justiz und die Armut, die in scharfem Kontrast zu der unverschämten Zurschaustellung der Reichen stand und eine vom Norden bis in den Süden reichende wachsende dumpfe Wut erzeugte. Wir erkannten Santiago kaum wieder: so schmutzig, so viele ärmlich aussehende Leute, so von Küchenschaben verseuchte Mietskasernen, so viele Kinder tot, bevor sie laufen gelernt hatten. Die Zeitungen versicherten, die Sterblichkeitsziffer der Hauptstadt entspreche der in Kalkutta. Unser Haus in der Calle Ejército Libertador war inzwischen von zwei verarmten Tanten – zwei der vielen entfernten Verwandten, wie sie jede chilenische Familie hat – sowie einigen Dienstboten gehütet worden. Die Tanten hatten über zwei Jahre in diesem Reich geherrscht und empfingen uns ohne besonderen Enthusiasmus, und Caramelo war so alt geworden, daß er mich nicht wiedererkannte. Der Garten war ein Unkrautdickicht, die maurischen Brunnen waren ausgetrocknet, die Salons rochen nach Grab, die Küchen sahen aus wie Schweinekoben, und unter den Betten lagen Mäusekötel, aber nichts davon konnte Paulina del Valle umwerfen, sie war jetzt hier und entschlossen, die Hochzeit des Jahrhunderts zu feiern, und sie würde nicht dulden, daß irgend etwas, sei es ihr Alter, sei es die Hitze in Santiago oder mein Hang, mich abzukapseln, sie daran hinderte. Sie nutzte die Sommermonate, wenn alle Welt an die See oder aufs Land fuhr, um das Haus herzurichten, denn im Herbst begann das volle gesellschaftliche Leben, während dessen sie sich auf meine Hochzeit vorbereiten mußte, die im September stattfinden sollte, dem Monat des Frühlingsanfangs, Monat der vaterländischen Feste und der Bräute, genau ein Jahr nachdem Diego und ich uns zum erstenmal begegnet waren. Frederick Williams nahm es auf sich, ein Regiment von Maurern, Möbeltischlern, Gärtnern und Dienstmädchen einzustellen, die vor der Aufgabe standen, das Chaos im üblichen chilenischen Tempo zu lichten, das heißt ohne allzu große Eile. Der Sommer war staubig und trocken, es roch nach Pfirsich, und die Händler boten lautstark die Köstlichkeiten der Saison an.

Wer es sich irgend leisten konnte, war in die Ferien gefahren, die Stadt schien ausgestorben. Severo kam zu Besuch mit Säcken voll Gemüse, Körben mit Früchten und guten Nachrichten von den Weinbergen; er war braungebrannt und kräftiger und hübscher denn je. Mich sah er mit offenem Mund an, höchst erstaunt, daß ich nicht mehr das kleine Mädchen war, von dem er sich vor zwei Jahren verabschiedet hatte, ich mußte mich wie ein Kreisel drehen, damit er mich von allen Seiten begutachten konnte, und sein großzügiges Urteil lautete, ich sähe meiner Mutter ähnlich. Meine Großmutter nahm die Feststellung sehr ungnädig auf, meine Vergangenheit durfte in ihrer Gegenwart nicht erwähnt werden, für sie begann mein Leben mit fünf Jahren, als ich ihr Palais in San Francisco betrat, was davor war, existierte nicht. Nívea war mit den Kindern auf dem Gut geblieben, sie stand kurz vor ihrer nächsten Niederkunft und war schon zu schwerfällig für die Reise nach Santiago. Die Nachrichten aus den Weinbergen lauteten sehr günstig für dieses Jahr, sie gedachten den Weißen im März zu ernten und den Roten im April, erzählte Severo und fügte hinzu, es gebe einige Rebstöcke mit blauen Trauben, die sich völlig von denen unterschieden, zwischen denen sie wuchsen, sie waren empfindlicher, bekamen leicht Fruchtfäule und wurden später reif. Obwohl sie vorzügliche Trauben lieferten, wollte er sie lieber ausreißen, um Problemen aus dem Weg zu gehen. Paulina spitzte die Ohren, und ich sah in ihren Augen jenes gierige Lichtlein aufblitzen, das meistens eine gewinnbringende Idee ankündigte.

»Gleich bei Herbstanfang pflanze sie getrennt. Pflege sie gut, und im nächsten Jahr werden sie uns einen ganz besonderen Wein liefern«, sagte sie.

»Weshalb sollen wir uns so einen Versuch aufhalsen?« fragte Severo.

»Wenn diese Trauben später reifen, müssen sie feiner und konzentrierter sein. Bestimmt wird der Wein sehr viel besser als jeder andere.«

»Wir stellen einen der besten Weine des Landes her, Tante.«

»Tu mir den Gefallen, Neffe, mach, um was ich dich bitte«, sagte meine Großmutter in dem schmeichlerischen Tonfall, den sie anschlug, ehe sie einen Befehl gab.

Nívea konnte ich erst am Tag der Hochzeit sehen, als sie mit einem Neugeborenen auf der Schulter kam, um mir in aller Eile die grundlegende Aufklärung mitzugeben, die jede Braut vor den Flitterwochen kennen sollte, nur hatte sich niemand die Mühe gemacht, sie mir zukommen zu lassen. Meine

Jungfräulichkeit bewahrte mich jedoch nicht vor den Schrecken einer instinktiven Leidenschaft, die ich nicht zu benennen wußte, ich dachte Tag und Nacht an Diego, und diese Gedanken waren nicht immer keusch. Mich verlangte nach ihm, aber ich wußte nicht recht warum. Ich wollte in seinen Armen liegen, von ihm geküßt werden, wie es ein paarmal geschehen war, und ihn nackt sehen. Ich hatte noch nie einen nackten Mann gesehen, und, ich geb's zu, die Neugier ließ mich nicht schlafen. Das war alles, der Rest – Mysterium. Nívea in ihrer unverfrorenen Aufrichtigkeit war die einzige, die mich hätte belehren können, aber erst Jahre später, als Zeit und Gelegenheit ausreichten, unsere Freundschaft zu vertiefen, sollte sie mir die Geheimnisse ihres Intimlebens mit Severo aufdecken und mir, prustend vor Lachen, im einzelnen die Stellungen beschreiben, die sie aus der bewußten Sammlung ihres Onkels José Francisco Vergara gelernt hatte. Ich hatte inzwischen die Unschuld hinter mir gelassen, aber ich war noch immer sehr unwissend in Sachen Erotik, wie es, versicherte mir Nívea, fast alle Frauen und auch die meisten Männer sind. »Ohne die Bücher meines Onkels hätte ich fünfzehn Kinder gekriegt, ohne zu wissen wieso«, sagte sie. Ihre Ratschläge, bei denen meinen Tanten die Haare zu

Berge gestanden hätten, waren mir für die zweite Liebe sehr dienlich, aber für die erste hätten sie mir überhaupt nichts genützt.

Drei lange Monate kampierten wir in vier Räumen des Hauses an der Ejército Libertador, keuchend vor Hitze. Ich langweilte mich nicht, denn meine Großmutter hatte sofort ihre Wohltätigkeitsarbeit wiederaufgenommen, obwohl sämtliche Mitglieder des Damenklubs Sommerurlaub machten. In Paulinas Abwesenheit hatte sich die Disziplin gelockert, und an ihr war es nun, die Zügel der Barmherzigkeit fester anzuziehen; wir besuchten wieder Kranke, Witwen und Schwachsinnige, verteilten Essen und überwachten die Anleihen an arme Frauen. Diese Idee, über die sich die Zeitungen lustig machten, weil keiner glaubte, daß die Nutznießer – alle im letzten Stadium der Bedürftigkeit – das Geld zurückgeben würden, hatte so gute Ergebnisse gebracht, daß die Regierung sich entschloß, sie aufzugreifen. Die Frauen zahlten die Anleihen nicht nur gewissenhaft in monatlichen Raten zurück, sondern unterstützten einander sogar, und wenn eine nicht zahlen konnte, taten es die anderen für sie. Ich glaube, Paulina überlegte schon, wie sie doch eigentlich Zinsen von ihnen verlangen und aus der Barmherzigkeit ein Geschäft machen könnte, aber da habe ich sie ganz schnell gestoppt. »Alles hat seine Grenzen, Großmutter, auch die Geldsucht«, habe ich sie ziemlich hart angefahren.

Durch meine leidenschaftliche Korrespondenz mit Diego wurde ich richtig postabhängig. Ich entdeckte, daß ich fähig war, brieflich das auszudrükken, was ich von Angesicht zu Angesicht nie hätte aussprechen können; das geschriebene Wort ist zutiefst befreiend. Zu meiner eigenen Überraschung las ich jetzt Liebesgedichte statt der Romane, die ich vorher so gern gemocht hatte; wenn ein toter Dichter am anderen Ende der Welt meine Gefühle so genau beschreiben konnte, mußte ich demütig hinnehmen, daß meine Liebe nicht außergewöhnlich war, ich hatte nichts Neues erfunden, alle Menschen verliebten sich auf die gleiche Weise. Ich stellte mir meinen Verlobten zu Pferde vor, wie er im Galopp über sein Land ritt, ein legendärer Held mit mächtigen Schultern, edel, standhaft und stattlich, ein Bild von einem Mann, in dessen Händen ich sicher sein würde; er würde mich glücklich machen, würde mir Schutz, Kinder, ewige Liebe schenken. Ich stellte mir eine flauschig weiche zuckersüße Zukunft vor, in der wir schweben würden, in ewiger Umarmung. Wie roch der Körper des Mannes, den ich liebte? Nach Humus wie die Bäume dort, wo

429

er herkam, oder nach Vanille, dem Duft der Kuchenbäckereien, oder vielleicht nach Meereswasser wie dieser flüchtige Hauch, der mich seit meiner Kindheit im Schlaf heimsuchte. Plötzlich wurde der Drang, Diegos Geruch zu kennen, so gebieterisch wie Durst, und ich schrieb ihm, er möchte mir doch bitte eines der Tücher schicken, die er immer um den Hals trug, oder eines seiner Hemden, ungewaschen. Mein Verlobter beantwortete diese feurigen Briefe mit nüchternen Berichten über das Leben auf dem Lande – die Kühe, der Weizen, die Trauben, der Sommerhimmel ohne Regen – und gelassenen Bemerkungen über Mitglieder seiner Familie. Natürlich schickte er mir nie eines seiner Tücher oder seiner Hemden. Mit den letzten Zeilen erinnerte er mich dann, wie sehr er mich liebe und wie glücklich wir sein würden in dem neuen Adobe- und Ziegelhaus, das sein Vater für uns auf dem Gut bauen ließ, wie er es vorher schon für Diegos Bruder Eduardo getan hatte, als der sich mit Susana verlobte, und wie er es für seine Schwester Adela tun würde, wenn die heiratete. Generationen hindurch hätten die Domínguez immer zusammengelebt; die Liebe zu Christus, die Verbundenheit unter Geschwistern, der Respekt vor den Eltern und harte Arbeit, schrieb er, seien das Fundament seiner Familie.

Wieviel ich auch schrieb und seufzend Gedichte las, blieb mir immer noch Zeit übrig, und so kehrte ich in Don Juan Riberos Atelier zurück, wanderte fotografierend durch die Stadt und arbeitete nachts in der Dunkelkammer, die ich mir im Haus eingerichtet hatte. Ich experimentierte mit Platindruck, einer brandneuen Technik, die wunderschöne Bilder hervorbringt. Das Verfahren ist einfach, allerdings auch teuer, aber meine Großmutter kam für die Kosten auf. Man trägt mit dem Pinsel eine Platinlösung auf das Papier auf und erhält Bilder in den subtilsten Abstufungen, leuchtende, klare Bilder mit großer Tiefe, die sich unverändert erhalten. Seither sind zehn Jahre vergangen, und dies sind immer noch die außergewöhnlichsten Aufnahmen meiner Sammlung. Wenn ich sie anschaue, steigen viele Erinnerungen vor mir auf mit derselben Überdeutlichkeit wie diese Platindrucke. Ich sehe meine Großmutter Paulina, Severo, Nívea, Freunde und Verwandte, ich kann auch mich auf einigen Selbstbildnissen betrachten, so wie ich damals war, kurz vor den Ereignissen, die mein Leben verändern sollten.

Als ich am zweiten Dienstag im März erwachte, war das Haus in Festgewandung, es hatte eine moderne Gasleitung, Telefon und einen Aufzug für meine Großmutter, in New York bestellte Tapeten und funkelnagelneue Möbelbezüge, das Parkett war frisch gewachst, die Bronze poliert, das Kristall geputzt, und die Sammlung impressionistischer Gemälde hing an den Wänden der Salons. Es gab einen neuen Bedienstetenstab in Uniform unter dem Kommando eines argentinischen Majordomus, den Paulina dem Hotel Crill-On ausgespannt hatte, indem sie ihm das Doppelte zahlte.

»Sie werden über uns den Kopf schütteln, Großmutter. Niemand hat einen Majordomus, das ist Afferei«, warnte ich sie.

»Macht nichts. Ich denke nicht daran, mich mit Mapuche-Indias in Schlappen herumzuärgern, die einem Haare in die Suppe schmeißen und die Teller auf den Tisch donnern«, erwiderte sie, entschlossen, die Gesellschaft der Hauptstadt im allgemeinen und die Familie von Diego Domínguez im besonderen gründlich zu beeindrucken.

So kamen also die neu angestellten zu den alten Dienstboten, die seit Jahren im Haus waren und die man natürlich nicht abschieben konnte. Es gab so viel Personal, daß die einen müßiggingen und den anderen im Weg standen, und so viele Klatschereien und Bosheiten, daß schließlich Frederick Williams eingriff, um Ordnung zu schaffen, da der Argentinier einfach nicht wußte, wo er anfangen sollte. Das schuf einigen Aufruhr, wo hätte man jemals gesehen, daß der Herr des Hauses sich auf Domestikenniveau herabließe, aber ihm gelang es bis zur Perfektion; zu etwas war seine lange Erfahrung in dem Amt doch gut. Ich glaube nicht, daß Diego Domínguez und seine Familie, unsere ersten Gäste, die Eleganz der Bedienung zu würdigen wußten, im Gegenteil, soviel Glanz schüchterte sie ein. Sie gehörten einer alten Dynastie von Grundbesitzern im Süden an, aber im Gegensatz zu den meisten Gutsherren in Chile, die ein paar Monate auf ihren Ländereien verbringen und den Rest des Jahres in Santiago oder in Europa von ihrem Einkommen leben, werden Leute wie die Domínguez auf dem Lande geboren, wachsen dort auf und sterben dort. Sie waren Menschen mit einer soliden Familientradition, zutiefst katholisch und sehr schlicht, ohne auch nur eine der Raffinessen, die meine Großmutter eingeführt hatte und die ihnen sicherlich recht dekadent und wenig christlich vorkamen. Mir fiel auf, daß alle blaue Augen hatten außer Susana, Diegos Schwägerin, eine dunkelhaarige Schönheit von lässiger Anmut wie ein spanisches Gemälde. Bei Tisch gerieten sie in Verwirrung angesichts der aneinandergereihten Bestecke und der sechs Gläser, keiner von ihnen versuchte den Canard à l'orange, und sie erschraken ein wenig, als das Dessert brennend aufgetragen wurde. Als Doña Elvira, Diegos Mutter, die Parade von uniformierten Dienern sah, fragte sie, weshalb soviel Militär im Hause sei. Vor den impressionistischen Gemälden standen sie starr vor Verblüffung, sie waren überzeugt, daß ich dieses merkwürdige Geschmier gemalt und meine Großmutter es aus purem Altersschwachsinn an die Wände gehängt hätte, aber das kurze Konzert für Harfe und Klavier, das wir ihnen im Musiksalon boten, gefiel ihnen. Die Unterhaltung erstarb schon beim zweiten Satz, bis die Zuchtbullen aufs Tapet kamen und damit das Thema Viehzucht, das Paulina außerordentlich interessierte, und ich zweifle nicht, daß sie in Gedanken die Möglichkeit erwog, die Käseherstellung zusammen mit den Domínguez aufzuziehen, bei der Unmenge von Kühen, die sie besaßen. Wenn ich noch Zweifel gehegt hatte über mein künftiges Leben auf dem Lande bei dem Stamm meines Verlobten, hatte dieser Besuch sie zerstreut. Ich verliebte mich in diese unverbildeten, gutherzigen und anspruchslosen Landleute, in den lebhaften, lachlustigen Vater, die unschuldige Mutter, den liebenswürdigen und männlichen älteren Bruder, die geheimnisvolle Schwägerin und die jüngere Schwester, so fröhlich wie ein Kanarienvogel – sie alle hatten eine mehrere Tage dauernde Landpartie gemacht, um mich kennenzulernen. Sie hatten mich ganz selbstverständlich angenommen, und ich bin sicher, daß sie zwar einigermaßen fassungslos über unseren Lebensstil waren, aber ohne uns zu kritisieren, denn sie schienen eines bösen Gedankens gar nicht fähig zu sein. Da Diego mich erwählt hatte, betrachteten sie mich als zu ihrer Familie gehörig, das genügte ihnen. Ihre Schlichtheit half mir, mich zu entspannen, was mir mit Fremden selten gelingt, und schon nach kurzer Zeit unterhielt ich mich mit jedem von ihnen, erzählte von unserer Europareise und von meiner Liebe zur Fotografie. »Zeigen Sie mir Ihre Fotos, Aurora«, bat mich Doña Elvira, aber als ich es tat, konnte sie ihre Enttäuschung nicht verbergen. Ich glaube, sie hatte etwas Erbaulicheres erwartet als Trupps streikender Arbeiter, armselige Mietwohnungen, zerlumpte Kinder, die in den Bewässerungsgräben spielten, gewalttätige Volksaufstände, Bordelle, geduldige Auswanderer auf ihren Bündeln im Kielraum eines Schiffes. »Aber liebes Kind, warum haben Sie keine hübschen Bilder gemacht? Warum gehen Sie an diese häßlichen Orte? Es gibt so viele reizende Landschaften in Chile . . .«, murmelte die treuherzige Señora. Ich wollte ihr schon erklären, daß mich die schönen Dinge nicht interessieren, sondern diese von Mühsal und Leiden gegerbten Gesichter, aber ich begriff, daß dies nicht der geeignete Moment war. Ich würde später noch genug Zeit haben, mich meiner zukünftigen Schwiegermutter und der übrigen Familie zu zeigen, wie ich bin.

»Wozu mußtest du ihnen diese Fotos zeigen? Die Domínguez sind altmodische Leute, du durftest sie nicht mit deinen modernen Ideen erschrecken, Aurora«, kanzelte Paulina mich ab, als unsere Gäste fort waren. »Jedenfalls waren sie schon reichlich erschrocken über den Luxus in diesem Haus und über die impressionistischen Gemälde, meinen Sie nicht, Großmutter? Im übrigen sollen Diego und seine Familie wissen, welche Art Frau ich bin«, entgegnete ich.

»Du bist noch keine Frau, du bist ein Mädchen. Du wirst dich verändern, wirst Kinder haben, wirst dich in die Umwelt deines Mannes einfügen müssen.«

»Ich werde immer dieselbe sein, und die Fotografie gebe ich nicht auf. Das ist nicht dasselbe wie die Aquarelle von Diegos Schwester oder die Stickerei seiner Schwägerin, es ist ein Teil meines Lebens.«

»Na schön, heirate erst mal, und dann mach, wozu du Lust hast«, schloß meine Großmutter.

Wir warteten nicht bis September, wie es geplant gewesen war, sondern mußten schon Mitte April heiraten, weil Doña Elvira Domínguez eine leichte Herzattacke hatte, und eine Woche später, als sie sich soweit erholt hatte, daß sie wieder ein paar Schritte gehen konnte, äußerte sie ihren Wunsch, mich als Ehefrau ihres Sohnes Diego zu sehen, bevor sie in die andere Welt hinüberginge. Der Rest der Familie war einverstanden, denn sollte die Mutter bald sterben, würde man die Hochzeit um mindestens ein Jahr verschieben müssen, um die Trauerzeit ordnungsgemäß einzuhalten. Meine Großmutter schickte sich seufzend darein, die Dinge zu beschleunigen und die fürstliche Zeremonie zu vergessen, die sie vorgehabt hatte, und ich atmete erleichtert auf, denn die Vorstellung, mich den Augen von halb Santiago auszusetzen, wenn ich am Arm von Frederick Williams oder Severo del Valle die Kathedrale betrat, und das natürlich unter einem Berg von weißem Organdy, wie meine Großmutter wünschte, hatte mich doch sehr beunruhigt.

Was kann ich über meine erste Liebesnacht mit Diego Domínguez sagen? Wenig, denn das Gedächtnis druckt schwarzweiß; die Grautöne gehen unterwegs verloren. Vielleicht war sie nicht so jämmerlich, wie ich sie in Erinnerung habe, aber die Nuancen habe ich schlicht vergessen, ich habe nur ganz allgemein das Gefühl von Enttäuschung und Wut bewahrt. Nach der ganz privat gehaltenen Hochzeit im Haus meiner Großmutter fuhren wir in ein Hotel, wo wir die Nacht verbringen wollten, bevor wir für zwei Wochen nach Buenos Aires fuhren, denn Doña Elviras prekäre Gesundheit erlaubte keine weite Reise. Beim Abschied von meiner Großmutter wußte ich, daß ein Teil meines Lebens endgültig zu Ende ging. Als ich sie umarmte, spürte ich, wie sehr ich sie liebte und wie dünn sie geworden war, das Kleid hing ihr am Körper, und ich überragte sie um einen halben Kopf, ich ahnte, daß ihr nicht mehr viel Zeit blieb, sie sah so klein und verletzlich aus, eine winzige Alte mit zittriger Stimme und watteweichen Knien. Wenig nur war geblieben von der großartigen Matriarchin, die mehr als siebzig Jahre lang tun konnte, was sie wollte, und die Schicksale ihrer Familie lenkte, wie es ihr paßte. Frederick Williams neben ihr hätte ihr Sohn sein können, die Jahre tasteten ihn nicht an, als wäre er immun gegen den Verfall der Sterblichen. Noch am Tag vor der Hochzeit hatte Onkel Frederick mich hinter Paulinas Rükken gebeten, ich solle nicht heiraten, wenn ich nicht ganz sicher sei, und ich hatte ihm wie jedesmal erwidert, nie sei ich mir einer Sache sicherer gewesen. Ich zweifelte nicht an meiner Liebe zu Diego. Je näher die Hochzeit rückte, um so mehr wuchs meine Ungeduld. Ich betrachtete mich nackt im Spiegel oder spärlich genug bedeckt mit den zarten Spitzennachthemden, die meine Großmutter in Frankreich für mich gekauft hatte, und fragte mich, ob er mich wohl hübsch finden werde. Ein Muttermal am Hals oder die dunklen Brustwarzen schienen mir gräßliche Schönheitsfehler. Würde er mich genauso begehren wie ich ihn? Das erfuhr ich in dieser Nacht im Hotel. Wir waren müde, hatten üppig gegessen, er hatte reichlich viel getrunken, und auch ich hatte drei Gläser Champagner intus. Als wir das Hotel betraten, heuchelten wir Gleichgültigkeit, aber das Reisrinnsal, das wir auf dem Fußboden hinterließen, verriet uns als Neuvermählte. Als ich dann mit Diego allein war und mir auch noch einfiel, daß draußen sich jetzt jemand vorstellte, wie wir uns liebten, schämte ich mich so sehr, daß ich mich im Bad einschloß, zumal mir übel wurde, bis eine ganze Weile später mein neugebackener Ehemann sacht an die Tür klopfte, um festzustellen, ob ich noch lebte. Er führte mich an der Hand ins Zimmer, half mir, den komplizierten Hut abzunehmen, zupfte mir die Haarnadeln aus dem Knoten, befreite mich von meinem Jäckchen, knöpfte die tausend Perlenknöpfchen der Bluse auf, zog mir den schweren Rock und den Unterrock aus, bis ich nur noch das dünne Batisthemd anhatte, das ich unter dem Korsett trug. Je weiter er mich von meinen Sachen befreite, um so mehr war mir, als zerflösse ich wie Wasser, löste mich in Rauch auf, wäre nichts weiter mehr als Gerippe und Luft. Diego küßte mich auf den Mund, aber nicht, wie ich mir das in den vergangenen Monaten viele Male vorgestellt hatte, sondern kräftig und drängend; dann wurde der Kuß herrischer, während seine Hände an meinem Hemd zerrten, das ich festzuhalten suchte, weil die Vorstellung, er würde mich dann nackt sehen, mich einfach entsetzte. Bei seinen hastigen Liebkosungen, sein Körper an dem meinen, begann ich mich zu wehren, und das so angestrengt, daß ich zitterte, als fröre ich. Er fragte mich ärgerlich, was ich denn hätte, und befahl mir, mich zu entspannen, aber als er sah, daß er damit die Dinge nur noch verschlimmerte, wechselte er den Ton und sagte beschwichtigend, ich solle keine Angst haben, er verspreche mir, rücksichtsvoll zu sein. Er löschte das Licht, und irgendwie gelang es ihm, mich zum Bett zu führen, das übrige geschah sehr schnell. Ich tat nichts, um ihm zu helfen. Ich blieb starr wie ein hypnotisiertes Huhn und versuchte völlig nutzlos, mich an Níveas Ratschläge zu erinnern. Dann drang sein Glied in mich ein, ich konnte einen Schrei eben noch zurückhalten und schmeckte Blut im Mund. Die genaueste Erinnerung an diese Nacht ist Ernüchterung. War das die große Leidenschaft, derentwegen die Dichter soviel Tinte vergeudeten? Diego tröstete mich, so sei es immer beim ersten Mal, mit der Zeit würden wir lernen, zueinander zu finden, und alles werde besser gehen. Dann gab er mir einen keuschen Kuß auf die Stirn, drehte mir ohne ein weiteres Wort den Rücken zu und schlief ein wie ein Säugling, während ich im Dunkeln wach lag, ein Tuch zwischen den Beinen und brennenden Schmerz im Unterleib und im Herzen. Ich war zu unwissend, um den Grund für meine Enttäuschung zu erraten, ich kannte nicht einmal das Wort Orgasmus, aber ich hatte meinen Körper erforscht und wußte, irgendwo versteckte sich diese erdstoßähnliche Lust, die das ganze Leben verändern kann. Diego hatte sie in mir genossen, das war offensichtlich, aber ich hatte nur Jammer empfunden. Ich fühlte mich als Opfer einer ungeheuren biologischen Ungerechtigkeit: für den Mann war die körperliche Liebe so einfach – er konnte sie auch mit

Gewalt erzwingen –, während sie für uns kein Entzücken barg, nur ernste Folgen. Würde ich dem göttlichen Fluch, unter Schmerzen zu gebären, den des Liebens ohne Genuß hinzufügen müssen?

Als Diego am nächsten Morgen erwachte, hatte ich mich schon lange vorher angezogen und beschlossen, nach Hause zurückzukehren und mich in die sicheren Arme meiner Großmutter zu flüchten, aber die frische Luft und der Gang durch die Straßen des Zentrums, die an diesem Sonntagmorgen fast leer waren, beruhigten mich. Mir brannte die Vagina, wo ich noch Diegos Gegenwart spürte, aber Schritt für Schritt zerging meine Wut, und ich nahm mir vor, der Zukunft wie eine Frau gegenüberzutreten und nicht wie eine ungezogene Göre. Ich war mir bewußt, wie sehr ich in den neunzehn Jahren meines Lebens verwöhnt worden war, aber diese Phase war abgeschlossen; die vergangene Nacht hatte mich in den Stand der verheirateten Frau versetzt, und von nun an mußte ich wie ein reifer Mensch handeln und denken, entschied ich und schluckte die Tränen hinunter. Nur ich selbst war dafür verantwortlich, ob ich glücklich sein würde oder nicht. Mein Mann würde mir die Seligkeit nicht in Seidenpapier gewickelt schenken, ich würde sie mir Tag um Tag mit Intelligenz und Kraft erarbeiten müssen. Wie gut nur, daß ich diesen Mann liebte und ihm glaubte, was er mir versichert hatte: daß mit der Zeit und ein bißchen Übung die Dinge sehr viel besser zwischen uns laufen würden. Armer Diego, dachte ich, er muß doch genauso desillusioniert sein wie ich. Also ging ich zurück ins Hotel, damit wir rechtzeitig die Koffer schließen und uns auf unsere Hochzeitsreise machen konnten.

Das Gut Caleufú, in der schönsten Gegend Chiles gelegen, ein wildes Paradies aus Wäldern, Vulkanen, Seen und Flüssen, hatte den Domínguez seit den Kolonialzeiten gehört, als das Land unter den Edelleuten aufgeteilt wurde, die sich während der Eroberung besonders ausgezeichnet hatten. Die Familie hatte ihr Besitztum noch vergrößert, indem sie von den Indios für ein paar Flaschen Branntwein weiteren Boden aufkaufte, bis sie eine der blühendsten Ländereien der Region besaß. Das Grundstück war nie zerstückelt worden; aus Tradition erbte es immer der älteste Sohn ungeteilt, der seinerseits verpflichtet war, seinen Brüdern Arbeit zu geben, seine Schwestern zu unterhalten und ihnen eine Mitgift zu beschaffen und für seine Pachtbauern zu sorgen. Mein Schwiegervater, Don Sebastián Domínguez, war einer dieser Menschen, die erfüllt haben, was von ihnen erwartet wurde, und sah dem Altern mit reinem Gewissen entgegen, dankbar für die Gaben, die das Leben ihm geschenkt hatte, vor allem für die Liebe seiner Frau, Doña Elvira. In seiner Jugend war er ein Teufelskerl gewesen, wie er selbst lachend sagte und was verschiedene Bauern seines Gutes mit blauen Augen bewiesen, aber die so sanfte wie feste Hand Doña Elviras hatte ihn gezähmt, ohne daß er es merkte. In seiner Rolle als Patriarch bewährte er sich mit viel Güte; die Pächter kamen mit ihren Problemen am liebsten zu ihm, denn seine beiden Söhne, Eduardo und Diego, waren härter, und Doña Elvira tat außerhalb des Hauses den Mund nicht auf. Die Geduld, die Don Sebastián den Pachtbauern bewies, wobei er sie wie ein wenig zurückgebliebene Kinder behandelte, verwandelte sich in Strenge, wenn er seinen Söhnen gegenübertrat. »Wir haben große Vorrechte, deshalb haben wir auch viel Verantwortung. Für uns gibt es weder Entschuldigungen noch Ausreden, es ist unsere Pflicht, Gottes Gebot zu erfüllen und unseren Leuten zu helfen, dafür wird im Himmel Rechenschaft von uns gefordert werden«, sagte er. Er muß etwa fünfzig gewesen sein, aber er sah jünger aus, weil er ein sehr gesundes Leben führte, er verbrachte den Tag auf dem Pferderücken und ritt seine Felder ab, morgens stand er als erster auf und ging abends als letzter zu Bett, er war beim Dreschen ebenso dabei wie beim Zureiten von Jungpferden oder beim Zusammentreiben des Viehs, er half selber mit beim Markieren oder Kastrieren. Den Tag begann er mit einer Tasse schwarzen Kaffee, in die er sechs Teelöffel Zucker und einen Schuß Brandy tat; das gab ihm Kraft für die Arbeiten auf dem Felde bis zwei Uhr nachmittags, wenn er im Kreis der Familie vier Gänge und dreimal Dessert aß, begossen mit reichlich Wein. Wir waren nicht viele in diesem Riesenhaus; der größte Kummer meiner Schwiegereltern war es, daß sie nur drei Kinder hatten. Gott habe es so gewollt, sagten sie. Zur Abendbrotzeit fanden wir uns alle zusammen, die wir tagsüber verstreut unseren Beschäftigungen nachgegangen waren, keiner durfte fehlen. Eduardo und Susana lebten mit ihren Kindern in einem anderen Haus, das zweihundert Meter vom Hauptgebäude für sie errichtet worden war, aber dort wurde nur ihr Frühstück eingenommen, die übrigen Mahlzeiten spielten sich am Tisch meiner Schwiegereltern ab. Weil unsere Hochzeit vorverlegt werden mußte, war das für Diego und mich bestimmte Haus noch nicht fertig, und wir wohnten in einem Flügel des schwiegerelterlichen Heims. Don Sebastián setzte sich in einen höheren und verzierten Sessel am Kopfende, am anderen Ende saß Doña Elvira, und an den beiden Seiten verteilten wir übrigen uns – die Söhne mit ihren Frauen, die Tochter, zwei verwitwete Tanten, ein paar Neffen oder andere nahe Verwandte, eine Großmutter, die so alt war, daß sie mit einer Saugflasche gefüttert werden mußte, und die Gäste, an denen es nie mangelte. Stets wurden einige Gedecke mehr aufgelegt für Besucher, die unangemeldet auftauchten und manchmal wochenlang blieben. Sie waren immer willkommen, denn in der ländlichen Abgeschiedenheit boten sie die beste Abwechslung. Weiter zum Süden hin, mitten im Indioterritorium, lebten einige chilenische Familien, darunter auch deutsche Kolonisten, ohne die das Gebiet fast ganz unzivilisiert geblieben wäre. Es brauchte mehrere Tage, um die Ländereien der Domínguez abzureiten, die bis an die Grenze zu Argentinien reichten. Abends wurde gebetet, und der jährliche Kalender war von den Daten der religiösen Feiertage beherrscht, die mit Strenge und Fröhlichkeit eingehalten wurden. Meine Schwiegereltern hatten bald gemerkt, daß ich mit sehr wenig katholischer Unterweisung aufgewachsen war, aber in der Hinsicht hatten wir keine Probleme, weil ich ihre Überzeugungen achtete und sie nicht versuchten, sie mir aufzuzwingen. Doña Elvira erklärte mir, der Glaube sei ein Geschenk Gottes: »Gott ruft deinen Namen, er erwählt dich«, sagte sie. In ihren Augen befreite mich das von Schuld, Gott hatte meinen Namen noch nicht gerufen, aber wenn er mich in diese christliche Familie versetzt hatte, dann deshalb, weil er es bald tun würde. Meine Begeisterung, mit der ich ihr bei ihren wohltätigen Werken unter den Pachtbauern half, entschädigte sie für meinen mangelhaften religiösen Eifer; sie glaubte, mich bewege der Geist der Barmherzigkeit, ein Zeichen meiner guten Veranlagung, sie wußte ja nicht, daß ich mich im Damenklub meiner Großmutter damit unterhalten hatte und daß es hier das ganz prosaische Interesse war, die Feldarbeiter kennenzulernen und sie zu fotografieren. Außer Don Sebastián, Eduardo und Diego, die in einem guten Internat erzogen worden waren und die pflichtgemäße Europareise hinter sich hatten, ahnte hierorts niemand, wie groß die Erde eigentlich war. Romane waren in diesem Heim nicht erlaubt, ich glaube, Don Sebastián hatte einfach keine Lust, sie zu zensieren, und um zu verhindern, daß irgendwer einen auf der schwarzen Liste der Kirche verzeichneten las, zog er es vor, kurzen Prozeß zu machen und alle zu verbieten. Die Zeitungen kamen mit so viel Verspätung, daß sie keine Nachrichten brachten, sondern Geschichte. Doña Elvira las in ihren Gebetbüchern, und Adela, Diegos jüngere Schwester, besaß ein paar Bände Gedichte, einige Biographien von historischen Persönlichkeiten und Reisebeschreibungen, die sie immer wieder las. Später entdeckte ich, daß sie sich Kriminalromane beschaffte, von denen sie die Einbanddeckel abriß und durch die von Büchern ersetzte, die ihr Vater erlaubte. Als meine Koffer und Kisten aus Santiago ankamen und Hunderte von Büchern daraus auftauchten, bat Doña Elvira mich mit ihrer gewohnten Sanftmut, sie nicht vor der übrigen Familie aufzustellen. Jede Woche schickten meine Großmutter und Nívea mir Lesematerial, das ich in meinem Zimmer aufbewahrte. Meine Schwiegereltern sagten nichts, ich nehme an, sie vertrauten darauf, daß diese schlechte Gewohnheit vergehen werde, wenn ich erst Kinder hatte und nicht mehr soviel müßige Stunden erübrigen konnte, wie es meiner Schwägerin Susana erging, die drei prächtige und sehr schlecht erzogene Rangen hatte. Sie hatten jedoch nichts gegen das Fotografieren, vielleicht ahnten sie, daß es sehr schwierig sein würde, mich in diesem Punkt kurzzuhalten, und wenn sie sich auch nie neugierig auf meine Arbeit zeigten, wiesen sie mir doch einen Raum an, in dem ich mir ein Labor einrichten konnte.

Ich war in der Stadt aufgewachsen in der komfortablen und kosmopolitischen Umgebung des Hauses meiner Großmutter, sehr viel freier als eine Chilenin damals und heute, denn obwohl bereits das erste Jahrzehnt des zwanzigsten Jahrhunderts zu Ende geht, haben sich die Verhältnisse nicht sonderlich modernisiert für die Mädchen hierzulande. Der Wechsel im Lebensstil, als ich im Schoß der Domínguez landete, war brutal, obwohl sie ihr möglichstes taten, damit ich mich wohl fühlte. Sie waren sehr gut zu mir, es war leicht, sie gern zu haben; ihre liebevolle Freundlichkeit glich das reservierte und bisweilen mürrische Wesen Diegos aus, der mich vor den anderen wie eine Schwester behandelte und, wenn wir allein waren, kaum mit mir sprach. Die ersten Wochen, in denen sie sich bemühten, mich in die Familie einzubeziehen, waren recht anregend. Don Sebastián schenkte mir eine schöne schwarze Stute mit einem weißen Stirnfleck, und Diego schickte mich mit einem Aufseher zu einem Erkundungsritt über Land, ich lernte die Arbeiter kennen und die Nachbarn, die so viele Kilometer entfernt wohnten, daß jeder Besuch drei oder vier Tage dauerte. Dann ließ er mich frei. Mein Mann verschwand mit Vater und Bruder zu den Feldarbeiten oder zur Jagd, manchmal kampierten sie tagelang draußen.

Ich vertrug die Langeweile im Hause nicht mit dieser nie endenden Geschäftigkeit – Kompott und anderes Eingemachtes kochen, Räume putzen und lüften, Sachen nähen und stricken, und zwischendurch Susanas Kinder verhätscheln; wenn ich mein bißchen Helfen in der Schule oder der Fürsorgestelle des Gutes beendet hatte, zog ich mir Hosen von Diego an und galoppierte davon. Meine Schwiegermutter hatte mich gewarnt, ich solle nicht rittlings wie ein Mann aufs Pferd steigen, weil ich dadurch »weibliche Probleme« bekäme, ein Euphemismus, den ich nie ganz zu deuten wußte, aber niemand konnte in dieser Natur aus Hügeln und Felsen im Damensitz reiten, ohne sich bei einem Sturz das Genick zu brechen. Die Landschaft verschlug mir den Atem, überraschte mich an jeder Wegbiegung, verzauberte mich. Ich ritt hügelaufwärts und talabwärts bis zu den dichten Wäldern, dem Paradies aus Lärchen, Lorbeerbäumen, Riesenmagnolien, Eiben, Lumamyrten und tausendjährigen Araukarien, lauter Edelhölzern, die die Domínguez in ihrer Sägemühle verarbeiteten. Mich berauschte der Duft des feuchten Urwalds, dieses sinnliche Aroma von roter Erde, Pflanzensaft und Wurzeln; berauschte der Frieden des von den schweigenden grünen Riesen bewachten Dickichts, das geheimnisvolle Murmeln des Waldes: Gesang unsichtbarer Wasser, Tanz der in den Zweigen gefangenen Luft, Raunen von Laub und Insekten, Gurren der sanften Ringeltauben und Schreie der lärmenden Raubvögel, der Caracarás. Die Wege endeten alle bei der Sägemühle, dahinter mußte ich mir den Weg durch das Strauchwerk bahnen, wobei ich mich auf den Instinkt meiner Stute verließ, deren Hufe in dicken, petroleumfarbenen Schlamm einsanken, der roch wie Pflanzenblut. Das Licht wurde in klaren schrägen Strahlen durch die mächtigen Kuppeln der Bäume gefiltert, aber es gab hier auch kalte Bezirke, wo die Pumas kauerten und mich mit glühenden Augen beobachteten. Ich hatte eine Flinte bei mir, am Sattel befestigt, aber im Notfall hätte ich nie die Zeit gehabt, sie herauszuziehen, und ich hätte sie ohnedies nie abgeschossen. Ich fotografierte die alten Wälder, die Seen mit dem schwarzen Sand, die stürmischen Flüsse mit den singenden Steinen und die wuchtigen Vulkane, die den Horizont krönten wie schlafende Drachen in Türmen aus Asche. Ich machte auch Aufnahmen von den Pachtbauern, die ich ihnen später schenkte und die sie verwirrt entgegennahmen, weil sie nicht wußten, was sie mit diesen Bildern von sich selbst anstellen sollten, um die sie nicht gebeten hatten. Mich faszinierten ihre von Wetter und Armut gehärteten

Gesichter, aber sie mochten sich nicht so sehen, so wie sie waren, mit ihren Lumpen und ihren Leiden, sie wollten handkolorierte Porträtaufnahmen, auf denen sie posierten in den einzigen richtigen Kleidern, die sie hatten, den Hochzeitskleidern, sie selbst schön gewaschen und gekämmt und die Kinder mit frisch geschrubbten Gesichtern.

Am Sonntag ruhte die Arbeit, und es gab eine Messe – sofern wir einen Priester bei der Hand hatten – oder »Missionen«, bei denen die Frauen der Familie die Pachtbauern in ihren Häusern besuchten, um ihnen Religionsunterricht zu geben. So bekämpften sie mit kleinen Geschenken und Hartnäckigkeit die Glaubensvorstellungen der Eingeborenen, die sich mit den christlichen Heiligen verstrickten. Ich beteiligte mich nicht an den frommen Predigten, aber ich benutzte sie, um bei den Bauern bekannt zu werden. Viele waren reine Indios, die noch Ausdrücke in ihrer Sprache benutzten und ihre Traditionen lebendig erhielten, andere waren Mestizen, alle bescheiden und schüchtern in normalen Zeiten, aber streitsüchtig und lärmig, wenn sie getrunken hatten. Der Alkohol war ein bitterer Balsam, der für ein paar Stunden den alltäglichen irdischen Kummer leichter machte, während er ihnen die Eingeweide zerfraß wie eine Ratte. Saufgelage und Schlägereien mit blanker Waffe wurden mit Geldbußen belegt ebenso wie andere Vergehen, etwa ohne Erlaubnis einen Baum fällen oder die eigenen Tiere frei herumlaufen lassen außerhalb des jedem für eigene Bewirtschaftung zugewiesenen halben Hektars. Diebstahl oder Unverschämtheit gegenüber den Höhergestellten wurden mit Prügeln geahndet, aber Don Sebastián war körperliche Strafe zuwider. Er hatte auch das Recht der »pernada« abgeschafft, eine alte, noch aus der Kolonialzeit rührende Tradition, die den Gutsherren gestattete, die Töchter der Bauern zu entjungfern, bevor die heirateten. Er selbst hatte das in seiner Jugend betrieben, aber als Doña Elvira auf dem Gut eingezogen war, war mit diesen Freiheiten Schluß gewesen. Er billigte auch nicht die Besuche in den Bordellen der Landstädtchen und hatte darauf bestanden, daß seine Söhne jung heirateten, um Versuchungen aus dem Weg zu gehen. Eduardo und Susana hatten das vor sechs Jahren getan, als beide zwanzig waren, und für Diego, damals siebzehn, hatten sie ein Mädchen ausgesucht, das mit der Familie verwandt war, aber im See ertrank noch vor der Verlobung. Eduardo war ein fröhlicherer Mensch als Diego, er konnte gut singen und Witze erzählen, kannte alle Legenden und Geschichten der Gegend, unterhielt sich gern und verstand zuzuhören. Er war sehr verliebt in Susana, seine Augen leuchteten auf, wenn er sie sah, und er wurde niemals ungeduldig angesichts ihrer labilen Gemütszustände. Meine Schwägerin litt an Kopfschmerzen, die sie in übelste Laune versetzten, sie schloß sich dann in ihrem Zimmer ein, aß nichts, und niemand durfte sie, aus welchem Grund auch immer, stören, aber wenn die Schmerzen vorbei waren, kam sie völlig gesund wieder zum Vorschein, lachend und zärtlich, eine völlig verwandelte Frau. Ich hatte festgestellt, daß sie allein schlief und daß weder ihr Mann noch die Kinder ihr Zimmer ohne Einladung betreten durften, die Tür war immer geschlossen. Die Familie war an ihre Migräne und ihre Depressionen gewöhnt, aber ihr Wunsch nach Abgeschiedenheit erschien ihnen fast beleidigend, wie es sie auch befremdete, daß ich niemandem gestattete, ohne meine Erlaubnis meine Dunkelkammer zu betreten, in der ich meine Filme entwickelte, obwohl ich ihnen erklärt hatte, wieviel Schaden ein einziger Lichtstrahl an meinen Negativen anrichten konnte. In Caleufú gab es keine Schlüssel an den Türen außer in den Kellerräumen und am Geldschrank im Büro. Natürlich kamen Diebstähle vor, aber sie hatten keine bösen Konsequenzen, denn im allgemeinen drückte Don Sebastián ein Auge zu. »Diese Menschen sind sehr unwissend, sie stehlen nicht aus Verkommenheit oder aus Bedürfnis, sondern aus schlechter Gewohnheit«, sagte er, nur hatten die Pachtbauern in Wirklichkeit mehr Bedürfnisse, als ihr Herr zugab. Die Bauern waren frei, aber praktisch hatten sie seit Generationen auf diesem Land gelebt, und sie kamen gar nicht auf den Gedanken, daß es auch anders sein könnte, wohin hätten sie auch gehen sollen. Nur wenige wurden alt. Viele Kinder starben an Darminfektionen, Rattenbissen oder Lungenentzündung, die Frauen bei der Niederkunft oder an Auszehrung, die Männer durch Unfälle, infizierte Wunden und Alkoholvergiftung. Das nächstgelegene Krankenhaus wurde von Deutschen geführt, dort arbeitete ein bayerischer Arzt, der einen sehr guten Ruf hatte, aber er unternahm die Fahrt aufs Land nur in dringenden Fällen, die geringfügigeren Leiden wurden mit Geheimmitteln aus der Natur, Gebeten und der Hilfe der Meicas behandelt, jener eingeborenen Heilerinnen, die die Kraft der hier wachsenden Pflanzen besser kannten als irgend jemand sonst.

Ende Mai brach der Winter in aller Härte herein mit seinem Regenvorhang, der die Landschaft einweichte wie eine geduldige Waschfrau, und mit seiner frühen Dunkelheit, die uns um vier Uhr nachmittags ins Haus zwang und die Nächte zur Ewigkeit machte. Ich mußte auf meine langen Ausritte verzichten und konnte auch das Gutsvolk nicht mehr fotografieren. Wir waren abgeschnitten, die Wege waren ein einziger Morast, und niemand besuchte uns. Ich beschäftigte mich damit, in meiner Dunkelkammer mit verschiedenen Entwicklungstechniken zu experimentieren, oder machte Fotos von der Familie. Ich entdeckte, daß alles, was existiert, zueinander in Beziehung steht, Teil einer dichtgedrängten Zeichnung ist; was auf einen flüchtigen Blick als Wirrwarr von Zufälligkeiten erscheint, enthüllt sich vor dem minutiös beobachtenden Blick der Kamera in seiner vollendeten Symmetrie. Nichts ist zufällig, nichts ist banal. Wie in dem scheinbaren Chaos des Waldes ein strikter Zusammenhang zwischen Ursache und Wirkung besteht, für jeden Baum gibt es Hunderte Vögel, für jeden Vogel Tausende Insekten, für jedes Insekt Millionen organischer Partikel – so sind die Bauern bei ihrer Arbeit oder die Familie, vor dem Winter geschützt im Hause, nur Teile eines gewaltigen Freskos, das wir nie ganz überblicken. Das Wesentliche ist oft unsichtbar; das Auge erfaßt es nicht, nur das Herz, aber der Kamera gelingt es bisweilen, Spuren davon festzuhalten. Das suchte Meister Ribero mit seiner Kunst zu erreichen, und das war er bemüht mich zu lehren: das nur Dokumentarische zu überwinden und zum Kern zu kommen, zur Seele der Wirklichkeit. Diese subtilen Beziehungen, die auf dem Fotopapier auftauchten, bewegten mich tief und ermutigten mich, weiter zu experimentieren. In der winterlichen Abgeschlossenheit wuchs meine Wißbegier; je erstickender und enger die Umgebung wurde bei diesem Überwintern zwischen den dicken Adobemauern, um so unruhiger wurde mein Geist. Ich begann wie besessen den Inhalt des Hauses und die Geheimnisse seiner Bewohner zu erforschen. Ich überprüfte mit neuen Augen das familiäre Umfeld, als sähe ich es zum erstenmal, ohne etwas als bekannt vorauszusetzen. Ich ließ mich von der Intuition leiten, ließ vorgefaßte Meinungen beiseite, »wir sehen nur das, was wir sehen wollen«, hatte Don Juan Ribero gesagt und hinzugefügt, meine Arbeit müsse es sein, das zu zeigen, was vorher niemand gesehen habe. Anfangs posierten die Domínguez vor mir mit erzwungenem Lächeln, aber bald hatten sie sich an meine stille Gegenwart gewöhnt und übersahen schließlich die Kamera, wodurch ich sie unvorbereitet einfangen konnte, so wie sie waren. Der Regen hatte Blumen und Blätter mitgenommen, das Haus mit seinen schweren Möbeln und den großen leeren Zwischenräumen hatte sich gegen die Außenwelt abgeschottet, und wir saßen fest in einer seltsamen häuslichen Gefangenschaft. Wir gingen durch die von Kerzen beleuchteten Zimmer und wichen der eisigen Zugluft aus; das Holz knarrte wie Witwenächzen, und man hörte das flinke Trippeln der Mäuse bei ihren eifrigen Betätigungen; es roch nach Schlamm, nach nassen Ziegeln, nach schimmelnder Wäsche. Die Diener zündeten Kohlenbecken und Kamine an, die Mädchen brachten uns Flaschen mit heißem Wasser, Decken und große Becher mit dampfender Schokolade, aber es gab keinen Weg, den langen Winter zu betrügen. Und da erlag ich der Einsamkeit.

Diego war ein Phantom. Ich versuche heute, mich an eine gemeinsam verbrachte Stunde zu erinnern, aber ich kann ihn immer nur wie einen Schauspieler auf der Bühne sehen, ohne Stimme und durch einen breiten Graben von mir getrennt. Im Kopf – und in meiner Sammlung von Fotos aus jenem Winter – habe ich viele Bilder von ihm bei Tätigkeiten auf den Feldern und im Haus, aber immer mit anderen beschäftigt, nie mit mir, fern und fremd. Vertraulich mit ihm umzugehen war unmöglich, zwischen uns beiden klaffte ein Abgrund des Schweigens, und meine Versuche, mit ihm Gedanken aus-

zutauschen oder seine Gefühle zu ergründen, prall-
ten ab von seiner bemerkenswerten Begabung, ab-
wesend zu sein. Er beharrte darauf, zwischen uns
sei alles gesagt, wir hätten geheiratet, weil wir uns
liebten, wozu noch über das Offenkundige nach-
grübeln. Anfangs hatte seine Wortkargheit mich gekränkt, aber dann hatte ich gesehen, daß er sich
auch den anderen gegenüber so verhielt, ausgenommen seine Neffen; er konnte fröhlich und zärtlich
mit den Kindern umgehen, vielleicht hätte er genauso gern wie ich eigene Kinder gehabt, aber jeden
Monat erlebten wir die gleiche Enttäuschung. Auch
darüber sprachen wir nicht, es war ein weiteres mit
dem Körper oder der Liebe verbundenes Thema,
das wir aus Schamhaftigkeit nicht anrührten. Mehrmals wollte ich ihm sagen, wie gern ich geliebkost
werden würde, aber er ging sofort in Abwehrstellung,
in seinen Augen durfte eine anständige Frau keine
derartigen Bedürfnisse haben und sie aussprechen
schon gar nicht. Bald errichteten seine Zurückhaltung, meine Scheu und unser beider Stolz eine chinesische Mauer zwischen uns. Ich hätte werweißwas
dafür gegeben, wenn ich mit jemandem hätte über
das sprechen können, was hinter unserer geschlossenen Tür ablief, aber meine Schwiegermutter war
ätherisch wie ein Engel, mit Susana war ich nicht

sonderlich gut befreundet, Adela war gerade erst sechzehn, und Nívea war zu weit entfernt, und ich wagte nicht, diese Ängste schriftlich festzuhalten. Diego und ich liebten uns weiterhin – um es denn irgendwie zu benennen – von Zeit zu Zeit und immer genau wie beim ersten Mal, das Zusammenleben brachte uns einander nicht näher, aber das schmerzte nur mich, er fühlte sich sehr wohl so, wie es mit uns lief. Wir führten keine Streitgespräche und behandelten uns mit gezwungener Höflichkeit, aber mir wäre ein offener Krieg tausendmal lieber gewesen als unser verstocktes Schweigen. Mein Mann vermied möglichst jede Gelegenheit, mit mir allein zu sein; abends zog er das Kartenspiel so lange hin, bis ich todmüde schlafen ging; morgens sprang er beim ersten Hahnenschrei aus dem Bett, und selbst an Sonntagen, wenn der Rest der Familie spät aufstand, fand er immer einen Vorwand, früh aus dem Haus zu gehen. Ich dagegen war völlig abhängig von seiner Stimmung, ich kam ihm zuvor, wenn ich ihm in Kleinigkeiten behilflich sein konnte, tat alles, um ihn für mich einzunehmen und ihm das Leben angenehm zu machen; mein Herz schlug Galopp, wenn ich seine Schritte oder seine Stimme hörte. Ich wurde nie müde, ihn anzusehen, für mich war er schön wie ein Märchenheld; im Bett betastete ich seine starken, breiten Schultern, aber ganz behutsam, um ihn nicht zu wecken, strich über sein volles lockiges Haar, die Muskeln der Beine, den Nacken. Ich mochte seinen Geruch nach Schweiß, Erde und Pferd, wenn er vom Feld kam, und nach englischer Seife, wenn er gebadet hatte. Ich vergrub das Gesicht in seiner Wäsche, um seinen männlichen Geruch einzuatmen, wenn ich es schon nicht wagte, an seinem Körper zu schnuppern. Heute, mit dem Abstand der Zeit und dank der Freiheit, die ich in den letzten Jahren gewonnen habe, begreife ich, wie sehr ich mich aus Liebe selbst demütigte. Ich schob alles beiseite, von meinen tieferen Bedürfnissen bis zu meiner Arbeit, um von einem häuslichen Paradies zu träumen, das es für mich nicht gab.

Während des langen, tatenlosen Winters mußte die Familie sich einiges einfallen lassen, um gegen die Langeweile anzukämpfen. Alle hatten ein gutes Ohr für Musik, spielten mehrere Instrumente, und so vertrieben sie sich die Abende mit improvisierten Konzerten. Susana entzückte uns, wenn sie, in einer malerisch geschlitzten Tunika aus Samt, einen türkischen Turban auf dem Kopf und die Augen mit Kohle geschwärzt, mit rauher Stimme Zigeunerlieder sang. Doña Elvira und Adela richteten Nähkurse für die Frauen ein und bemühten sich, die kleine

Schule in Betrieb zu halten, aber nur die Kinder der am nächsten wohnenden Pächter konnten dem Klima widerstehen und zum Unterricht kommen; täglich gab's winterliche Rosenkranzandachten, die Große und Kleine anzogen, denn hinterher wurde Torte und heiße Schokolade aufgetragen. Susana hatte den Einfall, ein Theaterstück vorzubereiten, mit dem wir das Ende des Jahrhunderts feiern sollten, und das beschäftigte uns mehrere Wochen – wir mußten den Text schreiben, unsere Rollen lernen, eine Bühne in einem der Speicher aufbauen und ausgestalten, Kostüme nähen und, nicht zuletzt, proben. Das Thema war natürlich eine Allegorie auf die Fehler und Mißlichkeiten der Vergangenheit, die vernichtet werden durch das glühende Krummschwert Wissenschaft, Technik und Fortschritt des zwanzigsten Jahrhunderts. Neben dem Theater maßen wir uns im Scheibenschießen und im Erklären von Ausdrücken aus dem Wörterbuch, überhaupt in allen möglichen Wettkämpfen, vom Schach bis zur Anfertigung von Hampelmännern oder zum Bau von Dörfern aus Streichhölzern, aber es waren immer noch Stunden übrig. Ich ernannte Adela zu meiner Assistentin im Fotolabor, und dort tauschten wir heimlich Bücher aus, ich lieh ihr die, die ich aus Santiago geschickt bekam, und sie lieh mir ihre Kriminalromane, die ich begeistert verschlang. Ich wurde zum ausgefuchsten Detektiv, denn im allgemeinen erriet ich den Mörder vor Seite achtzig. Das Repertoire war begrenzt, und auch wenn man die Lektüre hinauszögerte, waren die Bücher doch bald alle gelesen, also dachten Adela und ich uns ein Spiel aus – wir veränderten die Handlungen oder erfanden höchst verwickelte Verbrechen, die dann die andere lösen mußte. »Was tuschelt ihr beiden eigentlich immer?« fragte meine Schwiegermutter oft. »Nichts Besonderes, Mama, wir planen bloß einen Mord«, antwortete Adela mit ihrem unschuldigen Häschenlächeln. Und Doña Elvira lachte, sie war unfähig, auch nur zu ahnen, wie richtig die Antwort ihrer Tochter war.

Eduardo als Erstgeborener sollte nach Don Sebastiáns Tod den Besitz erben, aber er hatte mit seinem Bruder ein Abkommen getroffen, wonach sie ihn gemeinsam verwalten würden. Ich mochte meinen Schwager, er war sanft und verspielt, scherzte gern mit mir oder brachte mir kleine Geschenke mit, durchsichtige Achate aus dem Flußbett, eine bescheidene Halskette aus dem Mapuchereservat, Waldblumen, eine Modezeitschrift, die er im Dorfladen bestellt hatte, so suchte er die Gleichgültigkeit seines Bruders mir gegenüber aufzuwiegen, die für die ganze Familie sichtbar war. Er nahm mich oft bei der Hand und fragte besorgt, ob es mir gutging, ob ich etwas brauchte, ob ich mich auf Caleufú nicht langweilte. Susana dagegen, in ihre odaliskenhafte Mattigkeit versunken, die der Faulheit ziemlich nahekam, übersah mich die meiste Zeit und hatte eine reichlich impertinente Art, mir den Rücken zu kehren, wenn ich etwas zu ihr sagte, daß mir das Wort im Halse steckenblieb. Üppig, mit goldfarbenem Teint und großen dunklen Augen, war sie eine Schönheit, aber ich glaube, sie war sich dessen nicht einmal bewußt. Es war niemand da, vor dem sie hätte glänzen können, nur die Familie, deshalb wandte sie wenig Sorgfalt an ihr Äußeres, manchmal frisierte sie sich nicht einmal und verbrachte den Tag in einem Morgenrock und in Pantoffeln aus Schafwolle, schläfrig und traurig. An anderen Tagen dagegen erschien sie strahlend wie eine Maurenprinzessin, das lange dunkle Haar von Kämmchen aus Schildpatt in einen Knoten zusammengefaßt und mit einem goldenen Halsband, das die vollkommene Form ihres Halses betonte. Wenn sie gut gelaunt war, gefiel es ihr, mir Modell zu sitzen; einmal schlug sie mir bei Tisch vor, sie nackt zu fotografieren. Das war eine Provokation für diese konservative Familie, die wie eine Bombe einschlug, Doña

Elvira hätte fast einen neuen Herzanfall bekommen, und Diego sprang empört so abrupt auf, daß sein Stuhl umkippte. Hätte Eduardo nicht schnell einen Witz gemacht, wäre ein Drama daraus geworden. Adela, die von dem guten Aussehen der Geschwister Domínguez am wenigsten abbekommen hatte mit ihrem Kaninchengesicht und dem Meer von Sommersprossen rund um ihre blauen Augen, war zweifellos die netteste. Ihre Fröhlichkeit war etwas so Beständiges wie das Morgenlicht; wir konnten uns darauf verlassen, daß sie unsere Gemüter aufhellte noch in den finstersten Stunden des Winters, wenn der Wind zwischen den Dachziegeln heulte und wir es gründlich satt hatten, im Licht einer Kerze Karten zu spielen. Ihr Vater Don Sebastián betete sie an, nichts konnte er ihr abschlagen, und ab und zu bat er sie halb im Scherz, halb im Ernst, sie möge doch ja nicht heiraten, damit sie ihn im Alter pflegen könne.

Als der Winter ging, hinterließ er unter den Pachtbauern drei Opfer; zwei Kinder und ein alter Mann waren an Lungenentzündung gestorben, auch die Großmutter starb, die im Haus gewohnt hatte und den Berechnungen nach fast hundert Jahre gelebt haben mußte, denn sie hatte ihre erste Kommunion gefeiert, als Chile seine Unabhängigkeit von Spanien erklärte, und das war 1810 gewesen. Alle wurden mit wenig Zeremonien auf dem Friedhof von Caleufú beerdigt, den die sturzbachähnlichen Regengüsse in einen Sumpf verwandelt hatten. Erst im September hörte es auf zu regnen, und dann brach der Frühling von allen Seiten herein, und wir konnten endlich in den Patio gehen und die durchfeuchteten Kleider und Matratzen in die Sonne legen. Doña Elvira hatte diese Monate in Schals gewickelt verbracht, ihr Weg ging vom Bett zum Sessel und zurück, und sie war immer schwächer geworden. Einmal im Monat fragte sie mich sehr diskret, ob es »nichts Neues« gebe, und da das nicht der Fall war, verstärkte sie ihre Gebete, daß Diego und ich ihr doch ein weiteres Enkelkind bescheren möchten. Trotz der endlos langen Nächte dieses Winters hatte sich das Liebesleben zwischen meinem Mann und mir nicht gebessert. Wir trafen aufeinander in Dunkelheit und Schweigen fast wie Feinde, und immer verblieb mir das gleiche Gefühl von Enttäuschung und nicht zu unterdrückendem Weh wie beim ersten Mal. Mir schien, daß wir uns nur dann umarmten und küßten, wenn ich die Initiative ergriff, aber da kann ich mich irren, vielleicht war es nicht immer so. Mit dem Beginn des Frühlings nahm ich meine einsamen Ausritte in die Wälder und zu den Vulkanen wieder auf; wenn ich durch diese unermeßlichen Weiten galoppierte, sänftigte sich mein Hunger nach Liebe ein wenig, die Müdigkeit und das vom Sattel geschundene Gesäß waren stärker als die unterdrückten Wünsche. Abends kam ich naß von Pferdeschweiß und tropfenden Bäumen zurück, ließ mir ein heißes Bad vorbereiten und weichte mich stundenlang in dem nach Orangenschalen duftenden Wasser ein. »Vorsicht, Töchterchen, Reiten und Baden sind schlecht für den Unterleib, sie machen unfruchtbar«, warnte mich meine ängstliche Schwiegermutter. Doña Elvira war eine einfache Frau, voller Güte und Dienstbereitschaft, ihre klare Seele spiegelte sich in dem stillen Wasser ihrer blauen Augen, sie war die Mutter, die ich gern gehabt hätte. Ich verbrachte Stunden an ihrer Seite, sie strickte etwas für ihre Enkel und erzählte mir ein ums andere Mal dieselben kleinen Geschichten aus ihrem Leben und über Caleufú, und ich hörte ihr zu in der traurigen Gewißheit, daß sie nicht mehr lange unter uns sein würde. Inzwischen vermutete ich längst, daß ein Kind die Entfernung zwischen Diego und mir nicht verkürzen würde, aber ich wünschte mir trotzdem eins, um es Doña Elvira zum Geschenk machen zu können. Wenn ich mir ein Leben auf dem Gut ohne sie vorstellte, erfüllte mich unsäglicher Kummer.

Das Jahrhundert ging zu Ende, und die Chilenen kämpften darum, sich dem industriellen Fortschritt Europas und Nordamerikas anzuschließen, aber die Domínguez wie viele andere konservative Familien sahen mit Schrecken, wie die traditionellen Bräuche mehr und mehr unterhöhlt wurden und sich die Tendenz breitmachte, alles Fremde nachzuahmen. »Das sind wahre Teufelswerkzeuge«, sagte Don Sebastián, wenn er in seinen überalterten Zeitungen von den neuen technischen Errungenschaften las. Eduardo war der einzige, der aufgeschlossen für die Zukunft war. Diego lebte in sich zurückgezogen, Susana litt an Migräne, und Adela hafteten noch die Eierschalen an. So entlegen und vom Zentrum abgeschlossen das Gut auch war, erreichte uns doch der Widerhall des Fortschritts, und wir konnten die Veränderungen in der Gesellschaft nicht übersehen. In Santiago war eine verrückte Begeisterung für Sport, Spiele und Ausflüge in frischer Luft ausgebrochen, die weitaus eher zu den exzentrischen Engländern paßte als zu den bequemen Abkömmlingen der Edelleute aus Kastilien und León. Ein kräftiges Hoch aus Frankreich kam mit Kunst und Kultur und frischte das Klima auf, und ein schweres Rasseln von deutschen Maschinen unterbrach die lange ländliche Siesta Chiles. Eine strebsame und gebildete Mittelklasse stieg auf und wollte leben wie die Reichen. Die soziale Krise, die mit Streiks, Ausschreitungen, Arbeitslosigkeit und Attacken säbelschwingender berittener Polizei an den Fundamenten des Landes rüttelte, war ein fernes Brausen, das den Rhythmus unseres Daseins auf Caleufú nicht veränderte, aber obwohl wir auf dem Gut weiterhin lebten wie die Ururahnen, die vor hundert Jahren in denselben Betten geschlafen hatten wie nun wir, kam doch das zwanzigste Jahrhundert auch über uns.

Meine Großmutter Paulina sei sehr hinfällig geworden, schrieben mir Frederick Williams und Nívea; sie leide stark unter den Beschwerden des Alters und den Vorboten des Todes. Sie hatten begriffen, wie ausgebrannt sie war, als Severo ihr die ersten Flaschen des Weines gebracht hatte, der aus den später reifenden Trauben gewonnen worden war – sie hießen *Carmenere,* hatten sie erfahren –, ein weicher, fülliger Wein mit wenig Tanningehalt und so gut wie die besten französischen, den sie *Viña Paulina* tauften. Endlich hielten sie ein einzigartiges Erzeugnis in der Hand, das ihnen Ruhm und Geld einbringen würde. Meine Großmutter hatte ihn wie ein Vögelchen nippend gekostet. »Ein Jammer, daß ich ihn nicht genießen kann, den werden andere trinken«, hatte sie gesagt, und danach hatte sie ihn nicht mehr erwähnt. Es hatte weder den Freudenausbruch gegeben noch die arroganten Bemerkungen, die gewöhnlich ihre unternehmerischen Triumphe begleitet hatten; nach einem schrankenlos ungenierten Leben war sie auf dem Wege, sich demütig zu bescheiden. Der deutlichste Beweis für ihre Schwäche war die tägliche Anwesenheit des wohlbekannten Priesters in der schmuddligen Soutane, der um die Todeskandidaten herumwedelte, um ihnen ihr Vermögen abzuschwatzen. Ich weiß nicht, ob sie es aus eigenem Antrieb tat oder auf Zureden dieses alten Unheilbringers, jedenfalls verbannte meine Großmutter das berühmte mythologische Bett, in dem sie ihr halbes Leben verbracht hatte, in den tiefsten Keller und setzte an seine Stelle ein Feldbett mit einer Seegrasmatratze. Das schien mir ein höchst alarmierendes Anzeichen, und sowie der Schlamm auf den Wegen getrocknet war, kündigte ich meinem Mann an, ich müsse nach Santiago, meine Großmutter besuchen. Ich hatte einigen Widerspruch erhofft, aber ganz im Gegenteil, in weniger als vierundzwanzig Stunden hatte Diego meine Beförderung im Wagen bis zum Hafen geregelt, wo ich das Schiff nach Valparaíso nehmen und von dort mit dem Zug nach Santiago weiterfahren würde. Adela brannte vor Lust, mich zu begleiten, und das ging so weit, daß sie sich ihrem Vater auf den Schoß setzte, ihm an den Ohren knabberte, ihn am Backenbart zupfte und so lange bettelte, bis Don Sebastián ihr diese neue Laune schließlich nicht länger abschlagen konnte, obwohl Doña Elvira, Eduardo und Diego nicht einverstanden waren. Sie brauchten ihre Gründe nicht anzuführen, ich erriet auch so, daß sie das Ambiente, das sie in Paulinas Haus wahrgenommen hatten, nicht für angemessen hielten und dachten, ich hätte nicht genügend Reife, um mich so um das Kind zu kümmern, wie es sich gehörte. Wir reisten also ab nach Santiago, begleitet von einem befreundeten deutschen Ehepaar, das mit demselben Dampfer fuhr. Wir trugen ein Skapulier mit dem Heiligen Herzen Jesu auf der Brust, das uns vor allem Bösen schützen möge, amen, das in ein Täschchen eingenähte Geld unter dem Korsett, genaueste Unterweisungen im Ohr, nicht mit Unbekannten zu sprechen, und mehr Gepäck, als für eine Reise um die Welt nötig gewesen wäre.

Adela und ich verbrachten etwa zwei Monate in Santiago, die großartig hätten sein können, wenn meine Großmutter nicht so krank gewesen wäre. Sie empfing uns mit vorgetäuschter Begeisterung, war voller Pläne für Spaziergänge, Theaterbesuche, einen Ausflug mit dem Zug nach Viña del Mar, Ozeanluft schnuppern, aber im letzten Augenblick schickte sie uns dann mit Frederick Williams los und blieb selbst zurück. So war es auch, als wir eine Kutschenfahrt unternahmen, um Nívea und Severo in den Weinbergen zu besuchen, die gerade die ersten Flaschen Wein für den Export vorbereiteten. Meine Großmutter fand, *Viña Paulina* klinge zu kreolisch, und hätte ihm lieber einen französischen Namen gegeben, um ihn in den Vereinigten Staaten zu verkaufen, wo ihrer Meinung nach keiner etwas von Wein verstand, aber Severo wollte von einem solchen Schwindel nichts wissen. Níveas Haarknoten war weiß gesprenkelt, als ich sie, von ihren kleineren Kindern umgeben, endlich wiedersah, sie war auch etwas schwerer geworden, war aber nach wie vor flink, frech und mutwillig. »Ich glaube, ich bin endlich in die Wechseljahre gekommen, jetzt können wir uns lieben, ohne befürchten zu müssen, daß wir noch ein Kind kriegen«, flüsterte sie mir ins Ohr, ohne sich auch nur entfernt vorstellen zu können, daß einige Jahre später Clara, die Klarsichtige, zur Welt kommen würde, das seltsamste unter den in diesem vielköpfigen und skurrilen del Valle-Clan geborenen Geschöpfen. Die kleine Rosa, deren

Schönheit so viele Kommentare hervorrief, war gerade fünf Jahre alt. Ich bedaure es sehr, daß das Foto nicht ihre Farben herausholen kann, sie sieht aus wie ein Wesen aus dem Meer mit ihren gelben Augen und dem wie alte Bronze grünen Haar. Schon damals war sie ein engelhaftes kleines Ding – ein wenig zurück für ihr Alter –, das wie eine Erscheinung zu schweben schien. »Woher kann sie bloß stammen? Sie muß eine Tochter des Heiligen Geistes sein«, witzelte ihre Mutter. Dieses schöne Kind war gekommen, um Nívea über den Verlust zweier ihrer Kleinen zu trösten, die an Diphtherie starben, und über die lange Krankheit eines dritten, dessen Lungen schwer geschädigt waren. Ich versuchte, mit Nívea darüber zu sprechen – man sagt ja, es gibt kein schlimmeres Leid als den Verlust eines Kindes –, aber sie wechselte das Thema. Nur soviel konnte sie mir dazu sagen: Seit ewigen Zeiten hätten die Frauen den Schmerz erfahren, Kinder zu gebären und sie begraben zu müssen, sie sei darin keine Ausnahme. »Es wäre sehr überheblich von mir, anzunehmen, Gott segne mich mit vielen Kindern, die alle länger leben würden als ich«, sagte sie.

Paulina war nicht einmal mehr der Schatten der Frau, die sie einst gewesen, sie hatte alles Interesse am Essen verloren, ebenso wie am Geschäftemachen, sie konnte kaum gehen, weil ihre Knie nachgaben, aber im Kopf war sie dennoch völlig klar. Auf ihrem Nachttisch reihten sich die Fläschchen mit Medikamenten, und drei Nonnen wechselten sich bei der Pflege ab. Sie ahnte, daß wir nicht mehr oft Gelegenheit haben würden zusammenzusein, und zum erstenmal war sie bereit, meine Fragen zu beantworten. Wir blätterten in den Fotoalben, und sie erklärte mir jedes Bild; sie erzählte mir von dem eigens in Florenz bestellten Bett und von ihrer Eifersucht auf Amanda Lowell, die aus gegenwärtiger Sicht eher komisch war; sie sprach auch von meinem Vater und davon, welche Rolle Severo in meiner Kindheit gespielt hatte, aber dem Punkt, der meine Großeltern mütterlicherseits und Chinatown betraf, wich sie entschlossen aus, sie sagte mir nur, meine Mutter sei ein sehr schönes amerikanisches Modell gewesen, das war alles. Manchmal setzten wir uns abends in den Wintergarten und schwatzten mit Severo und Nívea. Er redete von den Jahren in San Francisco und von seinen darauffolgenden Erlebnissen im Krieg, und sie erinnerte mich an allerlei Dinge, die sich während der Revolution zugetragen hatten, als ich erst elf Jahre alt war. Meine Großmutter klagte nicht, aber Onkel Frederick sagte mir, sie leide schlimme Magenschmerzen und es koste sie jeden Morgen ungeheure Mühe, sich anzuziehen. Getreu ihrer Überzeugung, man ist so alt, wie man sich zeigt, färbte sie sich die paar Haare, die sie noch auf dem Kopf hatte, aber sie putzte sich nicht mehr mit königlichen Juwelen heraus, wie sie es früher getan hatte, »sie hat kaum noch welche«, flüsterte ihr Mann mir einigermaßen rätselhaft zu. Das Haus sah genauso vernachlässigt aus wie seine Herrin, fehlende Bilder hatten helle Flecke auf den Tapeten hinterlassen, Möbel und Teppiche waren weniger geworden, die tropischen Pflanzen im Wintergarten waren welkes, staubiges Gestrüpp, und die Vögel schwiegen in ihren Bauern. Was Onkel Frederick in seinen Briefen über das Feldbett geschrieben hatte, auf dem meine Großmutter schlief, traf genau zu. Sie hatte immer das größte Zimmer des Hauses beansprucht, und ihr berühmtes mythologisches Bett hatte sich in der Mitte des Raumes erhoben wie ein päpstlicher Thron; von hier aus hatte sie ihr Imperium regiert. Die Vormittage verbrachte sie darin, umgeben von polychrom bemalten Meereswesen, die ein florentinischer Künstler vor vierzig Jahren geschnitzt hatte, studierte ihre Rechnungsbücher, diktierte Briefe, erfand Geschäfte. Die Dickleibigkeit verschwand unter der Bettdecke, und so gelang es ihr, eine Illusion von Zartheit und Schönheit zu schaffen. Ich hatte sie unzählige Male in diesem wuchtigen Bett fotografiert, und mir kam der Gedanke, sie jetzt in ihrem bescheidenen Baumwollnachthemd und ihrem Großmütterchenschal auf einer Büßerpritsche aufzunehmen, aber da weigerte sie sich rundweg. Ich sah, was alles aus ihrer Wohnung verschwunden war: die schönen, mit Seide bezogenen französischen Polstermöbel, der große, aus Indien stammende Schreibtisch aus Palisander mit den Perlmuttverzierungen, die Teppiche und die Gemälde, es gab nur noch einen großen gekreuzigten Christus an der Wand. »Sie verschenkt die Möbel und die Juwelen an die Kirche«, erklärte mir Frederick Williams, worauf wir beschlossen, die Nonnen durch Krankenschwestern zu ersetzen und auf irgendeine Weise, und sei es mit Gewalt, die Besuche des apokalyptischen Priesters zu unterbinden, denn nicht genug, daß er dies und jenes wegschleppte, befleißigte er sich auch noch, Angst und Schrekken zu säen. Iván Radovic, der einzige Arzt, dem Paulina vertraute, war völlig einverstanden mit unseren Maßnahmen. Es tat gut, den alten Freund wiederzusehen – wahre Freundschaft siegt über Zeit, Entfernung und Schweigen, wie er sagte – und ihm unter beiderseitigem Gelächter zu gestehen, daß er in meiner Erinnerung immer als Dschingis Khan verkleidet erscheint. »Das sind die slawischen Bakkenknochen«, erklärte er gutgelaunt. Er hatte immer noch einen leichten Anflug von Tatarenfürst, aber der Umgang mit den Kranken in dem Armenhospital, in dem er arbeitete, hatte ihn gesänftigt, außerdem wirkte er in Chile nicht so exotisch wie in England, er hätte ein *toqui*, ein Araukanerhäuptling, sein können, nur war er größer und sauberer. Er war ein schweigsamer Mensch, der sehr aufmerksam zuhören konnte, selbst Adelas unaufhörlichem Geplapper, die sich sofort in ihn verliebt hatte. Gewöhnt, ihren Vater einzuwickeln, versuchte sie die gleiche Methode, um Iván Radovic zu betören. Pech für sie, daß der Doktor sie nur als unschuldiges kleines Mädchen sah, ein anmutiges zwar, aber jedenfalls ein kleines Mädchen. Adelas abgrundtiefe Unbildung und die Dreistigkeit, mit der sie die aberwitzigsten Dummheiten behauptete, amüsierten ihn wohl, wenn auch ihre naiven Kokettierversuche imstande waren, ihn zum Erröten zu bringen. Radovic flößte Vertrauen ein, es fiel mir leicht, mit ihm über Themen zu sprechen, die ich selten vor anderen erwähnte aus der Befürchtung heraus, sie zu langweilen, wie etwa über Fotografie. Die interessierte ihn, weil sie seit mehreren Jahren in Europa wie in den Vereinigten Staaten immer häufiger in der Medizin verwendet wurde; er bat mich, ihm zu zeigen, wie man mit der Kamera umgeht, weil er ein Register mit Fotografien von seinen Operationen einschließlich der äußerlich sichtbaren Krankheitssymptome der Patienten anlegen wollte und dadurch seine Vorlesungen und Vorträge anschaulich machen könnte. Mit dieser Absicht machten wir uns auf, Don Juan Ribero zu besuchen, aber wir fanden das Atelier verschlossen und mit einem Schild, wonach es zum Verkauf stand. Der Friseur im Haus nebenan erzählte uns, der Meister arbeite nicht mehr hier, weil er den Star auf beiden Augen habe, aber er gab uns seine Adresse, und wir gingen hin. Er wohnte in einem Haus in der Calle Monjitas, das schon einmal bessere Zeiten gesehen hatte, es war groß, alt und von Gespenstern heimgesucht. Die Hausangestellte, die mich noch kannte, führte uns durch mehrere miteinander verbundene Zimmer, die vom Boden bis zur Decke mit Riberos Fotoarbeiten tapeziert waren, in einen Salon mit alten Mahagonimöbeln und abgewetzten Plüschsesseln. Es gab keine brennenden Lampen, und wir brauchten ein paar Sekunden, um die Augen an das Halbdunkel zu gewöhnen und den Meister zu erkennen, der mit einer Katze auf den Knien am Fenster saß, durch das der letzte Widerschein des Spätnachmittags fiel. Er stand auf und kam geradenwegs auf uns zu, um uns zu begrüßen, nichts an seinem Gang zeigte seine Blindheit an.

»Señorita del Valle! O Verzeihung, jetzt heißt es Señora Domínguez, stimmt's?« rief er und streckte mir beide Hände hin.

»Aurora, Meister, immer noch dieselbe Aurora«, antwortete ich und umarmte ihn. Dann stellte ich ihm Doktor Radovic vor und erzählte ihm von seinem Wunsch, zu medizinischen Zwecken das Fotografieren zu lernen.

»Ich kann niemanden mehr etwas lehren, mein Freund. Der Himmel hat mich dort gestraft, wo es mich am meisten schmerzt, in den Augen. Stellen Sie sich vor, ein blinder Fotograf, welche Ironie!«

»Sehen Sie gar nichts mehr, Meister?« fragte ich erschrocken.

»Mit den Augen sehe ich nichts, aber ich betrachte weiterhin die Welt. Sagen Sie mir, Aurora, haben Sie sich verändert? Wie sehen Sie heute aus? Das klarste Bild, das ich von Ihnen habe, ist das einer Dreizehnjährigen, die sich störrisch wie ein Maultier vor der Tür meines Ateliers aufgepflanzt hat.«

»Ich bin immer noch dieselbe, Don Juan, schüchtern, dumm und dickköpfig.«

»Nein, nein, sagen Sie mir zum Beispiel, wie Sie das Haar tragen und welche Farbe Ihr Kleid hat!«

»Die Señora trägt ein leichtes weißes Kleid mit Spitze am Halsausschnitt – aus welchem Stoff weiß ich nicht, ich kenne mich in diesen Dingen nicht aus –, dazu einen gelben Gürtel passend zum Hutband. Ich versichere Ihnen, daß sie sehr hübsch aussieht«, sagte Radovic.

»Aber Doktor, ich bitte Sie, Sie machen mich ja verlegen«, unterbrach ich ihn.

»Und jetzt hat die Señora rote Wangen«, fügte er hinzu, und beide lachten einträchtig.

Der Meister schwenkte eine kleine Tischglocke, worauf die Hausangestellte mit dem Kaffeetablett hereinkam. Wir verbrachten eine höchst angeregte Stunde, in der wir über die neuen Techniken redeten, über die Kameras, die in anderen Ländern benutzt wurden, und über wissenschaftliche Fotografie und wie weit man auf dem Gebiet vorangekommen war. Don Juan Ribero war über alles auf dem laufenden.

»Aurora besitzt die Kraft, die Konzentration und die Geduld, die jeder Künstler braucht. Ich nehme an, ohne die kann auch ein guter Arzt nicht auskommen, nicht wahr? Lassen Sie sich ihre Arbeiten zeigen, Doktor, sie ist zu bescheiden und wird es nicht tun, wenn Sie nicht darauf bestehen«, empfahl der Meister Iván Radovic, als wir uns verabschiedeten.

Einige Tage später wachte meine Großmutter mit schrecklichen Magenschmerzen auf, ihre gewohnten Beruhigungsmittel halfen nicht, also riefen wir Radovic, der eilig herbeikam und ihr eine kräftige Dosis Laudanum verabreichte. Wir ließen sie im Bett ausruhen, gingen aus dem Zimmer, und draußen erklärte er mir, es handle sich um einen weiteren Tumor, aber sie sei schon zu alt, um sich ein zweites Mal operieren zu lassen, sie würde schon die Anästhesie nicht durchhalten; ihm bleibe nur die Aufgabe, die Schmerzen zu lindern und ihr beizustehen, damit sie in Frieden sterben könne. Ich wollte wissen, wieviel Zeit ihr noch blieb, aber das war nicht so einfach zu bestimmen, weil meine Großmutter trotz ihres Alters sehr kräftig war und der Tumor nur langsam wuchs. »Bereiten Sie sich nur darauf vor, Aurora, das Ende kann binnen weniger Monate kommen«, sagte er. Ich konnte die Tränen nicht zurückhalten, Paulina del Valle war mein einziger Halt, ohne sie trieb ich im Leeren, und daß ich Diego zum Mann hatte, erleichterte nicht das Gefühl, gestrandet zu sein, es verstärkte es eher noch. Radovic reichte mir sein Taschentuch, schweigend und ohne mich anzusehen, meine Tränen verwirrten ihn. Ich ließ ihn versprechen, daß er mich rechtzeitig benachrichtigen werde, damit ich kommen

und sie in ihren letzten Augenblicken begleiten könne. Das Laudanum wirkte, und sie beruhigte sich
schnell. Als sie eingeschlafen war, begleitete ich Iván
Radovic zum Ausgang. An der Tür fragte er mich,
ob er noch ein Weilchen bleiben dürfe, er habe eine
freie Stunde und auf der Straße sei es sehr heiß.
Adela verschlief die Siesta, Frederick Williams war
zum Schwimmen in den Klub gegangen, und das
riesige Haus in der Calle Ejército Libertador sah
aus wie ein reglos daliegendes Schiff. Ich bot ihm
ein Glas Saft an, und wir setzten uns in den Wintergarten mit den Farnen und den Vogelkäfigen.

»Pfeifen Sie, Doktor Radovic«, schlug ich ihm
vor.

»Pfeifen? Wozu?«

»Die Indios sagen, Pfeifen ruft den Wind herbei.
Wir brauchen eine frische Brise, um die Hitze ein
bißchen zu dämpfen.«

»Während ich pfeife, könnten Sie mir doch Ihre
Fotos holen? Ich würde sie wirklich sehr gern sehen«, bat er. Ich kam mit ein paar Schachteln zurück und setzte mich neben ihn, um ihm meine
Arbeit zu erklären. Zuerst zeigte ich ihm einige in
Europa gemachte Aufnahmen, als mich die Ästhetik
noch mehr interessierte als der Inhalt, dann die
Platindrucke aus Santiago und von den Indios und

den Pachtbauern des Gutes und zuletzt die Fotos von den Domínguez. Er betrachtete alles genauso sorgfältig, wie er meine Großmutter untersuchte, und stellte ab und zu eine Frage. Bei Diegos Familie stockte er.

»Wer ist diese schöne Frau?« wollte er wissen.

»Das ist Susana, Eduardos Frau, meine Schwägerin.«

»Und ich nehme an, das ist Eduardo, stimmt's?«, und er zeigte auf Diego.

»Nein, das ist Diego. Wie kommen Sie darauf, daß er Susanas Mann ist?«

»Ich weiß auch nicht, es schien mir nur so . . .«

An diesem Abend breitete ich die Fotos auf dem Fußboden aus und betrachtete sie stundenlang. Ich ging sehr spät ins Bett und sehr bedrückt.

Ich mußte mich von meiner Großmutter verabschieden, weil wir nach Caleufú zurückfuhren. In dem sonnigen Dezember Santiagos fühlte meine Großmutter sich besser – der Winter war auch hier sehr lang und sehr einsam für sie gewesen –, und sie versprach mir, mich mit Frederick Williams nach Neujahr zu besuchen, statt am Strand Urlaub zu machen, wie es jeder tat, der aus der Hochsommerhitze der Stadt entfliehen konnte. So gut ging es ihr, daß sie uns im Zug bis Valparaíso begleitete, wo Adela und ich das Schiff Richtung Süden nahmen. Wir kamen vor Weihnachten auf dem Gut an, wir durften schließlich nicht bei dem Fest fehlen, das für die Domínguez das wichtigste des Jahres war. Schon Monate vorher inspizierte Doña Elvira die Geschenke für die Bauern, die entweder im Haus angefertigt oder in der Stadt gekauft worden waren: Kleidung und Spielzeug für die Kinder, Stoffe zum Nähen und Wolle zum Stricken für die Frauen, Werkzeug für die Männer. Zu Weihnachten dann wurden Tiere verteilt, Säcke mit Mehl, Kartoffeln, braunem Zucker, Bohnen und Mais, Trockenfleisch, Mateblättern, Salz und ganze Mulden mit Quittenkompott, das im Freien über offenem Feuer in riesigen Kupferpfannen geschmort wurde. Die Pachtbauern kamen aus allen vier Himmelsrichtungen des Gutes zum Fest, manche mußten mit Frau und Kindern tagelang laufen. Rinder und Ziegen wurden geschlachtet, Kartoffeln und frischer Mais gekocht, Töpfe mit Bohnen vorbereitet. Meine Aufgabe war es, die langen, im Hof aufgestellten Tische mit Blumen und Tannenzweigen zu schmücken und dem Wein in den Krügen Zucker hinzuzugeben – der Wein war so mit Wasser verdünnt, daß Erwachsene nicht betrunken davon wurden, und die Kinder bekamen ihn mit geröstetem Mehl vermischt. Ein Priester kam für zwei, drei Tage und taufte die Neugeborenen, nahm Sündern die Beichte ab, traute wild zusammenlebende Paare und redete Ehebrechern ins Gewissen. Am 24. Dezember um Mitternacht wohnten wir der Messe bei vor einem im Freien aufgebauten Altar, weil die kleine Kapelle des Gutes nicht die vielen Menschen faßte, und in der Frühe, nach einem reichhaltigen Frühstück mit Milchkaffee, duftenden Brötchen, Sahne, Marmelade und Sommerfrüchten, spazierten wir in einer fröhlichen Prozession zum Jesuskind, damit jeder ihm die Füße aus Steingut küssen konnte. Don Sebastián bestimmte, welche Familie sich durch einwandfreie moralische Führung am meisten ausgezeichnet hatte, und der wurde dann das Christkind übergeben. Ein Jahr lang bis zum nächsten Weihnachtsfest würde der Glaskasten mit der kleinen Statue einen Ehrenplatz in der Hütte dieses Bauern innehaben und ihm Segen bringen. Solange er dort stand, konnte nichts Böses geschehen. Don Sebastián wußte es schon zu richten, daß so gut wie jede Familie die Möglichkeit bekam, Jesus unter ihrem Dach zu beherbergen. In diesem Jahr hatten wir auch das allegorische Stück über die Ankunft des neuen Jahrhunderts auf dem Programm, in dem alle Mitglieder der Familie mitwirkten außer Doña Elvira, die sich zu schwach fühlte, und Diego, der sich lieber um die technischen Dinge kümmerte wie zum Beispiel die Beleuchtung und die Kulissen. Don Sebastián übernahm gutgelaunt die traurige Rolle des alten Jahrhunderts, das murrend abging, und eines von Susanas Kindern stellte – noch in Windeln – das neue dar.

Auf die Nachricht vom kostenlosen Essen kamen auch einige Pehuenche-Indios herbei. Sie waren sehr arm – sie hatten ihr Land verloren, und von den Fortschrittsplänen der Regierung wurden sie schlicht übersehen –, aber aus Stolz kamen sie nicht mit leeren Händen; sie brachten unter ihren Umhängen ein paar Äpfel, die sie uns mit Schweiß und Schmutz bedeckt überreichten, dazu ein totes, nach Aas riechendes Kaninchen und einige ausgehöhlte Kürbisse mit *muchi*, einem Likör, aus einer kleinen, violetten Frucht hergestellt, die sie kauen und mit Speichel vermischt in einen Topf spucken, wo sie sie gären lassen. Der alte Häuptling ging voran mit seinen drei Frauen und seinen Hunden, gefolgt von etwa zwanzig Leuten seines Stammes. Die Männer ließen ihre Lanzen nicht los, und obwohl sie vier Jahrhunderte lang diskriminiert und niedergehalten worden waren, hatten sie ihr stolzes Auftreten nicht verloren. Die Frauen hatten nichts Scheues an sich, sie waren so unabhängig und selbstbewußt wie die Männer, zwischen den Geschlechtern bestand eine Gleichheit, der Nívea Beifall geklatscht hätte. Sie grüßten förmlich in ihrer Sprache und nannten Don Sebastián und seine Söhne »Bruder«; sie wurden willkommen geheißen und eingeladen, an dem Eßgelage teilzunehmen, wurden aber beobachtet, denn sie waren dafür bekannt, daß sie bei der geringsten Nachlässigkeit gern dies und jenes mitgehen ließen. Mein Schwiegervater war der Ansicht, sie hätten keinen Sinn für Eigentum, weil sie an ein Leben in Gemeinschaft und ans Teilen gewöhnt seien, aber Diego hielt dagegen, daß die Indios, so schnell sie auch bei fremder Habe zugriffen, nicht zuließen, daß einer das Ihrige anrührte. Weil Don Sebastián fürchtete, sie würden sich betrinken und dann gewalttätig werden, versprach er dem Häuptling ein Faß Branntwein für ihren Abgang, denn das durften sie auf seinem Grund und Boden nicht öffnen. Sie setzten sich zu einem großen Kreis zusammen, aßen, tranken, rauchten alle aus derselben Pfeife und hielten lange Reden, denen keiner zuhörte, mischten sich aber nicht unter die Bauern, die Kinder allerdings tobten und spielten alle zusammen. Das Fest gab mir Gelegenheit, die Indios zu fotografieren, soviel ich Lust hatte, ich freundete mich auch mit ein paar von den Frauen an in der Hoffnung, sie würden mir erlauben, sie in ihrem Lager auf der anderen Seite des Sees zu besuchen, wo sie sich für den Sommer niedergelassen hatten. Sobald die Weidegründe nichts mehr hergaben oder wenn sie die Landschaft satt hatten, rissen sie die Pfähle aus dem Boden, die ihre Behausungen stützten, rollten die Zelte zusammen und zogen davon auf der Suche nach neuen Ufern. Wenn ich einige Zeit bei ihnen verbringen könnte, würden sie sich vielleicht an mich und meine Kamera gewöhnen. Ich wollte sie so gern bei ihren täglichen Verrichtungen aufnehmen, ein Gedanke, der meine Schwiegereltern entsetzte, denn es gingen alle möglichen haarsträubenden Geschichten über die Sitten und Gebräuche dieser Stämme um, bei denen die geduldige Arbeit der Missionare kaum eine Spur hinterlassen hatte.

Meine Großmutter kam mich diesen Sommer doch nicht besuchen, wie sie versprochen hatte. Die Reise im Zug oder auf dem Schiff hätte sie ertragen, aber zwei Tage auf einem Ochsenkarren vom Hafen bis Caleufú machten ihr angst. Ihre wöchentlichen Briefe waren mein einziger Kontakt mit der Außenwelt; je mehr die Zeit verging, um so mehr wuchs meine ziellose Sehnsucht. Meine seelische Verfassung veränderte sich, ich wurde ungesellig, wurde immer schweigsamer, zerrte meine Ernüchterung wie eine schwere Brautkleidschleppe hinter mir her. Die Einsamkeit brachte mich meiner Schwiegermutter näher, dieser sanften, zurückhaltenden Frau, die völlig von ihrem Mann abhängig war ohne eigene Ideen, unfähig, mit den geringsten Anstrengungen des Lebens fertig zu werden, die aber ihre Einfalt durch unendliche Güte wettmachte. Meine stillen Wutanfälle zerbröckelten in ihrer Gegenwart, Doña Elvira besaß die Gabe, mich zu mir selbst zu bringen und die Bangigkeit zu lindern, die mich bisweilen zu ersticken drohte.

In diesen Sommermonaten waren wir mit Ernten, Jungvieh und Einkochen beschäftigt, die Sonne ging erst nach neun Uhr abends unter, und die Tage waren endlos. Inzwischen war das Haus fertig geworden, das mein Schwiegervater für Diego und mich hatte bauen lassen, solide, kühl, schön, an allen vier Seiten von überdachten Gängen eingefaßt, es roch nach neu verarbeitetem Lehm, frisch geschlagenem Holz und nach Basilikum, das die Bauern entlang der Mauern gepflanzt hatten, um Unglück und Zauberei zu verscheuchen. Meine Schwiegereltern schenkten uns einige Möbel, die der Familie schon durch mehrere Generationen gedient hatten, den Rest kaufte Diego in der Stadt, ohne mich nach meiner Meinung zu fragen. Statt des breiten Bettes, in dem wir bislang geschlafen hatten, erstand er zwei stahlharte Bettstellen und stellte sie getrennt mit einem Tischchen dazwischen auf. Nach dem Mittagessen zog sich die Familie bis fünf Uhr in die jeweiligen Zimmer zurück zur obligaten Ruhe, weil angenommen wurde, daß die Hitze die Verdauung lähme. Diego streckte sich in einem Liegestuhl unter der Weinlaube aus, um ein Weilchen zu rauchen, dann ging er hinunter zum Fluß, weil er schwimmen wollte; er ging gern allein, und die wenigen Male, die ich ihn begleiten wollte, zeigte er sich so belästigt, daß ich verzichtete. Da wir diese Stunden der Siesta nun einmal nicht in der Vertraulichkeit unseres Schlafzimmers teilten, verbrachte ich sie mit Lesen oder mit Arbeiten in meinem kleinen Labor, denn ich konnte mich nicht daran gewöhnen, mitten am Tage zu schlafen. Diego bat mich um nichts, fragte mich nach nichts, zeigte kaum ein halbwegs wohlerzogenes Interesse für meine Tätigkeiten oder Gefühle, wurde nie ärgerlich über meine wechselnden Seelenzustände, meine Alpträume, die mit größerer Häufigkeit und Intensität zurückgekehrt waren, oder über mein trotziges Schweigen. Zuweilen vergingen Tage, ohne daß wir ein Wort wechselten, aber er schien das gar nicht zu merken.

Ich schloß mich in mein Stummsein ein wie in eine Rüstung, zählte die Stunden, um zu sehen, wie lange wir die Situation hinausziehen konnten, aber zuletzt gab ich immer nach, weil die Stille mich mehr bedrückte als ihn. Früher, als wir noch dasselbe Bett teilten, schob ich mich an ihn heran, tat, als schliefe ich, drängte mich an seinen Rücken und schlang meine Beine um die seinen, und so überbrückte ich manchmal den Abgrund, der sich unerbittlich zwischen uns auftat. Bei diesen seltenen Umarmungen suchte ich keine Lust – ich wußte ja gar nicht, daß das möglich war –, sondern nur Trost und Gemeinsamkeit. Für ein paar Stunden lebte so die Illusion auf, ich hätte ihn zurückerobert, aber dann kam der Morgen, und alles war wieder wie immer. Als wir in das neue Haus umzogen, war es auch mit dieser schwankenden Vertraulichkeit vorbei, denn der Abstand zwischen den beiden Betten war weiter und feindseliger als ein reißender Fluß. Hin und wieder jedoch, wenn ich schreiend hochschreckte, von den Wesen in den schwarzen Pyjamas verfolgt, sprang er auf; kam zu mir und umarmte mich fest, um mich zu beruhigen; diese Art des Beisammenseins war vielleicht die einzige spontane in unserer Beziehung. Ihn beunruhigten meine Alpträume, er fürchtete, sie könnten in Wahnsinn ausarten, deshalb beschaffte er sich ein Fläschchen mit Opium und gab mir von Zeit zu Zeit ein paar Tropfen, in Orangensaft aufgelöst, die mir zu glücklichen Träumen verhelfen sollten. Oft zog Diego los zu einem Ausflug über die Anden hinweg ins argentinische Patagonien, oder er ging ins Dorf, Vorräte kaufen, es konnte aber auch passieren, daß er für zwei, drei Tage ohne Erklärung verschwand, und ich saß dann voller Sorge da und stellte mir vor, er wäre verunglückt, aber Eduardo beruhigte mich: Sein Bruder sei schon immer so gewesen, ein Einzelgänger, in der Grenzenlosigkeit dieser wilden Natur aufgewachsen, an Stille gewöhnt, von klein auf brauche er die weiten Räume, er habe die Seele eines Vagabunden, und wäre er nicht in das enge Netz dieser Familie geboren, wäre er vielleicht Seemann geworden. Wir waren ein Jahr verheiratet, und ich fühlte mich ganz und gar mangelhaft, nicht nur, daß ich unfähig gewesen war, ihm ein Kind zu schenken, ich hatte es auch nicht geschafft, ihn für mich zu interessieren, und schon gar nicht, ihn in mich verliebt zu machen: etwas Grundsätzliches fehlte meiner Weiblichkeit. Ich nahm an, er habe mich nur gewählt, weil er im heiratsfähigen Alter war und der Druck seiner Eltern ihn zwang, eine Braut zu suchen; ich war die erste, vielleicht die einzige gewesen, die ihm über den Weg lief. Diego liebte mich nicht. Das hatte ich von Anfang an gewußt, aber mit der Dreistigkeit der ersten Liebe und meiner neunzehn Jahre schien mir das kein unüberwindliches Hindernis, ich hatte geglaubt, ihn durch Zähigkeit, innere Schönheit und Koketterie verführen zu können wie in den Liebesromanen. In dem angstvollen Bemühen, herauszubekommen, was in mir nicht stimmte, brachte ich Stunden damit zu, Selbstbildnisse von mir zu machen, einige vor einem großen Spiegel, den ich in mein Labor schleppte, und andere, für die ich mich vor der Kamera aufbaute. Ich machte Hunderte Fotos, teils bekleidet, teils nackt, überprüfte mich aus allen Richtungen, und das einzige, was ich entdeckte, war eine dämmerdunkle Traurigkeit.

Von ihrem Krankensessel aus beobachtete Doña Elvira das Leben der Familie, übersah keine Kleinigkeit, bemerkte auch Diegos lange Abwesenheiten und meine Verzweiflung und zählte zwei und zwei zusammen. Ihr Zartgefühl und die chilenische Gewohnheit, nicht über Gefühle zu sprechen, hinderten sie, das Problem direkt anzugehen, aber in den vielen Stunden, die wir zusammen verbrachten, kamen wir uns immer näher, so daß wir schließlich wie Mutter und Tochter zueinander waren. Und so, taktvoll und nach und nach, erzählte sie mir von den Schwierigkeiten, die sie anfangs mit ihrem Mann gehabt hatte. Sie hatte sehr jung geheiratet und bekam ihren ältesten Sohn erst fünf Jahre später, nach verschiedenen Fehlgeburten, die ihrer Seele wie ihrem Körper sehr zugesetzt hatten. Zu jener Zeit mangelte es Sebastián Domínguez sowohl an Reife wie auch an Verantwortungsgefühl für das Eheleben, er war ungestüm, vergnügungssüchtig, und er hurte herum – das Wort gebrauchte sie natürlich nicht, ich glaube nicht, daß sie es überhaupt kannte. Doña Elvira fühlte sich verlassen – ihre Familie wohnte weit entfernt –, sie war einsam und verschreckt, und sie war überzeugt, daß ihre Ehe ein schrecklicher Irrtum gewesen sei und der Tod die einzige Lösung. »Aber Gott erhörte meine Bitten, Eduardo kam zur Welt, und von einem Tag zum andern änderte Sebastian sich völlig, es gibt keinen besseren Vater und keinen besseren Ehemann als ihn, wir leben seit über dreißig Jahren zusammen, und jeden Tag danke ich dem Himmel für das Glück, das wir aneinander haben. Man muß beten, Töchterchen, das hilft sehr«, riet sie mir. Ich betete, aber sicherlich ohne die nötige Inbrunst und Ausdauer, denn nichts änderte sich.

Der Verdacht hatte sich schon Monate vorher gemeldet, aber ich hatte ihn, angeekelt von mir selbst, beiseite geschoben; ich konnte ihn nicht akzeptieren, ohne etwas Böses in meiner eigenen Natur aufzudecken. Ich wiederholte mir immer wieder, solche Vermutungen könnten nur Einfälle des Teufels sein, die Wurzel schlugen und wie tödliche Geschwulste in meinem Hirn sprossen, Einfälle, die ich gnadenlos bekämpfen mußte, aber der Wurm der Unruhe war stärker als meine guten Vorsätze. Da waren erst einmal die Familienfotos, die ich Iván Radovic gezeigt hatte. Was auf den ersten Blick nicht sichtbar war – weil wir daran gewöhnt sind, nur das zu sehen, was wir sehen wollen, wie mein Meister Juan Ribero sagte –, kam in Schwarzweiß auf dem Papier ans Licht. Die untrügliche Sprache des Körpers, der Bewegungen, der Blicke zeigte sich hier, unverkennbar. Nach diesem ersten Anklingen des Argwohns griff ich immer häufiger zur Kamera; unter dem Vorwand, ein Album für Doña Elvira zusammenzustellen, machte ich bei jeder Gelegenheit Momentaufnahmen von der Familie, die ich dann in der Abgeschlossenheit meiner Werkstatt entwickelte und mit perverser Aufmerksamkeit studierte. So bekam ich schließlich eine abscheuliche Sammlung winziger Beweise zusammen, manche so fein, daß nur ich, vom Groll vergiftet, sie wahrnahm. Mit der Kamera vor dem Gesicht – einer Maske, die mich unsichtbar machte – konnte ich in Ruhe die Szene einstellen und gleichzeitig eine eisige Distanz wahren. Gegen Ende April, als die Hitze abnahm, Wolken die Gipfel der Vulkane krönten und die Natur anfing sich für den Herbst zurückzuziehen, schienen mir die auf den Fotos enthüllten Anzeichen ausreichend, und ich machte mich an die widerwärtige Aufgabe, Diego zu überwachen wie irgendeine eifersüchtige Frau. Als ich endlich die Klammer zur Kenntnis nahm, die mir die Kehle zudrückte, und ihr den Namen geben konnte, den sie im Wörterbuch hat, hatte ich das Gefühl, in einem Sumpf zu versinken. Eifersucht. Wer sie nie gekannt hat, weiß nicht, wie weh sie tut, und kann sich nicht vorstellen, was für Torheiten man in ihrem Namen begeht. In den dreißig Jahren meines Lebens habe ich sie nur dieses eine Mal verspürt, aber die Verletzung war so brutal, daß die Narben noch immer nicht verwischt sind, und ich hoffe auch, sie werden bleiben, als eine Mahnung, dieses Gefühl nie mehr aufkommen zu lassen. Diego war nicht mein eigen – niemand kann jemals einem anderen gehören –, und die Tatsache, daß ich seine Frau war, gab mir kein Recht über ihn oder seine Gefühle, die Liebe ist ein frei geschlossener Vertrag, der mit einer Nichtigkeit beginnen und genauso auch enden kann. Tausend Gefahren bedrohen sie, und wenn das Paar sie dagegen verteidigt, kann sie sich retten, kann wachsen wie ein Baum und Schatten und Früchte spenden, aber das geschieht nur, wenn beide daran teilhaben. Diego hatte das nie getan, unsere Beziehung war von Anfang an verurteilt. Heute verstehe ich das, aber damals war ich blind, anfangs aus purer Wut und später aus untröstlicher Betrübnis.

Während ich meinen Mann mit der Uhr in der Hand bespitzelte, wurde mir klar, daß seine Abwesenheiten nicht recht mit seinen Erklärungen übereinstimmten. Wenn er scheinbar mit Eduardo zur Jagd ausgezogen war, kam er viele Stunden früher oder später zurück als sein Bruder; wenn die anderen Männer der Familie in die Sägemühle gingen oder das Vieh zusammentrieben, um es mit Brandzeichen zu versehen, tauchte er plötzlich auf dem Hof auf, und wenn ich später bei Tisch das Thema anschnitt, stellte sich heraus, daß er den ganzen Tag nicht mit ihnen zusammengewesen war; wenn er ins Dorf ging, um einzukaufen, kam er ohne alles zurück, weil er natürlich nicht gefunden hatte, was er suchte, selbst wenn es etwas so Banales war wie eine Axt oder eine Säge. In den vielen Stunden, die

die Familie gemeinsam verbrachte, wich er jeder Unterhaltung aus, und immer war er es, der mit dem Kartenspielen anfing oder Susana bat, uns etwas vorzusingen. Wenn sie ihre Migräne hatte, langweilte er sich sehr bald und ritt aus, die Flinte auf dem Rücken. Ich konnte ihm auf seinen Ausflügen nicht folgen, ohne daß er es gemerkt hätte und ohne in der Familie Verdacht zu erregen, aber ich blieb aufmerksam und beobachtete ihn, wenn er in der Nähe war. So stellte ich fest, daß er mitten in der Nacht aufstand, aber nicht, um sich aus der Küche etwas zu essen zu holen, wie ich angenommen hatte, sondern er trat auf den Hof hinaus und verschwand für eine oder zwei Stunden, kam dann leise zurück und legte sich wieder ins Bett. Ihm nachzugehen war in der Dunkelheit einfacher als am Tage, wenn ein Dutzend Augen uns sahen, ich mußte nur wach bleiben und den Wein zum Abendessen und die Opiumtropfen vermeiden. Eines Nachts Mitte Mai schlüpfte er aus dem Bett, und im schwachen Licht der Öllampe, die wir immer vor dem Kreuz am Brennen hielten, sah ich, wie er sich Hose und Schuhe anzog, nach dem Hemd und dem Jackett griff und hinausging. Ich wartete ein paar Sekunden, dann stand ich hastig auf und folgte ihm, während das Herz mir fast die Brust sprengte. In dem dunklen

Haus konnte ich ihn nicht gut sehen, aber als er auf den Hof hinaustrat, zeichnete sich seine Gestalt deutlich im Schein des Vollmonds ab, der eben durch die Wolken brach und gleich wieder hinter ihnen verschwand. Ich hörte die Hunde bellen und dachte, wenn sie jetzt herbeirennen, verraten sie mich, aber sie kamen nicht, und ich begriff, daß Diego sie schon vorher angeleint hatte. Er ging jetzt schnell um das Haus herum und wandte sich zu einem der Ställe, in denen die Reitpferde der Familie standen, die nicht für die Feldarbeit verwendet wurden, hob den Sperrbalken von der Tür und trat ein. Ich wartete im schwarzen Schatten einer Ulme wenige Meter von den Pferdeställen entfernt, barfuß und im dünnen Nachthemd, und wagte nicht einen Schritt weiter, denn Diego konnte ja gleich herausgeritten kommen – aber wie sollte ich ihm dann folgen? Einige Zeit verging, die mir sehr lang vorkam, und nichts geschah. Plötzlich sah ich ein Licht durch den Spalt der nicht ganz geschlossenen Tür schimmern, vielleicht von einer Kerze oder einer kleinen Lampe. Mir klapperten die Zähne, und ich zitterte krampfhaft vor Kälte und Furcht. Ich war drauf und dran, mich geschlagen zu geben und wieder ins Bett zu gehen, als ich eine andere Gestalt erblickte, die sich von der Ostseite her näherte – es war deutlich zu erkennen, daß sie nicht von dem großen Haus her kam –, ebenfalls den Stall betrat und die Tür hinter sich zuzog. Ich ließ fast eine Viertelstunde vergehen, bis ich zu einem Entschluß kam, dann zwang ich mich, ein paar Schritte zu gehen, ich war ganz erstarrt und konnte mich kaum bewegen. Ich näherte mich zaghaft dem Stall – wie würde Diego reagieren, wenn er entdeckte, daß ich ihm nachspionierte, aber es gab kein Zurück. Ich stieß sacht die Tür auf, die ohne Widerstand nachgab, der Sperrbalken befand sich ja draußen, weshalb sie von innen nicht zu verschließen war, und so konnte ich wie ein Dieb durch die schmale Öffnung eindringen. Drinnen war es dunkel, aber hinten flimmerte ein winziges Licht, und ich schlich auf Zehenspitzen und fast ohne zu atmen darauf zu – unnötige Vorsicht, denn das Stroh dämpfte meine Schritte, zudem waren mehrere Tiere aufgewacht, und ich hörte sie rumoren und in ihren Futterkrippen schnobern.

In dem ungewissen Licht einer Stallaterne, die an einem Balken hing und in dem schwach durch die Bretterwände streichenden Luftzug ein wenig schaukelte, sah ich sie. Sie hatten Decken über einen Strohhaufen gelegt, sich ein Nest gebaut, und darauf lag sie auf dem Rücken, mit einem schweren, vorn geöffneten Mantel bekleidet, unter dem sie nackt war. Sie hatte Arme und Beine weit gespreizt, den Kopf zur Schulter gewandt, das schwarze Haar verdeckte ihr Gesicht, und ihre Haut schimmerte golden in der zarten orangenen Helle der Laterne. Diego, nur mit dem Hemd bedeckt, kniete vor ihr und leckte ihr Geschlecht. In Susanas Haltung war so viel unbedingte Hingabe und in Diegos Bewegungen so viel zurückgehaltene Leidenschaft, daß ich augenblicklich begriff, wie fern ich dem allen war. Im Grunde existierte ich gar nicht, ebensowenig Eduardo und die drei Kinder, niemand sonst, nur sie beide, die sich unvermeidlich liebten. Niemals hatte mein Mann mich so mit Zärtlichkeit überschüttet. Es war leicht zu erkennen, daß sie schon tausendmal so zusammengewesen waren, daß sie sich seit Jahren liebten; mir dämmerte endlich, daß Diego mich geheiratet hatte, weil er eine Tarnung brauchte, um sein Verhältnis mit Susana abzuschirmen. Ganz schnell fügten sich die einzelnen Teile dieses qualvollen Puzzles zusammen, jetzt konnte ich mir seine Gleichgültigkeit mir gegenüber erklären, seine Ausflüge immer dann, wenn Susana ihre Migräne hatte, sein gespanntes Verhältnis zu seinem Bruder, die heuchlerische Art, die er gegenüber dem Rest der Familie an den Tag legte, und wie er es fertigbrachte, ihr immer nahe zu sein, sie zu berühren – sein Fuß an dem ihren, seine Hand auf ihrem Ellbogen oder ihrer Schulter und oft wie zufällig an ihrem Hals, unverwechselbare Zeichen, die die Fotos mir enthüllt hatten. Mir fiel ein, wie sehr Diego ihre Kinder liebte, und ich fragte mich, ob das vielleicht nicht seine Neffen, sondern seine Söhne waren. Ich stand regungslos, erstarrte langsam zu Eis, während sie sich schwelgerisch liebten, jede Berührung, jedes Stöhnen auskostend, ohne Hast, als hätten sie das ganze Leben noch vor sich. Sie wirkten nicht wie ein Liebespaar in überstürztem heimlichem Beisammensein, sondern wie Jungverheiratete in der zweiten Woche, wenn die Leidenschaft noch ungemindert ist, aber bereits das Vertrauen da ist und die Kenntnis um den anderen Körper. Ich aber hatte nie solche Vertraulichkeit mit meinem Mann erlebt, ich wäre auch nie imstande gewesen, sie herbeizuzwingen, selbst in meinen kühnsten Phantasien nicht. Diegos Zunge glitt die Innenseite von Susanas Schenkel hinauf, von den Knöcheln bis oben, hielt zwischen ihren Beinen inne und glitt wieder hinab, während die Hände ihre Taille hinaufkletterten und die runden, prallen Brüste kneteten und mit den wie Beeren aufgerichteten und glänzenden Brustwarzen spielten. Susanas Körper, weich und geschmeidig, erschauerte und wand sich, ein Fisch im Strom, der Kopf warf sich von einer Seite zur anderen in der Verzweiflung der Lust, das Haar weiterhin im Gesicht, die Lippen öffneten sich zu einem langen Stöhnen, die Hände suchten nach Diego, um ihn über die schöne Topographie ihres Körpers zu leiten, bis sie unter seiner Zunge in Wonne aufflammte. Susana bog den Rücken nach hinten, als das Entzücken sie durchfuhr wie ein Blitz, und stieß einen heiseren Schrei aus, den Diego mit seinem Mund auf dem ihren erstickte. Danach hielt er sie, wiegte sie, streichelte sie wie ein Kätzchen, flüsterte ihr einen Rosenkranz geheimer Worte ins Ohr mit einer Zärtlichkeit, die ich nie in ihm vermutet hätte. Irgendwann setzte sie sich auf dem Stroh auf, warf den Mantel ab und fing an, ihn zu küssen, erst die Stirn, dann die Lider, die Schläfen, den Mund, lange, ihre Zunge fuhr in seine Ohren, hüpfte über seinen Adamsapfel, streifte über seinen Hals, ihre Zähne knabberten an den männlichen Brustwarzen, ihre Finger krauten sein Brusthaar. Nun war es an ihm, sich den Liebkosungen ganz hinzugeben, er streckte sich bäuchlings auf der Decke aus, und sie setzte sich rittlings auf seinen Rücken, biß ihn in den Hals und den Nacken, bedeckte seine Schulter mit kleinen verspielten Küssen, ihr Mund wanderte hinab zum Gesäß, erkundend und eine Spur Speichel hinterlassend. Diego drehte sich herum, und ihr Mund umfaßte sein aufgerichtetes, pulsierendes Glied in dem innigsten Drang, zu beglücken, zu geben und zu nehmen, bis er nicht länger widerstehen konnte und sich über sie warf, sie durchdrang und sie sich wälzten wie Feinde in einem Gewirr von Armen und Beinen und Küssen und Keuchen und Seufzen und Liebesworten, die ich noch nie gehört hatte. Danach schliefen sie in warmer Umarmung unter den Decken und Susanas Mantel wie zwei unschuldige Kinder. Ich trat schweigend zurück und machte mich auf den Weg ins Haus, während die eisige Kälte der Nacht sich meiner Seele bemächtigte.

Ein Abgrund hatte sich vor mir aufgetan, ich spürte, wie Schwindel mich in seine Klüfte hinabzog, spürte die Versuchung, hineinzuspringen und in der Tiefe des Leidens und Schreckens zugrunde zu gehen. Diegos Verrat und die Angst vor der Zukunft nahmen mir jeden Halt, ich hing im Ungewissen, verloren und ohne Trost; die Wut, die mich zu Anfang geschüttelt hatte, hielt nicht vor, nun drückte mich ein Gefühl von Tod, von absolutem Schmerz zu Boden. Ich hatte mein Leben Diego ausgeliefert, hatte mich seinem Schutz anvertraut, hatte den Worten des Hochzeitsrituals buchstabengetreu geglaubt: wir waren vereint, bis daß der Tod uns schied. Es gab kein Entrinnen. Die Szene im Stall hatte mich vor eine Wirklichkeit gestellt, die ich schon eine gute Zeit lang geahnt hatte, ohne den Mut zu haben, ihr ins Gesicht zu sehen. Mein erster Impuls war, zum großen Haus zu laufen, mich mitten auf den Hof zu stellen und zu heulen wie eine Wahnsinnige, die Familie, die Bauern, die Hunde zu wecken, sie zum Zeugen des Ehebruchs zu machen. Meine Schüchternheit war jedoch stärker als die Verzweiflung, ich schleppte mich schweigend in unser Haus, tastete mich zu dem Schlafzimmer, das ich mit Diego teilte, und setzte mich zitternd aufs Bett, während mir die Tränen die Wangen hinabliefen und meine Brust und das Nachthemd benetzten. In den folgenden Minuten oder Stunden hatte ich Zeit, über das Geschehene nachzudenken und meine Machtlosigkeit zu erkennen. Dies war kein fleischliches Abenteuer gewesen; was Diego und Susana vereinte, war eine erprobte Liebe, bereit, jedes Risiko zu wagen und jedes etwa auftauchende Hindernis niederzureißen wie ein Strom glühender Lava. Weder Eduardo noch ich zählten dabei, wir waren nichts, nur Insekten in der Unendlichkeit des leidenschaftlichen Erlebens dieser beiden. Ich mußte es vor allem meinem Schwager erzählen, entschied ich, aber als ich mir vorstellte, was für eine Wunde das diesem guten Menschen zufügen würde, wurde mir klar, daß ich nicht den Mut hätte, es zu tun. Eduardo würde es eines Tages selbst entdecken oder, wenn er Glück hatte, es nie erfahren. Vielleicht argwöhnte er etwas, wie vorher ich, wollte es aber nicht bestätigt finden, um das zerbrechliche Gleichgewicht seiner Illusionen ungestört zu erhalten: es ging immerhin um seine drei Kinder, seine Liebe zu Susana und den monolithischen Zusammenhalt des Familienclans.

Diego kam irgendwann in der Nacht zurück, kurz vor Morgengrauen. Im Licht des Öllämpchens sah er mich auf dem Bett sitzen, vom Weinen hochrot im Gesicht, unfähig, ein Wort herauszubringen, und glaubte, ich sei wieder von einem meiner Alpträume aufgewacht. Er setzte sich neben mich und versuchte, mich an die Brust zu ziehen, wie er es bei der Gelegenheit immer tat, aber ich wich ihm instinktiv aus und muß ihn so feindselig angesehen haben, daß er sich sofort wieder zurückzog. Wir starrten uns an, er verständnislos und ich voller Abscheu, bis sich unabweisbar die Wahrheit wie ein Drache zwischen den beiden Betten niederließ.

»Was wollen wir jetzt machen?« war das einzige, was ich stammeln konnte.

Er versuchte weder zu leugnen noch sich zu rechtfertigen, er bot mir mit einem stählernen Blick die Stirn, bereit, seine Liebe mit allen Mitteln zu verteidigen, und wenn er mich umbringen müßte. Da brach der Damm aus Stolz, Erziehung und guten Manieren, der mich durch Monate voller Enttäuschung gehemmt hatte, und die stummen Vorwürfe verwandelten sich in eine endlose Lawine von Beschuldigungen, die er beherrscht und wortlos, aber auf jedes Wort achtend, aufnahm. Ich warf ihm alles an den Kopf, was mir nur einfiel, und zum Schluß flehte ich ihn an, alles doch einmal zu überdenken, ich sagte ihm, ich sei bereit, zu verzeihen und zu vergessen, wir würden weit fortgehen, irgendwohin, wo niemand uns kannte, und ganz neu anfangen. Als mir die Worte und die Tränen ausgingen, war draußen heller Tag. Diego überwand die Distanz, die uns trennte, er setzte sich neben mich, nahm meine Hände und erklärte mir ruhig und ernst, daß er Susana seit vielen Jahren liebe und daß diese Liebe das Wichtigste in seinem Leben sei, wichtiger als die Ehre, die Familie und die Rettung seiner eigenen Seele; er könnte versprechen, daß er sich von ihr trennen würde, um mich zu beruhigen, aber das wäre ein falsches Versprechen. Er habe es versucht, als er nach Europa ging und sich sechs Monate von ihr fernhielt, aber es hätte nichts genützt. Er sei sogar so weit gegangen, mich zu heiraten, um dadurch das schreckliche Band zu zerreißen, das ihn mit seiner Schwägerin verknüpfte, aber die Ehe, weit davon entfernt, ihn in seinem Entschluß zu stärken, hatte ihm die Dinge nur leichter gemacht, weil sie Eduardos Verdacht und den der Familie beschwichtigt hatte. Aber er sei froh, daß ich die Wahrheit endlich entdeckt hätte, denn es belaste ihn, mich zu betrügen; er habe mir nichts vorzuwerfen, beteuerte er, ich sei eine sehr gute Ehefrau, und es tue ihm wirklich leid, daß er mir nicht die Liebe geben könne, die ich verdiente. Er habe sich wie ein Schuft gefühlt jedesmal, wenn er von meiner Seite verschwunden sei, um sich mit Susana zu treffen, es werde eine Erleichterung sein, mich nicht mehr belügen zu müssen. Jetzt sei die Situation klar.

»Und Eduardo, zählt der gar nicht?« fragte ich.

»Was zwischen ihm und Susana vorgeht, ist ihre Sache. Die Beziehung zwischen uns beiden, darüber müssen wir jetzt entscheiden.«

»Du hast dich schon entschieden, Diego. Ich habe hier nichts zu schaffen, ich werde nach Hause zurückgehen«, sagte ich.

»Hier ist jetzt dein Zuhause, Aurora, wir sind verheiratet. Was Gott zusammengefügt hat, kann man nicht trennen.«

»Du bist es doch, der gleich mehrere göttliche Gebote verletzt hat«, sagte ich.

»Wir könnten wie Geschwister zusammenleben. Dir wird an meiner Seite nichts fehlen, ich werde dich immer achten, du wirst beschützt sein und jede Freiheit haben, dich deinen Fotografien zu widmen oder wozu du sonst Lust hast. Nur um das eine bitte ich dich: Mach keinen Skandal aus der Sache.«

»Du kannst mich um gar nichts mehr bitten, Diego.«

»Ich bitte dich nicht für mich. Ich habe ein dickes Fell und kann für mich selber einstehen wie ein Mann. Ich bitte dich meiner Mutter wegen. Sie würde es nicht ertragen...«

Also blieb ich Doña Elviras wegen. Ich weiß nicht, wie ich es schaffte, mich anzuziehen, mir Wasser ins Gesicht zu spritzen, mich zu kämmen, Kaffee zu trinken und für meine täglichen Obliegenheiten aus dem Haus zu gehen. Ich weiß nicht, wie ich Susana am Mittagstisch begegnete, noch, wie ich meinen Schwiegereltern meine geschwollenen Augen erklärte. Dieser Tag war einfach schrecklich, ich fühlte mich, als wäre ich verprügelt und betäubt worden, und war immer nahe daran, bei der erstbesten Frage in Tränen auszubrechen. Am Abend hatte ich Fieber und Gliederschmerzen, aber am Tag darauf war ich ruhiger, sattelte mein Pferd und galoppierte los, den Hügeln zu. Bald begann es zu regnen, und ich ritt im Trab weiter, bis meine arme Stute nicht mehr konnte und zurück zum Stall drängte. Da stieg ich ab und bahnte mir zu Fuß den Weg durch Gestrüpp und Schlamm unter den Bäumen hin, rutschend und fallend und wieder aufstehend und schreiend aus voller Lunge, während der Regen mich gründlich einweichte. Der nasse Poncho wog so schwer, daß ich ihn abwarf und ohne ihn weiterging, zitternd vor Kälte und inwendig verbrennend. Gegen Abend kam ich nach Hause, krächzend und fiebrig, trank einen heißen Kräutertee und ging zu Bett. An das Weitere erinnere ich mich nur schwach, denn in den folgenden Wochen war ich ganz damit beschäftigt, mich mit dem Tod herumzuschlagen, und hatte weder Zeit noch Lust, an die Tragödie meiner Ehe zu denken. Die Nacht, die ich barfuß und halb nackt im Stall verbracht hatte, und der wilde Ritt im Regen bescherten mir eine Lungenentzündung, die mich fast erledigt hätte. Im Ochsenkarren fuhren sie mich in das Krankenhaus der Deutschen, wo ich den Händen einer teutonischen Krankenschwester mit blonden Zöpfen überliefert wurde, die mir mit ihrer Hartnäckigkeit das Leben rettete. Diese edle Walküre brachte es fertig, mich mit ihren kräftigen Holzfällerarmen wie ein Baby hochzuheben, und brachte es ebenso fertig, mich geduldig wie eine Amme Löffelchen um Löffelchen mit Hühnerbrühe zu füttern.

Anfang Juli, als der Winter sich endgültig eingenistet hatte und die Landschaft eine schiere Wasserwüste war – wild tobende Flüsse, Überschwemmungen, Morast, Regen und noch mal Regen –, holten Diego und zwei Bauern mich im Krankenhaus ab und brachten mich, in Decken und Felle gewickelt wie ein Paket, zurück nach Caleufú. Sie hatten ein Zelt aus gewachster Leinwand auf dem Karren aufgestellt mit einem Bett darin und sogar einem brennenden Kohlenbecken, um der Feuchtigkeit zu wehren. Schwitzend in meiner Verpackung fuhr ich so den langen Weg nach Hause, während Diego nebenherritt. Mehrmals blieben die Räder stecken, die Kraft der Ochsen reichte nicht aus, den Wagen allein weiterzuziehen, die Männer mußten Bretter über den Schlamm legen und schieben. Diego und ich wechselten nicht ein Wort an diesem langen Tag. In Caleufú kam Doña Elvira aus dem Haus und begrüßte mich weinend vor Freude, aufgeregt trieb sie die

Mädchen an, damit sie ja nichts vernachlässigten: die Kohlenbecken, die Wärmflaschen mit heißem Wasser, die Suppen mit Kälberblut, damit ich wieder Farbe bekam und Lust am Leben. Sie habe so viel gebetet, sagte sie, daß Gott sich erbarmt habe. Unter dem Vorwand, daß ich mich noch sehr anfällig fühlte, bat ich sie, im großen Haus schlafen zu dürfen, und sie brachte mich in einem Zimmer neben dem ihren unter. Zum erstenmal in meinem Leben erfuhr ich die Fürsorge einer Mutter. Meine Großmutter Paulina, die mich so sehr liebte und soviel für mich getan hatte, neigte nicht zu Zärtlichkeitsbekundungen, obwohl sie im Grunde doch ziemlich sentimental war. Sie sagte, Zärtlichkeit, diese zuckersüße Mischung aus Zuneigung und Mitleid, die so gerne in Kalendern mit verzückten Müttern an den Wiegen ihrer Säuglinge dargestellt werde, sei entschuldbar, wenn man sie schutzlosen Tieren zukommen lasse wie etwa neugeborenen Kätzchen, aber unter menschlichen Wesen sei sie eine riesige Dämlichkeit. In unserer Beziehung hatte es immer einen ironischen, unverfrorenen Ton gegeben; wir berührten uns selten, außer in meiner Kindheit, wenn wir im selben Bett geschlafen hatten, und im allgemeinen behandelten wir uns mit einer gewissen Brüskheit, die für uns beide sehr bequem war.

Ich nahm manchmal Zuflucht zu einer etwas spöttischen Schmeichelei, wenn ich sie zu etwas herumkriegen wollte, und es gelang mir auch immer, denn meine wunderbare Großmutter wurde ganz schnell weich, mehr, um Zuneigungsbeweisen zu entgehen, als aus Charakterschwäche. Doña Elvira dagegen war ein einfaches Geschöpf, die ein sarkastischer Ton, wie ihn meine Großmutter und ich gern anschlugen, gekränkt hätte. Sie war auf natürliche Weise liebevoll, sie nahm meine Hand und hielt sie in den ihren, küßte mich, umarmte mich, bürstete mir gern das Haar, verabreichte mir selbst die Stärkungsmittel aus Knochenmark und Stockfisch, machte mir Kampferumschläge gegen den Husten und ließ mich das Fieber ausschwitzen, indem sie mich mit Eukalyptusöl einrieb und in angewärmte Decken hüllte. Sie kümmerte sich darum, daß ich ordentlich aß und viel ruhte, abends gab sie mir die Opiumtropfen und saß betend an meinem Bett, bis ich eingeschlafen war. Jeden Morgen fragte sie mich, ob ich Alpträume gehabt hätte, und bat mich, sie ihr genau zu beschreiben, »denn wenn man über diese Dinge spricht, verliert man die Angst davor«, sagte sie. Ihre Gesundheit war nicht die beste, und ich weiß nicht, woher sie die Kraft schöpfte, mich zu pflegen und mir beizustehen, während ich mich schwächer stellte, als ich war, um das Idyll mit meiner Schwiegermutter zu verlängern. »Sieh nur zu, daß du recht bald wieder auf die Beine kommst, Töchterchen, dein Mann braucht dich an seiner Seite«, sagte sie immer wieder besorgt, obwohl Diego ihr ständig versicherte, wie vorteilhaft es doch sei, wenn ich den Rest des Winters im großen Haus verbringen könne. Diese Wochen unter ihrem Dach, in denen ich mich von der Lungenentzündung erholte, waren eine außerordentliche Erfahrung für mich. Die sanfte, bedingunglose Zuneigung meiner Schwiegermutter wirkte wie ein Balsam und heilte mich nach und nach von dem Wunsch zu sterben und von dem Groll, den ich gegen meinen Mann hegte. Ich konnte Diegos und Susanas Gefühle tatsächlich verstehen und die unerbittliche Schicksalhaftigkeit des Geschehenen; ihre Leidenschaft mußte eine erdhafte Kraft sein, ein Erdbeben, das sie rettungslos mitriß. Ich stellte mir vor, wie sie gegen diese Verlockung gekämpft hatten, ehe sie ihr verfielen, wie viele Widrigkeiten sie überwinden mußten, um zusammensein zu können, wie schrecklich Tag für Tag die Qual sein mußte, wenn sie der Welt ein geschwisterliches Verhältnis vortäuschten und doch im Innern brannten vor Verlangen. Ich fragte mich nicht länger, wieso sie sich nicht über die Lust hinwegsetzten und wieso ihr Egoismus sie hinderte, die Zerstörung zu sehen, die sie unter den ihnen am nächsten stehenden Menschen anrichten konnten, weil ich erriet, wie innerlich zerrissen sie waren. Ich hatte Diego verzweifelt geliebt, ich konnte verstehen, was Susana für ihn fühlte – hätte ich unter den gleichen Umständen gehandelt wie sie? Ich nahm zwar an, das hätte ich nicht, aber dessen sicher war ich keinesfalls. Auch wenn mein Scheitern augenscheinlich war, konnte ich mich nun vom Haß befreien, Abstand gewinnen und mich in die Haut der übrigen Protagonisten dieses Unglücks versetzen; mein Mitleid mit Eduardo war fast stärker als mein eigener Kummer, er hatte drei Kinder und liebte seine Frau, für ihn wäre die Aufdeckung dieses Treubruchs schlimmer, als sie für mich war. Auch um meines Schwagers willen mußte ich Schweigen bewahren, aber das Geheimnis drückte mich nicht mehr wie ein Mühlstein, mein Abscheu vor Diego hatte sich gemildert unter den Händen von Doña Elvira. Meine Dankbarkeit gegenüber dieser Frau verband sich mit der Achtung und der Zuneigung, die ich von Anfang an für sie empfunden hatte, ich hängte mich an sie wie ein Schoßhündchen; ich brauchte ihre Gegenwart, ihre Stimme, ihre Lippen auf meiner Stirn. Ich fühlte mich verpflichtet, sie vor der Katastrophe zu bewahren, die in der Familie brütete; ich war bereit, in Caleufú zu bleiben und meine Demütigung als abgewiesene Ehefrau zu verheimlichen, denn wenn ich ginge und sie die Wahrheit entdeckte, würde sie vor Schmerz und Scham sterben. Ihr Leben drehte sich um diese Familie, um die Bedürfnisse jedes einzelnen, der in den Wänden ihres Hauses lebte, das war ihre ganze Welt. Mein Abkommen mit Diego sah so aus, daß ich meinen Teil erfüllte, solange Doña Elvira am Leben war, und danach frei sein würde, er seinerseits würde mich dann gehen lassen und nie wieder Verbindung zu mir aufnehmen. Ich würde meinen Status als »Getrenntlebende« – den viele als entehrend ansahen – ertragen müssen und nicht wieder heiraten können, aber wenigstens würde ich nicht mit einem Mann zusammenleben müssen, der mich nicht liebte.

Mitte September, als ich schon keinen Vorwand mehr wußte, um im Haus meiner Schwiegereltern bleiben zu können, und der Augenblick da war, wieder zu Diego zu ziehen, erreichte mich das Telegramm von Iván Radovic. In wenigen Zeilen teilte der Arzt mir mit, daß ich nach Santiago kommen müsse, weil das Ende meiner Großmutter nahe. Ich hatte diese Nachricht schon seit Monaten erwartet, aber als ich das Telegramm in Händen hielt, trafen

mich Überraschung und Kummer wie ein Keulen-
hieb. Meine Großmutter war unsterblich. Ich konnte sie mir nicht als die kleine, kahlköpfige und ge-
brechliche Greisin vorstellen, die sie doch war, ich
sah sie nur als die Amazone mit zwei Perücken,
naschhaft und verschlagen, die sie vor Jahren gewesen war. Doña Elvira nahm mich in die Arme und
sagte, ich solle mich nicht verlassen fühlen, ich hätte
doch jetzt eine andere Familie, ich gehöre nach Caleufú und sie werde sich um mich kümmern und
mich beschützen, wie es früher Paulina del Valle getan habe. Sie half mir, meine zwei Koffer zu packen,
hängte mir das Skapulier mit dem Heiligen Herzen Jesu um den Hals und überschüttete mich mit
tausend guten Ratschlägen; für sie war Santiago eine
Höhle der Verderbnis und die Reise dorthin ein
höchst gefährliches Abenteuer. Es war um die Zeit,
als die Sägemühle nach der langen Winterpause wieder in Betrieb genommen wurde, eine gute Ausrede
für Diego, mich nicht nach Santiago zu begleiten,
obwohl das seine Mutter beharrlich verlangte. So
brachte Eduardo mich auf den Weg zum Schiff. Alle
standen sie vor der Tür des großen Hauses und wink-
ten mir zum Abschied: Diego, meine Schwiegereltern, Adela, Susana, die Kinder und mehrere Bauern.
Ich ahnte nicht, daß ich sie nicht wiedersehen würde.

Vor der Abreise hatte ich mein Labor durchforstet, in das ich seit der unglückseligen Nacht im Stall keinen Fuß mehr gesetzt hatte, und stellte fest, daß jemand die Fotos von Diego und Susana entwendet hatte, aber weil er sie ohnehin nicht entwickeln konnte, hatte er nach den Negativen nicht gesucht. Ich brauchte diese jämmerlichen Beweise nicht und zerstörte sie. Ich packte die Aufnahmen von den Indios, den Bauersleuten von Caleufú und dem Rest der Familie mit ein, da ich nicht wußte, wie lange ich fort sein würde, und ich wollte nicht, daß sie verdarben. Eduardo und ich legten den Weg zu Pferde zurück, das Gepäck war auf ein Maultier geschnallt, bei den Hüttensiedlungen machten wir halt, um zu essen und etwas auszuruhen. Mein Schwager, dieser Mannskerl, der aussah wie ein Bär, hatte den gleichen sanften Charakter wie seine Mutter, die gleiche fast kindliche Arglosigkeit. Unterwegs hatten wir Zeit, uns allein zu unterhalten, wie wir es nie zuvor getan hatten. Er gestand mir, daß er seit seinen Kindertagen Gedichte schrieb, »wie sollte man auch anders können, wenn man mitten in soviel Schönheit lebt?« sagte er und zeigte auf die waldige, von Bächen und Flüssen bewässerte Landschaft ringsum. Er erzählte mir, er habe keinerlei ehrgeizige Bestrebungen, er sei nicht neugierig auf andere Horizonte, wie es Diego sei, ihm genüge Caleufú. Als er in seiner Jugend durch Europa reiste, habe er sich verloren und tiefunglücklich gefühlt, er könne nicht fern von diesem Land leben, das er liebe. Gott sei sehr großmütig zu ihm gewesen, er habe ihn mitten ins irdische Paradies gesetzt. Am Hafen verabschiedeten wir uns mit einer festen Umarmung voneinander, »möge Gott dich immer beschützen«, sagte ich ihm ins Ohr. Etwas verdutzt über diesen feierlichen Abschied sah er mir nach.

Frederick Williams erwartete mich am Bahnhof und brachte mich in der Kutsche zum Haus an der Calle Ejército Libertador. Es befremdete ihn, mich so abgemagert zu sehen, und meine Erklärung, ich sei sehr krank gewesen, befriedigte ihn nicht, er beobachtete mich aus dem Augenwinkel und fragte eindringlich nach Diego, ob ich glücklich sei, wie die Familie meiner Schwiegereltern sei und ob ich mich an das Landleben gewöhnt hätte. Das Haus meiner Großmutter, einstmals das glanzvollste in diesem Viertel der Prachtbauten, war so altersschwach geworden wie seine Herrin. Mehrere Fensterläden hingen in ihren Angeln, die Mauern hatten alle Farbe verloren, der Garten war völlig vernachlässigt, der Frühling hatte ihn noch kaum berührt, er steckte noch im tiefsten traurigen Winterschlaf. Drinnen war die Trostlosigkeit noch schlimmer, die schönen Salons von einst waren leer, Möbel, Teppiche und Bilder waren verschwunden; nicht eines der berühmten impressionistischen Gemälde war geblieben, die noch vor ein paar Jahren für soviel Aufregung gesorgt hatten. Onkel Frederick erklärte mir, daß meine Großmutter in ihrer Vorbereitung auf den Tod fast alles der Kirche übereignet habe. »Aber ich glaube, ihr Geld ist noch da, Aurora, sie rechnet jeden Betrag auf den Centavo genau nach und hat ihre Rechnungsbücher unter dem Bett liegen«, fügte er mit einem belustigten Grinsen hinzu. Sie, die eine Kirche nur betrat, um gesehen zu werden, die diesen Schwarm von zudringlichen Priestern und dienstwilligen Nonnen nicht ausstehen konnte, weil er ständig um die Familie del Valle herumflatterte, hatte in ihrem Testament eine beträchtliche Summe für die katholische Kirche bestimmt. Immer eine gerissene Geschäftsfrau, machte sie sich bereit, im Tode das zu kaufen, was ihr im Leben so wenig genützt hatte. Williams kannte meine Großmutter besser als sonst jemand, und ich glaube, er liebte sie fast so sehr wie ich, und gegen alle Vorhersagen neidischer Zungen in der Familie hatte er ihr nicht das Vermögen gestohlen, um sie im Alter allein zu lassen, sondern die Interessen der Familie jahrelang verteidigt, war ihr ein würdiger Ehemann und willens, sie bis zum letzten Atemzug zu begleiten, und tat noch viel mehr für mich, wie sich in den kommenden Jahren erwies. Paulina hatte nur noch wenige klare Augenblicke, die Medikamente, die die Schmerzen lindern sollten, hielten sie in einer Randzone ohne Erinnerungen und ohne Wünsche. In den letzten Monaten war sie unglaublich zusammengeschrumpft, weil sie nicht schlucken konnte und mit Milch ernährt wurde, die man ihr in einem Gummischlauch durch die Nase zuführte. Sie hatte nur noch einige wenige weiße Strähnen auf dem Kopf, und ihre großen dunklen Augen waren zu kleinen schwarzen Punkten in einer Faltenlandschaft geworden. Ich beugte mich hinab, um sie zu küssen, aber sie erkannte mich nicht und wandte den Kopf ab; ihre Hand dagegen suchte tastend in der Luft nach der ihres Mannes, und als er sie nahm, zog ein glättender Hauch von Frieden über ihr Gesicht.

»Sie leidet nicht, Aurora, wir geben ihr viel Morphium«, erklärte mir Onkel Frederick.

»Haben Sie ihre Söhne benachrichtigt?«

»Ja, ich habe ihnen vor zwei Monaten telegrafiert, aber sie haben noch nicht geantwortet, und ich glaube nicht, daß sie rechtzeitig hier sein werden, Paulina bleibt nicht mehr viel Zeit«, sagte er erregt.

Und so war es, Paulina starb friedlich am Tag darauf. Bei ihr waren ihr Mann, Doktor Radovic, Severo, Nívea und ich; ihre Söhne erschienen sehr viel später mit ihren Anwälten, die für sie um das Erbe kämpfen sollten, das ihnen niemand streitig machte. Der Arzt hatte meiner Großmutter den Nahrungsschlauch abgenommen, und Williams hatte ihr Handschuhe angezogen, weil ihre Hände eiskalt waren. Ihre Lippen waren blau, und sie war sehr bleich, atmete kaum merkbar und immer seltener, ohne Angst, und dann gar nicht mehr. Radovic fühlte ihren Puls, es verging eine Minute, vielleicht zwei, dann sagte er, sie sei gegangen. Eine sanfte Stille herrschte im Raum, etwas Geheimnisvolles geschah, vielleicht hatte der Geist meiner Großmutter sich von ihr gelöst und flatterte wie ein verirrter Vogel abschiednehmend über ihrem Körper. Ihr Hingang weckte unendliche Trostlosigkeit in mir, eine Empfindung, die mir nicht neu war, aber woher ich sie kannte, wußte ich nicht zu erklären, erst Jahre später, als das Geheimnis meiner Kindheit endlich gelöst war, verstand ich, daß der Tod meines Großvaters Tao mich einst in ebensolches Leid gestürzt hatte. Die Wunde war nicht vernarbt, nur verborgen gewesen, und jetzt riß sie wieder auf mit dem gleichen brennenden Schmerz. Das Gefühl, verwaist zu sein, das meine Großmutter mir hinterließ, hatte mich schon als Fünfjährige heimgesucht, als Tao aus meinem Leben verschwand. Es war, als ob die Schmerzen meiner Kindheit – Verlust um Verlust –, die jahrelang in den untersten Schichten meines Gedächtnisses begraben gewesen waren, ihr drohendes Drachenhaupt erhoben hätten, um mich zu verschlingen: meine Mutter stirbt bei meiner Geburt, mein Vater stirbt, nachdem er jahrelang nichts von mir wissen wollte, meine Großmutter Eliza verläßt mich, und das Schlimmste: Auch der Mensch war nicht mehr da, den ich am meisten liebte – mein Großvater Tao.

Neun Jahre sind vergangen seit diesem Septembertag, an dem Paulina von mir ging; dieses und anderes Unglück habe ich hinter mir gelassen, heute kann ich mit ruhigem Herzen an meine grandiose Großmutter denken. Sie ist nicht in der unendlichen Schwärze eines endgültigen Todes verschwunden, wie mir zu Anfang schien, ein Teil von ihr ist hiergeblieben und umgibt mich ständig gemeinsam mit Tao, zwei sehr unterschiedliche Geister, die mich begleiten und mir helfen, der ihre bei den praktischen Dingen des Lebens und der seine, um die Dinge des Gefühls zu klären; aber als meine Großmutter nicht mehr weiteratmete auf jenem Feldbett, auf dem sie ihre letzten Monate verbracht hatte, ahnte ich nicht, daß sie wiederkehren würde, und der Schmerz warf mich um. Wenn ich fähig wäre, meine Empfindungen nach außen zu kehren, würde ich vielleicht weniger leiden, aber sie bleiben innen stecken wie ein riesiger Eisblock, und Jahre können vergehen, ehe das Eis zu schmelzen beginnt. Ich weinte nicht, als sie ging. Die Stille im Raum war wie ein Fehler im Protokoll, eine Frau, die gelebt hatte wie Paulina, hätte singend und mit Orchesterbegleitung wie in der Oper sterben müssen, statt dessen verabschiedete sie sich schweigend, mit einer Zurückhaltung, die sie in ihrem ganzen Leben auch nicht einmal geübt hatte. Die Männer gingen aus dem Zimmer, und Nívea und ich kleideten sie für ihre letzte Reise behutsam in das Karmeliterinnenhabit, das seit einem Jahr im Schrank hing, konnten aber doch der Versuchung nicht widerstehen, ihr zuerst ihre beste französische Unterwäsche aus malvenfarbener Seide anzuziehen. Als wir den Körper anhoben, merkten wir, wie leicht sie geworden war, nur noch ein zerbrechliches Skelett mit ein paar lose hängenden Haarsträhnen. Schweigend dankte ich ihr für alles, was sie für mich getan hatte, sagte die zärtlichen Worte zu ihr, die ich früher nie auszusprechen gewagt hätte, küßte ihre schönen Hände, ihre Perlmuttlider, ihre Porzellanstirn, bat sie um Verzeihung für meine Füßestampferei in der Kindheit, dafür, daß ich so spät gekommen war, für die vertrocknete Eidechse, die ich in einem vorgetäuschten Hustenanfall ausgespuckt hatte, und für andere plumpe Scherze, die sie hatte ertragen müssen, während Nívea den guten Vorwand nutzte, den Paulina ihr bot, um ohne Laut ihre toten Kinder zu beweinen. Als wir meine Großmutter angekleidet hatten, besprühten wir sie mit ihrem Gardenienparfum und öffneten Vorhänge und Fenster, damit der Frühling hereinkam, wie sie es gern gehabt hätte. Keine Klageweiber, keine schwarzen Kleider, keine zugehängten Spiegel, Paulina del Valle war eine verwegene Königin und verdiente im Septemberlicht gefeiert zu werden. So verstand es auch Williams, der selbst zum Markt fuhr und die Kutsche mit frischen Blumen vollud, um das Haus zu schmücken.

Als die Verwandten und Freunde kamen – in Trauer, das Taschentuch in der Hand –, waren sie empört, wo hätte man wohl je eine Totenwache im hellsten Sonnenlicht, mit Hochzeitsblumen und ohne Tränen gesehen! Sie gingen, Andeutungen tuschelnd, und noch heute gibt es einige, die mit dem Finger auf mich zeigen, überzeugt, ich wäre über Paulinas Tod froh gewesen, weil ich die Hand auf die Erbschaft legen wollte. Ich habe aber nichts geerbt, weil das sehr schnell ihre Söhne mit ihren Anwälten übernahmen, und ich brauchte es auch nicht, weil mein Vater mir genug hinterlassen hat, um menschenwürdig davon zu leben, und was ich vielleicht darüber hinaus brauche, kann ich mir mit meiner Arbeit verdienen. Trotz der endlosen Ratschläge und Lektionen meiner Großmutter ist es mir nie gelungen, ihren Riecher für gute Geschäfte zu entwickeln; ich werde nie reich sein, und das freut mich. Auch Frederick Williams brauchte sich nicht mit den Anwälten herumzuschlagen, denn das Geld interessierte ihn sehr viel weniger, als die bösen Zungen über Jahre hinaus zischelten. Außerdem hatte seine Frau ihm genug davon gegeben, als sie noch lebte, und er hatte es, vorausschauend wie er war, sicher angelegt. Paulinas Söhne konnten nicht beweisen, daß die Ehe ihrer Mutter mit dem ehemaligen Butler illegal gewesen sei, und mußten Onkel Frederick in Frieden lassen. Sie konnten sich auch die Weinberge nicht aneignen, weil die auf Severo del Valle eingetragen waren, weshalb sie die Anwälte auf die Priester hetzten, um all das zurückzubekommen, was diese eingesteckt hatten, indem sie die Kranke mit den Feuern der Hölle in Angst und Schrecken versetzt hatten, aber bis jetzt hat noch keiner einen Prozeß gegen die katholische Kirche gewonnen, die Gott auf ihrer Seite hat, wie alle Welt weiß. Jedenfalls gab es Geld im Überfluß, und die Söhne, verschiedene Verwandte und sogar die Anwälte haben bis heute davon leben können.

Die einzige Freude in diesen trostlosen Wochen war das Wiederauftauchen der Señorita Matilde Pineda. Sie hatte in der Zeitung gelesen, daß Paulina del Valle gestorben war, und sich mit Mut gewappnet, um in dem Haus zu erscheinen, aus dem sie zur Zeit der Revolution vertrieben worden war. Sie kam mit einem Blumenstrauß, begleitet von dem Buchhändler Pedro Tey. Sie war fülliger geworden, und zuerst erkannte ich sie nicht, aber er war immer noch der kahlköpfige kleine Mann mit den dicken satanischen Augenbrauen und den feurigen Augen.

Nach der Beisetzung auf dem Friedhof und nachdem alle Messen gesungen, die Novenen gebetet, die Almosen und Liebesgaben verteilt waren, wie meine Großmutter verfügt hatte, legte sich die Staubwolke des prunkhaften Begräbnisses, und Frederick Williams und ich fanden uns allein in dem leeren Haus. Wir setzten uns in den Wintergarten und beklagten zurückhaltend das Fehlen meiner Großmutter – im Weinen sind wir beide nicht gut – und gedachten ihrer in ihren vielen großen Augenblicken und in ihren wenigen betrüblichen.

»Was werden Sie jetzt tun, Onkel Frederick?« fragte ich.

»Das hängt von Ihnen ab, Aurora.«

»Von mir?«

»Ich konnte nicht umhin, etwas Ungewöhnliches an Ihnen zu bemerken, Kind«, sagte er mit dieser seiner subtilen Art, Fragen zu stellen.

»Ich bin sehr krank gewesen, und der Hingang meiner Großmutter macht mich sehr traurig, Onkel Frederick. Das ist alles, es gibt nichts Ungewöhnliches, glauben Sie mir.«

»Es ist schade, daß Sie mich so unterschätzen, Aurora. Ich müßte schon sehr dumm sein oder Sie sehr wenig liebhaben, wenn mir Ihr Seelenzustand entgangen wäre. Sagen Sie mir, was Ihnen geschehen ist, vielleicht kann ich helfen.«

»Niemand kann mir helfen, Onkel.«

»Versuchen Sie's, wäre doch möglich . . .«

Mir war zumute, als hätte ich niemanden auf dieser Welt, dem ich vertrauen konnte, und Frederick Williams hatte bewiesen, was für ein ausgezeichneter Ratgeber er war, der einzige in der Familie mit gesundem Menschenverstand. Ihm konnte ich wirklich meinen Jammer erzählen. Er hörte mir bis zum

Ende aufmerksam zu, ohne mich auch nur einmal zu unterbrechen.

»Das Leben ist lang, Aurora. Jetzt sehen Sie alles in Schwarz, aber die Zeit heilt und löscht fast alles aus. Diese Wegstrecke ist wie ein Tunnel, durch den Sie blind hindurchmüssen, Ihnen scheint, als gäbe es keinen Ausgang, aber ich verspreche Ihnen, es gibt einen. Gehen Sie weiter, Kind.«

»Was wird aus mir werden, Onkel Frederick?«

»Sie werden eine andere Liebe finden, vielleicht werden Sie Kinder haben oder die beste Fotografin dieses Landes sein.«

»Ich fühle mich so verwirrt und so allein!«

»Sie sind nicht allein, Aurora, ich bin bei Ihnen und werde es immer sein, wenn Sie mich brauchen.«

Er überzeugte mich, daß ich nicht zu meinem Mann zurückdurfte, daß ich ein Dutzend Vorwände finden konnte, um mein Bleiben über Jahre hinauszuzögern. Ohnehin glaubte er, daß Diego meine Rückkehr nach Caleufú nicht verlangen würde, weil es ihm nur recht war, mich so weit weg wie möglich zu wissen. Und was die gute Doña Elvira anging, so blieb kein anderer Ausweg, als sie mit einem umfangreichen Briefwechsel zu trösten, man mußte Zeit gewinnen. Meine Schwiegermutter hatte ein schwaches Herz und würde nicht mehr lange leben, wie die Ärzte ja festgestellt hatten. Onkel Frederick versicherte mir, er habe keine Eile, Chile zu verlassen, ich sei seine einzige Familie, er liebe mich wie eine Tochter oder eine Enkelin.

»Haben Sie denn niemanden in England?« fragte ich.

»Niemanden.«

»Sie wissen sicherlich, daß schon immer alles mögliche über Sie geklatscht wird, es heißt, Sie seien ein heruntergekommener Lord, und meine Großmutter hat das nie bestritten.«

»Nichts ist der Wahrheit ferner, Aurora!« rief er lachend aus.

»Dann haben Sie gar kein Wappenschild irgendwo versteckt?« fragte ich ebenfalls lachend.

»Sehen Sie selbst, Kind«, antwortete er.

Er zog das Jackett aus, knöpfte das Hemd auf, schob das Unterhemd hoch und zeigte mir seinen Rücken. Er war mit schrecklichen Narben überzogen.

»Prügelstrafe. Hundert Peitschenhiebe, weil ich in einer Strafkolonie in Australien Tabak gestohlen hatte. Ich habe dort fünf Jahre verbüßt, bevor ich mit einem Floß fliehen konnte. Auf hoher See hat mich ein chinesisches Piratenschiff aufgefischt, und ich mußte arbeiten wie ein Sklave, aber kaum kamen wir in die Nähe von Land, bin ich wieder ausgerissen. So ging das von Schiff zu Schiff, bis ich in Kalifornien landete. Das einzige, was ich von einem englischen Edelmann habe, ist der Akzent, den ich von einem echten Lord lernte, meinem ersten Dienstherrn in Kalifornien. Er brachte mir auch die Obliegenheiten eines Butlers bei. Paulina del Valle stellte mich 1870 ein, und seither war ich an ihrer Seite.«

»Kannte meine Großmutter diese Geschichte, Onkel?« fragte ich, als ich mich von meiner Verblüffung erholt hatte und wieder sprechen konnte.

»Natürlich. Paulina machte es großen Spaß, daß die Leute einen Sträfling mit einem Aristokraten verwechselten.«

»Weshalb wurden Sie verurteilt?«

»Weil ich ein Pferd gestohlen hatte, als ich fünfzehn war. Sie hätten mich hängen können, aber ich hatte Glück, sie wandelten die Strafe ab, und so landete ich in Australien. Keine Sorge, Aurora, ich habe in meinem Leben nie wieder auch nur einen Centavo gestohlen, von dem Laster haben die Peitschenhiebe mich geheilt, allerdings nicht von meiner Vorliebe für den Tabak«, sagte er lachend.

So blieben wir also zusammen. Paulinas Söhne

verkauften das Haus in der Ejército Libertador, in dem sich heute eine Mädchenschule befindet, und versteigerten das wenige an wertvollen Sachen, was das Haus noch enthielt. Ich hatte das mythologische Bett gerettet und beiseite geschafft, ehe die Erben kamen, hatte es, in seine Teile zerlegt, in einem Lager des Krankenhauses von Iván Radovic versteckt, wo es blieb, bis die Anwälte es satt hatten, in allen Ecken herumzustochern und nach den letzten Spuren der Besitztümer meiner Großmutter zu suchen. Frederick Williams und ich kauften ein Landhaus in der Umgebung der Stadt in Richtung auf die Anden; wir besitzen zwölf Hektar Land, eingefaßt von Zitterpappeln, überflutet von duftendem Jasmin, bewässert von einem bescheidenen Bach, und alles wächst, ohne um Erlaubnis zu fragen. Hier züchtet Frederick Williams Hunde und Rassepferde, spielt Krocket und betreibt andere langweilige Lustbarkeiten, wie sie die Engländer nun einmal lieben; und hier habe ich mein Winterquartier. Das Haus ist ein altes Gemäuer, aber es hat einen gewissen Zauber und Raum genug für mein Fotolabor und für das berühmte florentinische Bett, das mit seinen vielfarbigen Meeresgeschöpfen mitten in meinem Zimmer steht. Darin schlafe ich, vom wachsamen Geist meiner Großmutter Paulina beschützt, die immer rechtzeitig erscheint, um die Wesen in den schwarzen Pyjamas tüchtig zu erschrecken und zu verjagen. Santiago wird bestimmt noch wachsen, aber auf der anderen Seite, zum Zentralbahnhof hin, und uns werden sie in Frieden lassen in unserem beschaulichen Gefilde aus Pappeln und Hügeln.

Dank meinem Onkel Lucky, der der Neugeborenen seinen Glücksatem ins Gesicht blies, und dank der großzügigen Vorsorge meiner Großmutter und meines Vaters kann ich sagen, ich habe ein gutes Leben. Ich verfüge über genug Mittel und über die Freiheit, das zu tun, was mir Freude macht, ich kann meine Zeit voll darauf verwenden, die teilweise recht rauhe Geographie Chiles mit der Kamera um den Hals zu bereisen, was ich in den letzten acht, neun Jahren auch getan habe. Die Leute reden hinter meinem Rücken, das ist nicht zu vermeiden; einige Verwandte und Bekannte wollen von mir nichts mehr wissen, und wenn sie mich auf der Straße sehen, tun sie, als kennten sie mich nicht, sie können schließlich nicht dulden, daß eine Frau ihren Mann verläßt. Diese Unfreundlichkeiten rauben mir nicht den Schlaf: ich brauche nicht aller Welt zu gefallen, nur denjenigen, an denen mir wirklich etwas liegt, und das sind nicht viele. Das traurige Ergebnis meiner Verbindung mit Diego Domínguez hätte mich eigentlich für immer vor überstürzter, hingebungsvoller Liebe warnen müssen, aber so ist es nicht gekommen, ich bin nicht zurückgeschreckt. Sicher, ich war einige Monate tief getroffen, schleppte mich tagtäglich mit dem Gefühl dahin, ganz und gar erledigt zu sein, meine einzige Karte ausgespielt und alles verloren zu haben. Wahr ist auch, daß ich dazu verurteilt bin, eine verheiratete Frau ohne Mann zu sein, was mich hindert, mein Leben »wieder aufzubauen«, wie meine Tanten sagen, aber dieser sonderbare Zustand gibt mir große Bewegungsfreiheit. Ein Jahr nachdem ich mich von Diego getrennt hatte, verliebte ich mich wieder, und das bedeutet wohl, daß ich ein dickes Fell habe und Wunden bei mir schnell vernarben. Die zweite Liebe war keine friedliche Freundschaft, die sich mit der Zeit zu einer bewährten Zweisamkeit auswuchs, sie war schlicht ein leidenschaftlicher Impuls, der uns beide überrumpelte und sich durch puren Zufall als geglückt erwies ... na schön, bis jetzt, wer weiß, wie es in Zukunft aussieht. Es war an einem Wintertag, einem dieser Tage mit hartnäckigem, grünem Regen, vereinzelten Blitzen und Zentnerlast im Gemüt. Paulinas Söhne und ihre Winkeladvokaten waren wieder einmal gekommen, um mich mit ihren ewigen Dokumenten zu plagen, jedes mit drei Kopien und elf Stempeln, die ich unterschrieb, ohne sie zu lesen. Frederick Williams und ich waren bereits aus dem Haus in der Ejército Libertador ausgezogen und wohnten im Hotel, weil die Reparaturen an dem Landhaus, in dem wir heute leben, noch nicht abgeschlossen waren. Onkel Frederick hatte auf der Straße Doktor Iván Radovic getroffen, den wir schon längere Zeit nicht gesehen hatten, und sie hatten sich verabredet, mit mir zusammen in die Aufführung einer Zarzuela zu gehen, mit der eine spanische Theatertruppe durch Südamerika tourte, aber an dem festgesetzten Tag mußte Onkel Frederick sich mit einer Erkältung ins Bett legen, und ich sah mich allein in der Halle des Hotels warten, mit eiskalten Händen und schmerzenden Füßen, weil mich die neuen Schuhe drückten. An den Fensterscheiben rann der Regen wie ein Wasserfall herab, und der Wind schüttelte die Bäume wie Federbetten, der Abend lud wirklich nicht zum Ausgehen ein, und fast beneidete ich Onkel Frederick um seinen Katarrh, der ihm erlaubte, mit einem guten Buch und einer Tasse heißer Schokolade im Bett zu bleiben, dennoch, als Iván Radovic die Halle betrat, vergaß ich das Unwetter. Er kam in einem klatschnassen Mantel und lächelte mich an, und da begriff ich, daß er viel besser aussah, als ich in Erinnerung hatte. Wir blickten uns in die Augen, und es war, als sähen wir uns zum erstenmal, ich jedenfalls betrachtete ihn ernsthaft, und mir gefiel, was ich sah. Es gab ein langes Schweigen, eine Pause, die unter anderen Umständen sehr drückend hätte sein können, aber hier nur eine Art Dialog zu sein schien. Er half mir, das Regencape umzulegen, und wir gingen langsam, zaudernd zur Tür, immer noch Auge in Auge. Keiner von uns beiden wollte gern dem Gewitter trotzen, das über den Himmel fegte, aber trennen wollten wir uns auch nicht. Ein Portier kam mit einem großen Regenschirm und bot an, uns zur Kutsche zu geleiten, die vor der Tür wartete, also gingen wir mit ihm, wortlos, zweifelnd. Da war kein Aufblitzen plötzlicher Erkenntnis, kein Ahnen aus tiefstem Gefühl, daß wir verwandte Seelen seien, ich spürte auch nicht den Beginn einer Liebe wie aus dem Roman, nichts von alledem, ich bemerkte nur, welche Sprünge mein Herz tat, wie mir die Luft wegblieb, empfand die Hitze und das Kribbeln der Haut, den übermächtigen Wunsch, diesen Mann zu berühren. Ich fürchte, von meiner Seite aus war nichts Geistiges in dieser Begegnung, nur blanke Lust, allerdings war ich damals noch sehr unerfahren und mein Wortschatz allzu beschränkt, um dieser Erregung den Namen zu geben, den sie im Wörterbuch hat. Der Name kommt hier ohnedies weniger in Betracht, wichtig ist, daß dieser tiefinnerliche Aufruhr stärker war als meine Schüchternheit, und im Schutz der Kutsche, aus der zu fliehen nicht leicht war, nahm ich sein Gesicht in beide Hände, und ohne zweimal nachzudenken, küßte ich ihn auf den Mund, wie ich es vor vielen Jahren Severo und Nívea hatte tun sehen, entschlossen und gierig. Es war eine einfache und unwiderrufliche Handlung. Ich kann nicht in Einzelheiten schildern, was darauf folgte, weil es naheliegend ist und weil Iván, wenn er es auf diesen Seiten läse, mir einen fürchterlichen Krach machen würde. Ich muß es sagen: Unsere Kämpfe sind so denkwürdig, wie unsere Versöhnungen leidenschaftlich; dies ist keine ruhige, übersüße Liebe, aber man kann zu ihren Gunsten sagen, daß es eine beständige Liebe ist; Hindernisse scheinen sie nicht zu schrecken, sondern zu festigen. Die Ehe ist eine Sache des gesunden Menschenverstandes, der uns beiden abgeht. Die Tatsache, daß wir nicht verheiratet sind, macht uns unsere schöne Liebe leicht, jeder kann sich seinem eigenen Kram widmen, jeder verfügt über seinen eigenen Freiraum, und wenn wir drauf und dran sind, zu explodieren, bleibt immer noch der Ausweg, uns für ein paar

Tage zu trennen und wieder zueinanderzufinden, wenn uns die Sehnsucht nach den Küssen überwältigt. Bei Iván Radovic habe ich gelernt, zu fauchen und die Krallen auszufahren. Wenn ich ihn bei einem Verrat erwischte – was Gott verhindern möge! –, wie es mir mit Diego erging, würde ich mich nicht in Tränen verzehren wie damals, ich würde ihn umbringen, ohne Gewissensbisse.

Nein, ich will nicht über die vertraulichen Spiele reden, die ich mit meinem Geliebten teile, aber es gibt eine Episode, die ich nicht verschweigen kann, weil sie mit der Erinnerung zu tun hat, und die ist ja letztlich der Grund, weshalb ich diese Seiten schreibe. Meine Alpträume sind ein blindes Abtauchen in die dunklen Hohlräume, wo meine ältesten Erinnerungen schlummern, in den tiefen Schichten des Bewußtseins blockiert. Die Fotografie und das Schreiben sind Versuche, die Augenblicke zu packen, ehe sie vergehen, die Erinnerungen festzuhalten, um meinem Leben einen Sinn zu geben. Iván und ich waren bereits mehrere Monate zusammen und hatten inzwischen Übung darin, uns diskret zu treffen, dank dem guten Onkel Frederick, der seit dem ersten Tag über unsere Liebe wacht. Iván mußte in einer Stadt im Norden einen medizinischen Vortrag halten, und ich begleitete ihn unter dem Vorwand, die Salpetergruben fotografieren zu wollen, in denen die Arbeitsbedingungen sehr schlecht sind. Die englischen Unternehmer weigerten sich, mit den Arbeitern zu verhandeln, und es herrschte ein Klima unterschwellig wachsender Gewalt, die einige Jahre später zum Ausbruch kommen sollte. Als das 1907 geschah, war ich zufällig dort, und meine Aufnahmen sind das einzige unwiderlegbare Dokument, daß das Gemetzel von Iquique tatsächlich geschah, denn die Zensur der Regierung löschte die zweitausend Toten, die ich selbst am Schauplatz sah, vom Antlitz der Historie. Aber das ist eine andere Geschichte und hat auf diesen Seiten keinen Platz. Als ich das erstemal mit Iván in dieser Stadt war, konnte ich nicht ahnen, daß ich diese Tragödie später mit ansehen würde, für uns beide waren es kurze Flitterwochen. Wir schrieben uns im Hotel getrennt ein, und am Abend, nachdem jeder sein Tagewerk getan hatte, kam er in mein Zimmer, wo ich ihn mit einer Flasche des fabelhaften *Viña Paulina* erwartete. Bislang war unsere Beziehung ein fleischliches Abenteuer gewesen, eine Erkundung der Sinne, die für mich grundlegend war, denn sie half mir, die Demütigung zu überwinden, daß Diego mich abgewiesen hatte, und zu begreifen, daß ich nicht als Frau gescheitert war, wie ich gefürchtet hatte. Bei jedem Zusammensein mit Iván hatte ich mehr Vertrauen gewonnen, hatte Scheu und Schamhaftigkeit überwunden, aber mir war nicht klargeworden, daß diese herrliche erotische Spielerei sich zur großen Liebe entwickelt hatte. In dieser Nacht umarmten wir uns, etwas ermattet vom guten Wein und von den Anstrengungen des Tages, schön langsam wie zwei weise Großeltern, die sich schon neunhundertmal geliebt haben und sich längst nicht mehr gegenseitig überraschen oder betrügen können. Was war daran Besonderes für mich? Gar nichts, nehme ich an, außer daß die Fülle von glücklichen Erfahrungen mit Iván in dieser Nacht stark genug war, um meinen Schutzwall zunichte zu machen. Es geschah, daß ich nach dem Orgasmus, von den festen Armen meines Geliebten umfaßt, plötzlich in Schluchzen ausbrach, das mich durchschüttelte, wieder und wieder, bis eine unhaltbare Flut angestauter Tränen mich fortriß. Ich weinte und weinte, ausgeliefert, ganz dem Weinen hingegeben, sicher in diesen Armen, wie ich es nie zuvor gewesen war. Ein Damm brach in meinem Innern, und der alte Schmerz floß dahin wie geschmolzener Schnee. Iván fragte nichts, noch versuchte er mich zu trösten, er hielt mich nur fest an die Brust gedrückt und ließ mich weinen, bis mir die Tränen versiegten, und als ich zu einer Erklärung ansetzte, verschloß er mir den Mund mit einem langen Kuß. Überdies hatte ich in diesem Augenblick gar keine Erklärung, ich hätte eine erfinden müssen, aber heute weiß ich – denn es ist seither mehrmals wieder passiert –: als ich mich so ganz und gar in Sicherheit fühlte, beschirmt und beschützt, da begann meine Erinnerung an die ersten fünf Jahre meines Lebens wiederzukehren, die Jahre, die meine Großmutter Paulina und alle übrigen mit dem Mantel des Schweigens zugedeckt hatten. Als erstes sah ich hell aufblitzend das Gesicht meines Großvaters Tao, der meinen chinesischen Namen murmelte, Lai-Ming. Es war nur ein ganz kurzer Augenblick, aber leuchtend wie der Mond. Dann erlebte ich wach wieder den Alptraum, der mich von jeher gequält hat, und da begriff ich, daß es eine unmittelbare Verbindung zwischen meinem angebeteten Großvater und diesen Teufeln in schwarzen Pyjamas gibt. Die Hand, die mich in dem Traum losläßt, ist die Hand Taos. Wer da langsam zu Boden sinkt, ist Tao. Der Fleck, der sich unerbittlich auf dem Straßenpflaster ausbreitet, ist das Blut Taos.

Ich lebte seit etwas über zwei Jahren offiziell bei Frederick Williams, ging aber mehr und mehr auf in meiner Beziehung zu Iván, ohne den ich mir mein Schicksal nicht mehr vorstellen konnte, als meine Großmutter Eliza wieder in meinem Leben erschien. Sie kehrte wohlbehalten zurück, immer noch nach Karamel und Vanille duftend, unverwundbar gegenüber dem Verschleiß durch Not oder Vergessen. Es waren siebzehn Jahre vergangen, seit sie mich in Paulinas Haus zurückließ, in der ganzen Zeit hatte ich nicht ein Foto von ihr gesehen, und ihr Name war nur sehr selten in meiner Gegenwart erwähnt worden, und trotzdem erkannte ich sie auf den ersten Blick. Ihr Bild war verzahnt mit dem Räderwerk meiner Sehnsucht und hatte sich so wenig verändert, daß, als sie sich mit dem Koffer in der Hand auf unserer Schwelle materialisierte, mir war, als hätten wir uns gerade am Tag zuvor voneinander verabschiedet und als wäre alles seither Geschehene reine Einbildung. Neu war allein, daß sie kleiner war, als ich sie in Erinnerung hatte, aber das dürfte daran gelegen haben, daß ich damals mit meinen fünf Jahren zu ihr aufsehen mußte. Sie war immer noch straff wie ein Admiral, hatte das gleiche jugendliche Gesicht und die gleiche strenge Frisur, wenn sich jetzt auch weiße Strähnen durch das Haar zogen. Sie trug auch immer noch die Perlenkette, die ich immer an ihr gesehen hatte und die sie, wie ich jetzt weiß, nicht einmal zum Schlafen abnahm. Severo begleitete sie, der diese ganzen Jahre mit ihr in Kontakt geblieben war, aber mir nichts davon gesagt hatte, weil sie es nicht erlaubte. Eliza hatte Paulina ihr Wort gegeben, daß sie nie versuchen werde, mit ihrer Enkelin Verbindung aufzunehmen, und hatte das getreulich befolgt, bis Paulinas Tod sie von ihrem Versprechen befreite. Als Severo es ihr mitteilte, packte sie ihre Koffer, verschloß ihr Haus, wie sie es schon so viele Male getan hatte, und schiffte sich ein nach Chile. Als sie 1885 in San Francisco Witwe wurde, unternahm sie die Pilgerfahrt nach China mit dem einbalsamierten Leichnam ihres Mannes, um ihn in Hongkong zu bestatten. Tao Chi'en hatte den größten Teil seines Lebens in Kalifornien verbracht und war einer der wenigen chinesischen Einwanderer, die die amerikanische Staatsbürgerschaft erhalten hatten, aber er hatte immer den Wunsch ausgesprochen, daß seine Gebeine in chinesischer Erde ruhen sollten, damit seine Seele nicht in der Unendlichkeit des Weltraums umherirren müsse, ohne die Tür zum Himmel zu finden. Diese Vorsicht hat nicht ausgereicht, denn ich bin sicher, daß der Geist meines Großvaters Tao noch durch diese Welt wandert, anders kann ich es mir nicht erklären, wieso ich ihn immer noch in meiner Nähe spüre. Das ist nicht nur Einbildung, meine Großmutter Eliza hat es mir durch einige Beweise bestätigt, wie den Geruch nach Meer, der mich manchmal einhüllt, und die Stimme, die ein magisches Wort flüstert: meinen chinesischen Namen.

»Hallo, Lai-Ming!« begrüßte mich diese außergewöhnliche Großmutter, als sie mich sah.

»*Oi poa!*« rief ich aus.

Ich hatte dieses Wort – Großmutter mütterlicherseits in Kantonesisch – seit jener weit zurückliegenden Zeit nicht mehr ausgesprochen, als ich mit ihr über einer Akupunkturklinik im Chinesenviertel von San Francisco lebte, aber ich hatte es nicht vergessen. Sie legte mir eine Hand auf die Schulter und musterte mich von Kopf bis Fuß, dann nickte sie billigend und umarmte mich endlich.

»Ich bin froh, daß du nicht so hübsch bist wie deine Mutter«, sagte sie.

»Das hat mein Vater auch gesagt.«

»Du bist groß, wie Tao. Und Severo hat mir erzählt, du bist auch so klug wie er.«

In unserer kleinen Familie wird Tee serviert, wenn die Situation ein wenig peinlich ist, und da ich mich fast die ganze Zeit befangen fühlte, machte ich jetzt eben Tee. Dieses Getränk hilft mir, meine Nerven zu beruhigen. Ich starb vor Verlangen, meine Großmutter um die Taille zu fassen und mit ihr Walzer zu tanzen, ihr schnellstens mein ganzes Leben zu erzählen und ihr die Vorwürfe aufzutischen, die ich jahrelang in mich hineingemurmelt hatte, aber nichts davon war möglich. Eliza Sommers ist nicht der Typ, der zu Vertraulichkeiten einlädt, ihre Würde schüchtert ein, und Wochen mußten vergehen, ehe sie und ich zu einem entspannten Gespräch zusammenfanden. Zum Glück schafften es der Tee und die Anwesenheit von Severo und Onkel Frederick, der wie ein Afrikaforscher ausstaffiert von einem seiner Spaziergänge durchs Gelände zurückkam, die Spannung zu lösen. Kaum hatte Onkel Frederick seinen Tropenhelm und seine eingefärbte Brille abgenommen und Eliza Sommers erblickt, änderte sich etwas in seiner Haltung: Er streckte die Brust heraus, hob die Stimme und spreizte das Gefieder. Seine Bewunderung verdoppelte sich, als er auf Koffern und Taschen die Aufkleber der verschiedenen Reisestationen sah und daraus entnehmen konnte, daß diese kleine Dame eine der wenigen Fremden war, die bis Tibet gelangt waren.

Ich weiß nicht, ob meine *oi poa* nur nach Chile gekommen war, um mich zu sehen, ich vermute, sie war mehr daran interessiert, ihren Fuß auf die Antarktis zu setzen, wie es noch keine Frau getan hatte, aber was auch immer der Grund gewesen sein mochte, ihr Besuch war für mich von grundsätzlicher Wichtigkeit. Ohne sie wäre mein Leben weiter von Nebelzonen durchzogen, ohne sie könnte ich dieses Erinnerungsbuch nicht schreiben. Diese Großmutter gab mir die fehlenden Stücke, die das Puzzle meiner Existenz zusammenfügten, sie erzählte mir von meiner Mutter, von dem, was sich bei meiner Geburt zutrug, und gab mir den Schlüssel zu meinen Alpträumen. Sie war es auch, die mich später nach San Francisco begleiten sollte, damit ich meinen Onkel Lucky kennenlernte, einen wohlhabenden chinesischen Kaufmann, dick und krummbeinig und absolut bezaubernd, und die nötigen Dokumente zutage förderte, um die losen Enden meiner Geschichte zu verbinden. Elizas Beziehung zu Severo ist so tief wie die Geheimnisse, die sie viele Jahre teilten, sie betrachtet ihn als meinen wahren Vater, denn er war der Mann, der ihre Tochter liebte und heiratete. Die einzige Funktion von Matías bestand darin, durch puren Zufall etwas Erbgut beizusteuern.

»Dein Erzeuger ist unwichtig, Lai-Ming, so was kann jeder. Severo ist der, der dir seinen Namen gab und sich für dich verantwortlich fühlte«, versicherte sie mir.

»Dann war Paulina del Valle meine Mutter und

mein Vater, ich trage ihren Namen, und sie fühlte sich verantwortlich für mich. Alle anderen sind wie Kometen durch meine Kindheit gezogen und haben mir kaum eine Spur Sternenstaub hinterlassen«, gab ich zurück.

»Vor ihr waren Tao und ich dein Vater und deine Mutter, wir haben dich aufgezogen, Lai-Ming«, erklärte sie mir, und wie recht hat sie doch! Diese Großeltern hatten so mächtigen Einfluß auf mich, daß ich sie dreißig Jahre lang wie eine sanfte Gegenwart in mir getragen habe, und ich bin sicher, daß ich sie für den Rest meines Lebens weiter in mir tragen werde.

Eliza lebt in einer anderen Dimension neben Tao, dessen Tod ein schweres Unglück war, aber kein Hindernis, ihn weiterhin zu lieben wie vorher. Meine Großmutter ist eines dieser Wesen, die für eine einzige große Liebe bestimmt sind, ich glaube nicht, daß eine andere in ihrem Witwenherzen Platz hat. Nachdem sie ihren Mann in China neben dem Grab seiner ersten Frau Lin begraben und die buddhistischen Bestattungsriten so erfüllt hatte, wie er es gewünscht hätte, fand sie sich frei. Sie hätte nach San Francisco zurückkehren können, um bei ihrem Sohn Lucky zu leben und seiner jungen Frau, die er sich per Katalog aus Shanghai hatte schicken lassen, aber der Gedanke, eine gefürchtete und verehrte Schwiegermutter zu werden, hieß nichts anderes als sich ins Alter ergeben. Sie fühlt sich weder einsam, noch hat sie Angst vor der Zukunft, denn der beschützende Geist Taos ist immer bei ihr; in Wirklichkeit sind sie mehr zusammen als früher, sie trennen sich keinen Augenblick. Sie hat sich angewöhnt, mit ihm zu reden, natürlich leise, damit sie vor den Augen anderer nicht als Verrückte dasteht, und nachts schläft sie auf der linken Seite des Bettes, um ihm den Platz zur Rechten zu überlassen, wie sie es gewohnt waren. Der Reiz des Abenteuers, der auch damals schon mit im Spiel war, als sie, gerade sechzehn Jahre alt, im Bauch eines Schiffes nach Kalifornien ausriß auf der Suche nach Joaquín, tat jetzt erneut seine Wirkung. Sie erinnerte sich an einen festlichen Augenblick mitten im wildesten Goldrausch: Das Wiehern ihres Pferdes und die ersten Sonnenstrahlen hatten die inzwischen Achtzehnjährige geweckt in der Unendlichkeit einer rauhen, einsamen Landschaft. In dieser Morgenfrühe entdeckte sie das erregende Gefühl der Freiheit. Sie hatte die Nacht allein unter den Bäumen verbracht, umgeben von tausend Gefahren – schonungslos zuschlagenden Banditen, wilden Indianern, Schlangen, Bären und anderen wilden Tieren –, und trotzdem hatte sie zum erstenmal im Leben keine Angst gehabt. Sie war in einem Korsett aufgewachsen, das Körper, Seele und Phantasie einzwängte, selbst vor ihren eigenen Gedanken war sie zurückgeschreckt, aber dieses Abenteuer hatte sie frei gemacht. Sie mußte eine Kraft entwickeln, die sie womöglich schon immer gehabt, aber bisher nicht benötigt und deshalb nicht gekannt hatte. Sie hatte den Schutz ihres Heims verlassen, um der Spur eines davongelaufenen Liebhabers zu folgen, als sie noch ein ganz junges Ding war, hatte sich schwanger als blinder Passagier auf ein Schiff schmuggeln lassen, wo sie das Kind verlor und beinahe auch ihr Leben, war in Kalifornien gelandet, hatte sich als Mann verkleidet und sich angeschickt, das Land kreuz und quer abzusuchen ohne mehr Waffen oder Geräte als den verzweifelten Drang der Liebe. Sie hatte es geschafft, allein in einer Welt wildgewordener Männer zu überleben, in der Gier und Gewalt herrschten, und mit der Zeit wurde sie immer beherzter und gewann mehr und mehr Gefallen an der Unabhängigkeit. Dieses euphorische Erleben des Abenteuers hatte sie nie wieder vergessen. Nicht einmal der Liebe wegen: zwar lebte sie dreißig Jahre als Tao Chi'ens nichtlegitime Ehefrau, war Mutter und Kuchenbäckerin, tat ihre Pflicht ohne größeren Horizont als ihr Zuhause in Chinatown, aber der Keim, den diese Wanderjahre gepflanzt hatten, war in ihrem Geist unversehrt geblieben und wartete nur darauf, im geeigneten Augenblick aufzubrechen. Als Tao, der einzige Bezugspunkt in ihrem Leben, starb, war die Stunde gekommen, wieder auf Fahrt zu gehen. »Im Grunde bin ich immer ein Weltenbummler gewesen, herumreisen ohne festes Ziel, das mag ich am liebsten«, schrieb sie an ihren Sohn Lucky. Dennoch entschied sie, daß sie zuerst das Versprechen erfüllen müsse, das sie ihrem Vater, dem Kapitän Sommers, gegeben hatte, nämlich ihre Tante Rose im Alter nicht allein zu lassen. Aus Hongkong fuhr sie nach England, um der alten Dame in ihren letzten Jahren beizustehen; das war das mindeste, was sie für diese Frau tun konnte, die ihr wie eine Mutter war. Rose Sommers war über siebzig, und ihre Gesundheit ließ spürbar nach, aber sie schrieb immer noch ihre romantischen Liebesromane, die einander alle mehr oder weniger ähnelten, und war damit eine der berühmtesten Schriftstellerinnen dieser Art in englischer Sprache geworden. Es gab Neugierige, die von weit her angereist kamen, um die winzige Gestalt zu sehen, wie sie ihren Hund im Park ausführte, und es hieß, die Königin Victoria tröste sich in ihrer Witwenschaft mit Roses zukkersüßen Geschichten von siegreicher Liebe. Die Ankunft Elizas, die sie liebte wie eine Tochter, war ein ungeheurer Trost für Rose, nicht zuletzt deshalb, weil ihr oft die Hand versagte und es ihr immer schwerer fiel, die Feder festzuhalten. Von nun an diktierte sie ihre Romane, und später, als sie etwas wirr wurde im Kopf, tat Eliza, als nähme sie das Diktierte auf, aber in Wirklichkeit schrieb sie die Romane, ohne daß der Verlag oder die Leserinnen je Verdacht schöpften, es ging nur darum, das Muster einzuhalten. Nach Roses Tod blieb Eliza in dem Häuschen im Künstlerviertel wohnen – das sehr an Wert gewonnen hatte, weil der Bezirk in Mode gekommen war – und erbte das Vermögen, das ihre Adoptivmutter mit ihren Liebesgeschichtchen angehäuft hatte. Als erstes fuhr sie Lucky in San Francisco besuchen und ihre Enkel besichtigen, die sie ziemlich häßlich und langweilig fand, dann reiste sie in exotischere Gegenden und folgte so endlich ihrer Bestimmung als Vagabundin. Sie war eine dieser Reisenden, die unbedingt Orte aufsuchen müssen, aus denen andere Leute fliehen. Nichts befriedigte sie so sehr, als auf ihrem Gepäck Aufkleber und Anhänger aus den entlegensten Ländern des Planeten zu sehen; nichts machte sie so stolz, als wenn sie sich unterwegs eine fremdartige Krankheit einfing oder von einem unbekannten Tier gebissen wurde. Jahrelang streifte sie mit ihren Entdeckerkoffern durch die Gegend, aber immer kehrte sie zurück in das Häuschen in London, wo Severos Briefe mit Neuigkeiten über mich sie erwarteten. Als sie erfuhr, daß Paulina nicht mehr lebte, beschloß sie, nach Chile zurückzukehren – wo sie geboren war und an das sie seit über einem halben Jahrhundert kaum mehr gedacht hatte –, um ihre Enkelin wiederzusehen.

Vielleicht hat sich ja meine Großmutter Eliza während der langen Überfahrt an ihre ersten sechzehn Jahre in Chile erinnert, diesem schlanken, anmutigen Land; an ihre Kindheit unter der Obhut einer herzensguten India und der schönen Miss Rose; an ihr eingeengtes, aber gesichertes Leben, bis der Liebhaber auftauchte, der die Schwangere verließ, um dem Gold in Kalifornien nachzujagen, ohne je ein Lebenszeichen zu geben. Da meine Großmutter Eliza an das Karma glaubt, muß sie daraus geschlossen haben, daß jene lange Schiffsreise nötig war, damit sie Tao begegnete, den sie in jeder ihrer Reinkarnationen wieder lieben würde. »Welch wenig christlicher Gedanke«, sagte Frederick Williams, als ich ihm zu erklären versuchte, weshalb Eliza Sommers niemanden brauchte.

Meine Großmutter brachte mir einen abgeschabten Koffer mit, den sie mir mit einem verschmitzten

Zwinkern ihrer dunklen Augen überreichte. Er enthielt vergilbte Manuskripte, gezeichnet *Eine Anonyme Dame*. Es waren die pornographischen Romane, die Rose Sommers in ihrer Jugend geschrieben hatte, ein weiteres gutgehütetes Familiengeheimnis. Ich habe sie sehr sorgfältig und in rein didaktischer Absicht gelesen, zum unmittelbaren Nutzen für Iván. Dieser vergnügliche Lesestoff – wie konnten nur einer viktorianischen alten Jungfer solche Frechheiten einfallen? – und Níveas vertrauliche Offenbarungen haben mir geholfen, die Scheu zu überwinden, die anfangs ein fast unüberwindliches Hindernis zwischen Iván und mir bildete. Gewiß, am Tag des Unwetters, als wir in die Aufführung der Zarzuela gehen wollten und doch nicht gingen, hatte ich mich vorgewagt und ihn in der Kutsche geküßt, ehe der arme Mann sich wehren konnte, aber weiter ging meine Kühnheit nicht, danach verloren wir kostbare Zeit, weil wir uns mit meiner ungeheuren Unsicherheit und seinen Skrupeln herumplagten, denn er wollte mir »nicht den Ruf verderben«, wie er sagte. Es war nicht einfach, ihn zu überzeugen, daß mein Ruf schon reichlich angeschlagen gewesen war, bevor er am Horizont erschien, und es auch weiterhin bleiben würde, weil ich nicht daran dachte, zu meinem Mann zurückzugehen oder meine Arbeit und meine Unabhängigkeit aufzugeben, beides Punkte, die hierzulande ziemlich schief angesehen werden. Nach der demütigenden Erfahrung mit Diego war es mir unmöglich erschienen, einem Mann Verlangen oder Liebe einzuflößen; zu meiner absoluten Ahnungslosigkeit auf sexuellem Gebiet kam ein Minderwertigkeitskomplex, ich hielt mich für häßlich, ungeeignet, unweiblich; ich schämte mich meines Körpers und der Leidenschaft, die Iván in mir weckte. Rose Sommers, die weit entfernte Urgroßtante, die ich nicht kannte, machte mir ein wunderbares Geschenk, als sie mir diese verspielte Freiheit gab, die für die Liebe so unerläßlich ist. Iván nimmt die Dinge zu ernst, sein Temperament neigt zur Schwermut; bisweilen versinkt er förmlich in Verzweiflung, weil wir nicht zusammenleben können, bis mein Mann stirbt, und dann werden wir sicherlich schon sehr alt sein. Wenn diese finsteren Wolken ihm das Gemüt verdüstern, greife ich zu den Manuskripten der anonymen Dame, in denen ich immer neue Hilfsmittel entdecke, um ihm Lust zu machen oder ihn wenigstens zum Lachen zu bringen. Über der Aufgabe, ihn mit höchst vertraulichen Spielen zu unterhalten, habe ich die Scham verloren und eine Sicherheit gewonnen, die ich mir nie zugetraut hätte. Ich fühle mich nicht als Verführerin, so stark ist die positive Wirkung der Manuskripte denn doch noch nicht, aber wenigstens fürchte ich mich nicht mehr davor, die Initiative zu ergreifen und Iván auf Trab zu bringen, der sich sonst in ein und derselben Routine bequem einrichten würde. Es wäre doch eine fürchterliche Vergeudung, uns wie ein altes Ehepaar zu lieben, wenn wir nicht einmal verheiratet sind. Der Vorteil an dem Zustand, Liebende zu sein, liegt darin, daß wir mit unserer Verbindung sehr behutsam umgehen müssen, weil alle äußeren Verhältnisse gegen sie sprechen. Der Entschluß zusammenzubleiben muß immer wieder neu gefaßt werden, das hält uns munter.

Dies ist nun die Geschichte, die mir meine Großmutter Eliza erzählte:

Tao Chi'en konnte sich den Tod seiner Tochter Lynn nicht verzeihen. Es war völlig nutzlos, daß seine Frau und Lucky ihm immer wieder sagten, keine menschliche Macht habe verhindern können, daß sich ihr Schicksal erfüllte, als *zhong yi* habe er sein möglichstes getan und die medizinische Wissenschaft sei gegenwärtig noch nicht imstande, einen dieser unseligen Blutstürze zu verhindern oder aufzuhalten, denen so viele Frauen bei der Niederkunft erlagen. Für Tao war es, als wäre er im Kreis gegangen und stünde nun wieder dort, wo er dreißig Jahre zuvor in Hongkong gestanden hatte, als Lin, seine erste Frau, ein kleines Mädchen zur Welt brachte. Auch Lin hatte angefangen, stark zu bluten, und in seiner Verzweiflung hatte er, um sie zu retten, dem Himmel alles Erdenkliche angeboten im Tausch gegen Lins Leben. Das Kind war nach wenigen Minuten gestorben, und er hatte geglaubt, dies sei der Preis für Lins Genesung. Er hätte nie gedacht, daß er nach so langer Zeit und auf der anderen Seite der Welt mit seiner Tochter Lynn noch einmal würde bezahlen müssen.

»Sprechen Sie nicht so, Vater, bitte«, hielt Lucky ihm entgegen. »Es geht hier doch nicht um einen Tauschhandel Leben gegen Leben, das sind abergläubische Vorstellungen, die eines Mannes mit Ihrer Klugheit und Bildung unwürdig sind. Der Tod meiner Schwester hat weder mit dem Ihrer ersten Frau noch mit Ihnen selbst etwas zu tun. Solche Unglücksfälle passieren doch dauernd.«

»Wozu nützen so viele Jahre Studium und Erfahrung, wenn ich sie doch nicht retten konnte?« klagte er.

»Millionen Frauen sterben beim Kinderkriegen, Sie haben für Lynn getan, was Sie konnten ...«

Eliza war genauso traurig über den Tod ihrer einzigen Tochter wie ihr Mann, aber außerdem lastete auf ihr auch die verantwortungsvolle Aufgabe, die kleine Waise zu versorgen. Während sie vor Müdigkeit im Stehen einschlief, konnte Tao nicht einen Lidschlag lang schlafen; er verbrachte die Nacht mit Meditieren, wanderte dazwischen durchs Haus wie ein Mondsüchtiger und weinte im stillen. Sie hatten sich seit Wochen nicht mehr geliebt, und so, wie die Gemüter in diesem Heim gestimmt waren, sah es nicht so aus, als würden sie es in naher Zukunft wieder tun. Das alles ging über Elizas Kräfte, nach einer Woche entschied sie sich für die einzige Lösung, die ihr einfiel: Sie legte Tao sein Enkelkind in die Arme und teilte ihm mit, sie fühle sich schlicht unfähig, die Kleine aufzuziehen, über zwanzig Jahre habe sie damit verbracht, ihre Kinder Lucky und Lynn zu hegen und zu pflegen, nun reichten ihre Kräfte nicht mehr, bei der kleinen Lai-Ming von neuem damit anzufangen. Tao sah sich in die Pflicht genommen, für ein mutterloses Neugeborenes zu sorgen, das er alle halbe Stunde mit verdünnter Milch aus einer Tropfflasche ernähren mußte, weil es kaum schlucken konnte, außerdem mußte er es unaufhörlich schaukeln, weil es Tag und Nacht schrie wegen der Koliken, die es plagten. Dabei war das kleine Geschöpf nicht einmal ein angenehmer Anblick, so winzig und faltig, wie es war, die Haut war von der Gelbsucht gefärbt, das Gesicht platt von der schwierigen Geburt, zudem hatte es nicht ein einziges Haar auf dem Kopf; aber nachdem Tao es vierundzwanzig Stunden versorgt hatte, konnte er es immerhin schon ansehen, ohne zu erschrecken. Nach vierundzwanzig Tagen, in denen er die Kleine in einem Beutel auf dem Rücken getragen, sie mit der Tropfflasche gefüttert und mit ihr zusammen geschlafen hatte, kam sie ihm schon recht niedlich vor. Und nach vierundzwanzig Monaten, während deren er sie wie eine Mutter gepflegt hatte, war er restlos verliebt in seine Enkeltochter und absolut überzeugt, sie würde sogar noch schöner werden als Lynn, obwohl nicht der geringste Grund bestand, so etwas zu vermuten. Zwar war das Kind nicht mehr die Molluske, die es nach der Geburt gewesen war, aber doch weit davon entfernt, seiner Mutter ähnlich zu sehen. Taos Gewohnheiten, die sich früher auf seine Arztpraxis und die Stunden nächtlichen Beisammenseins mit seiner Frau beschränkt hatten, änderten sich völlig. Sein Tagesplan drehte sich um Lai-Ming, diese anspruchsvolle kleine Göre, die an ihm hing wie eine Klette, der er Geschichten erzählen, zum Einschlafen Lieder vorsingen, die er zum Essen überreden, spazierenführen mußte, der er in den ame-

rikanischen und chinesischen Läden die hübsche-
sten Kleider kaufte, in denen er sie dann auf der Straße aller Welt vorführte, und überhaupt hatte man
noch nie ein so schlaues kleines Mädchen gesehen,
wie der Großvater glaubte, den die Liebe ein wenig
benebelte. Er war sicher, daß seine Enkelin ein Genie
war, und um das zu beweisen, sprach er mit ihr Chinesisch und Englisch, was, vermischt mit dem nicht
unbedingt einwandfreien Spanisch der Großmutter,
einen beträchtlichen Mischmasch ergab. Lai-Ming
erwiderte Taos anregende Dauerbeschäftigung mit
ihr wie jedes zweijährige Kind, aber für ihn waren
diese spärlichen Erfolge der unleugbare Beweis für
eine herausragende Intelligenz. Er verminderte seine
Sprechstunden auf einige wenige am Nachmittag,
so konnte er die Vormittage mit seiner Enkelin verbringen und ihr neue Fertigkeiten beibringen wie
einem abgerichteten Äffchen. Er sah es nur ungern,
daß Eliza die Kleine nachmittags in ihren Teesalon
mitnahm, denn er hatte sich in den Kopf gesetzt,
er könne jetzt schon anfangen, sie in medizinischen
Dingen zu unterrichten.

»In meiner Familie gibt es einen *zhong yi* seit
sechs Generationen, Lai-Ming wird der siebente sein,
denn du hast ja nicht die mindeste Begabung dafür«,
teilte Tao seinem Sohn Lucky mit.

»Ich denke, nur Männer können Arzt werden«, wandte Lucky ein.

»Das war früher. Lai-Ming wird der erste weibliche *zhong yi* der Geschichte sein.«

Aber Eliza gestattete nicht, daß er ihrer Enkelin in so jungen Jahren den Kopf mit medizinischen Belehrungen vollstopfte; dazu würde auch später noch Zeit sein, im Augenblick war es wichtiger, das Kind täglich ein paar Stunden aus Chinatown herauszuholen, um es zu amerikanisieren. In diesem Punkt wenigstens waren sich die Großeltern einig, Lai-Ming mußte zur Welt der Weißen gehören, wo sie entschieden mehr Möglichkeiten haben würde als unter Chinesen. Da war es günstig, daß sie keine asiatischen Züge hatte, sie sah so spanisch aus wie die Familie ihres Vaters. Die Möglichkeit, Severo del Valle könnte eines Tages kommen, um seine angebliche Tochter zu verlangen und nach Chile mitzunehmen, war so unerfreulich, daß sie sie gar nicht erst erwähnten; sie nahmen einfach fest an, daß der junge Chilene das Abkommen respektieren werde, er hatte ja mehr als genügend Beweise für seine anständige Gesinnung geliefert. Das Geld, das er für die Kleine bestimmt hatte, rührten sie nicht an, sie deponierten es auf einem Konto für ihre zukünftige Ausbildung. Alle drei, vier Monate schrieb Eliza an

Severo einen kurzen Brief, in dem sie ihm von »seinem Schützling« erzählte, wie sie ihre Enkelin nannte, damit auch ja klar war, daß sie ihm keine väterlichen Rechte zugestand. Im ersten Jahr gab es keine Antwort von ihm, weil er in seiner Trauer verkapselt und im Krieg untergetaucht war, aber danach richtete er es ein, ab und an zurückzuschreiben. Paulina del Valle sahen sie nicht wieder, weil sie nicht mehr in den Teesalon kam und nie ihre Drohung wahr machte, ihnen das Kind wegzunehmen und ihnen die Existenz zu ruinieren.

So vergingen fünf friedliche Jahre im Haus der Chi'ens, bis die Ereignisse hereinbrachen, die die Familie zerstören sollten. Alles begann mit dem Besuch von zwei Frauen, die sich als presbyterianische Missionarinnen anmeldeten und baten, allein mit Tao Chi'en sprechen zu dürfen. Der *zhong yi* empfing sie in seinem Sprechzimmer, weil er dachte, sie kämen aus gesundheitlichen Gründen, er wußte keine andere Erklärung, weshalb zwei weiße Frauen sonst plötzlich in seinem Haus auftauchen sollten. Sie sahen aus wie Zwillingsschwestern, waren jung, hochgewachsen, rosig, die Augen waren klar wie das Wasser der Bucht, und beide hatten die gleiche Haltung strahlender Sicherheit, wie sie religiösen Eifer zu begleiten pflegt. Sie stellten sich mit ihren Vornamen vor, Donaldina und Martha, und machten sich daran, zu erklären, daß die presbyterianische Mission in Chinatown bis jetzt äußerst vorsichtig und zurückhaltend gewesen sei, um die buddhistische Gemeinde nicht zu kränken, aber nun zähle sie neue Mitglieder, die entschlossen seien, wenigstens die geringsten Normen christlichen Anstands in diesem Sektor zu verbreiten, der, wie sie sagten, »nicht chinesisches, sondern amerikanisches Territorium ist, und es darf nicht gestattet sein, daß hier Gesetz und Moral vergewaltigt werden«. Sie hätten von den Sing Song Girls gehört, aber um den Handel mit versklavten Mädchen zu sexuellen Zwecken herrschte eine Verschwörung des Schweigens. Die Missionarinnen wußten, daß die amerikanischen Behörden Bestechungsgelder annahmen und beide Augen zudrückten. Nun habe ihnen jemand Tao Chi'ens Namen genannt, er sei der einzige, der genügend Mumm habe, ihnen die Wahrheit zu sagen und ihnen zu helfen, deshalb seien sie hier. Tao hatte seit langer Zeit auf diesen Augenblick gewartet. In seinem mühevollen Unternehmen, diese elenden jungen Mädchen zu retten, hatte er nur auf die schweigende Hilfe einiger Quäker-Freunde zählen können, die es auf sich genommen hatten, die zur Prostitution Gezwungenen aus Kalifornien herauszubringen und ihnen zu helfen, weit fort von den Tongs und den Kupplern ein neues Leben zu beginnen. Seine Aufgabe war es, diejenigen zu kaufen, die er auf den heimlichen Versteigerungen bezahlen konnte, und die in Empfang zu nehmen, die zu krank waren, um in den Bordellen zu arbeiten; er versuchte, ihre Körper zu heilen und ihre Seelen zu trösten, aber das gelang ihm nicht immer, viele starben ihm unter den Händen. In seinem Haus gab es zwei Räume, um die Sing Song Girls unterzubringen, die fast immer belegt waren, aber Tao ahnte, daß das Problem der Zwangsprostitution, so wie die chinesische Bevölkerung in Kalifornien zunahm, immer schlimmer werden würde, und er allein konnte sehr wenig tun, um es zu vermindern. Diese beiden Missionarinnen hatte ihm der Himmel geschickt; vor allem konnten sie mit der Rükkendeckung durch die mächtige presbyterianische Kirche rechnen, zudem waren sie Weiße; sie konnten die Presse, die öffentliche Meinung und die amerikanischen Behörden in Bewegung bringen, damit endlich Schluß war mit diesem grausamen Geschäft. Also erzählte er den beiden Missionarinnen in allen Einzelheiten, wie diese armen Geschöpfe in China gekauft oder geraubt wurden, wie die chinesische Kultur die Mädchen geringschätzte, daß man in diesem Land häufig neugeborene Mädchen in Pfützen ertränkt oder auf die Straße geworfen und von Ratten oder Hunden angefressen fände. Die Familien liebten sie nicht, und deshalb war es so leicht, sie für ein paar Münzen zu kaufen und nach Amerika zu schaffen, wo man sie für Tausende Dollars ausbeuten konnte. Sie wurden wie Tiere in großen Kisten im Kielraum der Schiffe transportiert, und diejenigen, die den Flüssigkeitsentzug und die Cholera überlebten, betraten die Vereinigten Staaten mit gefälschten Heiratsverträgen. In den Augen der Einwanderungsbehörden waren alle Bräute, und ihre große Jugend, ihr jammervoller körperlicher Zustand und der Ausdruck des Entsetzens auf ihren Gesichtern erregten offensichtlich keinen Verdacht. Diese kleinen Mädchen zählten nicht. Was mit ihnen geschehen würde, war »Sache der Gelben«, das ging die Weißen nichts an. Tao erklärte Donaldina und Martha, die Lebenserwartung der Sing Song Girls, wenn sie erst einmal in ihre Tätigkeit eingeführt seien, betrage drei bis vier Jahre: sie mußten bis zu dreißig Männer am Tag empfangen, starben an Geschlechtskrankheiten, Abtreibungen, Lungenkrankheit, Hunger und Mißhandlung; eine zwanzigjährige chinesische Prostituierte sei eine Seltenheit. Keiner führte Buch über ihr Leben, aber da sie das Land mit einem legalen Dokument betreten hatten, mußte ein Totenregister geführt werden für den unwahrscheinlichen Fall, daß jemand nach ihnen fragte. Viele wurden wahnsinnig. Sie waren billig, konnten jederzeit im Handumdrehn ersetzt werden, keiner wendete Zeit oder Geld auf für ihre Gesundheit, damit sie durchhalten konnten. Tao nannte den Missionarinnen die ungefähre Anzahl von Sklavenkindern in Chinatown, sagte ihnen, wann die Versteigerungen durchgeführt wurden und wo sich die Bordelle befanden, von den erbärmlichsten, in denen die Mädchen wie eingesperrte Tiere behandelt wurden, bis zu den luxuriösesten, die von der berühmten Ah Toy geleitet wurden, der größten Importeurin von ländlichem Frischfleisch. Sie kaufte elfjährige Kinder in China, und auf der Überfahrt nach Amerika überließ sie sie den Matrosen, so daß sie bei der Ankunft schon »erst zahlen« sagen und echtes Geld von Blechgeld unterscheiden konnten, damit sie nicht mit Metall für Trottel betrogen wurden. Ah Toys Mädchen waren unter den schönsten ausgesucht worden und hatten mehr Glück als die anderen, deren Schicksal es war, wie Vieh versteigert zu werden und den übelsten Männern dienstbar zu sein in der Art, die diese verlangten, einschließlich der grausamsten und erniedrigendsten. Viele wurden zu wilden Geschöpfen mit dem Gehaben tollwütiger Tiere, sie wurden mit Ketten ans Bett gefesselt und mit Narkotika betäubt. Tao gab den Missionarinnen die Namen von einigen wohlhabenden und angesehenen chinesischen Händlern, darunter den seines Sohnes Lucky, die ihnen bei ihrer Aufgabe helfen könnten, die einzigen, die mit ihm einig waren, daß diese Art Geschäft ausgemerzt werden mußte. Donaldina und Martha notierten sich mit zitternden Händen und tränennassen Augen, was Tao ihnen erzählte, und dankten ihm dafür, und beim Abschied fragten sie, ob sie auf ihn zählen könnten, wenn der Augenblick, zu handeln, gekommen sei.

»Ich werde tun, was ich kann«, antwortete der *zhong yi.*

»Wir auch, Mister Chi'en. Die presbyterianische Mission wird nicht ruhen, ehe nicht dieser Perversion ein Ende gemacht und die armen Mädchen gerettet worden sind, und wenn wir die Türen zu diesen Lasterhöhlen mit dem Beil einschlagen müssen«, versicherten sie ihm.

Als Lucky hörte, was sein Vater getan hatte, wurde er von bösen Ahnungen gequält. Er kannte das Milieu von Chinatown besser als sein Vater und war sich darüber im klaren, daß der eine irreparable

Unbesonnenheit begangen hatte. Dank seiner Gewandtheit und seinem sympathischen Auftreten hatte Lucky Freunde auf allen Ebenen der chinesischen Gemeinde; seit Jahren machte er einträgliche Geschäfte und gewann mit Maßen, aber beständig an den Fan-Tan-Tischen. Trotz seiner Jugend war er bei allen beliebt und geachtet, selbst bei den Tongs, die ihn noch nie belästigt hatten. Jahre hindurch hatte er seinem Vater geholfen, die Sing Song Girls zu retten mit der schweigenden Übereinkunft, sich nie in größere Schwierigkeiten zu bringen; er kannte genau die Notwendigkeit unbedingter Zurückhaltung, wenn man in Chinatown überleben wollte, wo die goldene Regel lautete: Laß dich nie mit den Weißen ein – den gefürchteten und gehaßten *fan gui* – und kläre alles, besonders die Verbrechen, unter Landsleuten. Früher oder später würde lautbar werden, daß sein Vater die Missionarinnen informiert hatte und die wiederum die amerikanischen Behörden. Es gab kein sichereres Mittel, das Unheil auf sich zu ziehen, und all sein berühmtes Glück würde nicht ausreichen, sie zu beschützen. So sagte er es Tao, und so geschah es auch im Oktober 1885, dem Monat, in dem ich fünf Jahre alt wurde.

Das Schicksal meines Großvaters entschied sich an jenem denkwürdigen Dienstag, an dem die beiden jungen Missionarinnen, begleitet von drei stämmigen irischen Polizisten und dem alten, auf Verbrechen spezialisierten Journalisten Jacob Freemont, am hellichten Tage in Chinatown auftauchten. Die Geschäftigkeit auf der Straße stockte, und eine Menschenmenge sammelte sich und folgte dem in diesem Viertel ungewöhnlichen Aufzug der *fan gui*. Die gingen energischen Schrittes auf ein ärmliches Haus zu, hinter dessen schmaler, vergitterter Tür sich die mit Reispuder und Karminrot geschminkten Gesichter zweier Sing Song Girls zeigten, die maunzend und mit entblößten Brüstchen ihre Dienste anboten. Als die Mädchen die Weißen heranmarschieren sahen, verschwanden sie quietschend vor Schreck im Innern, und an ihrer Stelle erschien eine wütende Alte, die die Aufforderung der Polizisten, die Tür zu öffnen, mit einer Flut von Verwünschungen in ihrer Sprache beantwortete. Auf einen Wink Donaldinas blitzte plötzlich ein Beil in der Hand eines der Iren, und sie gingen daran, die Tür aufzubrechen, zum maßlosen Entsetzen der Menge. Die Weißen drängten sich durch die schmale Türöffnung, man hörte Gekreisch, Gerenne, englisch gebrüllte Befehle, und nach einer knappen Viertelstunde kamen die Angreifer wieder heraus und trieben ein halbes Dutzend völlig verschreckter Mädchen vor sich her, dazu die wild mit den Füßen strampelnde und von einem Polizisten weitergezerrte Alte sowie drei recht niedergeschlagen blickende Männer, die mit Pistolen in Schach gehalten wurden. Auf der Straße erhob sich wüster Tumult, und ein paar Vorwitzige wollten mit Drohgebärden drauflosstürzen, stockten aber jäh beim Knall mehrerer in die Luft abgefeuerter Schüsse. Die *fan gui* verluden die Mädchen und die übrigen Festgenommenen in einen geschlossenen Polizeiwagen, und die Pferde zogen die Last fort. Den Rest des Tages verbrachten die Bewohner von Chinatown damit, das Vorgefallene gründlich zu bereden. Nie zuvor hatte die Polizei im Viertel aus Gründen eingegriffen, die nicht unmittelbar mit den Weißen zu tun hatten. Die amerikanischen Behörden verhielten sich sehr nachsichtig gegenüber den »Bräuchen der Gelben«, wie sie das nannten; niemand machte sich die Mühe, gegen die Opiumhöhlen und die Spielhöllen vorzugehen, und um die versklavten Mädchen kümmerten sie sich schon gar nicht, das war eben eine der grotesken Perversionen der Schlitzaugen, so wie das Essen von gekochten Hunden mit Sojasauce. Der einzige, der keine Überraschung, sondern Befriedigung zeigte, war Tao Chi'en. Der berühmte *zhong yi* wäre in dem Restaurant, in dem er immer mit seiner Enkelin zu Mittag aß, fast von Schlägern einer der Tongs angefallen worden, als er, laut genug, um auch in dem Lärm im Lokal gehört zu werden, seine Genugtuung ausdrückte, daß die städtischen Behörden in der Angelegenheit mit den Sing Song Girls endlich eingeschritten seien. Wenn auch die Mehrheit der an den übrigen Tischen sitzenden Gäste fand, daß in einer fast völlig männlichen Bevölkerung die Sklavenmädchen schlicht unentbehrlich seien, eilten doch einige herbei, um Tao Chi'en zu verteidigen, der schließlich die am meisten respektierte Person in der Gemeinde war. Hätte nicht der Wirt des Restaurants rechtzeitig eingegriffen, wäre es zu einer gewaltigen Keilerei gekommen. Tao Chi'en zog sich entrüstet zurück, seine Enkelin an der einen Hand und in der andern, in ein Stück Papier gewickelt, sein Essen.

Vielleicht hätte die Episode mit dem Bordell keine schlimmeren Folgen gehabt, wenn sie sich nicht zwei Tage später in ähnlicher Form in einer anderen Straße wiederholt hätte: dieselben Missionarinnen, derselbe Journalist Jacob Freemont und dieselben drei irischen Polizisten, aber diesmal hatten sie noch vier Beamte Verstärkung mitgebracht sowie zwei große, scharfe Hunde, die an ihren Leinen zerrten. Der Einsatz dauerte nur acht Minuten, und Donaldina und Martha holten siebzehn Mädchen heraus, hinzu kamen zwei Kupplerinnen, zwei Killer und mehrere Kunden, die noch dabei waren, sich die Hosen zuzuknöpfen. Das Geschrei über das, was die presbyterianische Mission und die Regierung der *fan gui* vorhatten, verbreitete sich jetzt in Windeseile in ganz Chinatown und erreichte auch die schmutzigen Zellen, in denen die Sklavinnen vegetierten. Zum erstenmal in ihrem armseligen Leben gab es einen Funken Hoffnung. Nutzlos die Drohungen, sie zu verprügeln, wenn sie rebellisch würden, oder die gräßlichen Geschichten, die die alten Wärterinnen ihnen erzählten wie etwa, daß die weißen Teufel sie nur herausholten, um ihnen das Blut auszusaugen – von diesem Augenblick an suchten sie eine Möglichkeit, von den Missionarinnen gehört zu werden, und schon bald vermehrten sich die Razzien der Polizei, begleitet von Artikeln in den Zeitungen. Diesmal diente die listige Feder Jacob Freemonts endlich einmal wieder einem guten Zweck, er rüttelte das Gewissen der Bürger auf mit seinem wortgewandten Feldzug gegen das furchtbare Schicksal der kleinen Sklavinnen mitten im Herzen von San Francisco. Der alte Journalist sollte wenig später sterben, ohne die Wirkung seiner Artikel zu erleben, Donaldina und Martha dagegen konnten die Früchte ihres Eifers ernten. Achtzehn Jahre später lernte ich sie auf einer Reise nach San Francisco kennen, sie haben immer noch die rosigen Wangen und die gleiche messianische Inbrunst im Blick, noch immer gehen sie täglich durch Chinatown, immer wachsam, aber keiner nennt sie mehr verfluchte *fan gui,* und keiner spuckt mehr aus, wenn sie vorbeigehen. Jetzt nennen sie sie *lo mo,* liebevolle Mutter, und verneigen sich zum Gruß. Die beiden haben Tausende armer Geschöpfe gerettet und den schamlosen Handel mit Kindern unterbunden, wenn ihnen das auch bei anderen Formen der Prostitution nicht gelungen ist. Mein Großvater Tao wäre sehr zufrieden.

Am zweiten Mittwoch im November ging Tao wie jeden Tag seine Enkelin Lai-Ming aus dem Teesalon seiner Frau am Union Square abholen. Die Kleine blieb nachmittags bei ihrer Großmutter Eliza, bis der *zhong yi* den letzten Patienten in seiner Praxis behandelt hatte und zu ihr kam. Das Haus der Chi'ens war nur sieben Häuserblocks entfernt, aber Tao hatte die Gewohnheit, um diese Zeit durch die beiden Hauptstraßen von Chinatown zu streifen, wenn in den Läden die Papierlaternen angezündet werden, die Leute ihre Arbeit beendet haben und auf der Suche nach Zutaten zum Abendessen sind. Er ging gern, seine Enkeltochter an der Hand, über die Märkte, wo sich die vertrauten Früchte aus Übersee stapelten, die lackierten Enten an den Haken hingen, sich Pilze, Insekten, Muscheln, Innereien und Heilpflanzen häuften, die man nur hier finden konnte. Da in seinem Heim niemand Zeit zum Kochen hatte, wählte Tao sorgfältig die Gerichte aus, die er zum Abendessen mitnahm, fast immer dieselben, weil Lai-Ming wählerisch im Essen war. Ihr Großvater wollte sie in Versuchung führen, indem er ihr Happen von den köstlichen kantonesischen Gerichten zu kosten gab, die an den Straßenständen verkauft wurden, aber meistens einigten sie sich auf die gleichen Varianten von *chow mein* und Schweinerippchen. An diesem Tag trug Tao zum erstenmal einen neuen Anzug, den ihm der beste chinesische Schneider der Stadt genäht hatte, der nur für die vornehmsten Männer der Stadt arbeitete. Er kleidete sich seit vielen Jahren amerikanisch, aber seit er die Staatsangehörigkeit beglaubigt bekommen hatte, achtete er auf gepflegte Eleganz als Zeichen des Respekts gegenüber seinem Adoptivvaterland. Er sah sehr gut aus in seinem tadellosen schwarzen Anzug, dem gestärkten Hemd mit der breiten Krawatte, dem Mantel aus englischem Tuch, dem Zylinder und den Handschuhen aus elfenbeinfarbenem Glacéleder. Das Aussehen der kleinen Lai-Ming bildete einen scharfen Kontrast zu dem westlichen Aufzug ihres Großvaters, sie trug warme lange Hosen und ein gestepptes Seidenjäckchen, beides in strahlenden Gelb- und Blautönen und so dick gepolstert, daß die Kleine sich recht schwerfällig fortbewegte, das Haar war zu einem festen Zopf geflochten, und darauf saß eine bestickte schwarze Kappe nach der Mode von Hongkong. Beide erregten Aufsehen in der fast ausschließlich männlichen Menge, in der man die typischen schwarzen Hosen und Tuniken trug, so einheitlich, daß man hätte meinen können, die chinesische Bevölkerung sei uniformiert. Die Leute blieben stehen, um den *zhong yi* zu grüßen, denn soweit sie nicht seine Patienten waren, kannten sie ihn doch vom Sehen und dem Namen nach, und die Händler schenkten der Enkelin hübsche Kleinigkeiten, um sich bei dem Großvater beliebt zu machen: einen phosphoreszierenden Käfer in seinem winzigen Holzkäfig, einen Papierfächer, eine Süßigkeit. Wenn es Abend wurde, herrschte in Chinatown immer eine festliche Atmosphäre, lärmend geführte Unterhaltungen, lautes Feilschen, Geschrei der Ausrufer; es roch nach gebratenem Fleisch, Gewürzen, Fisch und Unrat, denn die Abfälle häuften sich mitten auf der Straße. Der Großvater und seine Enkeltochter spazierten an den Läden vorbei, in denen sie gewöhnlich ihre Einkäufe tätigten, schwatzten mit den Männern, die auf dem Gehsteig saßen und Mah-Jongg spielten, gingen in die kleine Bude des Kräutersammlers, wo sie ein paar Medikamente in Empfang nahmen, die der *zhong yi* in Shanghai bestellt hatte, und hielten sich kurz in einer Spielhölle auf, um von der Tür aus auf die Fan-Tan-Tische zu sehen, denn Tao war gefesselt von den Wetten, mied sie aber wie die Pest. Sie tranken auch eine Tasse grünen Tee in Onkel Luckys Laden, wo sie die letzte Sendung von Antiquitäten und geschnitzten Möbeln bewunderten, die gerade eingetroffen war, und dann drehten sie sich um und gingen geruhsam den Weg zurück nach Hause. Plötzlich kam in höchster Aufregung ein Junge gerannt und bat den *zhong yi*, mitzukommen, so schnell er könne, ein Unfall sei passiert: Ein Mann sei von einem Pferd in die Brust getreten worden und liege nun da und spucke Blut. Tao Chi'en folgte ihm eilig, ohne die Hand seiner Enkelin loszulassen, es ging durch eine Seitenstraße und eine andere und noch eine, durch enge Gänge gerieten sie immer tiefer in das verrückte Gewirr des Viertels, bis sie allein in einer Gasse ohne Ausweg standen, die nur durch die wie phantastische Glühwürmchen glitzernden Papierlaternen in den Fenstern schwach erhellt wurde. Der Junge war verschwunden. Tao Chi'en erkannte endlich, daß er in eine Falle geraten war, und wollte zurückgehen, aber es war schon zu spät. Aus den Schatten traten Männer, die mit Knüppeln bewaffnet waren, und umringten ihn. Der *zhong yi* hatte in seiner Jugend Kampfsport betrieben und trug immer ein Messer im Gürtel unter dem Jackett, aber er konnte sich nicht verteidigen, ohne die Hand des Kindes loszulassen. Er hatte noch gerade Zeit, zu fragen, was sie wollten, was denn los sei, und hörte den Namen Ah Toy, während die Männer in schwarzen Pyjamas, die Gesichter hinter Tüchern versteckt, um ihn herumtanzten, dann erhielt er den ersten Schlag in den Rücken. Lai-Ming wurde nach hinten gerissen und wollte sich an ihren Großvater klammern, aber die geliebte Hand ließ sie los. Sie sah die Knüppel sich heben und niedergehen auf den Körper ihres Großvaters, sah einen Blutstrahl aus seinem Kopf hochschießen, sah ihn vornüber zu Boden stürzen, sah, wie sie schlugen und schlugen, bis er nur noch ein blutiges Bündel auf den Pflastersteinen der Gasse war.

»Als man mir Tao auf einer behelfsmäßigen Trage brachte und ich sah, was sie mit ihm gemacht hatten, brach in mir etwas in tausend Stücke wie eine Kristallvase, und damit zersprang auch für immer meine Fähigkeit zu lieben. Ich bin innerlich ausgetrocknet, bin nie wieder dieselbe geworden. Ich empfinde Zuneigung für dich, Lai-Ming, auch für Lucky und seine Kinder, ich habe sie für Miss Rose empfunden, aber Liebe kann ich nur für Tao fühlen. Ohne ihn ist mir nichts mehr sonderlich wichtig, jeder Tag, den ich noch lebe, ist ein Tag weniger in der langen Wartezeit, nach der ich mich wieder mit ihm vereinigen werde«, gestand mir meine Großmutter Eliza. Sie fügte hinzu, es tue ihr leid, daß ich dem Martyrium des Menschen zusehen mußte, den ich am meisten liebte, aber sie nehme an, daß die Zeit die Wunde heilen werde. Sie habe geglaubt, mein Leben bei Paulina del Valle fern von Chinatown würde mir helfen, Tao zu vergessen. Sie habe nicht geahnt, daß die Szene in der Gasse für immer als Alptraum in mir steckenbleiben würde und daß der Geruch, die Stimme und die leichte Berührung der Hände meines Großvaters mich noch im Wachen begleiteten.

Tao Chi'en gelangte lebend in die Arme seiner Frau, achtzehn Stunden später kam ihm das Bewußtsein zurück. Eliza hatte zwei amerikanische Ärzte geholt, die bei mehreren Gelegenheiten die Kenntnisse des *zhong yi* in Anspruch genommen hatten. Sie untersuchten ihn und kamen zu einem traurigen Ergebnis: sein Rückgrat war gebrochen, und selbst in dem unwahrscheinlichen Fall, daß er am Leben bliebe, würde er zur Hälfte gelähmt sein. Die Wissenschaft könne nichts für ihn tun, sagten sie. Sie beschränkten sich darauf, seine Wunden zu reinigen, die gebrochenen Knochen ein wenig zu richten, seinen Kopf zu nähen und kräftige Dosen Narkotika zurückzulassen. Inzwischen hatte die Enkeltochter, von allen vergessen, sich in einen Winkel neben dem Bett ihres Großvaters gekauert und rief ihn lautlos an – *oi goa!, oi goa!* –, ohne begreifen zu können, warum er nicht antwortete, warum sie nicht zu ihm durfte, warum sie nicht in seine Arme gekuschelt schlafen durfte wie immer. Eliza verabreichte dem Kranken die Drogen mit der gleichen Geduld, mit der sie versuchte, ihm Suppe durch einen Trichter einzuflößen. Sie ließ sich nicht von Verzweiflung hinreißen, ruhig und ohne Tränen wachte sie tagelang neben ihrem Mann, bis er durch die geschwollenen Lippen und die zerbrochenen Zähne zu ihr sprechen konnte. Der *zhong yi* wußte ohne jeden Zweifel, daß er unter diesen Umständen nicht leben konnte und nicht leben wollte, so sagte er es auch seiner Frau und bat sie, sie möge ihm weder zu essen noch zu trinken geben. Die tiefe Liebe und die unumschränkte Vertrautheit, die sie mehr als dreißig Jahre geteilt hatten, ermöglichte es ihnen, die Gedanken des anderen zu erraten; es war nicht nötig, viel zu reden. Wenn Eliza sich versucht fühlte, ihren Mann zu bitten, er möge doch ohne Zweck und Nutzen im Bett weiterleben, nur um sie nicht allein auf der Welt zu lassen, dann schluckte sie die Worte hinunter. Tao selbst brauchte nichts zu erklären, er wußte, daß seine Frau das Unumgängliche tun werde, um ihm zu helfen, in Würde zu sterben, wie er es im umgekehrten Fall auch für sie tun würde. Er dachte, es sei auch nicht der Mühe wert, darauf zu bestehen, daß sie seinen Leichnam nach China brächte, denn das schien ihm nicht mehr wirklich wichtig, und er wollte Eliza auch nicht noch eine Last mehr auf die Schultern laden, aber sie hatte beschlossen, es auf jeden Fall zu tun. Keiner von beiden hatte den Mut, lang und breit über das zu sprechen, was offensichtlich war. Eliza sagte ihm nur, sie bringe es nicht über sich, ihn vor Hunger und Durst sterben zu lassen, denn das könne viele Tage, vielleicht Wochen dauern, und sie werde nicht erlauben, daß er so lange leiden müsse. Tao sagte ihr, was zu tun sei. Sie solle in sein Sprechzimmer gehen und aus einem bestimmten Wandfach ein blaues Fläschchen holen. Sie hatte in den ersten Jahren ihres Zusammenlebens in seiner Praxis gearbeitet und tat das noch immer, wenn der Assistent ausfiel, konnte auch noch die chinesischen Zeichen auf den Behältern lesen und verstand eine Spritze zu setzen. Lucky betrat das Zimmer, um den Segen seines Vaters zu empfangen, und ging danach wieder, von Schluchzen geschüttelt. »Lai-Ming und du, ihr dürft euch keine Sorgen machen, denn ich werde euch nicht verlassen, ich werde immer nahe sein, um euch zu beschützen, nichts Böses wird euch beiden geschehen können«, flüsterte Tao. Eliza nahm ihre Enkeltochter auf den Arm und hielt sie dem Großvater hin, damit sie voneinander Abschied nehmen konnten. Lai-Ming sah das verschwollene Gesicht und fuhr erschrocken zurück, aber da entdeckte sie, daß die schwarzen Augen sie mit derselben sicheren Liebe wie immer ansahen, und erkannte ihn. Sie klammerte sich an die Schultern ihres Großvaters, küßte und rief ihn verzweifelt, überströmte ihn mit heißen Tränen, bis sie von ihm weggerissen, aus dem Zimmer getragen und ihrem Onkel Lucky in die Arme gelegt wurde. Eliza ging zurück in das Zimmer, in dem sie mit ihrem Mann so glücklich gewesen war, und schloß sacht die Tür hinter sich.

»Was geschah danach, *oi poa?*« fragte ich.

»Ich tat, was ich tun mußte, Lai-Ming. Dann legte ich mich neben Tao und küßte ihn lange. Sein letzter Atem blieb bei mir ...«

Epilog

Wäre nicht meine Großmutter Eliza von weit her gekommen, um die dunklen Winkel meiner Vergangenheit auszuleuchten, und häuften sich nicht diese Tausende von Fotos in meinem Haus, wie hätte ich diese Geschichte erzählen können? Ich hätte sie mit Hilfe der Einbildungskraft zusammenstückeln müssen ohne anderes Material als die immer wieder entgleitenden Fäden vieler fremder Leben und einige trügerische Erinnerungen. Das Gedächtnis ist ein ganz eigenes Gespinst. Wir suchen das Strahlendste und das Finsterste heraus, übergehen, was uns beschämt, und so besticken wir die farbige Tapisserie unseres Daseins. Mit der Fotografie und dem geschriebenen Wort versuche ich verzweifelt, die vergängliche Beschaffenheit meiner Existenz zu besiegen, die Augenblicke festzuhalten, ehe sie vergehen, die Wirrnis meiner Vergangenheit aufzuräumen. Jeder Augenblick verschwindet in einem Hauch und verwandelt sich sogleich in Vergangenheit, die Wirklichkeit ist vergänglich, sie zieht vorüber und ist pure Sehnsucht. Mit diesen Fotos und diesen Zeilen erhalte ich die Erinnerungen lebendig; sie sind mein Anhalt, sie stützen eine unbeständige Wahrheit, aber jedenfalls Wahrheit, und beweisen, daß diese Ereignisse geschehen sind und daß diese Personen durch mein Schicksal gingen. Durch sie kann ich meine Mutter lebendig machen, die starb, als sie mich geboren hatte, ebenso wie meine kampferfahrenen Großmütter und meinen weisen chinesischen Großvater und andere Glieder der langen Kette meiner Familie. Ich schreibe, um die langjährigen Geheimnisse meiner Kindheit aufzuklären, meine Identität festzulegen, meine eigene Legende zu schaffen. Zum Schluß ist das einzige, was wir wirklich in Fülle haben, die Erinnerung, die wir selbst gewebt haben. Jeder wählt den Ton, in dem er seine eigene Geschichte erzählt; ich hätte mich gern für die haltbare Klarheit eines Platindruckes entschieden, aber nichts in meinem Leben besitzt diese Leuchtkraft. Ich lebe zwischen diffusen Schattierungen, verhüllten Geheimnissen, Ungewißheiten; der Farbton, in dem ich meine Geschichte erzähle, gleicht sich mehr dem eines Porträts in Sepia an ...

Das Motto wurde dem Gedicht *Der Wind* aus dem Gedichtzyklus *Weltende* entnommen, übersetzt von Monika López. (Pablo Neruda, *Das lyrische Werk III*, Darmstadt und Neuwied, 1986, S. 448)

Inhalt